抒情的境界

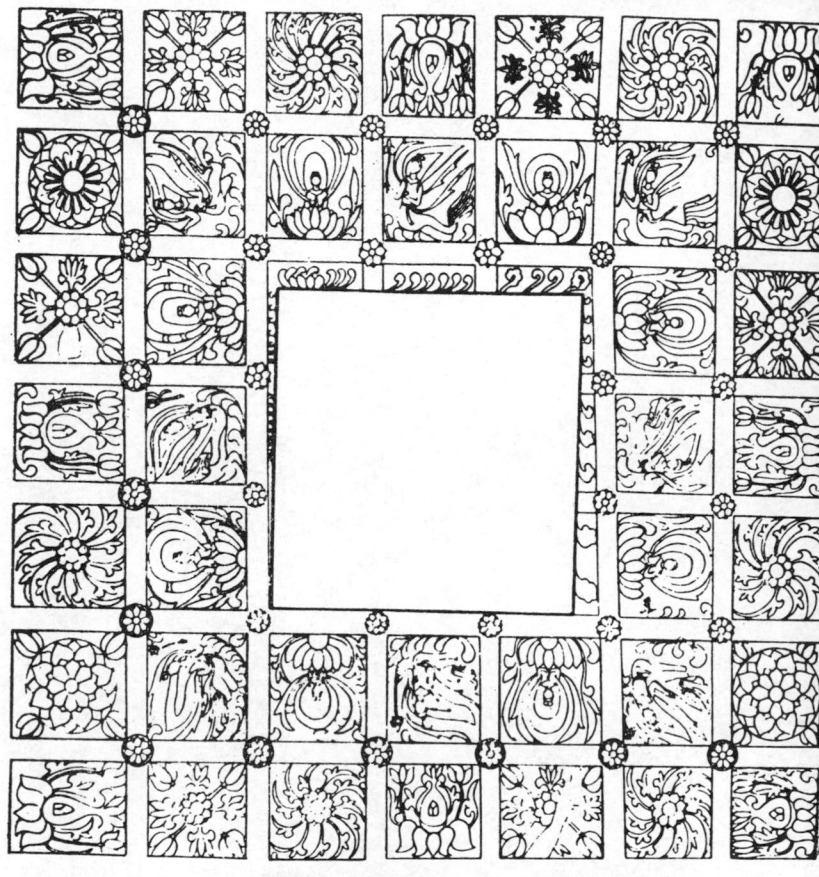

中國文化新論　文學篇一

中國文化新論序

王惕吾

「中國文化是什麼？」這是現在一般人常常提出的一個問題，也是社會上常常討論的一個問題。無論是倡導文化復興、推行文化建設、促進社會的現代化、或培養下一代中國人的民族文化意識和情操，都與對中國文化全面的認識和了解，有著密切而重要的關係。

雖然我們生活在中國文化的環境中，文化與生命原是不可分的一體，但八千年來先民篳路藍縷，創造傳承而形成的中國文化，源遠流長，富麗多采，加以歷代典籍繁多，一般人總難有一個完整的概念。尤其對於大衆而言，我們更缺乏一部適宜的認識中國文化的現代讀物。

這一部〔中國文化新論〕叢書就是爲了彌補這項缺憾而編撰。近百位學有專精的年輕學者接受邀聘，分就根源、學術、思想、制度、社會、經濟、文學、藝術、科技、宗教禮俗等方面，以深入淺出的文筆，客觀系統的探討，呈現中國文化永大永久的內涵，希望能藉此起始，提供一部豐富新穎、流暢可讀的中國文化史叢書。「珍裘以衆腋成溫，廣廈以羣材合構」可以用來說明這部〔中國文化新論〕編撰的歷程。

聯合報創刊已屆三十周年，本於「取之社會，用之社會」之義，成立了「文化基金會」；〔中國文化新論〕即由「文化基金會」支助出版，正是爲宏揚我國文化、參與文化建設提供的一份貢獻。

〔中國文化新論〕編輯委員會

總主編：劉岱

編輯委員：杜正勝、林慶彰、林載爵、邢義田、洪萬生、郭繼生、黃俊傑、劉石吉、劉增貴、蔡英俊、鄭欽仁、藍吉富。

助理編輯：方清河、沈松僑。

撰述人：丁敏、王文進、王孝廉、王明珂、王明蓀、王國良、王霜媚、王鎮華、王耀庭、方清河、石守謙、朱惠良、朱鴻、江淑玲、何啓民、何湘妃、吳克、吳夾淦、

吳壁雍、呂正惠、呂興昌、宋淑萍、杜正勝、李今芸、
李弘祺、李孝悌、李東華、李豐楙、周雲錦、林載爵、
林慶彰、林聰舜、林麗月、邢義田、徐秉愉、孫鐵剛、
高明士、洪安全、洪萬生、洪德先、耿立羣、張火慶、
張永堂、張哲郎、張榮芳、張瑞德、張端穗、曹淑娟、
梁庚堯、莊吉發、郭繼生、陳良佐、陳芳英、陳芳妹、
陳郁夫、陳國棟、陳勝崑、陳弱水、陳慈玉、陳進傳、
陳錦忠、陳擎光、曾昭旭、黃克武、黃沛榮、黃俊傑、
黃寬重、黃耀能、楊宿珍、楊惠南、葛紹歐、魯經邦、
樊亞香、劉石吉、劉君燦、劉良佑、劉昭民、劉紀曜、
劉超驊、劉增貴、蔡明田、蔡玫芬、蔡英文、蔡英俊、
蔡學海、鄧淑蘋、鄭欽仁、盧建榮、賴瑛瑛、霍韜晦、
戴晉新、蕭璠、顏娟英、藍吉富、嚴瑞源、龔鵬程。

目錄

導言

蔡英俊

在文化的各種創造活動當中，無疑的，文學是最原始也最普遍的一種創造活動。遠在文字產生之前，人類就有了語言以表情達意，有了語言就可以說有了文學：在原始部落中，人人都喜歡歌唱訴情，都喜歡聽講故事，也都喜歡模擬人物的姿態和動作，這些都是文學創作的始源型態。在口耳傳誦的時期，「文學」可以說是社會羣體的集體創作品與欣賞品，在人類的歷史當中，再沒有比這時期中的文學那樣與人的存在息息相關的了！隨著符號文字的發明、傳播，人類的文化創造活動不斷的朝多方面拓展，而文學的創作活動也逐漸減低了它的社會功能；同時，由於識字需要另外一番教育，文學的欣賞活動也逐漸喪失了羣體的基礎。

在這種情況下，文學——就像朱光潛刻意表明的一樣——「幾乎成爲一種奢侈，而不再是生活的必需」了（補充說明一點，所謂「奢侈」，並不帶價值判斷意味，畢竟，文學創作的媒介雖然是日常通用的語言文字，但它另有一套成規、法則；因此，文學的創作或欣賞也就需要更多的條件配合，這是一個事實，就像科技產品不再是一種奢侈，而是生活的必需一樣），因此，重新界定或討論文學的定義或功能便成爲文學史家、文學評論家、甚至創作家本身的工作之一——我們讀讀席德尼爵士（Sir Philip Sidney）的「爲詩辯護」（"An Apology for Poetry," C. 1583）或者楊牧的「文學的辯護」（一九七五年），或許就能了解這個問題給人的困惑到底有多深！然而，如果我們了解文學或藝術的創作是、而且只是文化創造活動中的一環，或許可以不必如此激情；如果我們相信文學所構成的藝術世界是比其他文化創造活動所架構的世界來得更眞實、更親切——因爲在其中我們可以看到整個民族毫無掩飾的表現他們的悲愁與歡愉、絕望與希望、豪邁與困蹇，因此，藝術的世界更能確切表露一個民族的心聲，更可以讓我們從其中找尋眞正屬於我們自己的形象——我們就可以不必賦予文學那麼沈重的責任，一如雪萊（P. B. Shelley）之疾呼：「詩人乃是人間未被承認的立法者！」（"A Defence of Poetry", 1821）或朱熹之從容：「詩之爲經，所以人事浹於下，天道備於上，而無一理之不具也！」（〈詩集傳〉序，一一七七年）。我們只是單純的相信：文學作品所描摹的不是生活中散亂不連屬的片段，而是一種深邃的統一性和連續性；文學作品所彰顯的也不是一個單純或單一的情感或思想的特質，而是生命整體的力動過程。藝術世界可以超越利害攸關的現實世界而提供一個想像的領域、一個新的實在，啓引人們以更寬廣的眼界、更具赤子之心的眼光去認識、了解古往今來的人間世界的諸般事相。就此而言，文學或藝術的創作雖只是創作者個人抒寫情思的創造活動，卻必然走入文化創造的整體，成爲文化創造的一環。畢竟，文化創造活動的目的不祇是在追求、探尋所謂客觀的眞理或眞實，同時也是在了解、開拓人類自身的心靈世界。

基於這種共識，當我們著手編寫〈中國文化新論〉文學部份的篇章時，我們無意重新檢討任何有關於文學的定義或功能的問題；我們的起點是認定文學本身是一種語言的藝術：「語言文字」是它的本質，「藝術」則是它的目的與效用。我們也暫時把一些不够「文學的」或不是「文學」的語言構造品（雖然這些不同的作品本身有著非常重要的文化訊息）劃出考察範圍之外，專就詩歌、散文、小說、戲曲等習見的文學作品進行分析、解釋的工作，藉以說明文學在中國傳統文化的架構裏具有怎樣的一種特質，曾扮演怎樣的一種作用，又如何反映中國民族心靈的形貌，進而評估文學做爲一種語言藝術，其發展過程到底是如何的曲折變化、多彩多姿，而它的發展顚峯與發展限制又到底止於何種極境？儘管這些問題不容易在有限的篇幅裏得到究極的、完滿的答案，但我們都希望能夠儘量提供讀者一些新穎而又合理的觀點與解釋。

論及文學這一個課題，我們都會不由自主浮起「文學是什麼？」的疑問：文學，到底是本身就有一個定名（共名）可以適切的用來檢證各種不同形式的文學作品（譬如詩歌、小說、戲劇等）？還是集合各種類型不同且各自獨立的作品，然後再賦予一個總的名稱？這是每一位文學史家與文學理論家都嘗試回答的問題，歷來的解說也是五花八門，莫衷一是。或許，文學所以可貴、文學理論所以可貴，就在於這種複雜的性格吧：它在在說明了人類心智創造能力的無限可能！儘管如此，仍有一個方便的法門可以幫助我們進入這個問題的核心，那就是分類的觀念。分類原是人類藉以辨識複雜的表相世界、掌握事物整體的一種手段，同時也是探討一切抽象理論的起點。借助於分類，我們可以從對單一藝術作品的分析，走向比較、分析衆多藝術作品所體現的相同或不同的整體結構，再從這種整體結構的異同裏規範出每一種形式所獨具的語文設計與美學目的，進而分析具存於一切文學藝術中無所不包的結構與美學目的，最後則達到共通的、終極的理論定義。這便是類型理論在文學研究上的積極效益。每一種文學類型都具有它獨特的觀物方式、獨特的語文表現模式與美感設計、美學目的。我們對於「文學」這個共名的了解也就根源於我們對於各種文學類型的認識（不論是自覺的或不自覺的），因此，當我們面對一件文學作品時，首先意識到的是歸類的問題：這是一首詩（或者更精細的區分爲律詩、絕句，或詠史詩、田園詩），還是一篇小說（長篇、短篇，或者偵探、寫實）？接著便是思考該件藝術作品在美感設計或主題意識上的內容：譬如說在「律詩」這種形式結構裏，前六句所形成的「本體」與末兩句的「結語」，二者間的對照到底寓含著怎樣的一種意義（美學目的與價值信念）？成者說〈紅樓夢〉中有那些人物？他們的形貌如何？故事的情節又怎樣安排？〈金瓶梅〉一書到底含有怎樣的寓意？它反映了怎樣的社會狀況與價值信念？凡此種種，是每一位讀者、批評家，甚至作者自己或多或少都會意識到的問題，也是每一種文學類型本身所具有的成素與常規（conventional expectations），廻避不得。因此，我們可以說每一種形式均表徵一種意義，而該意義就澈底呈現在語文的表現模式及其美學目的上。這是呂正惠先生「形式與意義」一文討論的重點。

在「形式——意義」這種類型理論的觀照下，我們可以再進一步討論中國文學的特質。當我們重新檢視傳統的文學作品，必然會訝異其中所包含的體式竟是那麼繁多——根據劉勰（約西元四六四——五二二年）〈文心雕龍〉一書的剖析，當時留存的作品已可分成二十體一百八十類之多，更不論往後的推衍流變了！然而，我們是否能够再從這些記錄、留存下來的文章中選定某些作品，認爲它們才眞正具有「文學藝術」的價值，進而從中探尋到中國文學的特質？譬如說向皇帝上書表示意見的「章、表、奏、議」，儘管有其獨特的語文表現模式，同時也的確具有「表情達意」的功用，我們是否可以就此認定它們的「文學性」？這是一個值得深思的問題——尤其是我們要從社會文化的立場來考察這些現象的存在因緣時，更是如此。雖然如此，我們卻儘可擺落一切外在功能的解釋，純粹就文學作品本身所具的自律性（autonomy or identity），也就是文學作爲一種語言藝術的必要理則——以語言爲本質，以藝術爲效用——做爲判斷的基準。在劉勰所劃分的衆多類型當中，前面所擧的章表奏議等文類，顯然政治層面上的論辯功能大於藝術設計上的美感效果，並不能成爲中國文學傳統中的代表作。當然，我們說某些作品「是不够『文學的』或竟不是『文學』，而只是一般的語言構造品」，我們並不因此貶損它們的存在價值；祇是，由於社會形態的變異，我們想從另一種觀點來討論文學創作的意義與文學作品的藝術價值。我們同意王夢鷗先生的主張，採取「一種陳義較高的、趣向於純粹性的要求」（見王夢鷗，《文學概論》）。緣此，我們認爲在衆多的文學類型當中，沒有比詩歌（包括賦、詞、曲）、小說、戲劇等更具有樣本（exemplar）的條件了。中國文學的首唱是詩，終末樂章也是詩歌的再翻轉：從一種詩歌形式再轉到另一種詩歌形式。胡適先生提倡白話運動、進行「文章革命」（〈嘗試集〉語），第一隻箭頭即是指向詩歌這種文學類型；先生的〈嘗試集〉就是具體的見證。在西元前十世紀左右，中華兒女選擇了簡潔的、反覆廻增的歌謠體來表達他們的喜怒哀樂時，的確是從這種複沓的歌謠形式裏找到了最貼合於他們的心靈秩序與美的理想的表達媒介。往後，文學創作的主流便在「抒情詩」這種文學類型的拓展中逐漸定形，終而滙結成標識中國文學特質的抒情傳統，甚至影響、改變了小說、戲劇這些文類本身獨具的敍事本質。拙著「抒情精神與抒情傳統」一文便是嘗試爲這種文學的歷史發展提出根源性的解釋。

在文學理論的領域裏，有兩種觀點是最難調和並存的：一是强調每一件藝術作品都是一個內涵的世界，是一個完整自足的自體，因而强調藝術作品的自律性；一是把藝術作品看成是表徵社會文化現象的材料，從而探討藝術作品與其他文化活動或社會現象間的關係。在這種理論的論爭裏，我們無意去檢討兩者的正誤，也無意提出一種折衷的理論；不過，我們堅信文學作品與社會文化間有著相互依存的力動關係。畢竟，文學創作是一個民族文化創造活動的一環，它不但可以抒發、表現作者個人的思與感，同時也可以展示一個民族全體的經驗、感覺與意念；文學創作活動必然受到文化氛圍的制約，同時也反映、强化了該文化的靈視與心聲。因此，在本册中，我們除了就文學作品本身的自律性來討論中國文學的特質、探討每一種文學形式與其意義（美學目的與價值信念）之外，更進一步站在綜合考察的觀點提出六類中國文學中最常見、也最具文化特色的主題加以討論，希望透過這種安排能够更貼切、更清楚的呈現中國文學與中國人心靈的眞實貌形。

「自然」是一個語義極爲豐富、極其分歧的名詞，它在詩人、哲學家、科學家的眼裏都呈現出獨特的形貌，扮演多種不同的角色，甚至當它成爲詩人、作家筆下領受與描摹的對象時，也充分展示出繁複的姿彩。但是在一般文學史的評價上，我們都可以發現到一個極其有趣的現象：對於自然界事物做過多或過甚的描摹，往往不是大家公認的最優秀的詩人；陶淵明（三七二——四二七年）、王維（七〇一——七六一年），甚至評價不一的謝靈運（三八五——四三三年）等人的作品除了描寫歌詠田園的景色、自然的風物外，還都表現出一種與自然欣合的情趣：人來自大地自然，終須回歸大地自然。中國詩人常常不以客觀的態度來描寫或表現自然，毋寧是以主觀的心靈要求與自然融爲一體，親密而直接地領受、觸摸自然，不但使我們化身爲自然，也使自然能化身爲我們。這種與自然的欣合象徵著一種情趣、一種襟懷、甚至一種具體的人格形象。這種將個人的心靈全然投向田園山水的領受與啓悟，可說是中國文學傳統上一項極爲重要的現象。呂興昌先生「人與自然」一文中對於中國文學這種欣合自然的特色有著極精闢的分析與說明。

藉描寫自然景物以抒發人生逸樂之感雖然是中國詩歌慣用的技巧之一，但在這種描寫的技巧裏，同時也表現了人生殘缺的一面：自然田園所表徵的圓滿自足正是困蹇疲憊的旅人過客（那些流浪徘徊在中國政治社會結構內外的士大夫）幻想中的樂土。陶淵明的「冲澹」、「閒適」是歷盡多少辛酸苦悶而參悟來的！未經苦難磨鍊而輕言超脫的心靈，本質上是虛假輕佻的，田園山水也因之表現爲一種擬似的寧靜。在此，自然田園的追尋就跟傳統士大夫的心路歷程有著極大的關連，吳璧雍小姐的論文便是從這種田園價值的升降做爲論述的起點，說明了中國文人在社會中所表現的曲折：仕與隱，這是傳統文人生命的二重奏，其中所表現的生命力的崇高莊嚴與卑微虛假，交織成中國文學傳統裏極其特殊的社會面相。

人間的情愛，是人類活動中最爲古老的一項課題，它包含有男女間的戀情、父母對子女的關愛、兄弟的親情以及朋友相知的情誼。當我們展讀西方的文學作品時，不免訝異於彼土在展示人間情愛時那種激切與浪漫的情懷：不用說羅密歐與朱麗葉、崔斯坦與伊索德、但丁筆下的帕布羅與弗蘭卻斯卡，卽使是「哈姆雷特」一劇中，哈姆雷特與奧菲麗亞間的凄涼情懷也都極盡纏綿、引人嘆惋。村婦達辛妮亞竟是唐吉訶德追尋武士精神時所憧憬渴慕的戀人；而歷經種種精神淬鍊的浮士德也是在永恒戀人的啓引下得到超昇！凡此種種都把筆墨著意於男女悅戀而產生的浪漫或悲切的情懷、甚至是隨之而來的普遍人性的對立與衝突。我們可以說西方文學作品所展示的情感世界大致是浪漫的，因此也是超絕的，充滿了悲劇的強度與力度；反觀中國的文學世界，情感表現一直安於絕對的人間性，能眞正體會並享受人間倫理情愛的平淡與充實。透過曹淑娟小姐「人間情愛的關注」一文的解說，我們可以肯定的說：就是由於這份平實悠長的人間情愛的綰連，終而滙結成中國文學中深廣的情感世界，進而彰顯出何以中國文化在倫理問題上如此抱持著嚴正的心態。在此，我更願借〈續幽怪錄〉一書中所載的「杜子春」故事（後錄於〈太平廣記〉）來說明中國文學中這項特質：杜子春被認爲是難得的仙才，他在修煉仙道的歷程裏，可以無畏「尊神惡鬼夜叉猛獸地獄」的呵叱、搏噬與恐嚇，也可以無視妻子「雨淚庭中、且咀且罵」，終而被人剉碓，一心只想著「不動不言」的誓言修行。然而，就在他的親生兒子「頭撲於石上，應手而碎，血濺數步」時，杜子春不覺張口叫了一聲「噫」。就在這聲「噫」中，一切修行都歸於徒然；他勘不破的竟是人類天性中血緣之情的關愛，就像那位失望的道士對杜子春說的：「吾子之心，喜怒哀懼惡欲皆忘矣，所未臻者，愛而已」。也就是這份血緣之情，使得儒家在討論律法與倫理的衝突時不得不低首廻避——葉公語孔子曰：「吾黨有直躬者，其父攘（偷）羊，而子證之。」孔子對曰：「吾黨之直者異於是，父爲子隱，子爲父隱，直在其中矣。」（〈論語〉「子路」篇）。

歷史，雖然留存著人類過往的一切活動與成就，使它們跨越時空的囿限而免於消逝、遺忘，但是，時空條件的囿限就足以給人一份難喻的愴懷，畢竟它本身就暗示著一種消逝、一種遺忘。人們透過文獻的記載或口述的傳說去面對上下數千年的歷史舞臺時，難免要發出「是非成敗轉頭空，青山依舊在，幾度夕陽紅」的嘆惋；文學作品所呈示的歷史世界往往也就是這麼一份無常虛幻的情調。這種無常虛幻，不止是詩人作家對於歷史事件或人物所懷抱的感覺，同時更是詩人作家對於同是活在歷史洪流的陰影下的人間生命所稟持的同情共感。

就一般的通則而論，神話原是一個民族創始時的夢想以及初民對於眞實世界的瞭解或感覺方式，然而，在中國歷史文化的發展過程裏，這一段童稚的夢想維持的時間並不長，它很快就被人文創設的精神引入眞實的人間世界，或融入古代政治社會的組織與道德意識裏、或寄託於宗教哲學的訓誡與寓言裏，而被稀薄、淡化了，其後更轉型爲一種歷史的實感與自然的秩序（天命），由是造成中國文學裏一種特異性質的幻想世界。它絕然不同於西方文學作品中那種想像力無盡的馳騁與虛構空間的拓展。

從張火慶與龔鵬程兩位先生的論文：「中國文學中的歷史世界」與「幻想與神話的世界——人文創設與自然秩序」，我們可以再度發現瀰漫於中國文學傳統中的抒情情懷以及植根於人間社會的人文精神。指向具體人事的歷史世界與投向無限未知的幻想神話世界，雖然是對立的兩種思想與感覺的結構，但在中國文學傳統裏，它們都缺乏客觀的創造與鋪陳，從而循著這些主題開展出類似西方波瀾壯闊的史詩或神話等類型的作品：不管是面對人世功業的興廢、榮華，或是面對神話幻想的絢爛、荒誕，中國的詩人作家總是不忘情地說「大江東去，浪淘盡、千古風流人物」（蘇軾，「念奴嬌——赤壁懷古」）、或「俯仰終宇宙，不樂復何如？」（陶潛，「讀山海經第一首」），然後，就在心領神會之際，將個人的主觀想像化歸於無形、散入無垠的時空中，從來不曾想到要去刻意描摹、刻畫，使其定形、成長、衍化爲一篇文采煥然、音調鏗鏘的長篇大作。

文學創作強調語言文字的藝術效用，它的主要目的原就在藉助語言文字造成的形相之美來傳達個人的訊息、表徵時代的精神；至於哲學的思考，則在強調抽象的思維與觀念的推衍，它的主要目的是想從瞬息萬變的表相世界中抽繹出一種足以解釋一切的原理原則，語言文字的創造倒是次要的問題。然而，在中國文學傳統裏，這兩者卻有著一種奇妙的結合，這種奇妙的結合雖然可以從中國文字本身所具的特質來做一說明：譬如說由於中國文字形體結構的獨特，致使書寫不易，從而促使觀念的表達不得不走向簡潔、譬喻的形式——可是，我們毋寧更讚嘆這種奇妙的結合竟充分表露了中國人在心智創造上的另一種成就。林聰舜先生的「智與美的融合」一文，便是從先秦莊子的思想文筆裏找到這種創作方式的根源，然後展開討論，爲我們提供了中國文學傳統裏另一種智與美結合的欣愉。同時，就在我們享受這種藝術形式帶來的愉悅時，不妨也思量一下：在中國文學傳統裏，具有敍事本質的文學作品到底表現了怎樣的一種姿彩。既然我們擁有先秦諸子那種無礙的辯才與華瞻的文體，擁有〔左傳〕、〔戰國策〕那種簡潔的問答與省淨的敍事，更擁有〔史記〕那種對人物形質的傳神描摹與對於時代動向的精確掌握，我們應該如何重定敍事文體的意義，而賦予中國文學傳統一種新的視觀？

從「人與自然」到「智與美的融合」，我們一共設計了六項我們認爲能够充分表徵中國文學傳統的主題，給予系統性的解說，希望提供讀者更豐富的文化史知識和新穎的解釋。當然，我們也了解這六個主題並不能全面展現中國文學豐富而廣泛的內容，不過，任何對於文化創造活動的解釋都是沒有止境的，唯有稟持一種「展現主義」（Perspectivism）的原則隨解釋視觀的昇進而轉換，文化創造活動的內涵才會更豐富、更充實。在這種情況下，作爲範例的這六個主題所具有的解釋與理解上的效用，也就不是數目字本身所能限制的了。

形式與意義

呂正惠

從比較的觀點看中國文學

按照現在最通行的辦法，文學作品可以分成四大類：詩、小說、戲劇和散文。這種四分法，其實是從西洋文學得來的，不過，應用到中國古典文學上，也還可以行得通。同樣的分類法，可以應用到不同文化背景所產生的不同文學上，這證明世界各地的文學作品具有共同的本質。但是，把西洋的分類移用到中國文學上，也很容易讓人誤解，以為中、西的文學形式「完全一樣」，以為中國詩和西洋詩「一樣都是詩」，中國小說和西洋小說「一樣都是小說」，而不再進一步的探求中國詩、中國小說和西洋詩、西洋小說之間的差異。如果我們的觀點是著重於中國文學的特質或西洋文學的特質上，這種文學形式的差異反而是最重要的。

從這個觀點來比較中、西文學形式的異同，詩恐怕是最適當的起點。詩是中國文學最主要的部份，而中、西詩歌的差別又非常明顯，我們可以在最直截了當的比較下，立卽明白中國詩歌和中國文學的特質。譬如說，一個向來只讀中國詩的人，如果讓他讀讀荷馬的〈伊里亞德〉、但丁的〈神曲〉、莎士比亞的悲劇、或者哥德的〈浮士德〉，告訴他這是西洋「詩」，他一定要大爲驚異，深深感覺到中、西文學「大爲不同」了。

假設一個人向來只讀中國詩，而且一點西洋文學常識都沒有，又假設有一個西洋人問他：「何謂詩？」那麼，他可能會滔滔不絕地描述他所了解的詩，那西洋人在聽了他的說明之後，也許會說：「啊！先生，抱歉得很，你說的只是抒情詩，並不包含所有的詩啊！」那中國人也許還會回答：「詩當然是抒情的，那裏還用得着在『詩』之上加『抒情』兩字，好像還有其他種類的詩似的？」那西洋人剛好可以接下去：「是啊！在抒情詩之外正是還有敍事詩、戲劇詩、議論詩、諷刺詩等等。」那中國人對敍事詩也許還可以了解，至於所謂戲劇詩、議論詩、諷刺詩，恐怕要百思不得其解了。

這樣的比喻也許把事實過份簡化，卻可以淸楚的說明中、西詩歌的不同。在很多中國人的心目中，詩確實只是抒情詩，而抒情詩確實就是詩的全部了。

進一步來說，也有很多中國人知道，西洋詩除了抒情詩之外還有史詩，而中國是「沒有」史詩的。但是，如果他們知道，英國劇作家莎士比亞是英國最偉大的「詩人」（是因爲他寫了許多悲劇，不是因爲他寫了一百多首十四行詩），法國悲劇作家拉辛是法國最了不起的「詩人」（因爲他寫了許多傑出的韻文悲劇），即使他們接受了這種「事實」，他們心中還是不太能「習慣」。除非是長久浸淫於西方文學之中，否則一般的中國人是不太能接受「戲劇詩」、「戲劇詩人」這樣的名詞的。

除了戲劇詩，西洋還有議論詩。中國人也知道，詩「可以議論」，如宋代詩人常作的那樣。不過，要像羅馬詩人賀拉西（Horace）、法國詩人波亞諾（Boileau）或者英國詩人波普（Pope）那樣，寫一首幾百行的「詩藝」（Art of Poetry）、或是「批評論」（Essay on Criticism）來討論詩歌原理和創作技巧，則是中國人所夢想不到的。至於像羅馬詩人魯克里修斯（Lucretius）寫了六卷的〔論萬物之本質〕（*On the Nature of Things*，每卷都在一千行以上），對中國人來講，簡直是匪夷所思了。

西洋還有所謂諷刺詩，這種諷刺詩的性質，可以羅馬詩人朱汝納爾（Juvenal）爲例來說明。朱汝納爾寫了五卷（共十六篇）的諷刺詩（Satire），諷刺的範圍涉及「人所爲之一切」，如羅馬貴族的惡德敗行、羅馬皇帝的內閣會議、女人的個性、人類欲望之虛幻等等。這樣的諷刺詩，在十七、八世紀的新古典主義時代，曾經風行一時。卽使在浪漫主義時代，拜倫也寫過半敍事、半諷刺的長篇大著〔唐璜〕。

不止如此，卽使在抒情詩的範圍內，西洋詩的特殊內涵也會令中國人深感迷惑。譬如輓歌應該是抒情詩了，但是像密爾頓的「萊西達斯」(Lycidas，一九三行)、雪萊的「亞當尼斯」(Adonais，四九五行)，其中議論、哲理的成分絕不比抒情成分少。更明顯的例子是華滋華斯的「詠永生之暗示」(Ode on the Intimations of Immortality，二〇五行)。這首詩，如果讓中國人來寫，一定是純粹的田園山水詩，而華滋華斯卻從田園山水一轉而成形上的哲思。對中國人來講，這首詩的前四節所描寫的華滋華斯對於大自然的感情，可以讓他深受感動，但到第五節以下轉入議論時，恐怕就要大搖其頭了。

西洋詩是相當多樣的，可以拿來說故事、寫戲劇、議論、諷刺，甚至還可以拿來作形上的哲思。比起來，中國詩非常具有一致性——基本上，那一致性是「抒情的」。卽使中國人也偶而以詩「敍事」，以詩「議論」，以詩「諷刺」，然而，這些特質跟西洋同性質的詩作比起來，簡直微不足道，不僅「數量」上如此，「質量」也是如此。比起西洋的敍事詩、議論詩、哲理詩、諷刺詩，中國詩裏的敍事、議論、諷刺成分，實在都像是「抒情詩」了。

如果說，西洋詩「知性」的成分相當多，那麼幾乎可以說，中國詩完全是「感性」的了。當然，中國人也曾把自己的詩加以歸類，也曾在所有詩作中分辨出不同的風格，最有名的例子是唐、宋詩的區分。雖然一般也認爲，唐、宋詩的區分是感性與知性的不同，特別強調宋詩的理智成分。然而，這只是比較而言——比較起來，宋詩略爲偏向知性的反省[1]。眞要跟西洋詩相比，宋詩的知性顯然就「感性」太多了。

反過來說，站在中國人的立場來讀西洋詩，也常會有奇異的感覺。譬如浪漫詩人，應該是感性最强的西洋詩人了罷。但是，不少人初讀華滋華斯或濟慈的作品，多多少少總會覺得彆扭，他們敏銳的感受雖然叫人讚嘆，那不時出現的說理性與邏輯性卻總讓那翺遊的感性絆了好幾交。

更特殊的是，中國詩的生命幾乎全在意象，意象把經驗和感受表達出來。卽使是議論與諷刺，也常常化身爲意象而出現。中國詩常常把「說明」溶入意象之中，西洋詩恰好相反，它的意象反而常爲「說明」的需要所束縛，西洋詩的意象常常是說明性的。以濟慈爲例，濟慈詩意象的豐富在英詩中是有名的。他那些著名的頌歌，如「夜鶯頌」、「希臘古甕頌」、「秋頌」，眞讓人完完全全的感受到意象感性的愉悅的，卻只有「秋頌」的後半首，其餘的意象都因安裝在說明的框架中而令人覺得意味不足。這是完全沒有西洋詩素養的中國人初讀西洋詩常有的感覺，也足以說明中國詩直截的感性之無所不在，以及西洋詩說理傾向的「無孔不入」[2]。

以上對於中、西詩歌形式的比較，可能把複雜的事情太過簡化了，但主要目的則在於把中國詩歌幾乎是一面倒的抒情的、感性的傾向指出來。指出了這點，也就說明了中國文學所具有的某種特質。採取類似的方法，也可以進一步比較另一種文學形式——戲劇，在中、西文學傳統上的不同，由這些不同，再來推論中、西文學在本質上的差異。

從文學發展史的立場來比較中、西戲劇，最令人驚訝的是：戲劇在西方文學發展的最早期（西元前六世紀），已經奠定了極其崇高的地位，甚至到現在，這地位還能維持不墜；至於中國，恰好相反，中國的戲劇要到很晚的金、元之交（十三世紀中期），才正式成立，直到現在，甚至可以說，文學性的戲劇還沒有在文壇上站穩脚步。戲劇是中國文學最弱的一環，已是公認的事實。

如果再進一步分析戲劇在西方文學傳統中的特殊地位，就更要驚訝於中國人在戲劇方面的拙劣表現了。西方的戲劇形式，在希臘時代就完全建立起來了，而且成就輝煌，足以譽爲希臘文化最偉大的遺產之一——希臘三大悲劇作家，和荷馬一樣，公認是西方文學的顚峯人物。這樣了不起的成就，附帶地產生了一項同樣不容忽視的重要事實：西方文學第一個偉大的批評家、西方文學批評傳統的奠基者——亞里斯多德——便是在希臘悲劇的既有作品之上，建立他的文學理論。西方的文學理論起源於悲劇，正如中國的文學理論起源於抒情詩，不正好命定式的預告了中、西文學傳統將各奔向不同的道路、奔向不同的目標嗎？

當然，西方偉大的劇作家比起偉大的詩人來，是要少得多。然而，凡是戲劇成就最大的時代，也是西方文學的顚峯時代：希臘時代、文藝復興時代的英國和西班牙，新古典主義時代的法國，狂飈運動時代的德國，都是典型的例子。西方的戲劇，不是在短期之中達到令人不可逼視的成就，就是陷落於長期的平庸之中，這實在是非常有趣，非常値得深思的事情。

而更重要的是，戲劇文學所表現出來的特殊本質——戲劇性（Dramatic），竟然也成爲西方其他文學形式所刻意追求的目標。我們可以說，以希臘悲劇爲基礎的亞里斯多德的文學理論，基本上要求文學作品必須是「戲劇性」的。這樣的文學理想，後代的西方人大體都加以接受。在二十世紀以前，絕大部份的西方人都認爲，越具有戲劇張力的小說越是偉大的小說；同樣的，也有很多人認爲，越有戲劇張力的詩越是了不起的詩。

要說明這一點，只要擧兩個簡單的例子就够了。首先，在十九、二十世紀之交，西歐文學界開始面對他們非常不習慣的兩種俄國文學作品：托爾斯泰的小說和契訶夫的戲劇。托爾斯泰的〔戰爭與和平〕，有如緩慢的大河悠悠流過，而契訶夫的〔三姊妹〕、〔櫻桃園〕卻

「沒有情節，什麼也沒發生似的」。後來他們都接受了這些作品，但初見面時的驚訝，無疑也反映了西方文學一向所具有的特質。其次，在二十世紀的文學批評界，有一種極其獨特的抒情詩理論。這種理論爲英、美的新批評學派所提倡；他們評詩，重「張力」(Tension)、重「矛盾語」(Paradox)、重「性質相異的事物間的綜合」[3]，簡單的說，重「戲劇性」。初看之下，這樣的理論簡直不可理解，仔細一想，他們不過把戲劇的標準移用到抒情詩上罷了。抒情詩的「戲劇性」理論？簡直不可思議！中國人一定要搖頭嘆息。然而，這不過是從西洋文學理論的根本處所發展出來的小小變種罷了。

如果我們也來看看中國戲劇的特殊樣態，那就更有意思了。舉極端的例子來說，像白樸的〈梧桐雨〉或湯顯祖的〈牡丹亭〉，最動人的場面在那裏呢？〈梧桐雨〉是在全劇的最後一齣：其時整個舞臺就只有唐明皇在那裏細訴他對楊貴妃的永恆的相思之情，那是悠悠綿綿的一首抒情詩接著一首抒情詩唱個不完，此外別無其他動作。至於〈牡丹亭〉，最著名的「遊園」，其實只是杜麗娘的「思春」之詞，是杜麗娘蕩漾的情懷在傾訴她幽幽的「春思」。以〈梧桐雨〉、〈牡丹亭〉這兩幕來看，幾乎可以說，那是「抒情的」。這當然是最獨特的例子。然而，仔細想想：中國戲劇中最感人的場面，是否都有這種類似的性質？如果不怕過份簡化的話，我們簡直可以說，中國戲劇中情節的推移常常只是「過門」性質，當情節移轉到表現感情的適當場合時（如杜麗娘遊園），就會有一段長時間的抒情場面（以一連串的抒情歌詞連結而成），而這往往就是全劇的「高潮」。簡單的說，中國戲劇常常是由情節推移和抒情高潮配合而成的。這樣的結構方式，顯然和西洋戲劇大爲不同。西洋戲劇常常一開始就小心翼翼的佈置衝突因素，最後讓衝突因素不可避免地碰在一起而爆發出高潮，然後全劇結束。西洋戲劇並不是沒有抒情的場面，但像中國式的由一組抒情詩累積而成，則極少見到。中國戲劇並非沒有衝突，但像西洋式針鋒相對的萬鈞張力，卻是絕無僅有。和西洋戲劇比起來，說中國戲劇是「抒情式」的，雖難免簡化事實，仍然有其道理在。

「戲劇性」的抒情詩，「抒情性」的戲劇，多麼奇怪的對比。這卻指出了一個事實：西洋人最高的文學境界是「戲劇性」的，中國人的則是「抒情性」的。

詩詞的形式及其特質

中國文學的抒情特質，在詩歌之中表現得最爲徹底；詩是中國文學的主流，這是公認的事實。因此，進一步的討論詩歌的各種形式，以及這些形式和中國文學的抒情特質的關係，是更深入地了解中國文學的必要步驟。

「詩」這個名詞，按照傳統的用法，只包涵〈詩經〉、〈楚辭〉和五、七言古、近體詩；更嚴格的說，則只特指五、七言詩。按照現在通用的習慣，中國文學裏的「詩」，應包含〔詩經〕（四言）、〔楚辭〕（騷體、楚歌體）、五、七言詩、詞和散曲。可見「詩」在中國文學裏包括相當多的類別。

從時間上講，〔詩經〕（西元前十一世紀——六世紀）、〔楚辭〕（西元前三、四世紀之交）是中國最早的詩歌，對後代的詩人具有無與倫比的影響力，因此一般認爲是中國詩的兩大源頭。從文學發展的立場看，〔詩經〕、〔楚辭〕卻都是孤立的現象：〔詩經〕之後沒有四言詩，〔楚辭〕之後沒有騷體。後代詩人寫四言詩和騷體的，都只是零星的現象；其形式在〔詩經〕、〔楚辭〕之後都已僵化，也不再有一個綿延的文學傳統；〔詩經〕、〔楚辭〕對後代詩人的深遠影響是精神上的，而非形式上的。

中國詩具有一個綿延不絕的傳統，是從五言詩成立（西元二、三世紀之交）開始。先是五言詩，然後七言詩加入，五、七言詩成爲中國詩歌的主體。這種情形，從東漢末的建安時代一直維持到民國六年的新文學運動爲止。在將近兩千年的長時間裏，五、七言詩的作家獨佔「詩人」之名，五、七言詩獨佔「詩」之名。在很多人的觀念裏，「詩」就是五、七言詩的同義字。

到了唐、五代之間，中國詩的另一種形式——「詞」才又誕生。詞在兩宋達於極盛，明代雖有中衰的現象，大致說來，從唐、五代之間到民國初年，仍然具有千年左右的傳統。其源遠流長雖不及五、七言詩，「水流量」也不及五、七言詩，又有一段時間的幾乎中斷（明朝），但仍是中國詩歌中不可忽視的一大支流。因此，習慣上常把詩（五、七言）、詞並稱。

至於散曲，實際上只是戲曲的附庸，無論質、量，均遠不及詩、詞。文學史上的散曲並沒有明顯可見的獨立傳統，也沒有一羣不可忽視的一流作家和一流作品。所謂詩、詞、曲的曲，主要還是指戲曲而言。

以上簡單說明中國各種詩體發展的情形，及其在文學史上的地位。從這裏也可以了解到，若要透過形式來了解中國文學的特質，無疑的，五、七言詩的各種體裁（古風、律、絕）和詞，是最主要的對象。因此，以下的討論，也集中在這個範圍之內。

我們的討論所關心的問題是：特殊的形式（譬如律詩）是否只表現某種特殊的內容；不同的形式（如律詩與絕句）是否會表現不同的內容；而綜合起來看，中國詩詞的主要形式（五、七言古風、律、絕；詞的小令與長調）雖然各自表現不同的內容，是否也指向一個共同的特質；這特質的基本性質又是什麼，從這基本性質中，是否可以找出中國文學「抒情本質」之所在？

純粹從文類（Genre）研究的立場來探討中國每一種詩體所表現的特殊內涵，是非常有趣而又值得嘗試的。讀過一些舊詩的人都可以感覺到，同樣是絕句，七言絕句的世界和五言絕句大不相同；同樣是律詩，五言律詩和七言律詩的味道也彼此互異；同樣是詞，小令和長調的題材與技巧也有很明顯的界限。從這種立場，可以研究每一種詩體的特殊世界，仔細的分析五古、七古、五律、七律、五絕、七絕、小令、長調等各種體式各自具有何種特殊的結構，最適宜表現怎樣的題材與情調，如何捕捉到彼此理想中的生命境界等等。

這樣的文類研究，在中國似乎還很少人嘗試過，因此，要在這有限的篇幅中簡短而精確的描述每一種體式的特質，幾乎是不可能的。不過，若以闡述中國文學的抒情特質的立場來探究各種詩歌形式和這一抒情特質的關係，倒還有嘗試的餘地。

以詩（五、七言詩）而言，最具決定性的因素應是句數的限制。律詩只有八句，絕句只有四句，這是中國人都知道的常識[4]。但是，極少人仔細的去思考這種句數限制所代表的意義。四句或八句，等於是把中國人的視界逼到一個特殊的範圍之內。想想看，四句的絕句能表現什麼？又不能表現什麼？從這個角度來思考，當能發現問題的癥結。

以絕句而言，幾乎每個有讀詩經驗的中國人都會說：「絕句表現的是一刹那的感受。」這是必然的趨勢。絕句只有四句，四句詩或者只有二十字（五絕）、或者只有二十八字（七絕）。在這麼短小的篇幅之中所能表現的人生經驗，可以想像得到，很容易是那種一刹那之間所感受到的經驗，很不可能是那種事件繁多，過程複雜的「大」經驗。

絕句所常表現的一刹那經驗，大致可以分成兩大類。例如：

人閑桂花落，夜靜春山空。月出驚山鳥，時鳴春澗中。（王維，「鳥鳴澗」）

這首五絕，寫的只是夜晚寂靜的春山中「月出驚山鳥」這樣一個簡短的事件。可是這樣簡單的事件，在詩人靈敏的感性下，卻具有極端耐人尋味的特質。這特質來自詩人所深切體會到的宇宙之中靜與動的對比。「人閑桂花落，夜靜春山空」，整個畫面所强調的是「閑」與「靜」，是寂寂無聲息的山；似乎在暗示，一切生命的活動都已暫時止息——人也要休息，鳥也要休息。然而，就在這一切生物都感受到「生命在休息」而沈入靜寂之中的時候，突然在最令人意想不到的一角，一個奇特的「動態生命」闖了進來，那突然出現在天邊的月，像一個沒有人知道他存在的生命，「莽撞」的闖入已在休息的生命羣中，使那棲息在樹枝上的山鳥「大吃一驚」，飛了起來，而「時鳴春澗中」。這首詩告訴我們，我們以爲沒有生命的所在，正有一個永恆的生命在那裏流動。那「月」，正如宇宙生命的化身，在一切生命暫時停止活動的時刻，還在慢慢地，卻不停地動著。這首詩展現了宇宙的「本質」，那是永不停息的生生之流，這生生之流化作山月驚動了山鳥，使得靜觀一旁的詩人「當下徹悟」。

這首詩正可代表中國絕句「本質主義」的傾向。經驗的本身只是個象徵，只是個誘因，讓我們藉此體驗世界或者人生的「本質」。西洋人有「一剎那見永恆」的說法，追求本質的中國絕句基本上也是走的這條路。

另一類型的絕句，可稱之爲「印象主義」。譬如：

朝辭白帝彩雲間，千里江陵一日還。兩岸猿聲啼不住，輕舟已過萬重山。

李白這首「早發白帝城」，是「印象主義」絕句的最佳代表。整首詩所描寫的就只是從白帝城到江陵之間那種「小舟如飛」的感覺。從實際行程來講，那是相當長的一段路。由於長江三峽湍急的水勢，千里江陵卻只要一日就可到達。又由於這首詩短小的篇幅，那一日的行程使人在讀詩之下又化成一剎那的「錯覺」，而這一剎那所感覺到的就是「兩岸猿聲啼不住，輕舟已過萬重山」，是連綿不停而又煞然而止的「印象」。

當然，以上所舉的這兩首詩在中國絕句中都是比較特殊的例子；正因爲特殊，更容易突出的表現了他們所代表的典型。從這兩首詩作出發點，再來進一步的分析其他的絕句，也許就更容易看出其中「本質主義」或者「印象主義」的傾向了。譬如下面這兩首：

玉階生白露，夜久濕羅襪。却下水精簾，玲瓏望秋月。（李白，「玉階怨」）

吳頭楚尾路如何？煙雨深秋暗白波。晚趁寒潮渡江去，滿林黃葉雁聲多。（王士禎，「江上」）

李白的「玉階怨」寫的是感情，和王維「鳥鳴澗」以外在世界為重心，在內容上並不相同。但就處理經驗的方法而言，兩者實在是異曲同工。在這首詩裏，李白把女子的閨怨情懷，固定在「望」這一個動作之上。由於這首詩的簡短，也由於把「望」這個動作放在最後一句上，在極短的時間內讀完這首詩，在陡然煞住之餘，這「望」的動作也跟著停止，成為懸在永恆之中的恆久動作。因此這「望」把女子的幽思固定為恆久的盼望，而遂有了本質性的意義。簡單的說，「望」成了女子生命的本體，她的全副生命就表現在這「望」中。就這一意義而言，「玉階怨」也是「本質主義」的絕句。

至於王士禎的「江上」，則很容易看出是屬於「印象主義」的了。我們不能說，「江上」沒有表現某些感情，但更重要的，那基本上是船行江上的印象的記錄。「晚趁寒潮渡江去，滿林黃葉雁聲多」，也許包含了某些作客他鄉的心懷，但那略帶蕭颯卻仍優美的黃昏景象可能更令人玩味不盡。雖然李白的「早發白帝城」更容易突出中國絕句「印象主義」的本質，但也許王士禎的「江上」更能代表「印象主義」絕句的一般特色。這種絕句，不管情懷的表現有多麼哀傷，所描繪的「印象」似乎總有令人喜愛而玩賞的一面；再配上七言絕句所特有的悠揚的聲調，甚至可以說，那實在能引發某種感官的「愉悅」。

就因為如此，印象主義的絕句大半是七絕。而五言絕句較為簡短，停滯性大於流動性，也就更適合表達某種「本質」。雖然不能一概而論，但如果說七絕基本上是「印象主義」式的，五絕是「本質主義」，也大致不差，不論是數量還是質量，中國詩中的七絕都遠過於五絕，也就是說，中國人對於一剎那經驗的感受，感官印象的成分也許要大過本質的成分。

這只是就絕句而言，律詩中印象與本質的比重與關係則複雜得多。律詩比絕句多出四句，所能表現的經驗範圍當然要大得多。但就實質而言，八句的限制仍然相當嚴格，所能表達的經驗範圍到底還是有限。因此，基本上，印象主義與本質主義仍然是律詩生命之所在，只是其表達方式與絕句略有差別罷了。

先以常建的「題破山寺後禪院」為例來說明律詩最典型的表現模式：

清晨入古寺，初日照高林。曲徑通幽處，禪房花木深。山光悅鳥性，潭影空人心。
萬籟此俱寂，惟聞鐘磬音。

我們不難看出，本詩的前兩句是經驗的開始，末兩句是經驗的結論，中間四句則是經驗的本身。最值得注意的是中間四句。首先，那是由四個印象構成；其次，那四個印象又構成兩組對句。對句是很重要的因素，因其有兩兩相對的整齊性，印象在他們的「鎔鑄」下，被限制在某一框架中，因此也就有了某種「固定」性。這種固定性，很容易使律詩趨向「本質」的追求，因此也較為接近「本質主義」絕句的境界。

進一步說，律詩中印象主義仍然具有舉足輕重的地位。以前詩爲例，全詩的重心基本上就是四個印象，癥結是在對句。因爲對句這一要素的加入，律詩很容易把任何印象「固定」在框架中，而走向本質性。所以，不妨說，律詩正是結合中國人本質主義與印象主義的最佳形式。

爲何說是「最佳」形式呢？如果拿來跟絕句相比較，就更容易明白了。以「本質主義」的絕句而言，他們也描寫印象（景物），譬如前面所舉的「鳥鳴澗」和「玉階怨」基本上都以景象構成。但因爲其中的景象並沒有放在兩兩相對的框架中，也就不顯得那麼突出。至於「印象主義」的絕句，則由於七絕聲調的悠揚，不容易透露出本質性，比較容易以感官的感受爲主。

而律詩，一方面仍然不放棄印象，仍然透過印象來描述感覺與感情；另一方面，由於詩中印象容易固定在對句中，那印象所傳達的感覺與感情由於這種固定，也就「本質化」了；變成是生命的主體，而不只是一時的感官印象，如七絕所常表現的那樣。

當然，律詩所可能具有的結構方式還有很多種，「題破山寺後禪院」只不過是其中最典型、最基本的一種，但不管結構的變化如何，其組織經驗的模式大致仍如以上所描述、分析的那般。

這種組織經驗的基本模式，最大的貢獻是爲中國人的情感主義提供一種最佳的表達方式。像前面所擧王維的「鳥鳴澗」、常建的「題破山寺後禪院」，外在世界的成分佔很大的比重。這種以外在世界爲中心的詩，當然比較容易透入世界的本質，比較富於沈思性，甚至有哲理意味（如「鳥鳴澗」所表現的）。這基本上是中國的田園山水詩所走的路，是中國詩的一大類，但更重要的是感情，如何把中國文學的抒情成分表現在某種形式之中，而不致流於泛濫無歸的傷感，或者是感官似的感覺，換句話說，如何把感情表現得「本質化」，使感情具有本體意義，成爲人生之中最重要的（甚至唯一重要的）「實體」，恐怕是中國文學追求形式的過程中最重大的課題。這課題終於在律詩的形式完成之後得到解決。律詩可以說是把中國人的感情主義「本質化」、「本體化」的最佳形式。李商隱的「錦瑟」，正可用來作進一步的說明：

錦瑟無端五十絃，一絃一柱思華年。莊生曉夢迷蝴蝶，望帝春心託杜鵑。
滄海月明珠有淚，藍田日暖玉生煙。此情可待成追憶，只是當時已惘然。

七言詩比較富於流動性，聲調比較悠揚，因此容易「助長」感官式的印象感覺主義，如七言絕句所常表現的一般；在七言律詩裏，雖然流動性比起五言律詩還是要大得多，但由於中間兩聯對句的「固定」作用，也就不容易流於以聲調取勝的着重感官印象的傾向了。

更重要的是，由於對句的存在，中間兩聯所描寫的印象更爲突出，詩人也就刻意的在這上面下功夫。因此，早期律詩的景象描寫也許還比較具有「寫實性」，比較從眼睛所見的範圍去取材；越到後來，詩人越會用心去「造景象」，以求這些景象能更眞切的表現自己的感情世界。以「錦瑟」一詩而言，李商隱在中間兩聯所表現的「創造性」是非常明顯的。尤其五、六兩句，已經近於象徵世界，不是言詞所能解說明白的了。

由於這些對句式的景象具有特殊的創造性，伴隨這些景象而來的感情也就有了極爲個人化的特性，從而構成一個奇特的感情世界。這感情世界，實際也就是詩人特殊的生命世界，同時也是他的生命本體。透過這樣的形式與途徑，中國詩人把他的感情本質化、本體化，從而達到一種極爲特異的「感情本體世界觀」。

這種「感情本體世界觀」的特色是這樣的：感情才是人生中唯一的「眞實」，是瀰漫於世界的唯一令人關心的「眞實」，是逃也逃不掉，躲也躲不開的「眞實」。至於西方人思想裏，以「物」爲本體的看法，在以「心」爲本體的中國人看來，固然不可思議；卽使是强調心的理性作用，也不能令人首肯。中國人固然很不容易接受唯物的世界觀，就「唯心」而言，中國人也不能接受其中「唯理」的成分。中國人是唯感情、唯感性的，簡單的說，是「唯情」的。這種情之本質化、本體化的傾向，就是中國抒情傳統的重大特色之所在。而這重大特色，就在律詩這一形式中找到最完美的表現。

以上的分析若要換成較簡單較通行的術語，則無過於王國維的「境界」二字。我們說，詩人以創造性的意象來使他特殊的感情世界本質化、本體化，這不是「境界」是什麼？「境界」一詞所以那麼容易爲中國人接受，因爲他一方面含有「情」的成分，一方面又把「情」提昇至「境界」的地步，也就是說把情客觀化、本質化。因此「境界」一詞最能表達中國人特異的「感情本體世界觀」。同時，「境界」一詞又最適宜拿來描述律詩中間兩聯以對句組成的意象；這也進一步證明，律詩這種形式最「方便」拿來表達中國人的「感情本體世界」。因此，律詩可以說是中國抒情傳統的典型形式；也就是在這一意義上，高友工先生才會說，律詩是中國抒情文學的「美典」[5]。

古風的性質，一般而言，要比律、絕複雜得多，比較不具有律、絕那種一致性。而且，古風的歷史也要比律、絕悠長得多。在律詩的形式完全奠定之前，古風已有三百年以上的發展。在律詩完成之後，由於詩人意識到律詩的存在，爲了與律詩「立異」，古風的內容又產生明顯的變化。所以律詩之前的古風，和律詩之後的古風，基本上是有所不同的。

律詩之前的古風，也許可稱之爲「混沌未開」時期。所謂「混沌未開」，是針對律詩形式的「發現」而言。基本上，那是感情直接的表現，還沒有鎔鑄在律詩的固定形式之中。譬如：

夜中不能寐，起坐彈鳴琴。薄帷鑑明月，清風吹我襟。孤鴻號外野，朔鳥鳴北林。徘徊將何見，憂思獨傷心，（阮籍，「詠懷」之一）

結廬在人境，而無車馬喧。問君何能爾，心遠地自偏。採菊東籬下，悠然見南山。山氣日夕佳，飛鳥相與還。此中有眞意，欲辨已忘言。（陶潛，「飲酒」之四）

阮籍的「詠懷」，很明顯的，結構方式和律詩很相似，全詩八句，開頭兩句是「起」，最後兩句是「結」，中間四句中對句組成的外界景象則是經驗的重心。這豈不是律詩的基本結構？除了不講究平仄，鍊字和意象上的工夫比較具有古風的純樸外，其他無一不像律詩。當然，本詩也已經具有把感情固定化、本質化的傾向。

至於陶潛的「飲酒」詩，除了全詩的「起」是四句而不是兩句之外，其他和律詩的結構也沒有不同——五、六、七、八四句，是外界景象，是經驗的重心，最後兩句是「結」。當然，中間四句的景象並不由對仗構成，比起阮籍的「詠懷」又離律詩遠了一步。但基本上，仍然可以看出這樣的結構方式，只要有意識的進一步發展，距離律詩所代表的組織經驗的模式也就不遠了。

所以，律詩以前的古風，從這個觀點來看，可以視作「混沌未開」走向律詩的「有意創造」的時期。而律詩，如果從歷史的眼光來回顧，不過是把古風已具有的傾向更集中的結晶成固定形式罷了。律詩以前的古風，可稱之爲「感情本體世界觀」的「混沌未開」的表現。當然，「混沌未開」只是針對律詩的固定形式而言，並沒有評價的成分。要說評價，一般中國人倒是多認爲「混沌未開」的古風實在遠勝於形式已固定的律詩。

律詩成立之後的古風又如何呢？這大致可分成兩類。第一類拒絕律詩的固定形式，寧可走「混沌未開」的老路。這一類的詩人，可稱之爲「復古派」，譬如李白、韋應物都比較接近這一派，他們不常寫律詩。第二類是「革新派」，以杜甫爲代表，把古風裏已被律詩侵占的地盤交由律詩去表現，古風則全力去開拓律詩所無法達到的境界。所以杜甫的古風，含有大量的敍事、描寫、議論成分，這不但是律詩所缺乏的，連律詩以前的古風也少有這種作風。

杜甫以後唐宋的古風，不管是韓愈、白居易，還是蘇軾、黃庭堅，都走杜甫的路子。復古派的古風，到了宋代，幾乎是欲振乏力了。因爲人們寧可寫律詩來表達那「感情本體的人生觀」，或者寧可寫杜甫式的古風，來盡情的描述或者滔滔不絕地議論。復古的古風，就在兩面夾攻下，喪失了所有的領土。

所以從文類的觀點來看，五、七言詩可分成四大類，即：古式古風、絕句、律詩、新式古風。就歷史發展來看，古式古風已透露中國抒情傳統「感情本體主義」的傾向；這傾向，到了絕句，尤其是律詩，便固定爲具體的形式，律詩也就成了中國人「感情本體主義」的顛峯表現。至於新式古風，可以說是和古式古風、律、絕「異質」的文類。只有這個文類，沒有完全屈服於感情主義，比較能建立感情主義以外的獨立世界。在中國的抒情傳統中，成爲「獨行傳」中的人物。

唐宋時代（亦卽五、七言詩的黃金代）的大詩人有三種類型：或者以古式古風爲主，多少參雜了律詩和新式古風的精神，如李白；或者完全以律詩爲主，甚至連古風都律詩化了的，如李商隱；或者律詩和新式古風並重，兩者並行不廢，在兩者之中取得平衡，杜甫是其中最著名的代表。杜甫以後的唐、宋大詩人，基本上都像杜甫，只是有的比較偏於新式古風，有的比較偏向律體。只有韓愈完全注意新式古體，成了奇特的例外。

唐宋的大詩人，完全以律體（律、絕）取得文學史上的重要地位的，無疑要以李商隱爲最出色。但就一般的評價而言，李商隱還不能與唐代的李白、杜甫、韓愈、白居易，及宋代的蘇軾、黃庭堅相比。這是否表示律體雖然代表了中國抒情精神的最佳典型，但因此也有了狹窄性？這是否表示律體如果不能以古風來平衡，就會暴露了律體世界的有限性？

律體的優點，是可以把片段經驗固定化、本質化，以達到本體的世界。可是，假如詩人沒有這種能力，那種嚴格的律詩形式，不正可以把人生經驗切割成一小段一小段，好「套」

進律詩的框架嗎？想想看，八句的律詩，加上對句的限制，其結構模式又能有多少變化？如果詩人耗盡一生精力在這八句之中，我們又怎能期望他有多麼廣大的視野？

不幸的是，唐宋以後的詩人，正逐步走向這四十字或五十六字的八句世界，他們已逐漸忘記唐、宋大詩人如何以古風來平衡，遂不得不封閉在狹隘的律、絕世界之中了。元、明、清三代，以至近代寫古典詩的人，都證明了中國的抒情傳統，如果死守住律體，會僵化到什麼程度。

除了律詩，絕句最能把中國人「感情本體主義」的抒情精神具現在固定的形式中，中國古典詩的另一重要形式——詞，也表現了中國抒情傳統的另一面貌。就某種意義而言，詞甚至可以說是抒情精神最「純粹」的表現。詞的這種「純粹」精神，可從其形式的起源和本質上來說明。

基本上詩、詞的源頭都是「歌」（Song），但詩詞最大的區別是：詩在很早的時候就脫離「歌」而獨立，在士大夫手中發展成較為複雜的文學世界，遠非「歌」所能比擬。而詞，即使後來的形式更為複雜多變，精神仍然屬於「歌」的世界，它原是民間的抒情歌謠，然後轉到文人手中；文人先是模擬質樸的民間歌曲，接著換上較複雜的詞彙與技巧，最後發展成南宋末年那種艱澀難解的詠物詞。但是，不管形式、技巧再怎麼變，詞的精神還是「

歌」的精神。詞在中國文學史上最獨特的地位是：它是中國文人的「歌」。它一方面具有抒情「歌」的特質，一方面又具有中國文人的精神。中國文人的抒情精神表現爲「歌」的形式，這就是詞。從這個意義上來看，詞未嘗不可說是具現中國抒情精神的最純粹的形式——有那一種抒情詩比「歌」更純粹？

詞所以能始終保持「歌」的精神，最主要的原因是：詞從來就沒有脫離音樂而獨立。北宋的詞人，在流行歌的歌聲中，塡他們的歌詞，理所當然的是音樂性的。南宋的詞人，雖然眼看著詞的音樂在民間喪失其影響力，以至於從民間消失，但這些音樂卻撤退到有敎養的文人圈子中而更爲高雅化；他們就配合著這些日漸高雅化的音樂來塡他們更爲講究、更爲典雅的歌詞。等到這些高雅的音樂消失以後，後代的詞人（以淸代最爲顯著），就嚴格的按照每一個詞牌（卽每一首歌）的字句、平仄（甚至四聲）韻脚，一字字地「塡」上去。所以音樂雖然消失了，整個韻律的精神還是音樂性的。在這整個發展過程中，並不是沒有人想要脫離音樂與歌的影響，把詞提昇到「詩」的世界。但作這種努力的人畢竟是少數，有成就的更少——最著名的例子就是蘇軾和辛棄疾。在整個詞史上，有地位的詞人只有蘇、辛兩人可稱爲「詩人」。其他，周邦彥、姜夔以下，都只能稱爲「詞人」，亦卽「歌詞作家」——當然是極爲文士化的高級歌詞作家，而不是一般的流行歌詞作家[6]。

在詞的全盛時代——兩宋，有地位的詞人而兼爲流行歌詞作家的，大概只有柳永一人。其他的詞人，大都是在「歌」的世界中加進文人的精神，而構成文人之「歌」。不過，一般而言，前期小令時代的詞，民間抒情歌的精神仍然相當强烈；到了後期長調時代，文人的氣質達於頂點，形成文士精神與歌的奇異結合。

由下面這兩首「浣溪沙」，不難了解小令時期的文人「詞」所具有的「歌」的抒情精神：

轉燭飄蓬一夢歸，欲尋陳蹟悵人非，天敎心願與身違。待月池台空逝水，蔭花樓閣謾斜暉，登臨不惜更沾衣。（馮延巳，「浣溪沙」）

一向年光有限身，等閒離別易銷魂，酒筵歌席莫辭頻。滿目山河空念遠，落花風雨更傷春，不如憐取眼前人。（晏殊，「浣溪沙」）

這兩首「浣溪沙」有兩個共同點：首先，詞中的感慨都是一般性、普遍性的，如馮延巳的「傷逝」、晏殊的「傷離」。這正是一般抒情歌的特色，他們的主題總不外男女之別、相思之情，今昔之比，時光之流逝等等。其次，也是更重要的，這兩首詞充分地表現了五代及宋初小令的一般風格，即濃厚的傷感情懷。晏殊的作品還稍有節制，至於馮延巳，幾乎是毫無保留的傾洩出來。一般來講，抒情歌並不一定就是傷感的，有時也可以輕快，也可以柔靡，也可以俏皮。如果比較一下中國歷代著名的抒情歌，就更能突顯出唐宋小令的特質。譬如南朝的吳歌，很能看出江南女子的柔婉多情；明朝的小曲，則交織著情人的俏皮與失戀（或等待時）的心焦。他們都相當程度的顯現了民間歌謠的活潑性。至於詞，很奇怪地，好像一開始就相當的文人化，不太具有民間歌謠的活潑與多變，反而含有非常濃厚的「細緻的」傷感情懷。這很令人懷疑，詞這種抒情歌，基本上是從典雅的上流社會的宴會場合之中醞釀出來的。無論如何，現在所能看到的唐宋小令，大多是文人化的作品，而且相當一致地表現了濃烈的哀感。其內容，就如前面兩首「浣溪沙」所表現的，是人們面對人生無可避免的兩大缺憾——時光的必然流逝（包括死亡的來臨），情人的必然離別（包括死別）——所唱出的毫無保留的哀歌。因此，小令很可看出中國人抒情本質的某一面相：當情感無法永遠保持完美無缺時，他們就「放懷一哭」。小令可說就是中國人對於「人有悲歡離合，月有陰晴圓缺，此事古難全」的先天缺憾難以抑止的哀傷之歌。在這方面，小令未嘗不可說是中國人「重情」傾向的最純粹的、最抒情風的表達。

至於詞的另一類型——長調，可以發展到極致的南宋詠物詞作例子來說明其特色：

漸新痕懸柳，澹彩穿花，依約破初暝。便有團圓意，深深拜，相逢誰在香徑？畫眉未穩，料素娥猶帶離恨。最堪愛，一曲銀鉤小，寶簾掛秋冷。千古盈虧休問，嘆謾磨玉斧，難補金鏡。太液池猶在，淒涼處，何人重賦清景？故山夜永，試待他、窺戶端正。看雲外山河，還老桂花舊影。（王沂孫，「眉嫵」）

從內容上看，這首「詠新月」的長調，雖然思路極爲曲折，基本上仍然是「月圓月缺」的感慨，所以主題還是不脫抒情歌的範圍。但因遣詞造句的細膩、典故的使用極其複雜，新月已具有象徵的意味了。從中國抒情傳統的觀點來看，這種特殊的抒情詩主要是由兩個因素構成的：首先，在主題的選擇和聲律的講究上，無疑的，還相當程度的保留了「歌」的精神；但就鍊字鍊句方面而言，則律詩的影響明顯可見。因此，正如前文所說，這是文士精神與抒情歌的奇異結合，這是中國文人的抒情傳統表現在抒情歌謠上的結晶品。

中國文人抒情精神的歌謠化——就這觀點來看，宋詞裏的長調，特別是詠物詞，未嘗不可說是中國抒情傳統的極致表現。從感性方面來說，這種作品的細緻無疑遠超過律詩。至於遣詞造句，這首詠物詞在文字上所費的心神，也是律詩所比不上的。從這種作品，可非常清楚的看出中國抒情精神的某一特質：那就是把經驗凝定在某一特殊範圍之內，來專注地沈思與品味。正如律詩，這種以感性，尤其是感情爲主體的特殊經驗，已化爲「本體性」的東西，成爲人生中唯一的「實體」，成爲人們最最關注的「客觀對象」；是無可逃避的人生之網，是只能詠嘆而無可改變的宇宙事實。從深刻的一面來說，這對於人生的某一面，是非常具有透視力的；另一方面，正如這首「詠新月」所明白顯示的，又未免太耽於感性而不克自拔。

同時，這首「詠新月」也透徹的表現了中國抒情傳統的另一重要特質：卽文字的極端重視。文學作品當然是建立在文字之上的；好的文學作品在文字上當然有可觀之處；但是，有一類作品特別注重文字的品味——用英國批評家李維斯（F. R. Leavis）的話來講，有的文學作品是「透過文字去感覺」，有的則是「對文字的感覺」[7]。正如第二種作品講究文字的精細與雅致，中國的律詩及詞裏的長調，正明白地表現了這樣的風格[8]。從這裏，我們可以推論出，在感情經驗的本體化之外，中國抒情傳統的另一特質，也就是文字感性的重視。

散文的四種類型

在中國的文學傳統裏，詩、文一向相提並論；同是中國古典文學的「正統」，「文」的地位，由此可見。討論中國文學的特質，如果忽略了「文」的重要性，則是無法彌補的缺憾[9]。

傳統上把「文」分成兩大類——駢文與散文，前者嚴格的使用對仗，後者以散行句爲主，形式較爲自由。這樣的分類，自有其實用性。但如果要進一步的了解「文」的特質，更詳細的分類恐怕是必要的。如果站在「文類」的觀點，想把中國的「文」再細分爲幾種具有獨特形式和內容的「類」，那麼，至少有四種類型是很值得提出來討論的，卽：先秦兩漢之

「文」、駢文（以六朝爲主）、古文（以唐宋爲主）、小品文（以明、清之際爲主）。

除了駢文，其他三種，一般都以「散文」一詞來概括。但只要仔細地觀察、體會，就可以了解，這是三種不同類型的「文」，各自具有不同的風格與精神。把這三類合稱爲「散文」，雖然可以明顯地把中國文學裏駢、散對立的性格凸顯出來，但卻也使得三類之間的界限混淆不清。

第一類的「文」——先秦兩漢時代的文章，具有兩大特色。首先，這是駢、散對立的意識還沒有產生的時代，人們只是直覺地寫文章，還沒有考慮到把對句的使用系統化、形式化的問題。其次，也許是更重要的，這是「實用文」和「美文」還沒有截然劃分的時期，在觀念裏，人們還沒有把文章的實用性和藝術性區分開來。或者，可以說，這是文章的藝術性還沒有獲得獨立地位的時代。

然而，最奇怪的，後代的中國人一般都認爲這是「文」的黃金時代。這時代的〔左傳〕、〔史記〕、〔漢書〕、〔戰國策〕、〔孟子〕、〔莊子〕和兩漢的奏議，都成爲後代敍事文和議論文的範本。也許有人以爲這是中國人「尊古」的觀念在作祟，其實不然。只要平心靜氣地把歷代文章的重要作品稍作流攬，一定會同意傳統的看法：先秦兩漢的文章的確是「文」的黃金時代。

原因在那裏呢？原因在：文章的實用性和藝術性還沒有完全區分的時期，卻無意中把兩者成功地融合在一起。先秦兩漢的人，往往只站在實用觀點，要把事情記得清楚、要把事情議論得透徹。結果是：記事、議論的目的達成的時候，文章的「藝術性」也同時完成了。

先秦文章最簡潔的當數〔論語〕、〔老子〕，茲各舉一例以說明上面所說的特色：

季路問事鬼神，子曰：「未能事人，焉能事鬼！」曰：「敢問死。」曰：「未知生，焉知死！」（〔論語〕「先進」）

在簡短的幾句話中，孔子的實用主義和人本主義的精神强烈地表現出來。那種對於現世的關懷刻劃出了中國哲人看似平常，其實卻超人一等的智慧。

名與身孰親？身與貨孰多？得與亡孰病？是故甚愛必大費，多藏必厚亡。……（〔老子〕，四十四章）

在這一章裏，老子以簡截有力的短句刺破世人的迷失本眞，可說是最高級的冷諷。

從上面這兩個例子，不難體會到先秦兩漢文章的一般特質：見事的透澈是最重要的，文字只不過是穿透事物本質的工具而已。然而，往往透視力够强的時候，文字本身居然也有了超乎尋常的力量。很多人往往被孟子的氣魄、莊子的想像力所折服，卻忘了文字背後所暗藏的穿透力量。孟子石破天驚的膽力：「民爲貴，社稷次之，君爲輕。」「君視臣如草芥，則臣視君如寇讎。」「聞誅一夫紂矣，未聞弒君也。」這樣的膽識，千載之後猶使朱元璋勃然大怒，幾乎下令將孟子遷出孔廟。至於莊子，庖丁解牛的寓言雖然神妙，更深刻的卻是寓言背後的意義：那生命之「刀」，如果不去碰觸人生中的「枝經肯綮」和「大軱」，如果能夠「依乎天理，批大卻，導大窾」，則豈不能「十九年而刀刃若新發於硎」，而保存生命之「神」的完整。庖丁解牛的動人，並不只在於文字的巧妙，而更是在於那超乎凡塵的洞識力。

以〈史記〉來說，並不只是「太史公會作文章」而已，而是李陵之禍將司馬遷的透視力提昇到最高點，讓他看到政治權勢背後的種種黑暗面，讓他了解歷史發展眞正動力之所在。沒有司馬遷那種一等一的見識，就沒有〈史記〉的偉大。

總之，先秦兩漢文章的秘密是：文字之佳固然重要，更重要的是如何透過文字去把握那事物的眞實。其程序是由文字到眞實。後代的文章家卻往往忘記了這程序的後半，變成由文字出發，卻也止於文字。後世的文章家是用文字在寫「美文」，只止於「美文」。不只六朝駢文作家如此，唐宋古文家也如此，所以他們都遠不及先秦兩漢的人。

說駢文是一種「美文」，這大概是公認的看法；但說唐宋古文也是「美文」，似乎有點奇怪。建立古文傳統的人是韓愈，韓愈提倡「復古」，「非三代兩漢之書不敢觀」[10]。他反對駢文只在文字之美上下功夫，而忘了文字應該傳達某種「道」，所以他要回到先秦兩漢文章之兼具實用性與藝術性，所以他提倡「文以載道」。如此看來，韓愈所建立的古文傳統怎麼會是「美文」呢？

首先，從形式方面看，韓愈雖然有意模仿先秦兩漢的「古文」，其實最後的結果卻創造了另一種文體。唐宋古文雖然受先秦兩漢「古文」的影響，但其「性格」並不完全一樣。這一點，是一般文學史家都承認的。其次，更重要的是：雖然「文以載道」一直是古文家的理想，古文家對文字的重視卻也不下於駢文作家，以致「文以載道」最後只成爲「口號」而已。

古文家和駢文作家一樣的重視文字，不過兩者的重視點不同罷了。駢文作家講究的是對仗、聲律之美，是全文四平八穩的平衡之美；古文家所講究的，用韓愈的話來說，是「言之短長與聲之高下者皆宜」[11]，是全篇文章「文氣」流動之自然合宜。駢文之美，可以在朗讀中體會出來；更重要的，古文之「美」，也要從朗讀去體會。古文家所重視的，是如何從全篇「文氣」的流動來創造一種躍動的感覺，這種感覺，只有在朗讀之後才能完全領會。

上面所說的只是總論，以下各舉數例來進一步說明駢文、古文的特質，和他們之所以爲「美文」的原因。

籍甚清徽，常懷虛眷。（聞名已久）

山川緬邈，河渭象於經星；顧望風流，長安遠於朝日。（路途遙遠，無由瞻仰）青女戒節，白露爲霜。君子惟宜，福履多豫。（氣候漸寒，希望保重）雍容廊廟，獻納便蕃。留使催書，駐馬成檄。車騎將軍，賓客盈座；丞相長史，瞻對有勞。（遙想對方雍容廊廟、賓客盈坐的情景）脫惠箋繒，慰其翹想。（希望對方回信）

（徐陵，「與李那書」）

這是一封應酬書信的頭一段，全部由兩兩相對的偶句構成。一組一組的對句當然容易有平衡穩重的感覺，同樣重要的卻是文字的典雅莊重，讓人感到應對進退之間無不合乎中節，決無劍拔弩張之氣。這種文章原是某一特殊社會的產品，那是一種特殊的「貴族」社會，是南北朝高門大族爲主體的社會。在那裏，士大夫（包括出身高門的士族及受其影響而地位較低的士人）重視的是「風度」——雍容華貴的風度。雍容，是行爲的有條不紊；華貴，是生活上與藝術上的精美與典雅。這樣的風度，可以在王羲之的書法裏看到，也可以在〈世說新語〉所記載的士大夫談吐之中看到。在文學上，最重要的表現形式就是駢文了。從其講究均衡、平穩、節制來看，我們不禁要說，那是「古典之美」的。駢文就是在這樣的「貴族」社會中，根據典雅、平衡、優美等原則，建構在兩兩相對的偶句上的「美文」。

這樣的美文，如前例所顯示的，正足以表現人情交往上那種不卽不離的「淡如水」的君子之交；也正好說明，爲什麼駢文最適合拿來寫那種「不痛不癢」的應酬書信。那種不可過份熱情，又不宜過份疏遠的特殊關係，只有駢文可容易的加以解決。

這種風度，表現在外在世界上，則是井井有條的秩序感，如下例所表現的：

豫章故郡，洪都新府。星分翼軫，地接衡廬。襟三江而帶五湖，控蠻荊而引甌越。物華天寶，龍光射斗牛之墟；人傑地靈，徐孺下陳蕃之塌。雄州霧列，俊采星馳。臺隍枕夷夏之交，賓主盡東南之美。（王勃，「滕王閣序」）

在這一小段裏，王勃從滕王閣的所在地洪州寫起。先是地名，再是地理位置、所佔形勢之重要、所產寶物、所出人傑，最後再以四句總結。「滕王閣序」之所以成爲千古名文，當然與全文的「詞彩華麗」、「富豔難蹤」有關係。但在那麼長，尤其又是從頭到尾對句組成的四六文裏，如果條理不淸楚的話，那就不堪卒讀了。而，恰恰好，「滕王閣序」可能是所有駢文中最富秩序美的。不但上面所引第一段如此，接下去的各段從主人閣公的盛會寫到時序、風景、一般感慨、自己身世之感，又歸結於盛會，不管是段與段間，句與句間，幾乎都能達到轉接自然的地步。「滕王閣序」的建構美，最能夠表現駢文那種重均衡的特質。

和駢文兩兩相對的平衡穩重相比較，古文就顯得流蕩奔騰多了。古文家有意的去反對駢文的建構性，他們重視的是全篇文章的「氣」，是全篇文章的流動性。建立古文傳統的韓愈，這種特色尤其突出，譬如：

嗚呼，士窮乃見節義。今夫平居里巷相慕悅，酒食遊戲相徵逐，詡詡強笑語，以相取下；㈠握手出肺肝相示，指天日涕泣，誓生死不相背負，眞若可信；㈡一旦臨小利害僅如毛髮比，㈢反眼若不相識，落陷穽不一引手救，反擠之，又下石焉者，皆是也。㈣（「柳子厚墓誌銘」）

這一小段，從「今夫平居」到「皆是也」只是一句，從頭到尾文氣連綿不斷，一氣貫注而下，氣勢極爲充沛。仔細的分析，卽可發現韓愈在字句的鍛鍊與安排上實在煞費苦心。從上面所分的小節可以看得出來，第一小節「平居里巷相慕悅」、「酒食遊戲相徵逐」、「詡詡強笑語」等，是五、七言詩句法（每一小句的第四字或第二字稍微停頓），最後以「以相取下」四字句頓住。到了第二小節，「握手出肺肝相示」、「指天日涕泣」、「誓生死不相背負」三句，雖然仍爲五字句、七字句，但句法卻與前一小節大異。三句的小停頓分別是：二、三、二（握手、出肺肝、相示）；三、二；三、四。這種三、二；三、四句法，剛好與五七言詩的二、三；四、六三句法相反。這第二小節最後停頓的一句「眞若可信」則又正如前一小節的「以相取下」，是個四字句。以上兩小節之後，「一旦臨小利害僅如毛髮比」十一字一句，一氣直下硬轉，再以「反眼若不相識」六字句頓住。所以，在音節上，韓愈是如此安排：

㈠七字句、七字句、五字句；四字句小頓

㈡七字句、五字句、七字句；四字句小頓

㈢十一字句；六字句小頓

可以看得出來，每次都以奇數句直衝而下，再以雙數句頓住。到了十一字句與六字句的對比安排，整段文字的波動可說達到高峯。但在這樣複雜多變的句法下，造詞卻又有值得注意的地方。「相慕悅」、「相徵逐」、「以相取下」、「出肺肝相示」、「不相背負」、「不相識」、「不一引手救」，「相」、「不」兩字的重複出現，無形中有一種統一作用，以此來彌補音節上的參差多變。而且，整段文字，從「相慕悅」的「悅」，到「皆是也」的「也」，每一小句的末一字，都是仄聲字（只有「反擠之」的「之」例外）。仄聲字氣較短促，所以整段唸下來，每一小句停頓時間都不長，非到全段（也是全句）結束，文氣無法完全停住。

以上的分析，是要說明韓愈如何在文字上下功夫，以求造出一種特別的「文氣流動」。其實不只韓愈如此，絕大部份的古文家都如此。當然，因爲個性的不同，每個古文家的「文氣」也就有性質上的差異。譬如歐陽修的陰柔之氣就與韓愈的氣勢充沛迥然有別[12]。又如，雖然同是陽剛一路，韓愈、王安石、蘇軾三人的「文氣」也還是各有特色的。這種細微的差異，古代的文評家是很了解的，所以他們會以「韓潮蘇海」來比喻韓愈、蘇軾兩人文章氣勢的不同。

除了以字句來造文氣之外，古文家還擅長「以意御氣」。這種工夫，可以王安石的一篇小文章來仔細分析：

文公非董子作「士不遇賦」，惜其自待不厚。以余觀之，〔詩〕三百發憤於不遇者甚衆。而孔子亦曰：「鳳鳥不至，河不出圖，吾已矣夫。」蓋歎不遇也。

文公論高如此，及觀於史，一不得職，則詆宰相以自快。今吾於人也，聽其言而觀其行，言不可獨信久矣。

雖然，彼宰相名實固有辨。彼誠小人也，則文公之發，爲不忍於小人可也。爲史者，獨安取其怒之以失職耶？世之淺者，固好以其利心量君子，以爲觸宰相以近禍，非以其私，則莫爲也。夫文公之好惡，蓋所謂皆過其分者耳。方其不信於天下，更以推賢進善爲急，一士之不顯，至寢食爲之不甘，蓋奔走有力成其名而後已。士之廢興，彼各有命，身非王公大人之位，取其任而私之，又自以爲賢，僕僕然忘其身之勞也，豈所謂知命者耶？記曰：「道之不行，賢者過之，不肖者不及也。」夫公之過也，抑其所以爲賢歟？（「書李文公集後」）

這篇小文，不足三百字，但卻波瀾迭起。最主要的關鍵在文意的轉換。一開始先說明李翺（文公）批評董仲舒作「士不遇賦」，未免牢騷過多。接著王安石馬上以〔詩經〕、孔子也難免發牢騷，來反對這種過分苛刻的批評。然後又說，李翺雖然「論高如此」，眞正自己不遇時卻又「詆宰相以自快」，實在犯了言行不符的大病。但接著馬上又替他辯護，李翺批評宰相，是爲公不爲私，史家以爲是李翺自己不遇而如此作，未免以小人之心度君子之腹了。可是在辯護之後，他立刻又批評，李翺罵宰相雖然是爲公不爲私，總難免好惡太過，也太不認命了。最後，大筆一轉，又說，好惡太過，正是李翺之所以爲賢者的地方。

我們可以看得出來，整篇文章是由一正一反的辨證過程構成的。王安石正是藉著層層的批駁來彰顯李翺的賢者形象。也由於全文是批駁——稱讚——批駁——稱讚的反覆交織，而有了一波推一波動盪不已的情感流動。王安石就以這種方法來讚歎李文公，同時也藉著李文公來發抒自己鬱積內心的不遇之感。

我們也可以看得出來，王安石這種「以意御氣」的硬轉突接，和王勃「滕王閣序」的那種一步接著一步的有條不紊，剛好形成對比。古文家的「作意好奇」和駢文家的「完美秩序感」，實是動態世界和靜態世界的不同。這樣的不同，如前文所說的，也表現在駢文兩兩相對的偶句上，表現在古文文氣的流動奔騰之上[13]。

但不論是靜態的駢文，還是動態的古文，前面所舉的例子都顯示出，文字工夫是構造這兩種世界的關鍵環節。沒有匠心經營的文字工夫，就沒有駢文，也沒有古文。正是在這樣的意義上，所以說駢文、古文都是「美文」，都是「有意為文」，都把文字的感性放在第一優先，而不像先秦兩漢的文章那樣，把文字背後的意義與世界放在第一優先。

這種趨勢，在唐宋之後的古文發展上尤其明顯，古文到了清代的桐城派，即以「雅潔」為文章的理想。所謂「雅潔」，無非是判斷文字工夫的標準，而不是判斷文章內容的標準。更甚的是，這種標準把文字規定在「書本文字」的範圍之內，凡俗言俚語，一概被排斥。這等於明白宣布，他們的感性是局限在「書本文字」裏，跳出這個界限，就不是他們所能掌握，也不是他們所願意掌握的了。

前文已經說過，這樣的重視文字感性，是中國抒情傳統的特質之一。這裏只不過以駢文、古文來突出這一事實罷了，實際上，詩詞也有這種傾向，而且越到後代越明顯。由古人之論杜詩——「無一字無來歷」，這豈不是說，只有「書本文字」才能入詩嗎？

所以，中國抒情傳統是由「感情本體主義」和「文字感性」交織而成的，甚至可以說，這是互有關聯的兩面，任何一方都可以加強對方既有的勢力。而他們的共同特色就是：把經驗凝定在某一範圍之內，加以深化與本體化。當深化的程度越來越少時，他們的缺點也就開始暴露出來，如元明清三代的古文、詩、詞所顯現的那般。

最後討論中國散文的第四類型——明清小品。小品文在中國文學史上的地位，當然遠不及駢文和古文，但就性質而言，無疑的可自成一類。再就其曾在明、清之際盛極一時，又曾對民初的散文影響深遠而言，也有值得討論的地方。

下面以袁宏道「西湖雜記」中的一段文字作引子，來說明小品文的優缺點：

寒食後雨，余曰：「此雨為西湖洗紅，當急與桃花作別，勿滯也。」午霽，偕諸友至第三橋。落花積地寸餘，遊人少，翻以為快。忽騎者白紈而過，光晃衣，鮮麗倍常，諸友曰：「其內者皆去表。」少倦，臥地上飲，以面受花，多者浮，少者歌，以爲樂。偶艇子出花間，呼之，乃寺僧載茶來。各啜一杯，蕩舟浩歌而返。（「雨後遊六橋記」）

明清小品，正如這一段文字，常以短小的篇幅來描寫生活中的雅趣。在這裏，我們看到一羣士人雨後賞花，以白衣來跟紅花相襯映，又以面承受落花，以所承受的多少來罰酒唱歌。這種異乎尋常的「閒情」，所要表現的無非是超乎日常生活之瑣屑庸俗的某種雅致。的確，這種文字頗有不食人間煙火的韻味，像是精美的佳肴，淸而不膩，小嚐之餘，有口齒生香的感覺。也正是這樣的閒情雅致，促使張岱在大雪三日，西湖人鳥俱絕的情況下，駕一小舟前往湖心亭賞雪，因而寫下那篇更簡短、更富韻致的「湖心亭小記」。

然而，我們所以拿「雨後遊六橋記」爲例而不舉「湖心亭小記」，是因前者在描寫雅趣之餘，更明顯的暴露了小品文的缺點：如果仔細玩味那段文字，多少總會感覺到文中那股「虛矯」之氣，那股「假風雅」，至少，幾個大男人躺在草地上以面承受落花的「雅興」，難免讓人覺得過份求雅而轉趨於「俗」了。

在明清小品中，也常可看到晚明文人刻意拿雅、俗作對照。如袁宏道說：「此樂留與山僧遊客受用，安可爲俗士道哉！」[14]卽有這種傾向。這在張岱的「西湖七月半」表現得尤其明顯。張岱在文中描寫五類遊湖看月的人，前四類都是俗人，只有最後一類，他寫道：

小船輕幌，淨几煖爐，茶鐺旋煮，素瓷靜遞，好友佳人，邀月同坐，或匿影樹下，或逃囂裏湖，看月而人不見其看月之態，亦不作意看月……

無疑的，這是張岱心目中的「雅士」，是他唯一贊賞的遊客。像袁宏道、張岱如此刻意的去區別雅俗，最後反倒表現了些微的「作態」。袁、張兩人都是小品文的一流作家，尙不免如此，其他等而下之，「附庸風雅」之態就到處可見了。至如極享盛名的「幽夢影」，那眞是集假風雅之大成，卽使評爲「俗不可耐」，也未嘗不可。

考察小品文產生的背景，就會發現：晚明的小品是在黑暗的政治和庸俗的市井的夾縫中生長出來的。爲了逃避（或抗議）令人不滿的政治環境，爲了對抗商業氣息日漸强烈的市井文化，某一類型的知識份子開始標榜「閒情雅致」，因爲「雅」正所以和政治的骯髒和市井的庸俗立異。

同樣的，也可容易了解，在北伐之前，北京的一些知識分子，如何在對政治與社會的雙重失望下，「發現」了小品文的天地，然後再把自己「藏身」其中，如周作人所作的一般。因此，小品文在最好的時候，多少還暗含了作者對政治、社會無言的抗議；在最壞的時候，卻不過是在庸俗的商業社會中標榜風雅的一種姿態而已。其實，剛好證明它自己就是庸俗社會裏的另一種「庸俗」罷了。糟糕的是，不論是晚明的小品，還是民國以來的小品，壞的一面似乎總比好的一面多。

撇開小品文的價值不談，上面的論點似乎可以說明，小品文雖然是在傳統社會的某一特殊環境下產生出來的，本質上卻是現代商業社會的產品。小品文並沒有隨著傳統社會的崩潰而消失，假如現代的社會型態不變，小品文在以後的社會中還會扮演相當分量的角色。晚明的文人，在傳統社會裏，爲現代社會創造了一種新的「文類」，這是他們的「貢獻」[15]。

正統文學與民俗文學

前兩節分別討論了詩詞和散文，除了說明各種文類的本質之外，主要的目的還在於藉此彰顯出中國抒情傳統的兩大特色——感情本體主義的傾向和文字感性的重視。爲行文的方便，所以在討論詩詞時，把重心放在感情本體主義；討論散文時，把重心放在文字感性。事實上，這兩種特質都同時出現在詩詞和散文中。

其次再以歷史鳥瞰的觀點，回顧這個抒情傳統的發展歷程。先秦兩漢時代，中國散文的實用性和藝術性還沒有截然劃分，在表現上有內容重於文字的傾向。至於詩，則只有〔詩經〕、〔楚辭〕兩個孤立的現象，還沒有建立一個綿延不絕的傳統。所以，可以說，這是中國抒情主義還隱伏未發的階段。然後，從東漢開始，五言詩和駢文逐漸在形成之中，終於在漢、魏之際完全定形，建立了整個魏晉南北朝文學的基礎。這個階段的文學，以五言詩和駢文兩種形式爲中心，很明顯的已經表露了此後中國文學重「情」和重「文字感性」的傾向，所以這是中國抒情傳統初步發展的時期。到了唐、宋兩代，這個傳統發展到最高峯，將其整體精神體具體顯現在律詩和詠物詞這兩種形式之中，又將其文字感性的傾向在古文及一部份的宋詩之中進一步的加以推展。事實上，我們現在所閱讀的古典散文詩詞，主要還是以唐、宋兩代的作品爲重心（另外再加上魏晉詩），這也證明了，唐宋實在是以抒情爲核心的中國文學的顚峯時代。

可是，這樣一個以詩詞散文（所謂「正統文學」）爲重心的抒情傳統，在宋元之際，很明顯的開始走下坡。這個趨勢，雖然在元、明、淸三代還有起伏不平的發展，偶而正統文學也還有復興的現象（如淸代）；但從現在的立場來看，正統文學無疑的已逐漸喪失了生命力，而將文學界主導的地位拱手讓給戲劇、小說（卽所謂「民俗文學」）了。所以，近代的文學史家，在他們的文學史中，一旦敍述到元代之後，就開始把重心轉移到戲曲、小說之上。有的，甚至只給正統文學極小的篇幅。

元代以後，正統文學的全面衰退和民俗文學的全面興起，標示了中國文學發展劃時代的改變。在這之前，正統文學和民俗文學的關係，並不如比「緊張」。在這之前，正統文學往往能把民俗文學的新潮流吸納到自己的體內，增加營養，增強體力，以便作更傑出的「表演」。譬如〈詩經〉的源頭在民間，〈楚辭〉的源頭也在民間；但我們不能說〈詩經〉、〈楚辭〉純是民間產物，那裏面還融合了春秋、戰國貴族的創造力。五言詩也是從民間來的，然而，五言詩終於成爲士大夫文學的主流。詞也是民間來的，也終究在正統文學之中佔了一席之地。最重要的是，當〈詩經〉、〈楚辭〉、五言詩和詞在不同的時代，從不同的方向注入正統文學的「大河」時，「大河」仍在，正統文學的基本面貌不變，只是內容變得更豐富而已。

元代以後則不然。元代以後，正統文學的「水流量」越來越小，源頭明顯有枯竭的現象；民俗文學的水流量卻越來越大，頗有「支流」變「大河」的趨勢。從前是支流使大河變得更大，現在是大河容納不了支流，大河和支流的地位好像有互換的必要了。

進一步比較元代以前民俗文學和元代以後民俗文學的異同，對元明清三代正統文學與民俗文學消長變化的意義會有更淸楚的了解：五言詩和詞，雖然起源於民間，其形式和內容，基本上仍是抒情的，所以容易納入正統文學的主流；民間戲劇和小說，性質上雖不能與西洋戲劇與小說重衝突因素的戲劇性張力相比，至少已不是正統文學的抒情傾向所能容納了。

所以，元明以後的正統文學有兩條路可走：或者完全接納戲劇、小說，文士們也傾全力來創作，從而擴大了中國文學的視界，掙脫長久以來抒情主義的束縛；或者仍然保持抒情傳統的核心，以抒情的精神有限度的吸取戲劇、小說的營養。明、清文人走的正是第二條路。他們或許私下能夠欣賞民俗文學，但很少願意明白加以讚揚的，更少願意以全副心力投入小說、戲劇的創作之中。當他們偶然這樣作時，就產生了像湯顯祖〈臨川四夢〉或曹雪芹〈紅樓夢〉那樣非常抒情化的戲劇和小說。所以元明清三代，正統文學和民俗文學就一直處於同時存在而又相互競爭的「緊張局面」。只有在晚明，民俗文學的勢力似乎凌駕正統文學之上，許多文人也投身於其中。不幸的是，一到清代，正統文學突然又興盛起來，晚明以來民俗文學爭取正統地位的努力也就化爲烏有了[15]。

從詩詞散文的發展可以看得出來，中國文學到元代以後，無論如何要再吸取新形式（小說、戲劇），要再擴大經驗範圍（從抒情主義擴到大其他經驗、從文字感性擴大到口語），才可以重新扭轉逐漸僵化的趨勢。簡要的說，也許宋元以後的中國社會已發展到某種程度，如果中國文學再不突破抒情主義的傾向，就無法表達人生的眞相了。

宋元以後戲劇、小說的發展，正表明了中國人已經憑直覺、憑直接的生活體驗，在認眞地尋覓新的文學形式，以表達他們自己。雖然傳統的力量因悠長的歷史而無法在短時間內消失，但新生力量也在悠長的發展中逐步顯現其生命力，逼得僵化的傳統逐步後退。終於，在清末民初，戲劇、小說勝利地取得了正統地位，由新文學運動正式宣告他們的合法性。

這次，民俗文學終於完成了一次進軍正統文學的壯擧，而且是有史以來最偉大的壯擧，這勢必在中國原有的抒情傳統之內注入强大的新血輪，使中國文學的視界更擴大，從而開拓中國文學另一個黃金時代。

註　釋

1 關於唐、宋詩的區別，以及宋詩的特色，請參看龔鵬程，「知性的反省：宋詩的基本風貌」，（中國文化新論——文學篇二——意象的流變）。

2 關於西洋詩的分析性與邏輯性，以及中國古典詩之擺脫邏輯性，近人多有論述，尤以葉維廉先生最爲重視此一差別。請參看葉氏所著〔秩序的生長〕（臺北，志文，民國六十年）。

美國新批評派健將Allen Tate有一文論"Tension in Poetry"，Cleanth Brooks有一文論"The Language of Paradox"，至於「性質相異的事物間的綜合」，乃十九世紀英國浪漫詩人Coleridge之理論，而爲新批評派所一致推崇者。

4 律詩之中，尚有「排律」（或稱長律）。但因排律多用於考試及應酬，文學性不高，後代（尤其民國以後）常略而不論。

5 見「文學研究的美學問題」，（中外文學），七卷十二期，民國六十八年五月，頁四六。

6 本段所論詞的發展主要參考胡適，「詞選自序」，〔胡適文存〕（臺北，遠東，民國四十二年），第三集，頁六三〇—六六三，而略加推衍。胡文雖簡短，但個人以爲，論詞之發展當以此文最見特識。

7 *Revaluation* (Penguin, 1972) p.53。

8 高友工先生認爲律詩和南宋詠物詞是中國抒情傳統最具代表性的形式（請參看註5）。本文大體上接受高先生的觀點，但對於這兩種形式的闡釋和態度，高先生較偏向肯定的一面，本文則較偏於否定的一面。

9 「散文」一詞，有廣狹二義。廣義的「散文」和「韻文」相對而言，狹義的「散文」和「駢文」相對而言。爲避免混淆，本文儘量以較傳統的「文」一詞來指廣義的散文，而以「散文」一詞來指和駢文相對的其他文章。只有在不會產生誤解的情況下，才以「散文」來代替「文」。

10 韓愈「答李翊書」。

11 同上。

12 陰柔與陽剛之對比，見姚鼐，「復魯絜非書」。

13 友人呂興昌先生曾借用尼采的話，以阿波羅、戴奧尼索斯兩種精神來分別代表駢文與古文的世界，本文的分析頗受其影響。

14 袁宏道，「西湖雜記——晚遊六橋待月記」。

15 晚明小說非常蓬勃，且出現了像馮夢龍、凌濛初一類極爲重視小說的文人。但這種潮流，就像晚明已具雛形的資本主義，都在清初中斷了。

抒情精神與抒情傳統

蔡英俊

文學創作是以語言文字爲媒介的創造活動，而文學便是以語言文字爲媒介的藝術，這是不爭的事實。姑不論我們是否需要從外在的功能、目的（譬如說：美感教育、社會倫理秩序、道德、宗教啓悟……等）來確立文學創作與文學存在的必要；文學創作活動本身卽有它自足、不待外求的目的：創造、表現。所謂的表現，並不是指純粹由語言文字所傳達的情感或思想，也就是說，並不是「表現了什麼」的問題——誠然，一位詩人或小說家在從事創作活動之始，必然是因爲他想說些什麼、想傳達些什麼，否則文學作品祇是無意義的囈語罷了；但是，如果我們只把文學作品的價値決定於表現（傳達）了什麼，那麼，在這種情況下，文學作品所運作的語言文字有如信號一樣，祇是傳達的工具而已，跟一般日常生活中簡單運用語言文字的活動又有何區別呢？一個翻滾、一種姿勢，不一定就是舞蹈，一個叫聲、一句寒暄、一段報導的文字也不一定就是文學；文學創作所以跟一般語言文字的表現活動不同，就在於它具有一種特殊的「構築的過程」(constructive process)，也就是具有一種具象體現的過程(embodiment)。文學創作不祇是要感知、傳達(表現)事物的內容或意義，更需要把這種感知作一種外在的表現，透過語言文字而把人的經驗作一種結構的、秩序的表現；一切藝術創作最高、最具有代表性的力量，就在於這種具象體現的作爲，這時候，作者所考量的對象是語言文字，是就語言文字本身從事創制的、具象體現的運作活動——至此，文學創作活動便是意念與語文之間雙向的活動，它一方面是意念情思的模塑，由一陣飄忽的情感、一個條理不甚分明的思想、或是一幅未加剪裁安排的情境——這些就是作者所要說的、所要表現的，但這些只是作品的胚胎，粗糙而不成形，必須隨著語文的運作而逐步探尋、調整，使情感思想確定化、具體化而凝定於語言文字。然而，對語言文字本身的運作也是一種模塑的活動，因爲一般日常使用的語言文字就跟日常的生活同樣是散漫的、拖沓的、不精確的，如何運用精確妥貼的語言文字來敏銳地、謹嚴地表達凝聚的情感思想，是極大的難事，也是極艱苦的掙扎——更動一兩個字，並不祇是要使文字更爲順暢、更具美感；它同時也更動了思想感情，擊潰了原先已凝聚過的意念。說得更具體一點，文學創作活動中具象體現的過程就是選擇、安排的過程，也唯有這選擇與安排的創作過程才能够顯現藝術的錘鍊刻劃以及藝術的價值，而所謂的表現，應該是指「如何表現、怎樣表現」的問題，其中含著形式或「秩序」的觀念[1]。

既然文學創作是以語言文字爲對象（而不祇是媒介）的一種組織的構成活動，那麼，它也同時是一種秩序的追尋與創造的活動。秩序的追尋與創造不祇表現在思想情感（意念）的探索與模塑的過程，由淺而深、由飄忽而落實、由模糊而清晰、由混亂而秩序，同時也具體的凝定、呈現在語言文字的探索與模塑，也就是由無形式到有形式、由不完美的形式到完美的形式。更重要的，意念與語文二者更是相互探索與模塑，它們之間的關係是互動的，彼此互爲變數：每一件藝術成品都內含著一種基本的和諧，這種基本的和諧是來自意念的實質與語文的外形之間秩序的協調與整合，因此，唯有在意念與語文之間互動關係眞正凝定的時候，藝術的創作活動才算是最後的完成。形式的完美是創作活動的終極目的，而文學創作活動就是秩序的創造（說到這裏，我們或許可以更深一層反省〔周易〕：「言有序」所蘊涵的意義），也就是形式的創造——所謂的形式，不祇是狹義的指稱作品外形結構上所可能呈現的韻脚句數或章節等元素；形式是一個統攝的名稱，指的是藝術作品內在的各種成份品質（

意象、音調、情節、人物、圖式與節奏等）彼此繁複配合而成的一種有機結構，由是造成整件作品的整體表情作用[2]。

本文所以以形式的覺知與創造來範限藝術創作活動在表現上的終極目的，並且不厭其詳的反覆辯析形式與秩序、結構之間的關係，主要的目的是想藉著「形式」、「秩序」的觀念來討論「文類」，而爲「文類」的觀念提出理論的基礎，然後再進一步展開本文的主要論點。因爲唯有透過形式或秩序的觀點，藝術作品才具有整體的性質與意義，也才能使我們跳出對單一的、個別的藝術作品的分析，進而對繁多的藝術作品所體現的相同或不相同的整體結構從事比較、分類的工作，釐清每一種形式所涵蘊的美感設計與美學目的（aesthetic devices, aesthetic purposes），由是而有文學類型的理論、流派的理論，同時也更有可能架構一種普遍的、統合的文學理論——畢竟，分類的方法原是人類藉以辨識複雜的表相世界的一種手段，也是一切抽象理論探究的起點。

透過上文的辯析，我們可以認定：類型的理論是基於秩序的原理，而就定義上說，它是指某一類作品，既由它們的外形結構相同而可以辨識，更由於一般作者習用這一外形而蔚爲風氣，以致這一類作品常有大致相同的共通藝術效果和特點。它不用時間（歷史分期）或地區（國別語言）而用組織或結構所形成的特殊的文學型態進行文學或文學史的分類，並且，藉此描述規範每一種文學類型的媒介、規則及其美學目的。譬如在西方，亞理斯多德就從不同種類的媒介物、不同對象與不同的模擬樣式來區分不同的藝術類型[3]；在我國，曹丕則從作品所體現的特殊藝術效果及不同的美學目的提出他的類型理論[4]。因此，儘管在類型的解釋上有許多歧異，近代的文學研究者都一致把文學作品劃分爲詩（尤其是抒情詩）、小說與戲劇等三種基本類型，然後再依循這三種基本類型的組成元素提出不同的組合方式，進一步劃分更多的次類型（subgenre）。類型理論的最大好處在於它能夠釐清每一種類型文學作品的獨一性，把考察文學的注意力集中在某一類型內，找尋該類作品的共通性（也就是說它們所運用的文學技巧、所傳達出的美感效用，甚至抽象的說，作品本身所呈顯出的共同的美的理念），有助於我們理解文學的內在發展；同時，也有助於我們區別類型與類型之間的差異性，進而能夠有更寬廣的視野去體認「文學」這項極抽象的共名所包容的豐富意義。

前面我們討論到，每一種文學類型都對應著某一種特殊的秩序法則，同時也反映了某一種特殊的美感設計、效用和美的理念。一如威勒克（Wellek）和華倫（Warren）所說的：這些對基本的文學類別的探討，從一個極端言，是緊繫於語言的語形（linguistic morphology）上，而另一個極端，則緊扣終極的宇宙觀（ultimate attitudes towards the universe）[5]。每一種文學類型都反映了一種抽象的理則、甚或是一種關乎價值的信念。也基於這種認識，某些原來是用以指稱某一文類的藝術特質的語詞（如抒情的、敍事的、悲劇的）才能够轉而傳達某種人生的體驗（譬如人對自我的了解、對人倫關係的堅持、對宇宙自然的覺知、以及對於罪苦的承擔等），表彰某種價值信念——如此，「抒情精神」或「悲劇意識」這類語詞也就超越文學的領域而別具意義了。既然在某種意義上，一種文學類型可以表徵一種秩序的理則、美的理念，那麼，當一位作家選擇某一種文學類型作爲表現對象時，或者，更進一步的說，當一個民族的詩人作家都傾向於選擇某一種文學類型作爲表情達意的媒介時，是否就是因爲該一文類的美感設計、美學原理能充分表露他們對於秩序、對於美所抱持的理念？譬如說，早期的希臘人之所以選取史詩與戲劇作爲表情達意的形式，進而形成西方文學傳統的兩大主流，是否就是他們從史詩與戲劇的形式裏找到了對應於他們內心所憧憬、所期待的秩序與美的理念？同樣的，西元前十世紀左右的中華兒女之所以選擇簡潔的、反覆廻增的歌謠體來表達他們的喜怒哀樂，進而衍成中國文學傳統裏的抒情主流，是否也是因爲他們從複沓的歌謠形式裏找到了最貼合於他們心靈的秩序與美？答案無疑是肯定的。然而，必須附帶說明的是，上述的推論並不意謂最早出現的文學形式必然會決定、主導整個文學傳統的走向；相反的，如果我們要確定一種文學類型以及它所蘊含的美學理念能够孕育並決定一個民族的文學傳統，除了就文學現象本身的歷史發展加以考察而外，更必須把注意力關注到該民族的價值觀以及思想形態等範疇。畢竟，文學是一個民族文化創造活動的一環，它不但可以抒發、表露個體的感情思維，同時也可以表現民族全體的生活體驗、思想意念。近代心理學家容格（C.G. Jung）便認爲作家是一個民族集體潛意識（collective unconsciousness）的「選民」，他並不基於個人的自由意志來從事創作活動，而是受到集體潛意識的先天驅力的制約，表現出人類潛意識中的共同經驗與態度。總而言之，文學與文化之間的關係是互動的，文學創作活動受到文化氛圍的制約，同時也反映、强化了該文化的終極理想。

就讓我們從文學本身的歷史發展作爲考察的起點吧！

不管我們是否要像近代文學、史學家一樣，把具有宗教卜筮色彩的卜辭文字（甲骨文與〈周易〉文字）看成是我國上古文學的重要資料，而認爲：

女承筐、無實。士刲羊，無血。（〈周易〉「歸妹」上六）

是一首有情有景的牧歌：在廣大的牧場上，一男一女快樂地作著工，男的剪羊毛，女的用籃子盛著，用十個字把那情景表現得活躍如畫，手法是多麼經濟，情景是多麼美麗。或者認爲：

鳴鶴在陰，其子和之。吾有好爵，吾與爾靡之。（〔周易〕「中孚」九二）

聽著一對鶴鳥的唱和，因而起興，於是這一對男女也說出「我有好酒，來共醉一下罷」的情話了；這完全是一首比興的抒情歌，在藝術的成就上，就是放在〔詩經〕的「國風」裏，也是毫無愧色的[6]。然而，嚴格說來，在這些斷簡殘篇似的歌謠裏，欠缺了一項重要的藝術表現活動，那就是對於形式的覺知與創造，也因此欠缺了形式的完整與精鍊這項考量藝術創意的重要元素。一如卡西勒在〔論人〕一書中所揭示的：藝術若是享受，它也不是屬於事物的享受，而是形式的享受，寓於形式的愉悅迥異於寓於事物或感覺印象的愉悅；藝術品感人的地方是具現於感性的形式、節奏、色彩的形樣、線條、圖形、與造形體貌中，也就是形式的結構、平衡與秩序[7]。緣此，如果我們要考量中國文學傳統的起源，還是應該把注意力放在〔詩經〕這一部詩歌總集。

根據傳統學者的說法，〔詩經〕本來有三百十一篇，其中「南陔」、「白華」、「華黍」、「由庚」、「崇丘」、「由儀」六篇爲「笙詩」（有聲無辭的作品），所以現存的詩只有三百零五篇。我們雖然無法考訂每一篇作品確實的創作年代，但就這些作品全體而言，可以推斷它們是屬於周初（西元前一一二二年左右）到春秋中期（西元前五七〇年左右）五百多年間的歌謠作品：其中有宗廟祭祀的頌辭，有宮廷士大夫的宴獵詩篇，也有民間的情歌舞曲——這些作品雖然被滙集在〈詩經〉這麼一個大標目底下，也曾由孔子親手整理編纂，畢竟是由許多人在各時代慢慢彙輯而成的，因此這些作品必然保存了原有的複雜多樣的面貌。儘管如此，從歷史起源的觀點來考察這三百零五篇的作品，我們仍然可以找出這些作品共同的基本的歌謠性質。遠古時候，詩、歌、舞三者原是合一的，而歌舞更是基本的活動；聲音是人類表情達意最直接最基本的方式，由不具意義的呼喊開始，伴和著人類從事各項活動時身體所發出的生理節奏，逐漸發展爲有節奏、富旋律，並且能夠表情的主題，最後再配合這些主題旋律發出恰當而有意義的字句，便形成最原始的民歌樣式。譬如

采采芣苢，薄言采之；采采芣苢，薄言有之；采采芣苢，薄言掇之；
采采芣苢，薄言捋之；采采芣苢，薄言袺之；采采芣苢，薄言襭之。（「周南・芣苢」）

應和著單調的旋律，發出簡單反覆的歌辭，這是〈詩〉三百篇常見的表現方式。陳世驤先生卽以傳統解詩的「賦比興」的「興」字來指稱這種特殊的結構及表現方式；他認爲：初民合羣勞動或節慶遊戲時所發出的呼聲（這卽是「興」字的原始意義），逐漸發展爲靈感的章節，配合了羣衆集體的音樂和舞蹈，「領唱者」順著原有的主題，不斷擴大，發出更多有關的言語，此卽原始民歌的根本[8]。在這種背景下，詩的創作是依循著節奏韻律而起的，而詩歌合一的吟詠方式固是原始單純的心態，卻爲人類早期的心靈創作活動留下了一種典範。

然而，一種文學類型在歷史起源上所表現的意義並不就等於該一文類本質上所具有的美學意義。我們試著追索〈詩〉三百篇的原始意義及其形式的發展過程，主要是希望能從其中尋出〈詩〉三百篇獨特的美學基礎與特色，也就是〈詩〉三百篇所完成的藝術成就。前面我們曾引述卡西勒對於藝術的觀念：藝術若是一種享受，也是屬於形式的享受；同時，我們更以形式的覺知與創造來範限藝術創作活動在表現上的終極目的。循此，起源於「羣體」活動而具有「民歌」性質的〈詩〉三百篇到底表現了怎樣的一種形式意義（formal significance），又到底爲後世的藝術創作提示了怎樣的典型，怎樣的美學理念？試以前面所舉「芣苢」一詩爲例，開頭宣唱出的句式：「采采芣苢，薄言采之；采采芣苢，薄言有之」即已暗示整首作品的主題何在，而以下的句式即根據同樣的節奏稍作變化、廻旋，描述采（採）、掇、袺等各種不同的動作，以及有、捋、襭等採掇動作的用意（結果）。「芣苢」這首作品的主題是在描述採擷芣苢的動作，儘管它的表現單調簡樸，但是其中所表現出的顯著的反覆廻增與複沓等句法卽是脫胎於民歌（卽是陳世驤先生所解析的「興」的精義）的詩法，它散見於〈詩〉三百篇各處，其重要性是不容忽視的。讓我們再看另外一首作品：

蒹葭蒼蒼，白露爲霜，所謂伊人，在水一方。

溯洄從之，道阻且長，溯游從之，宛在水中央。
蒹葭淒淒，白露未晞，所謂伊人，在水之湄。
溯洄從之，道阻且躋，溯游從之，宛在水中坻。
蒹葭采采，白露未已，所謂伊人，在水之涘。
溯洄從之，道阻且右，溯游從之，宛在水中沚。（「秦風・蒹葭」）

「蒹葭」是流傳於秦地（今陝西、甘肅一帶）的民謠作品，從這一首作品當中，我們可以領受到瀰漫於秦地的蒼莽情調，也可以體悟到純美而帶有幾許淒清的戀情；這種純美、略帶淒清的情調，便是透過外在景物的烘襯而凸顯出來的。秋冬之際，草木零落，剩下的只是那叢聚於河畔的蒼蒼蘆葦；而天氣嚴寒，點點清露凝戾成霜，更爲大地添上一份蕭條淒清的氣氛，面對著這種衰颯的景色，人能無所思、無所感？「所謂伊人，在水一方」便是在這種情境下出現於作者的意識，至此，這首詩的主題才豁然明朗：思念情人，然而，一己所思慕的對象卻又是那麼的遙遠不可企及。這種難喻的相思情懷，正對應著那一片緜延在秋冬霜既降時節裏的蒼蒼蘆葦：自然世界的遞嬗變換直指心靈深處的震顫，蒹葭與白露都不過是引發內心所思所感的觸媒而已。睹物興懷，整首作品的重點還是在於描述作者對伊人的相思戀慕；而「宛」字更是整首作品中值得再三品味的關鍵，它更進一步描繪出這一份似愁非愁、迷離恍惚的相思情懷。藉物興懷，類似於此的創作方式就是古來詩論家所一再指稱的「興」（這種解釋顯然跟陳世驤先生運用字源學與歷史、社會學的觀點有著顯著的差異，讀者不妨參看）。第二章、第三章的描述方式仍然是依循第一章而反覆廻增，不斷重複訴說這份戀慕而又不可企及的迷惘情愫：由「在水一方」而「在水之湄」而「在水之涘」；由「道阻且長」而「道阻且躋」而「道阻且右（迂曲）」；由「宛在水中央」而「宛在水中坻」而「宛在水中沚」；一境轉入一境，情感也同時在這種轉境中逐步强化，藉著重複廻增的筆法刻劃出追尋的靈魂在戀愛中所流露的思慕與徬徨之情，其中所蘊含的美感必須再三細心體會才能確切把握。章節的複沓（burden）、疊覆（refrain）、反覆廻增（incremental repetitions），是歌謠的重心，它決定了作品的表情因素與形式，而「蒹葭」這一首作品就在這一種重複廻增中帶給欣賞者一份低廻不能已的悵然情思。如果說，抒情詩的一項重要特色是情感或語意的再三重複，而在重複的形式結構中深化作者所要表現的情思，也循此造就了鎔韻律、意義和意象三者於一爐的張力强度，那麼，以反覆廻增爲基礎的〔詩〕三百篇無疑是現代人所謂的「抒情詩」的作品了！

從類型理論的偶極性（polarity，亦卽威勒克與華倫兩人所揭示的，探討基本的文學類型必須從兩方面著手：一端是緊扣著語言的語型，另一端則緊扣著終極的宇宙觀）來考量（

詩〕三百篇之所以形成一種特殊的抒情文類，那麼，前面所一再辯析的〔詩〕三百篇在形式上所呈現的反覆迴增與複沓的結構，以及大量運用叠字與擬聲句的手法，在在說明了〔詩〕三百篇在語形方面的獨特表現。然則〔詩〕三百篇在形式結構方面的這種表現到底對應了怎樣的一種對事物的領受方式（終極的宇宙觀）？又到底應合著怎樣的美學理念與價值信念，以致於這種美學理念與價值信念竟能夠決定、主導整個文學傳統的走向？

儘管有關「抒情詩」的界定衆說紛紜，很難爲抒情詩下一個簡明扼要的定義，詩人內心意旨所展示的主觀成份畢竟是抒情詩得以確立的一項重要因素。所謂的主觀成份，是指作品中經由想像熔鑄的個人感情（或意向）的表白或抒發，從而創造出一種一貫的、整合的印象。在這種定義下，抒情詩的世界充滿了自我的影像，它反映了「詩人——我」的各種觀想。因此，抒情詩的世界（不管是作品的表層字義或內在的觀念、情緒）都呈顯出和諧的整全性、一貫性；同時，在這種靈視（vision）的觀照下，詩中所傳達的任何個異的經驗都理所當然是意味深長的、具有無比的重要性[9]。譬如說，「芣苢」一詩雖然是重複描述羣體或個人從事勞力活動時的單一動作以及該動作的用意，作品的表現也很單調簡樸，但是，就在反覆迴增的詠嘆、傾訴中撫慰、安頓了勞動的心靈，而這種撫慰安頓完全訴諸主觀的認定，無須仰賴外在的、客觀的條件的貞定。同樣的，「蒹葭」一詩也在詠嘆傾訴自我對於所愛者所懷抱的一份相思戀慕情愫，儘管這份相思的情懷在現實世界裏得不到反應，儘管這份情感的追尋不能有具實的底定，但是不容否認的，就在詠嘆傾訴者的表現（創造）活動裏，「詩人——我」主觀的安頓了自己的情緒。「主觀」即是一種自然生命的肯定，它認定每一種經驗都可能體現一種「知」，而具有獨立自足的價值；因此，「心境」的存在恒不需要向外與外在客觀的存在物相連屬，經驗所具的「自我感」（subjectivity）與「現時感」（immediacy）能够超越現象世界的範限與拘束，同時呈顯了「自我」內在的想像（理想）或價值[10]。試觀「黍離」一詩：

彼黍離離，彼稷之苗，行邁遲遲，中心搖搖；知我者……

在這首作品當中，自我的主觀色彩更是濃烈，外在的客觀事物隱退到只具有陪襯的背景地位，整首作品全然是自我（在這首作品中，「我」一再被强調）此時感情（心憂）的抒發。這種强烈的自我情緒的抒發，與其說是近於充滿素樸渾合情調的〈詩〉三百篇，毋寧更接近〈詩經〉之後的〈楚辭〉。

〈詩經〉之後，出現在中國文學傳統的重要作品是動人心魄的〈楚辭〉（西元前四世紀到前三世紀），或稱「楚」的悼亡詩。這些悼亡詩爲我們呈現了不同風貌的抒情詩類型，譬如〔楚辭〕系統中的代表作「離騷」，姑不論其宏偉的範疇、堂皇富麗的神話以及濃郁華美的意象，它在內容上或形式上都不能算是史詩或戲劇。全詩三百七十三句，共二千四百九十個字，分成三個主要段落：在第一段裏，屈原敍述他的世系、生辰：

帝高陽之苗裔兮，朕皇考曰伯庸。攝提貞于孟陬兮，惟庚寅吾以降。皇覽揆余初度兮，肇錫余以嘉名；名余曰正則兮，字余曰靈均。

接著，又敍述他的人生觀、政治抱負以及被楚王放逐的因緣，其中也追敍古代史事以評斷當代楚國政治的危機，更表明自己不願獨善其身的道德操守。在這一段敍述當中，整篇「離騷」的文意已包舉完足，其下第二、三兩段便是承接第一段意旨而另闢神境、反覆申言設辭。第二段以女嬃（一說是屈原的姊姊，一說是屈原的女侍或侍妾）的話引入神話傳說的材料，極力描繪自己不見容於君王、不獲知於人世的苦痛心境。在這一段裏，文字格外的離奇，奄忽神遊、終同夢幻，作者想像的馳騁、精神的奔騰都達到最高峯。在第三段中直升奔騰的感情又轉入波折：天門不開，陳志無路，屈原只有轉向靈氛（巫師）問卜、向巫咸（也是巫師）請示，兩人都以楚國不可久留勸他遠行，他卻又遲迴不忍。這一段便是描述屈原徬徨不忍的矛盾心境，最後則以堅定而又無奈的文句結束這篇長詩，同時也表明了他自己必死的決心[11]：

已矣哉！國人莫我知兮，又何懷乎故都？旣莫足與爲美政兮，吾將從彭咸之所居！

（按：彭咸，相傳是殷商時代的賢大夫，諫其君不聽，投水而死。）

透過「離騷」這篇作品，我們眞正體會到一個苦悶的靈魂追求自我的理想、堅持道德的情操（在此，「道德的」是指個人生命的自覺以及對於倫理關係的承擔），卻又墜入幻滅的無底深淵的悲劇。如果我們同意喬伊斯（James Joyce）對於抒情詩所提出的定義：抒情詩是「藝術家能切身地反映他的自我形像的藝術形式（the form wherein the artist presents his image in immediate relation to himself）」[12]；無疑的，「離騷」是屈原切身反映自我形像的抒情作品，是他的自敍傳，其中曲折盡情描畫了他大半生的思想與行事。再者，根據近人楊柳橋對於「離騷」這個標題所提出的解釋：「離」字有發抒、陳布之意，「離騷」即是「舒憂」、「陳憂」，也就是「抒憂」[13]，我們更可以確定「離騷」這篇作品的抒情本質了。我們可以說，「離騷」這篇作品，首度在詩歌作品中烙印如此强烈的個人標記，而爲〔詩〕三百篇所預示、開展的詩歌形式注入了更主觀更强烈的抒情要素。「離騷」之外，〔楚辭〕其他各篇也都是各式各樣的抒情詩歌：祭歌、頌詞、悲詩、悼亡詩，以及發洩焦慮、慘戚、哀求、或憤懣等用韻文寫成的激昂慷慨的自我傾訴。卽使是後代學者認爲文句次序有錯簡而聚訟紛紜的「天問」，在看似毫無連貫性的一百七十二個問題背後，仍然有著主觀的情緒存在；而這種主觀的情緒就表現在屈原對於「時間」的處理上：他的詰問從沒有日期、沒有時間的渾沌開始，然後走入時間的流轉中詢問神話傳說以及人類歷史中的種種情事。在無休的時光的流轉裏，整個宇宙就是一個大疑問，無論從本體上、物質上來考慮，皆是如此。然而，詩人卻一點也不以泰然自若的態度來接受這事實。詩篇中是一連串激烈、迅速的質問，而非客觀的沈思或冷靜思考之後提出來的。總而言之，「天問」的質詰即是屈原激情心態的表現，這是基於自身對道德理念的狂熱的執著，同時也由於這份對自我的理想的肯定與握持，使得人在面對困境時仍不失其執著，越經磨練越顯出個人生命的尊嚴與價值。司馬遷爲屈原作傳時，便認爲：「屈原之作離騷，蓋自怨生也」；「怨」是屈原所以激情的動因，也就是因爲這份激情使得他的作品表現的更有力感，而建構出一輝煌莊嚴的藝術殿堂——屈原所以成爲中國文學傳統裏另一種精神的典型，理由也就在此。

清代的史學家章學誠有云：「遇有深沈，時有得失；畸才彙於末世，利祿萃其性靈；廓廟山林，江湖魏闕，曠世而相感，不知悲喜之何從，文人情深於詩騷，古今一世也。」（〔文史通義〕「詩教」上）產生於羣體環境下的〔詩〕三百篇以及來自個人意識覺醒的〔楚辭〕，這兩部作品爲傳統的文學領域開創，標示了兩種不同的生命情態與創作典範，成爲歷來文士墨客挹取情思的本原。然而，儘管〔詩〕三百篇與〔楚辭〕各自代表兩種不同的創造典型，卻都同樣隸屬於「抒情詩」的範疇，時而以形式（也就是「語言的語型」）見長，時而以內容（也就是「終極的宇宙觀」）見長；往後，中國文學創作的主流便在「抒情詩」這種文學類型的拓展中逐漸定形，終而滙結成標識中國文學特質的抒情傳統。

就整部文學史的發展過程來看，〈詩經〉與〈楚辭〉所完成的抒情的創作方式所以能夠在往後具有決定性的影響力，還有一個更重要的因緣——那就是漢代經學家透過對於〈詩經〉的反省而提出的「詩言志」的理論。當然，「詩言志」這項觀念具有悠長的歷史傳承，而且早在春秋時代就已經普遍被接受了（詳下），然而，「詩言志」這項觀念的理論化是經由兩漢經學家的手中才確立、完成的，其中最具有代表性的典籍是東漢時衞宏（約西元第一世紀）所作的「詩大序」。下文卽略述這段思想發展的過程。

在中國文學思想的歷史發展上，「詩言志」是支配魏晉以前文學思想的重要觀念。這項觀念最早也最完整的出現在〈尚書〉的「堯典」的記載：

帝（舜）曰：夔（人名），命汝典樂（主持）樂，教冑子（天子及卿大夫等之長子）。直而溫，寬而栗（敬謹），剛而無虐，簡（簡易、不殷勤）而無傲；詩言志，歌永（拉長聲音）言，聲依永，律和聲——八音克諧，無相奪倫，神人以和。

根據屈萬里先生的考訂，「堯典」大致是完成於「孔子歿後，孟子之前：蓋戰國初年，儒家者流，據傳說而筆之於書者也」[14]。儘管「堯典」篇的寫就年代晚在戰國初年（約當西元前四七六年前後），我們卻可以從其他的資料來推斷「詩言志」這項觀念很早就出現了（雖然這句話不一定確爲西元前二十二世紀時舜帝的施政方針，但至少是與〈詩經〉流傳的年代相接近的）。〈詩經〉中就有某些詩篇曾透露出與「詩言志」意義相通的訊息，譬如：

心之憂矣，我歌且謠。（魏風・園有桃）

作此好歌，以極反側。（「小雅・何人斯」）

君子作歌，維以告哀。（「小雅・四月」）

雖然出現在這些詩行中的關鍵字眼是「歌」而不是「詩」，而且「歌」與「詩」兩字可能有不同的指稱對象（譬如前者是指吟詠的詩歌作品，後者是指寫成文字的詩篇），但是其中所含的詩觀可以說就是「詩言志」這項觀念的具體實踐：詩是以語言表達個人的情志（意向）。然而，古代詩樂不分，而樂又常常合禮施行，所以詩不僅是個人用以抒情言志的工具，同時更被運用到人類社會的上層結構中而在政治外交等場合上成爲代言的工具，這從周代獻詩陳志：

天子五年一巡守。歲二月，東巡守，至於岱宗（泰山），柴（燔柴祭天）而望祀山川，覲諸侯，問百年者（年長者）就見之，命大師陳詩以觀民風，……。（「禮記」「王制」）

或者，春秋時代士大夫在宴饗場合裏賦詩、引詩以表明個人的意向：

韓宣子自齊聘於衛，衛侯享之，北宮文子賦「淇奧」，宣子賦「木瓜」。（按：「淇奧」、「木瓜」俱爲「詩經」「衛風」篇名）（「左傳」，昭公二年。）

君子曰：潁考叔，純孝也，愛其母，施及莊公；詩曰「孝子不匱，永錫爾類」，其是之謂乎！（按：引詩見於「詩經」「大雅．旣醉」）（「左傳」，隱公九年。）

其他如孔子的「不學詩，無以言」（「論語」「季氏」）、孟子的「以意逆志」（「萬章上」）等都是同樣以詩歌作品作爲代言的媒介。透過這些歷史事實的記載，我們可以了解到「詩言志」這項觀念是如何普遍流行於當時的社會；儘管可能因爲使用場合的不同而對於「志」字的解釋有所差異，總歸是落實在人的情志或意向這個基點上。緣此，「詩言志」的觀念便蘊涵有簡單的「以語言表達個人心志」或複雜的以「藝術媒介整體地表現個人的心境與人格」的美學理論，由是而預示了往後文學理論發展的方向。

無可否認的，在這種理論的發展過程中，「詩大序」佔有非比尋常的地位，它不祇是一篇完整的詩論，也交雜著各種不同的觀念（劉若愚先生就據此而說它「呈現出最顯著的不合理推論」[15]）。然而，就在這種矛盾裏，傳統的許多詩觀都可以從這篇論文中找到理論的根源：

詩者，志之所之也。在心爲志，發言爲詩。情動於中，而形於言；言之不足，故嗟嘆之；嗟嘆之不足，故永歌之；永歌之不足，不知手之舞之，足之蹈之也。情發於聲，聲成文謂之音，治世之音安以樂，其政和；亂世之音怨以怒，其政乖；亡國之音哀以思，其民困。故正得失，動天地，感鬼神，莫近于詩。先王以是經夫婦，成孝敬，厚人倫，美敎化，移風俗。

從原來的脈絡來看，「詩大序」的作者所重視、强調的「志」，並不是個人的情志，而是「上以風化下，下以風刺上」這種本於政教的情志，是人類共同的情志。然而，「詩大序」一開頭所呈示的「在心爲志，發言爲詩；情動於中，而形於言」，卻又很清楚的說明了個人情志（尤其是情感）的表達是決定詩歌創作的根本力量。因此，在「詩大序」的觀念裏，「志」顯然指的是兩種相互對峙卻又相輔相成的「志」的內容：一是個人內在的情感、懷抱，因此，詩創作是在於抒情；一是由個人內在情思的昇騰而表露了「以一國之事，繫一人之本」的社會的公衆的志意，因此，詩創作是具有美刺的社會功能。總結的說，從〈尚書〉「堯典」倡言「詩言志」以降，「詩是透過語言來表達情志」便隱約成爲傳統詩學探索詩歌創作的主要觀念。其後，更經「詩大序」在理論上的推衍，爲「志」添注了「情」的內容，終而滙成傳統詩學中的「表現理論」[16]。它與詩歌創作所形成的「抒情傳統」有著根源上的關係，同時也給予抒情的創作觀理論上的依據。

由於「詩大序」具體表徵了漢儒說「詩」的根本觀念，因此「詩大序」一文對於創作的根本驅力「志」的不同解釋也同時表露在當時文學創作的領域中。漢代的文學創作活動主要表現在賦與樂府詩兩種文學類型。其中，「樂府詩」本是指可以入樂的歌辭，譬如：

江南可採蓮，蓮葉何田田！魚戲蓮葉間，魚戲蓮葉東，魚戲蓮葉西，魚戲蓮葉南，魚戲蓮葉北！（「江南可採蓮」）

這首作品，雖然沒有什麼深刻的內容，但是音調和諧，文字活潑，性質跟〈詩經〉沒有什麼兩樣。另外，如：

上邪！我欲與君相知，長命無絕衰。山無陵，江水爲竭，冬雷震，夏雨雪，天地合，乃敢與君絕。（「上邪」）

薤上露，何易晞！露晞明朝更復落，人死一去何時歸。（「薤露歌」）

悲歌可以當泣，遠望可以當歸，思念故鄉，鬱鬱纍纍，欲歸家無人，欲渡河無船，心思不能言，腸中車輪轉。（「悲歌」）

秋風蕭蕭愁殺人，出亦愁，入亦愁，座中何人，誰不懷憂，令我白頭！故地多飈風，樹木何脩脩！離家日趨遠，衣帶日漸緩，心思不能言，腸中車輪轉！（「古歌」）

這些作品，同樣都是運用簡單的譬喻來迸訴淒絕的憂情誓言，或驚怖死亡的脅迫，甚或傾吐遊子離家的無奈與悲苦。質樸、不加修飾的文字背後，是一種直率不加曲隱的情緒，這正是民間歌謠的本色，假借不得。這一類民間歌謠，因爲漢武帝設立「樂府」官署，大量採集，而得以傳入當時士大夫、文人的活動領域。根據《漢書》「藝文志」的記載，當時所採取的民歌計有一百三十八篇，後來，漢哀帝（西元前六年——一年）因爲不喜歡這種「俗樂」，而曾下令裁減樂府官員，只留下一部份人掌管郊廟燕會的樂曲，因此民歌的採集才告中斷，而已經採集的作品也逐漸散失。然而，在文學史的發展上，這樣大規模的採集民間歌謠卻有著非常重要的影響：它促使更多的人注意、反省這種來自民間傳統的詩歌形式，而在不斷的模倣、探索中塑成具有高度自覺的、充分展示人類心智創造力的藝術形式。出現在東漢晚期的「古詩十九首」系列的五言詩作品便標示了這種創作活動昇騰的痕跡。它不祇改變了《詩》三百篇那種變化多端的章法以及低廻往復一唱三嘆的章節，更從《詩》三百篇那種四言的形式發展到五言、七言的詩歌體式：從四言到五言，雖然只有一個字的差別，卻讓作者有更多廻轉周旋的餘地，進而改變了整個詩歌創作的內在結構與表現方式。難怪梁朝的沈約（西元？——五五二年）要對五言詩的出現發出由衷的贊嘆：

夫四言文約意廣，取效風騷，便可多得，每苦文繁而意少，故世罕習焉。五言居文詞之要，是衆作之有滋味者也，故云會於流俗。豈不以指事造形、窮情寫物，最爲詳切者邪！（〔詩品〕「序」）

然而，漢代民歌在詩歌形式上的突破是經過長期模塑探索，並不是平地特起、瞬時完成的；這種形式的轉變，不論是從四言到五言，或者是由變化多端、低廻往復的章法音節到整齊一律、流暢直率，其中仍有一個重要的媒介不容忽視，那就是由〔楚辭〕至漢賦這一系列的作品。

前面曾經提過，屈原作品的出現爲〔詩〕三百篇所預示、開展的詩歌體式注入了更主觀、更強烈的抒情要素。這種論斷並不是從形式的表現上立說，而是著重在〔楚辭〕這一系列作品在內容及創作精神上的特質；這種特質雖然不能充分說明〔楚辭〕系列作品所具有的完整性，卻可以說明它們對於「抒情詩」這種文學類型的完成所具有的意義。至於〔楚辭〕在形式表現上的特點，則必須把它和流行於漢代士大夫階層的「賦」相提並論才能充分顯現出來。

東漢班固曾把「賦」分成四派：㈠屈原，㈡陸賈，㈢荀子，㈣雜賦（〔漢書〕「藝文志」）。他這種分類方式必然有其理由，可惜他沒有說明；就因爲他沒有提出任何原則性的說明，我們也就無法論斷這種分類的恰當與否（儘管我們可以爲他提出各種辯解以確立它們的合理性）。然而，班固在著錄各家作品之後，曾有一段綜合的敍述，非常扼要的說明「賦」這種文類的發展因緣：

傳曰：「不歌而誦謂之賦，登高能賦，可以爲大夫。」……春秋之後，周道寖壞，聘問歌詠不行於列國，學詩之士逸在布衣，而賢人失志之賦作矣。大儒孫卿（荀子）及楚臣屈原，離讒憂國，皆作賦以風，咸有惻隱古詩之義；其後宋玉，唐勒；漢興，枚乘、司馬相如，下及揚子雲，競爲侈麗閎衍之辭，沒其風諭之義。

就發展的根源來說，漢賦和〈楚辭〉在創作的基本精神上是相同的，同樣是士大夫在強大的政治勢力籠罩下所歌詠出的失志、不得意的情懷。究其原因，主要是戰國時期封建秩序逐漸解體，社會結構起了極大的變動，原本介於大夫與庶人之間、有固定社會地位及職務的「士」（知識集團），既喪失原有的封建地位，又不能融入農工商羣庶之間（一方面由於缺乏特殊的謀生技能，一方面又因爲本身所受的訓練造就出的心態使他們既不能忘懷自我的身分，又不能放棄平素的學養與理想），於是成爲漂泊的旅人，而「失志」之感遂成爲普遍的情懷，「賦」也就此取代〈詩〉三百篇成爲士人表達情志的工具。然而，由於士人必須接受詩書禮樂的文辭訓練（〈禮記〉「王制」云：「樂正崇四術，立四教，順先王詩書禮樂以造士，春秋教以禮樂、冬夏教以詩書；王大子、王子、羣后之大子，卿大夫元士之適子，國之俊選皆造焉」），比一般民衆更具有嫺熟的語文能力（〔史記〕「屈賈列傳」就如此記載：「屈原博聞彊志，明於治亂，嫺於辭令，入則與王圖議國事，以出號令；出則接遇賓客，應對諸侯」），而一旦喪失原有的政治地位與職務，這份嫺熟的語文能力也就成爲他們抒寫失志情懷的憑藉（「屈平疾王聽之不聰也，讒陷之蔽明也，邪曲之害公也，方正之不容也，故憂愁幽思而作離騷，……上稱帝嚳，下道齊桓，中述湯武，以刺世事，明道德之廣崇、治亂之條貫，靡不畢見」）。由於具有嫺熟之語文能力，一旦作者爲抒發失志情懷而從事創作活動時，他必然會突破以口語反覆陳述同一情感、意念的表達方式，也不甘於取用既有的語彙以轉語、套語的形式表現，轉而以主觀模塑的語彙充分展露自我的情緒與見解，緣是造成語言與情感（或意念）的雙向拓展，形成舖陳對列的敍事、表情方式：

惟夫黨人之偷樂兮，路幽昧以險隘。豈余身之憚殃兮，恐皇輿之敗績。忽奔走以先後兮，及前王之踵武。荃不揆余之中情兮，反信讒而齌怒。余固知謇謇之爲患兮，忍而不能舍也。指九天以爲正兮，夫唯靈脩之故也。（「離騷」）

隨著文句的反覆辯析，屈原宛轉曲盡地把內心的委曲、苦痛表露無遺。同樣是憤激、不被諒解的心情，在〔詩〕三百篇中是以不同的形貌出現的：

園有桃，其實之殽；心之憂矣，我歌且謠。不知我者，謂我士也驕！彼人是哉？子曰何其？心之憂矣，其誰知之？其誰知之？蓋亦勿思！（「魏風・園有桃」）

或者：

悠悠昊天，曰父母且！無罪無辜，亂如此憮！昊天已威，予慎無罪；昊天泰憮，予慎無辜。（「小雅・巧言」）

由於語文的自覺與主觀情志的覺醒，〈詩〉三百篇所代表的大地生民〈羣體〉素樸率眞的憂樂吟詠，必然轉向排比物類、夸飾鋪陳這種體物寫志的表現方式。這種轉變，在文辭上便是從〈詩〉三百篇多用短句轉成〈楚辭〉的長句形式；〈詩〉三百篇雖也有一言至八言成句者，但仍以四言爲主，變化不多，至於〈楚辭〉則以六、七言爲多，句讀參差較大，且一句中常常含有多層意思。在佈局上，〈詩〉三百篇篇幅較短，敍事揣情多用反覆漸進法以表現一唱三嘆之致；〈楚辭〉的篇章結構則非常圓活，無定章，無定句，篇幅較長，運筆摛文波瀾層出、多彩多姿。因此，〈詩〉三百篇以質樸婉約見長，而〈楚辭〉則以偶詞駢語的大量運用而產生閎博富麗的風格，往後更推衍成漢賦「必推類而言，極靡麗之辭，閎侈鉅衍，競於使人不能加」（〈漢書〉「揚雄傳」）的華辭麗藻，而相對的也就汩沒了「諷諭」的始源精神。儘管如此，古詩降而爲屈騷、荀賦，再降而爲漢賦，變本加厲，踵事增華，也是文學演進的必然趨勢。明末清初的學者顧炎武說「由三百篇而不得不變爲楚辭，由楚辭而不得不變爲漢賦者，勢也」（〈日知錄〉）。由於人類心智的成長，人類對於自然的觀察，漸由粗要以至於精微；對於文字的駕馭，漸由斂肅以至於放肆；因此，在〈詩〉三百篇中幾句話可以說盡的情事非轉爲長篇大幅不可，這是文學演進的事實。文學旣同時是境界與語言的雙重探索，當詞賦家在表現其心靈體驗的當時，必然也同時在尋覓適當的意象、辭彙、布局以充分呈示內在的世界；又何況，「賦」的原意卽含有對語文能力的好奇與鍛鍊，它在語言文字上崇尚「侈麗閎衍」的夸飾，而爲傳統文學語言開拓新局，也是必然的結果了。近代西方語言學家分析人類稟自「傳統」的內在語文能力與語文運用表現（langue and parole—competence and performance），正可用來說明語文自覺與文體造端相互攀緣的關係，充分說明了顧炎武所謂的「勢」的內在理則[17]。漢賦所以迥異於他類文學，形成中國文學傳統中獨特的「美文」形式，就在於賦家在眞實事象的描寫之外，更充分發揮以文字爲媒材而有的可能效果，極力鋪排事物之品類、形容事勢之形象，藉以呈現賦家所欲追尋的境界。它對於傳統文學的影響也正在此——樂府五言所以能夠脫出〈詩〉三百篇的形式格局而奠定中國五言詩的典型，〈楚辭〉以至漢賦這一系列的作品的影響是我們必須正視的歷史因緣。

魏晉以後，中國文學的發展進入了各種文學類型及各種文學觀念競奏的階段，經過這一段長時間的模塑與辨析，詩歌終於成爲傳統文士表情達意最重要的文學形式，不論是樂府、古體，或是律詩、絕句，都是中國文學傳統裏數量最豐富、成就也最高的創作典型。清朝康熙皇帝在西元一七〇三年下令編纂〔全唐詩〕，就收錄了二千四百一十四家詩人與四萬八千九百多首的作品，自不難想像當時的盛況。儘管我們可以從許多外在的因素來說明造成這種盛況的原因，譬如說唐代君王的提倡風雅、科舉以詩賦取士，或者更荒唐的認爲唐代時儒釋道「三大思潮濫流激盪，自易醞發詩人之靈感」，但是最根源的原因還是在於文學體式本身的發展：魏晉以降，絕律新體的萌生正有待進一步的拓展滋長。正因爲有建安的風骨，然後形成唐詩的遒勁；有兩晉的意境，然後形成唐詩的高妙；有宋齊的藻繪，然後形成唐詩的清麗；有齊梁的聲病之論，然後形成唐詩聲韻的諸美；有梁陳的宮體，然後形成唐詩的細膩[18]。唐詩是中國抒情文學發展的顚峯，而律體詩更是這種抒情精神的核心，它們對於抒情傳統的確立、定型具有絕對的影響力。往後，儘管又有一些新演化的文學類型出現在文學史的舞臺，如宋元的話本小說、明淸的傳奇戲曲，但抒情體仍舊聲勢逼人，支配著傳統士大夫的創作視觀，而抒情的美典依然是傳統士大夫共通的意識型態。因此，原本屬於敍事傳統的小說與戲劇幾乎仍是名家抒情詩品的組合、堆砌，它們的敍事性在抒情外貌的掩覆下暗而不彰，這種現象充分說明了中國文學發展的特色。

抒情詩既然是中國文學傳統的特殊典範與榮耀，同時，它也成爲中國文學傳統裏一項無法避免的「重負」。然而，這種矛盾並不是「抒情詩」這一種文學類型的必然結果，而毋寧是詩人作家的視觀與創造力的問題；或者擴大一點來講，也是社會文化環境對於作家的制約的問題。前面談到，中國抒情傳統之所以確立，有兩個精神上的原型（prototype）：〔詩〕三百篇與〔楚辭〕，前者以素樸率眞的情懷描繪出一幅田園自然的景致，其中所涵蘊的圓足與愉悅成爲一種精神的嚮往與指標；後者則以激切奮昂的情緒揭露了個體的有限與世界的無限間的糾結、阻隔，其中所表露的孤絕與哀求賦予抒情傳統以文化上的深度與力感。在傳統中國的社會，很少有純粹的詩人、藝術家，每一位詩人、藝術家都必然具有士大夫的身分，都是政治結構裏的一分子，他們所接受的知識訓練原是指向道德的修爲與政治的參與。對他們而言，生命中最大的動因往往來自仕途的升降浮沈，「離騷」這一系列的作品便是詩人以士大夫身分投入政治事務的浮沈後的第一次證言；「春秋之後，……學詩之士逸在布衣，而賢人失志之賦作矣」，班固就早已深切地了解賦的創作與政治間的依存關係。然而，在這種浮沈裏，屈原還能够握持自我的理想、道德的情操（在此，「道德的」是指個人生命的自覺與對倫理關係的堅持），並且想以這種堅持去對抗一個日漸沒落、逐漸崩頹的世界。雖然最後仍不得不自此現象世界撤離，卻標示了一種奮昂激情的典型；他的發憤抒情並不至於淪落到自我受創後的哀憐與感傷。抒情精神所以由正面的、高蹈的表現轉型成爲具有負面意義的形象，不能不歸因於宋玉。

有關宋玉的生平事蹟，文學史上的資料並不多，而且也很混亂。我們無意去考辨或重建這一段歷史與傳記的事實；我們重視的仍是〈史記〉「屈賈列傳」的記載：「屈原既死之後，楚有宋玉、唐勒、景差之徒者，皆好辭而以賦見稱，然皆祖屈原之從容辭令，終莫敢直諫」，根據這份資料，我們可以斷定宋玉是戰國末年的文人，他的文風是屈原的繼承者和模擬者，卻缺少屈原能够「直諫」的積極强韌的生命力。宋玉的作品中比較可信的一篇是「九辯」，其中描述一位窮苦文人在秋風蕭瑟中的「悲秋」之感，音調雖然和美、描述雖然細緻，句子的長短更錯綜而多變化，其中也大量運用疊字，藉以增强音律美與文字美的藝術效果，但它的主題卻是自憐、自艾的呻吟：

悲哉秋之爲氣也！蕭瑟兮草木搖落而變衰。憭慄兮若在遠行，登山臨水兮送將歸。泬寥兮天高而氣清，寂寥兮收潦而水清。憯悽增欷兮，薄寒之中人。愴怳懭悢兮，去故而就新。坎廩兮貧士失職而志不平，廓落兮羈旅而無友生。惆悵兮而私自憐！燕翩翩其辭歸兮，蟬寂漠而無聲。雁廱廱而南遊兮，鵾鷄啁哳而悲鳴。獨申旦而不寂兮，哀蟋蟀之宵征。時亹亹而過中兮，蹇淹留而無成。

宋玉與屈原同是〈楚辭〉系統的作家，但比起屈原，宋玉的情感表現是太柔弱了，完全籠罩在不遇與自然環境的變動所引生的哀傷之下。不遇、失志，原是傳統文士的普遍情懷，它本可以轉化成積極的創造行動。譬如司馬遷所反省的創作觀（他認爲〈周易〉、〈春秋〉、〈詩〉三百篇等作品「大抵賢聖發憤之所爲作也；此人皆意有所鬱結，不得通其道也，故述往事、思來者。」（見〈史記〉「太史公自序」），而宋玉卻刻意把它與自我的哀憐相提並論，由是產生一種卑弱的文體。至於自然世界的變換遞嬗，原與人生命的律動相互交感，在〈詩〉三百篇的年代，人的素樸、單純使他能夠直接、親密地觸摸自然、感受自然，自然成爲人類的依附、安頓；一旦人的自我意識覺醒後，人開始以主觀的眼神探尋自然，重新肯定人與自然的相互依存，而所謂「秋，霜露既降，君子履之，必有悽愴之心，非其寒之謂也；春，雨露既濡，君子履之，必有怵惕之心，如將見之」（〈禮記〉「祭義」），也是針對人在反省自我的生命時所應具有的敬肅、貞定情懷，以及人面對萬物生滅時與物同情的矜肅心意，無論如何都不是感傷的自我哀憐。宋玉這種自我受創時所引發的哀憐之情，當是來自生命力的脆弱與對自我生命的戀慕，莊子所謂「廣己而造大也，愛己而造哀也」（「山木篇」），正說明了這種情結的心理因素。宋玉以後，以抒情爲基調的卑弱文體更是文學史上常見的現象，也幾乎成爲中國文學傳統裏的大包袱，我們的確不知道應該以怎樣的一種心情去面對這些作品。譬如當我們讀到唐朝孟浩然（六八九——七四〇年）的「歲暮歸南山」：

北闕休上書，南山歸敝廬。不才明主棄，多病故人疏。白髮催年老，青陽逼歲除。永懷愁不寐，松月夜窗虛。

或者他的「留別王維」：

寂寞竟何待？朝朝空自歸。欲尋芳草去，惜與故人違。當路誰相假？知音世所稀。祇應守寂寞，還掩故園扉。

其中表露出的哀怨（明主之棄）、嗟嘆（知音之稀）、悲傷（年華老去），讓我們訝異於人的存在竟然會是那麼的卑微、扭曲，毫無尊嚴。然而，當我們了解傳統政治社會結構對於士大夫的鉅大壓力（詩人祇是他們業餘的身分罷了），我們又何忍多加苛責？其後，文學史上更有所謂的「郊（孟郊）寒島（賈島）瘦」，他們的作品更是曲意表露懷才不遇的苦境以及隨之而來的自我哀憐，充滿了寒酸枯槁的情調。讓我們看看歐陽修（一〇〇七——一〇七二年）怎樣說這種情形：

嘗與安道（余靖，字安道）言，每見前世有名人，當論事時，感激不避誅死，眞若知義者，及到貶所，則慼慼怨差，有不堪之窮愁形於文字，其心歡戚，無異庸人，雖韓文公（韓愈）不免此累，用此戒安道，愼勿作慼慼之文。（「與尹師魯書」）這是創作者生命力與視觀的問題了。翻閱名家別集、以至一般的詩詞文章選本，眞可隨處找出這種以抒情爲主調的卑弱文體，這無論如何都是我們不能坦然接受的文學傳統，也不會是「抒情詩」這類型的必然矛盾。畢竟，在我們的文學傳統裏仍有更多的作品展露精妙的寫作技巧、高度的藝術安排以及感受的極致提煉，由是造成動人的美學效果。例如杜甫的作品：

朝回日日典春衣，每日江頭盡醉歸。酒債尋常何處有，人生七十古來稀。穿花蛺蝶深深見，點水蜻蜓款款飛。傳語風光共流轉，暫時相賞莫相違。（「曲江」二首之二）

小奴縛鷄向市賣，鷄被縛急相喧爭。家中厭鷄食蟲蟻，不知鷄賣還遭烹。蟲鷄於人何厚薄，吾叱奴人解其縛。鷄蟲得失無了時，注目寒江倚山閣。（「縛鷄行」）

在這種作品裏，作者表明了他對瞬息流變的世界的直接、敏銳的觀察，而運用直覺感應力從此一內在的經驗中明快地點出精深廣濶的聯想、充分反映了經驗感應的廻響，其中更有與萬物契合的欣愉與幽默，這是一種緣自活潑生命的智慧，也是抒情詩的極致。

本文所以一再强調從類型理論的「偶極性」來討論、評估文學作品，是因爲類型理論能够以一種更完整的觀點（主題的選擇、材料的運用、藝術匠心與美學目的融合）釐清文學作品的沿襲與創新、進而理解文學的內在發展。抒情言志既然成為中國詩人創作的精神動因，他們所重視的必然是自我的流露與傾訴，特別是作者自我「現時（immediacy）」感情的流露、傾吐。要掌握這份剎那、即時而又不能分割的經驗的全貌，自然不容作者反覆推敲、長篇議論了。中國詩人所以會在經歷長期的摸索後選擇簡潔、嚴謹的詩歌(詞、散曲)形式做為表情達意的媒介，也是必然的結果了。由於詩歌等的外在形式都是極為簡短（五言絕句一共二十個字，七言律詩五十六個字，詞則少自二十二字多到一百一十二字不等），如何在極為有限的格局裏描繪詩人所思、所感的全幅情境，這是創作上一個最實際的美學問題。因此，在中國文學傳統裏就產生：或者認為語言文字不足以具體描繪、代表此一美感經驗的全體，只有轉而用種種的象徵間接來掌握、烘襯此一美感經驗；或者儘量擺落任何的詞藻雕飾，省略對於事物的細微末節的描寫敍述，轉而追尋一種能在一剎那間產生動人的力量、給人一個完滿豐美的詩的經驗的藝術效果。為了要在極短的時間內產生這樣動人的效果，詩人作家選取的題材必須是要相當熟悉而普遍的景致、人物、事件。關於抒情詩的這種創作典式（conventional expectation），西方文論學家曾以 theme and epiphany（主題與顯現）的理論提出相同的看法[19]。就為了要達成這種美學的目的，抒情詩才常常選用明月、落花等鮮明的自然景物，主題又常常是家人朋友的聚散、旅思鄉愁之類日常生活經驗以內的主觀情感；因為它們都是那麼平凡、那麼普遍，所以也才顯出不可或缺的重要性。按照文學類型的理論來看，一個詩人作家的本事就在於他如何能利用現成的法規而完成特殊創作，更重要的是如何在極平凡的主題、材料中重新彰顯它們深刻的意義（significance），也就是如何能化腐朽為神奇，否則詩的創作活動雖合規矩，卻入俗套。這又牽涉到文學傳統裏所謂「模擬」的大問題了。但是問題就在此：所謂「模擬」原是一切文學作品在形式沿襲上的必然困境，並不僅限於抒情詩這種文類。王國維先生在〈人間詞話〉中就曾深切指出這種文學發展上必然出現的律則：

四言敝而有楚辭，楚辭敝而有五言，五言敝而有七言，古詩敝而有律絕，律絕敝而有詞。蓋文體通行既久，染指遂多，自成習套。豪傑之士，亦難於其中自出新意，故遁而作他體，以自解脫。一切文體所以始盛終衰者，皆由於此。故謂文學後不如前，余未敢信，但就一體論，則此說固無以易也。

站在這個基礎上，我們根本不能認定任何文學類型與另一種文學類型有優劣之分；每一種文類都有它獨特的語文表現模式、獨特的觀物方式與美學目的，互不相涉。既然詩人內心意旨（情感、意念）的表白是抒情詩所以確立的一項重要因素，那麼，「情感的內容、品質」自然成為抒情傳統裏最受注目的理論與批評上的論題；而所謂「模擬」的問題，也必須緊扣著

「情感的內容、品質」這個論題才具有理論上的意義——祇是「情感的內容、本質」這個名詞原是倫理、道德領域內討論的課題，它根源於人的存在本質的問題，因此它必然牽涉到價值的問題，而一旦走入文學理論或批評的領域，「情感的內容、品質」便具體轉成爲「誠摯與眞實（sincerity and authenticity）」的問題。就傳統的文學批評而論，由於這個論題牽涉到倫理道德領域內的價值問題，它對於某些思想家的吸引力是比文學批評家自身來得更強烈、更顯明。明朝末年的思想家王夫之（一六一九——一六九二年）就針對這個問題建構出一套完整的理論體系：他首先反省《詩》三百篇所顯露的情感內容、品質，而歸之於「性情貞，情摯而不滯」（《詩廣傳》卷二），同時强調詩歌作品對於羣體或個人所具的積極的安頓作用，這是船山立論的根本。然而，他的觀念所以在文學批評史上具有深刻的理論意義，就因爲他能在「詩教」的觀念上更進一步討論所謂的情景遇合的問題，並且以此作爲批評的試金石來評估傳統的作家與作品：

> 無論詩歌與長行文字，俱以意（情）爲主；意猶帥也，無帥之兵，謂之烏合。李杜所以稱大家者，無意之詩十不得一二也。煙雲泉石，花鳥苔林，金鋪錦帳，寓意則靈；若齊、梁綺語，宋人搏合成句之出處，役心向彼掇索，而不恤己情之所自發，此之謂小家數，總在圈繢中求活計也。（《夕堂永日緒論》內編，二）

情與景，是抒情詩的兩個端點，彼此交結：「景以情合，情以景生，初不相離，唯意所適；截分兩橛，則情不足興，而景非其景」（同上，十七）。因此，情景如何能妙合無垠也就成爲詩家關注之處。如果沒有眞摯的情感作爲創作的動因，單是對於景的架設、描繪也是顯得虛妄不眞實的，「如說他人夢，縱令形容酷似，何嘗毫髮關心？」（同上，五）既然在實際的批評中都以情爲評量的重點，而要求詩中的景必須與情相浹洽，那麼，景亦不過是相對於情而有的一虛設的存在，它有待於作者主觀情性的抉發。而所謂模擬的問題，也就因爲扣緊情感的眞摯與否而成爲中國文學批評上的一項特點。

透過上述的考察，我們可以說整個中國的文學傳統，不論是早期「在心爲志，發言爲詩」的素樸、自然流露的歌謠體式，抑或是極度精煉的自覺的心靈創造活動，它們往往都在訴說一種個我的情懷、一種自我的心靈對外在世界的觀、感、思；它們在本質上都是抒情的。緣此，我們可以像陳世驤先生一樣，極度自信的宣稱中國文學的榮耀就在抒情的傳統裏。然而，問題也就出現在此：由於創作者與批評者都把重點放在主觀情志的抒發，他們的創作或批評視觀也就容易受到局限。這種局限一方面混淆了各種文學類型間本有的界限，從而產生了「抒情小說」、「駢文」、「散文賦」等充滿特異色彩的文學體式；另一方面也使得詩歌創作一直停留在片斷的警語或簡明的點悟語，形成詩歌品味中所謂的「原始主義（primitivism）」。這種觀點固然强調情感的自由流露、自然表現或感受的極度精煉，但相對的也就多少忽視了文學創作活動中客觀的創制、構成過程，一任主觀情性的流露渲染，同時也因爲强調情與景在一剎那間的感應興會，而多少忽視了藝術創作原是一項心智上無盡的持續力與韌力的鍛鍊。我們仍以船山的理論爲例：

含情而能達，會景而生心，體物而得神，則自有靈通之句，參化工之妙。若但於句求巧，則性情先爲外蕩，生意索然矣。……若韓退之以險韻、奇字、古句、方言，矜其餖輳之巧；巧誠巧矣，而於心情興會一無所涉，適可爲酒令而已。（〔夕堂永日緒論〕內編，二十七）。

船山一方面强調創作應該反映作者內心眞實的感情，另一方面卻又認爲在文句上求巧就會妨害情感的表現，這種對於語言文字的不信任，無論如何是我們所不能理解的。再者，王船山既然也認定「情語能以轉折爲含蓄」才是創作的上乘，那麼，情的轉折必然也須透過語言的轉折才能達成，船山如何能遽以推斷韓愈的巧於語文經營祇是一種文字障，祇可爲酒令呢？我們先不談這種推論是否合理[20]，至少，這種批評視觀是我們必須重新反省的。

在文化發展的過程裏，對於傳統的反省與評估，同時也就是對於當下情境的思量與調整；本文所以在一開頭就再三强調文學創作活動本身是一種形式的覺知、一種秩序的創造活動，爲的是希望能够重新反省文學創作的根源意義，進而拓展傳統創作活動在觀物方式與表現形式上的局限。畢竟，不管傳統的詩人、藝術家是如何相信有一種和諧的、美的人生理想與藝術極境存在，這種理想總是寄託在田園的自足裏，這種極境總是表現在山水的空靈裏。有著大地山川的懷抱可以依附，人才能如此單純地堅持一種和諧、一種美的存在，才能如此素樸地相信創作活動是可以安頓生命、可以經理人事、可以感動神靈。然而傳統的時空環境已經飄然遠去，當我們重新披拾傳統的文學作品時，我們總會感到我們該如何肯定、理解那種空靈、自足的心態；顯然我們已經變得複雜、變得世故了：面對近代科技文明所撐起的多重世界與多元價值，身爲近代中國子民的一份子，我們還得面臨傳統價值剝蝕後信心重建的難題——這是一個生存與否（to be or not to be）的問題，而不是個人情感品質如何的問題。或許，田園的自足、山水的空靈依然會是我們所憧憬想望的精神指標，祇是吟風弄月、感時傷春式的單純抒情風格似乎不再屬於我們所有；如果沒有一種更深刻的批判與抗衡來支撐對於田園理想的追求，那麼，「田園模式」的作品充其量祇是白璧德（I. Babbitt）所指摘的「逃避式的原始（復古）主義」、或者是張漢良所描述的「世故的、徒然的，但令人諒解的田園情緒表現」[21]。我們必須重新調整我們的視觀、重新界定藝術創作活動的意義，否則我們又如何能夠堅持的走下去？

註釋

1 詳細的討論請參閱朱光潛，「文學與語文（上）——內容形式與表現」，〔談文學〕（臺北，重光，民國五十七年）；〔卡西勒（E. Cassirer）著，杜若洲譯，〔論人〕（臺北，審美，民國六十五年），「藝術」章。

2 陳世驤，「中國詩之分析與鑒賞示例」，〔陳世驤文存〕（臺北，志文，民國六十一年）。

3 姚一葦，〔詩學箋注〕（臺北，中華，民國五十八年四月二版），一—三章。

4 拙著，「曹丕『典論論文』析論」，〔中外文學〕，八卷十二期，民國六十九年五月。

5 本文關於「文學類型」的界說、作用，大致是依循威勒克（Wellek）與華倫（Warren）兩氏合著，梁伯傑譯，〔文學理論〕（臺北，大林），第十二章「文學藝術作品之存在方式」以及第十七章「文學類型」。

6 劉大杰，〔中國文學發展史〕（臺北，華正，民國六十八年），第一章，「殷商社會與巫術文學」，頁一一—一二。

7 卡西勒，〔論人〕，「藝術」章，頁二四七、二五五。

8 陳世驤，「原興：兼論中國文學特質」，〔陳世驤文存〕。

9 關於「抒情詩」這種文學類型的美學設計與目的，主要觀念是取自 Jonathan Culler, *Structuralist Poetics* (Cornell University Press, 1978), Ch. 8, "Poetics of the Lyric" esp., pp. 170—178.

10 高友工，「文學研究的美學問題（上）：美感經驗的定義與結構」，〔中外文學〕，七卷十一期，民國六十八年四月，頁一二、一九—二一。

11 關於屈原在「離騷」一文中選用「彭咸」這位傳說人物的示意作用，傳統的學者都認爲是屈原藉以表明自己必死的決心，唯陳世驤採取林庚等人的意見認爲彭咸並非投水自殺，更認爲彭咸是「一道德最完整的到處遊蕩的隱士，是人類孤獨的模範，他的名譽在時光的蹂躙中永遠存在」，見陳世驤著，古添洪譯，「論時：屈賦發微（下）」，〔幼獅月刊〕，四十五卷三期，民國六十六年三月，頁二〇。

12 引自 Alex Preminger, *Princeton Encyclopedia of Poetry and Poetics* (Princeton Univevsity Press, 1969), "lyric", p. 462.

13 引自李曰剛，〔中國文學流變史㈡：辭賦編〕（臺北，聯貫，民國六十一年九月訂正再版），第一章，「騷賦（楚辭）」，頁二九。

14 屈萬里，〔尚書釋義〕（臺北，華岡，民國六十一年四月增訂版），頁二。

15 劉若愚著，杜國清譯，〔中國文學理論〕（臺北，聯經，民國七十年），第七章，「相互影響與綜合」，頁二五六。

16 詳細的討論，請參閱劉若愚，〔中國文學理論〕，第三章，「決定理論與表現理論」，尤其是頁一二九—一四〇。

17 la Parole（個人的語言行爲）與 la langue（社會共同的語言系統）是由法裔瑞士人 F. de Saussure (1857—1913) 提出的結構語言學上的觀念。

18 李曰剛，〔中國文學流變史㈢：詩歌篇（中）〕（臺北，聯貫，民國六十三年），第四章，「絕律」，頁一八。

19 Jonathan Culler, *Structuralist Poetics*, p. 175

20 這種思維（推理）方式，我們可以從〔孟子〕一書中找到許多類似的例子，譬如「告子」篇中就記載任人與孟子弟子屋盧子之間關於禮與食、色等問題的辯論。

21 張漢良，「現代詩的田園模式」，〔現代詩論衡〕（臺北，幼獅，民國七十年二月再版），頁一七四。

人與自然

呂興昌

途窮慟哭與坐看雲起——兩種生命情調之分道揚鑣

矯首雲天，俯覽川原，時而星垂野濶，月湧江流，時而魚出燕斜，鬼嘯狨啼；整個自然就這樣展現在人類的眼前，或壯采偉麗，眩人心目，或幽美奇致，動人情性。於此，固可「穿花尋路，直入白雲深處」，把人間托給自然，亦可「兩山排闥送青來」，把自然邀向人間。在此一來一往之間，有時是「我見青山多嫵媚，料青山見我應如是」，有時卻「蜀道之難難於上青天，側身西望長咨嗟」。不錯，生命本身原就充滿種種的喜樂與悲愁，而或悲或喜，又恒與個人的生命意識之取向息息相涉；智者見水則樂水，仁人見山亦樂山，至於世路坎坷者所見，便無非是「欲渡黃河冰塞川，將登太行雪滿山」了。

在中國文學裏，有關人與自然的種種關係，便從此一異點展開兩種迥異的生命情調。其一儘可能從自然中體悟一切的奧秘，從而蹤浪大化之中，達到人天冥契的和諧境界，陶淵明可說是此一類型的代表人物。王維詩境雖遜於淵明，但其心嚮往之的見賢思齊，使他也成爲此型的重要詩人。其二則常在自然之前發現自我的孤寂與無助，從而與自然形成貌合神離甚至格格不入的局面，此一類型的代表當首推阮籍與謝靈運。

魏晉之交，阮籍雖然本有濟世之志，但由於身處亂世，名士少有全者，因此轉以酣飮爲常，不與世事[1]，他既不與當權者合作，也不作正面反抗，這種自我放逐式的生命態度，使他在心靈和諧的追求過程中，永遠無法獲得眞正的安頓。於是，他成爲〈世說新語〉「任誕篇」中的主要人物之一。任，固是一任性情之眞；誕，難免行徑不經之僞。阮籍正是如此充滿內心掙扎的竹林人物。

當阮籍聽到別人譏刺他不應在嫂氏歸寧時相見話別，他馬上斬釘截鐵地宣稱「禮豈爲我設邪」，這種表面的違禮充分顯示他對一種超乎禮法之上的性情世界的肯定，同時也否定了俗化的禮或無理的禮。

當阮籍獲悉具有才色的兵家女未嫁而死，他雖不識其父兄，卻仍逕往哭之，盡哀而還。這是阮籍深感才女未嫁而死乃「天地靈秀之氣之一瞬即逝者」，所以他的哭之盡哀，亦屬「默契此天地靈秀之氣之少女之在蒼茫中之命運」，從而表現出「一種生命之賞識」以及「一種天地之憾之哀情」[2]。這正是〈晉書〉本傳所謂的「其外坦蕩而內淳至」了。然而，阮籍在「詠懷」第三首云「一身不自保，何況戀妻子」，生命的賞識最後仍落向無可奈何的虛空。

至於阮籍的「性至孝，母終，正與人圍碁。對者求止，藉留與決賭。既而飲酒二斗，舉聲一號，吐血數升。及將葬，食一蒸肫，飲二斗酒，然後臨訣，直言窮矣。舉聲一號，因又吐血數升。毀瘠骨立，殆致滅性。」由於表現得極爲奇特，令人懷疑其行徑不免矯揉造作之嫌，因爲母喪是何等錐心銘骨的大事，豈容眞性情之絲毫乖異？從另一角度來看，莊子妻死卻箕踞鼓盆而歌，那麼阮籍的行徑或可認爲不是故作姿態，而是在「達莊」的造詣上不够精純所造成的遺憾。兩次的舉聲悲號與吐血數升，正說明企圖超越人生大限的努力，畢竟無法獲致任何精神上的突破，相反的卻帶來了生命更大的斲傷。

從以上三點看來，阮籍的生命情調的確是充滿著不平的激蕩，因此他一方面喜怒不形於色，口不臧否人物，另方面卻又好作青白眼。這種心靈的苦悶之結不斷的絞纏，終究會淸晰的浮現一幅「人生若塵露，天道邈悠悠」的慘象；生命竟是如此卑微而不足道，有限而一晃即逝。面對此一困局，似乎也只有「願登太華山，上與松子遊，漁父知世患，乘流泛輕舟」一途了[3]。不錯，《晉書》本傳正記載他「登臨山水，經日忘歸」的事實。

從魏晉人物對當權者的廻避與自我精神的維護方式看來，歸隱於山林湖海毋寧是最主要的出路，朱沖「每聞徵書至，輒逃入深山」[4]，郭文「洛陽陷，乃步擔入吳興餘杭大辟山中窮谷無人之地……而居焉」[5]，他們卽使不得已被迫徵入公府，也能徹底堅持「含和隱璞，乘道匿輝，不屈其志」的原則[6]，如公孫鳳「隱於昌黎之九城山谷……彈琴吟咏，陶然自得。……慕容暐以安車徵至鄴，不言不拜，衣食舉動如在九城」[7]，公孫永「隱於平郭南山，不娶妻室，非身所墾植，則不衣食之。吟咏巖間，欣然自得，年餘九十，操尚不虧。與公孫鳳俱被慕容暐徵至鄴。及見暐，不拜。王公以下造之，皆不與言，雖經隆冬盛暑，端然自若」[8]。

這種情形充分顯示，眞能「不屈己志」唯一的辦法是把「隱」當作一種安頓、一種歸宿，如此才能「陶然自得」、「端然自若」，反過來說，山林湖海如果只是「駕言出遊，以寫我憂」的暫時登臨，不管登臨之際如何賞心悅目，流連忘返，當暮靄沈沈夜幕低垂時，不得不再舉起疲憊沈重的脚步，踏向令他「夜中不能寐」的紅塵，那種充滿嘲弄的失落之感，眞是要令人「憂思獨傷心」了。很不幸的，阮籍命定正是這樣的人物。他既無法與司馬氏認同，又不能眞正的離開是非之地，因此所謂的登臨山水，終於還是無法使他內心深處的困惑與焦慮得到靜定的撫慰。於是，呈現在他面前的自然形象有時竟非朗朗乾坤的光風麗日了——「登高臨四野」的結果是「感慨懷辛酸，怨毒常苦多」[9]；「徘徊蓬池上，還顧望大梁」所見，竟是「綠水揚洪波，曠野莽茫茫，走獸交橫馳，飛鳥相隨翔」的一片慘景[10]。於是一種途窮的浩歎也就跟著產生了。

〈晉書〉本傳說阮籍「時率意獨駕，不由徑路，車跡所窮，輒慟哭而反」。此段描述，極精簡地勾劃出阮籍面對自然的心路歷程。「率意」意味無心，只是一任情性之開展。「獨駕」強調個人一己的擔負及與他人的疏離。「不由徑路」顯示超世絕俗的生命取向，企圖闢出一條尋幽探玄的生命新徑。「車跡所窮」指出一種命定的挫敗與遺憾。「慟哭」是情不能已的絕望之悲的宣洩。「反」則暗示必須重返逼他獨駕出遊的泥濘世間的無奈。從「率意獨駕」到「慟哭而反」正好畫出一個令人沮喪的圓環，追尋與失落便如此週而復始地形成一個無法突破的惡性循環。在這種情況下，他內心那股濃得無法化消的憂思永遠處於飽和的狀態，因此，車跡所及的山川草木、蟲魚鳥獸，自是無法引起阮籍任何的注意，他胸中激蕩的只是「不由徑路」的無限衝撞與「車跡所窮」的嚴重挫敗交織而成的永不止息的爭抗。這就是爲什麼阮籍在觀念上雖然「尤好老莊」，並有「通老」「達莊」二論的著述，但「詠懷」八十二首中卻從未表達過人在自然的懷抱裏可以獲得寧靜和諧的生命啓示。換言之，阮籍代表中國古典世界裏的才智之士面對自然的一種觀點：自然只是他們生命歷程中的客觀存在，與人類的精神保持相當的距離，因此自然只是一種陪襯或工具，他們無法「體認」自然是人類精神上可以棲止的歸宿。於是，此一類型的才士的生命情調，或悲壯，或慘烈，永遠把自己，同時也把讀者引向一個充滿斷裂與掙扎的焦灼世界。

號稱元嘉之雄的謝靈運，一般認爲是中國山水詩人的鼻祖，因爲在他現存的八十七首詩中，約有半數都是模山範水之作，而且在山水形象細膩傑出的刻劃上，無疑是空前的創擧。然而細讀他的「自然」之作，我們發現，他與阮籍同樣也無法從自然獲得心靈的祥和與純靜。

從謝靈運的生平看來，他出身貴冑卻秉性偏激狂妄，身處亂世卻不知明哲保身，一生曾仕二姓，兩度退隱，三度出仕，時時樹敵，終遭棄市極刑。一生充滿時代的與個人的矛盾，內心始終澎湃著不平與憤怒，從而瘋狂地奔向山水[11]，可惜的是，他的生命情調所表現的卻是既不能忘我以勤政，又不能忘物以全我，結果弄得在山水則眷魏闕，居魏闕則又思山水[12]。以這樣的心靈去登山臨水，固然亦可發現山川之美，從而加以欣賞與讚歎，他的精神卻始終在山水之外，他只是一個旁觀者，一個特意製造旁觀機會的寂寞人[13]，他的「尋山陟嶺，必造幽峻，巖障千重，莫不備盡」[14]，目的不在與自然的精神互相呼應融通，簡直可以說是企圖「征服大自然而後已」了[15]。這與時下的登山者宣稱攀越三千公尺以上的峻峯已有若干，何時完成「百岳」之凌升壯擧，以便造成「紀錄」的心態，頗有異曲同工之妙。他們同樣不把自然視爲心靈上的伴侶，相反的卻把它當作凌駕、踐踏的對象。無獨有偶地，時下那種萬人登山的「熱鬧」「活動」，謝靈運更是早已「提倡」在先，一再「力行」；〔宋書〕本傳說他「自始寧南山伐木開徑，直至臨海，從者數百人。臨海太守王琇驚駭，謂爲山賊」，又云「在會稽，亦多徒衆，驚動縣邑」。登山雅致竟被視爲山賊蠢動，則其「活動」本身所呈現的擾攘不安與自然的靜定無言，眞是不可同日而語。這種兩不相應的對立，固然可以看出謝氏內心那種不能自已的忿懣之向外擲射，從而令人與起意志力一往無前的悸動，然而那種殺氣騰騰的擧止——「伐」——卻也注定謝氏的滿紙山水，雖然充滿辛酸之情，卻缺少一份圓融的智慧。試看「登上戍石鼓山」一詩，便可瞭然：

旅人心長久，憂傷自相接。故鄉路遙遠，川陸不可涉。汩汩莫與娛，發春托登躡。
歡顏既無並，戚慮庶有協。極目睞左闊，廻顧眺右狹。日沒澗增波，雲生嶺逾疊。
白芷競新苕，綠蘋齊初葉。摘芳芳靡諼，愉樂樂不燮。佳期緬無像，騁望誰云愜？

此詩就其結構而言，從記遊寫景到興情悟理，是典型的宋齊之際的山水詩[16]，就其精神內涵言，是在「歡顏既無並」，對人世間情誼理想等的互識共賞絕望之餘，「戚慮庶有協」，希望透過「登躡」得到山水的共鳴而能「協」和寧定。因此在左睞右眺之間，當他發現日沒雲生之下的自然形象時，的確也能以一個旁觀者的角度欣賞白芷新苕，綠蘋初葉那種競相舒展的欣欣生意，然而當他進一步的接觸自然，換言之，當他捨棄旁觀而企圖與自然渾化為一時，他悲哀的發現自己的生命情調絕對無法與自然交融——摘芳芳靡諼！「芳」（白芷綠蘋）畢竟是外在的一種境界，一種理想，只可企慕、只可嚮往，卻無法在他生命深處生根，因此雖然「摘」於手中，近在眼下，卻又遠如天涯，因為心中那無法忘懷（諼）的生命困局（「川陸不可涉」）太過強烈，以致無法容受這股「芳」意。於是原本希求的「愉樂」也就一腳落空，從而沮喪地宣稱，山水的「騁望」並未帶來任何生命的「愜」當。

由此可見，謝靈運儘管「與多才高，寓目輒思」、「名章迴句，處處間起，麗典新聲，絡繹奔會」[17]，自然之雄偉優美靈秀，風光聲響之層出迭現，原本經常引人注目沈思，然而歸根究柢，謝客對自然畢竟只是「客」，只是貌合神離。

與阮籍、謝客這種生命情調迥然不同的，是自然不只是客觀的存在，而且也是內在心靈的依歸。這一類型的表現，陶淵明的作品無疑是最令人心移神馳，也是最令人「先入爲主」的。

陶淵明的生平，就其時代處境而言，與阮籍、謝靈運大致相似；那是一個「眞風告逝，大僞斯興」[18]「擧世少復眞」[19]的黑暗時代，面對此一時代，他也曾經有過「猛志逸四海，騫翮思遠翥」[20]與「撫劍獨行遊」[21]的入世豪情與擔當，但落實於現實環境時，他一再發現自己「性剛才拙」「違己交病」，無法世故隨俗，因此「與物多忤」[22]，只好「歸去來兮」，從此過其躬耕的家居生活。雖然歸隱後的淵明並非從此心寧神靜，不再有任何的波動掙扎，甚至臨死尚有「死去何所道，托體同山阿」、「賢達無奈何」[23]、「人生實難，死如之何？」[24]等等的浩歎，但就整體而言，他畢竟是位表面「勤靡餘勞」，而生命深處卻「心有常閑」[25]的高人，就此而論，淵明的生命情調與阮謝可謂分道揚鑣、大異其趣了。

在淵明「心」目中，自然形象的奇彩異態並不重要，他關「心」的只是自然形象與他內心底層相契的那一份令人神往的精神。換言之，是一種個人泯化於自然之中兩相交融的安頓之感。

試看他「結廬在人境，而無車馬喧」一詩所表現的，乃是一種把生命落實於俗世，卻又超乎俗情的貞定，這種貞定並非古井無波的死寂，而是充滿生生不息的汩汩活泉。這正如他另一首詩開頭四句「孟夏草木長，遶屋樹扶疏，衆鳥欣有託，吾亦愛吾廬」[26]所示的，乃是不斷滋長的豐盈鮮活的世界，萬物在此兩相託付，彼此輝映，形成交融無間的和諧世界，之所以能如此，最主要的理由當然是「心遠」所致。「心遠」意味著面對任何景況，皆能以一種適當的距離體會出它的「美感」，從而化消一切可能的壓力或障礙。準此以觀，自然之於人，便處處充滿令人深省嚮往的欣欣生意，這也正是詩人內心企求完成的生命之趣。例如「山氣日夕佳，飛鳥相與還」所透露的，乃是詩人內心在「悠然見南山」的啓示下，油然興起不能自已的祥和仁厚之情，因此所見無不各呈佳趣，蓋山氣之於人，一時或能令人神移，久而久之，日日相對，若非其人內心本有不息之生機，則視而不見甚或厭倦之心，便難免可能與時俱增。準此而言，日夕佳的山氣竟是淵明胸中的一片天機靈氣了。其次飛鳥之相與歸返此佳趣橫生之山氣中，亦正暗示人之生命與自然生命的呼應共鳴，渾然一體。

這種生命情調，在淵明的後繼者王維身上，也同樣具有鮮明的表現。王維的一生，就時代背景言，與前述諸人雖然不同——他是個活動於開元天寶間那段大唐盛世的詩人，然而他年青時期所表現的對於儒家所肯定的人生價值的追尋之狂熱，與阮籍陶謝並無二致。問題是，他中年後遠離世情，走向自然尋求精神安頓的動機與態度卻頗與阮謝等人不同。臺靜農老師認爲那是王維在安史之亂中不及逃出長安，從而被迫接受僞職所造成的心靈的羞愧所致[27]。此外，王維並非如淵明眞正的退隱林下，而是繼續在肅宗朝中爲官，從太子中允遷太子中庶子、中書舍人、給事中，一直升至尙書右丞。但他的仕宦既非阮籍的虛與委蛇，亦非靈運的故作狂態，而是希望在戒愼慚愧的心情中「報恩」。因此《舊唐書》本傳說他「退朝之後，焚香獨坐，以禪誦爲事」也正是他在「謝除太子中允表」所謂的「臣得奉佛報恩，自寬不死之痛」[28]的具體表現。

以這種心情走向自然，則王維詩中的山水或田園形象，除了實景的觀照與欣會外，或許還隱含一份淨滌自贖的微意。例如他在「酬張少府」一詩說「晚年惟好靜，萬事不關心」，接著便提出能達到此一心境的理由乃「自顧無長策」。這與其說是對富貴功名等價值加以否定的謙辭，毋寧說是「被一種犯罪意識所縈繞，使他無法容許自己繼續追求」[29]的內省。接著「松風吹解帶，山月照彈琴」二句所呈現的景象，便具有藉自然形象隱涵的象徵意義映照已得到滌淨的心境。「松」「月」是王維詩中兩個一再出現的主要意象。「松」大致意味著一種寧靜貞定的意義(此點與陶淵明的感悟相同)，「月」則顯示出宇宙精神中，屬於母性之溫柔撫慰的光輝。「解帶」——已解之帶——指解除公務脫去束縛等等的自在之情，「彈琴」則暗指心靈之和諧狀態。因此，「松風」之「吹」「解帶」，「山月」之「照」「彈琴」，很明顯的便成爲人之自在和諧獲得自然之共鳴極精彩的寫照。

王維這種個人內在心靈癥結，經由自然形象的洗滌而得以化消，甚至轉而提升至和諧自足的境界，說明了他不只是要在最「人境」的朝廷裏克服從外而來的喧鬧與誘惑，而且還得類似苦行地「在京師，齋中無所有，唯茶鐺、藥臼、經案、繩牀而已」[30]，進行平息內心之遺憾的努力。因此當他面對大自然，或者說當他主動的走向大自然時，他也總是不太注意自然的外在形貌，轉被自然所具的啓示性的動狀所吸引，從而在流連陶醉中獲得眞正的自在與無憾。這種心路歷程在他「終南別業」一詩中，最具典型性：

中歲頗好道，晚家南山陲。興來每獨往，勝事空自知。行到水窮處，坐看雲起時。偶然值林叟，談笑無還期。

如果說宗教的啓示意味著心靈的慚愧之超越（這應是一切宗教情操的基本誘因），則「中歲頗好道，晚家南山陲」之「家」除了現實的居所之義外，更應具有精神歸宿的深意。與來之「獨」往，勝事之但能「自」知，則暗示一切悟境完全建立在個人的「只堪自怡悅」的追尋與契合。緊接著「行到水窮處，坐看雲起時」二句，至堪玩味，它至少具有以下的幾種意涵：㈠人在自然之中；㈡自然的兩種不同動狀；㈢面對自然不同動狀的人之對應行爲；㈣這種對應背後所隱含的意義。綜而析之，「行到水窮處」緊接「興來每獨往」之下，實與阮籍之「率意獨駕」、「車跡所窮」極爲酷似。但阮籍的「慟哭而反」，重新墜入煩憂的俗世，在此卻轉成「坐看雲起時」的充滿生機的新境。水之窮，滯礙俱在，乃是既成事實，無法改變；雲之起，卻是有如活泉汩汩，無限舒暢，而且方興未艾。再就「行到」、「坐看」兩種人類行爲而言，既屬「行」之追覓動蕩，終必有「窮」之極限；相反的，既屬「坐」之安頓憩息，則遊目四望，自能從容無礙，在「疑無路」的剎那間柳暗花明，別有天地了。在此，王維便不必如阮籍的永遠陷於泥濘的濁世，而眞能從山山水水中，獲得生生不息的精進之境。因此人與自然，甚至人與人之間一切的隔閡便可在此解消，所謂「偶然值林叟」的「談笑」正是這種心境的具現，而「無還期」的忘我忘物，也生動地指出渾然交融不復有任何分別相的酣暢了。

從以上有關阮謝、陶王二型詩人的討論裏，本文企圖指出：同樣是面對生命的種種泥濘困境，但由於個人生命情調的不同，他們在自然的啓示下所獲得的感悟也就大異其趣；阮謝一組可以說是「途窮慟哭，廢然而返」的一型，而陶王則屬「坐看雲起，談笑無還」的另一類型。前一類型固然令人引發種種人文困局的沈思，但就人與自然的關係而言，顯然不是中國古典心靈裏的主流，而後一類型所塑造的人天圓融的境界，才是重心所在。因此下文所要討論的，也就針對後一類型而言。

中國先哲的自然意識

文學現象是文化精神表現的一環，因此在討論文學中人與自然的圓融關係之前，先了解中國先哲對自然的幾種重要觀念，在背景視野上當是必要而有益的。關於中國先哲對自然的觀念，方東美先生與唐君毅先生均有極精闢的論述[31]，綜合兩位前輩哲人的意見，先哲心目中所體認的自然，約有底下四層意義[32]。

1.自然之中，萬物無永相矛盾之理，而有經由相互感通以歸中和之理。

自表面言，自然中物物之間，實不相攝，各自有其藩籬，例如日之與月，寒之與暑，原本對立，然就〈易傳〉作者觀之，則日往月來，月往日來，雖本不容，但日月相推而生明；寒往暑來，暑來寒往，亦相拒斥，可是寒暑相推而歲成焉；其理無他，往者屈也，來者信（伸）也，屈信相「感」而利生焉[33]。

因此從儒家觀點來看，由於人秉「至誠」，遂能與萬物相應而感通。所謂「唯天下至誠爲能盡其性，能盡其性則能盡人之性，能盡人之性則能盡物之性，能盡物之性則可以贊天地之化育，可以贊天地之化育，則可以與天地參矣。」[34]這種從通己、通人、通物以至通天地之化育的描述，也說明了「精誠所至」，一切扞格滯礙無不「金石爲開」的特性。

至於道家對物物無不可相攝感通的意見，更是俯拾皆是。〈莊子〉「齊物論」爲了破除「物无非彼，物无非是」這種嚴酷的萬物「彼」「此」之隔閡，達到「和之以天倪」的境界，遂幻設出夢爲胡蝶的妙喩，從而確立「物化」（物之可變化感通）的觀念，便是具體的例子。

2. 自然乃是普遍生命創造不息的大化流行。

既然物物無不可相攝融通，則不管是以我觀物，或者睹物與情，一種萬彙無不栩栩然一片生機的景觀，自是不言可喩。因此，整個宇宙根本就是一個包羅萬象的廣大生機，是一個普遍瀰漫的生命活力，無一刻不在發育創造，無一處不在流動貫通。〈論語〉記載孔子說過「天何言哉，四時行焉，百物生焉，天何言哉」[35]，這說明了萬物在默默中永不止息的創生之力。〈易經〉「繫辭傳」云：「夫乾，其靜也專，其動也直，是以『大生』焉。夫坤，其靜也翕，其動也闢，是以『廣生』焉。」[36]所謂「大生」「廣生」也正是「天地之大德」了[37]。

老子從宇宙論的觀點提出「道生一，一生二，二生三，三生萬物。」這一片「生」「生」之聲，無非在顯示，原始虛無之「自然」的道，具有生化之原理（「一」），它最初導生陰陽二種原質（「二」），此陰陽基本原質自然交互作用，產生了第三者「結果」（「三」），而且此種宇宙生化之活動一經發生，自是生生不息，而萬物於是乎紛然雜陳了[38]。

宋明理學家繼續發揮的也是這種觀念，朱熹言「天以陰陽五行化生萬物」、「天地以生物爲心」，王陽明說心說仁說到精微處，也是要體察天地人類和萬物的「生道」或「生意」[39]。

3.自然是一個將有限世界點化成無窮空靈妙用的系統。

自然世界，就實質而言，其實是有限的，如果著眼此一有限性而無法突破的話，便容易興起「出門卽有碍，誰謂天地寬」[40]的浩歎，中國先哲卻能以一種超越的心靈，點鐵成金似地點化出無窮空靈的妙境。

〔論語〕「爲政篇」有「君子不器」的記載，這正是君子的精神狀態絕不拘滯於有限性的最好說明。另一處孔子與弟子的問答，則可說是此一精神的戲劇性演出[41]，當孔子問及弟子「如或知爾，則何以哉？」時，就孔子的語氣以及子路、冉有、公西華的回答看，孔子的問題顯然是指當一個被賞識的士人得以施展政治抱負時，他應該如何去面對那種情勢。子路、冉有、公西華三人的回答，氣魄雖或大小不同，但剋就政治以論成效的精神卻並無二致。只有曾皙的回話，出乎意料的，竟與政治無關，而且居然得到孔子衷心的贊賞。這暗示什麼？「暮春者，春服既成，冠者五六人，童子六七人，浴乎沂，風乎舞雩，詠而歸」的心境，正是君子不拘滯於政治之「器」從而轉化為別開生面之無窮空靈妙境之寫照。於此，曾皙在意的並非政治本身這「器」，他關心的是「即其所居之位，樂其日常之用，初無舍己為人之意，而悠然直與天地萬物，上下同流」那種超乎政治之上的「胸次」[42]。

這種從有限超越至無限的觀念，老莊思想中亦極普遍。〔老子〕第五章云：「天地之間，其猶槖籥乎！虛而不屈，動而愈出。」虛而不屈，喻空間之無窮無盡；動而愈出，喻萬物之生生不已[43]。天地之間本就充斥森然萬物，今竟視之如空虛之槖籥，且能無限延伸、生生不已，足見轉化超越之妙。〔莊子〕「逍遙遊」一篇主旨，乃「言逍遙乎物外，任天而遊無窮也。」[44] 這也正說明超越有限之物而得消遙無窮之樂。篇中以大瓠為喻，惠施就其有限性觀之，認為脆而不能盛水，剖為兩半，淺而不容多物，因此將之擊碎。莊子則從另一角度認為惠施「拙於用」，意即不知以超越的眼光看瓠之為用。然後提出「何不慮（結也）以為大樽而浮於江湖」的建議[45]，這種無用之大用也充份顯示有限世界之無窮妙用的意義。

4.自然是一個盎然大有的價值領域，足以透過人生的各種努力加以發揚光大。

自然既不只是客觀機械的物質存在，而是可以互相感通的普遍生命之大化流行，並具隨遇能化的靈妙之力，則其隱含價值意識自是順理成章之事。〔易經〕在這方面的表現，幾已可說無處不有此種價值意識的存在。如「乾卦」初九的

「潛龍」形象，乃意味著「勿用」的判斷，九二的「見龍在田」則是「『利』見大人」，「坤卦」象辭「至哉坤元，萬物資生，乃順承天。坤厚載物，德合無疆，含弘光大，品物咸亨。……」所謂載物合德光大咸亨，無不充滿價值觀念。

莊子之自然觀一方面將生命價值投射到自然形象，另方面，自然形象也無不具有價值暗示。「天地有大美而不言，……聖人者，原天地之美而達萬物之情」[46]，而莊子與惠施的濠梁魚樂之辯，也充分顯示：與惠施那種分析性的邏輯推論相對，莊子對自然的態度總是橫溢著美的觀照此一價值意識的。

由以上簡單的介紹，可以作個概括的歸納：自然是可以互相感通的普遍生命之大化流行，它具備隨遇能化的靈妙之力，並充滿價值的啓示。順此推衍，則人在自然之中，自應體會彼此那種圓融和諧、生機勃然的靈慧之境。中國文學中所表現的人與自然的交融貫通，其基礎也就建立在這淵遠流長的文化命脈之上。

中國文學中的人與自然

了解中國先哲的自然意識後，便可着手詳論中國文學裏人與自然的圓融和諧關係的種種現象。下文擬分四大部份進行探討，卽：時間之超越、造作之泯消、經驗之轉化、人天圓融的特徵。

時間之超越——從歷史之幻變無常中委身自然

時間意識也是自然的一環，它在文學中的重要性至爲顯然，但有關時間意識的處理卻並非一致。陳子昂「登幽州台歌」：「前不見古人，後不見來者，念天地之悠悠，獨愴然而涕下」，是一種在永恒的時間長流裏，意識到個人生命之孤寂的悲歎。朱熹「春日」詩：「勝日尋芳泗水濱，無邊光景一時新。等閒識得東風面，萬紫千紅總是春」的描繪，雖然也充滿「日」「一時」「春」等時間意象，一片歡欣鼓舞之情卻與子昂大不相同。再看王安石「北山」：「北山輸綠漲橫波，直塹回塘灩灩時。細數落花因坐久，緩尋芳草得歸遲」一詩，「時」「久」「緩」「遲」也盡是時間的意象，但此詩既無子昂的悲慨，亦非晦翁的狂喜，它只是一片淡淡的寧靜之心，既不覺如子昂面對自然之際人之渺小，亦不屬朱熹之但作袖手的旁觀，而是與落花芳草渾然相契，物我雙泯的一片和諧。從這三個簡單的示例可以發現：當人面對時間此一自然「現象」時，如果他的著眼點放在「流逝」，通常會引起無常變幻之悲，覺得生命失去了自主性；如果著眼點放在「此刻」，同時「此刻」又契合主觀的意願時，通常會加强（注意，是加强，而非引發）愉悅甚至狂喜之情，因爲他看到的是「未央」

的顛峯。至於著眼點既不放在「流逝」亦不放在「此刻」（此刻轉眼亦將流逝），而放在超越時間或忘懷時間的角度時，他領受的通常是超乎悲喜的慧境。

這說明「時間的超越」是人與自然渾然交融的主要契機之一。從這一角度看陶淵明的「桃花源記」，可以發現，武陵人所發現的「人間天堂」爲什麼終於消失的某種理由。該文一開始提出「晉太元中……」如何如何，這是一個無容改變的時間序列；但桃花源卻並不存於這時間序列中，它存在於「不知有漢，無論魏晉」的超乎時序的特殊狀況裏；最後武陵人引導太守重覓桃源的失敗，也正說明時間意識一被引進，這存於特殊狀態裏的桃源便立刻消逝；「後遂無問津者」也正好暗示世人再也不知或不願去尋找進入這人間淨土的法門。

相對於時間的空間意識，通常都被用來代表與「流逝」相反的靜定。雖然從嚴格的意義看空間形象，它也無法避免成住壞空的宿命，可是與人生之短暫有限相較，它畢竟更具恒常性，因此在中國文學裏便經常以空間形象來襯顯時間之變幻無常，例如〈三國演義〉一開始的題詞——「滾滾長江東逝水，浪花淘盡英雄，是非成敗轉頭空。青山依舊在，幾度夕陽紅。」青山之亙古長在，正爲襯托英雄是非成敗不只已隨水東逝，而且正不知前後接踵幾度興衰了。在此，「青山」空間形象並非用來挽回時間流轉之悲，而在强調歷史陳跡之了無意義，無足輕重。再如張可久「人月圓」散曲（「山中書事」）：「興亡千古繁華夢，詩眼倦天涯；孔林喬木、吳宮蔓草、楚廟寒鴉。數間茅屋，藏書萬卷，投老村家。山中何事？松花釀酒，春水煎茶。」此曲前五句强調的也是歷史的無常與人之無可如何的倦怠；但後六句，尤其最後三句空間自然形象的出現並非火上加油的强調千古興亡之無奈，而是企圖以山中之松花酒春水茶所象徵的淡泊寧靜，解消那令人焦躁煩厭的無常魘夢，從而獲得心靈的靜定。

因此，當我們說「時間的超越」足以令人渾然與大化同趣時，事實上也意味著整個空間意識的喚起，而且這空間意識必須以主動的態勢把人引入委身自然的方向。

準此而言，則李嘉祐「竹樓」一詩所表現的類似陶淵明結廬人境卻了無塵喧的恬適，正是上述觀念的最佳示例：

傲吏身閑笑五侯，西江取竹起高樓。南風不用蒲葵扇，紗帽閑眠對水鷗。（按：李嘉州曾爲袁州太守，地屬今之江西省。五侯指五馬之侯，卽太守。）

本爲太守，由於秉性傲岸，與世情頗有距離，因此內心眞能毫無拘滯（身閑），於是不但被太守繁瑣的職務所碍，反能以悠然的態度面對它，一副隨遇皆能自得的歡欣之情躍然紙上。所謂「笑」絕非卑視否定之意，而是一種超然的莞爾之欣會。卽此一句，便已點出身處歷史世界卻能就地超拔於時間之外的主題。「西江取竹起高樓」寫實地道出江西之人以竹爲樓，不用磚瓦的風俗，作者因此也能「入境隨俗」地「結廬」於此。第三句以南風與蒲葵相對，也正暗示自然之天風與人爲搧動之風之間明顯的取捨。「不用」者，渾然天成，不假人力也。末句再以「紗帽」與「水鷗」相對，極其生動地點出代表歷史世界的名位的「紗帽」正被脫除而「閑眠」於此高樓之上，相「對」的，樓外水上，也正有鷗鳥的飄浮飛翔。紗帽的閑眠自然是呼應首句的「身閑」（此卽淵明「心遠」），它意味著歷史世界的隱退，而水鷗的出現則意味著空間形象的開展，再加上鷗鳥所具的傳統象徵「無心」[47]的暗示，一種悠然與大化同流的自在逍遙之情也就昭然若揭了。

這種經由時間（歷史世界）的超越以獲致人與自然的和諧交融的精神，在古典詩裏極爲普遍，試舉宋代詩人劉攽的「新晴」爲例，進一步說明：

青苔滿地初晴後，綠樹無人晝夢餘。惟有南風舊相識，偷開門戶又翻書。

此詩之動人處，主要來自「晝夢餘」的動作所顯示的午夢初起的渾然之美。在那似醒非醒的矇矓狀態中，屬於歷史世界的活動暫告停息，換言之，時間的意識暫告隱退，因此所見無非是自然中最充滿生機的盎然綠意——綠樹滿眼，靑苔遍地，這眞是所謂「庭草無人隨意綠」了[48]。接著又在矇矓中覺得有「人」偷偷的打開了門，而且正翻動著書册的扉頁，是「誰」有此雅興？原來不過是一陣南風徐來，於是禁不住的充滿會心的欣喜，居然是「老友」悄然光臨了。在此，風已成舊相識之「人」，人也已陶然化入自然的韻律裏，物我此刻就泯時間的隱退中進入「我見青山多嫵媚，料青山見我應如是」的渾然交融之境了。

造作之泯消——從萬彙之森羅雜陳中靜觀自然

就廣義而言，人與自然要保持和諧的關係，便已暗示人爲造作、干涉的務必消除，這就是莊子所謂的「無以人滅天」[49]，與〈舊約〉聖經所謂的安息日儀式強調「休息」的用意不謀而合。在此安息之日，人不得有任何「工作」的行爲，連拔根小草也在禁止之列，甚至有人只爲了撿撿柴薪便被判死刑，因爲他獨犯了安息日的律則。蓋「工作」乃人類與物理世界的交涉行動，不論其爲建設性或破壞性，「休息」則是人與自然的和諧狀態。因此，安息日所象徵的乃人與自然（包括人與他人）之間的完全和諧。經由「不工作」——亦卽經由不干預自然或社會的變遷程序，人便可超越自然時間等的束縛而獲得絕對的自由[50]。關於時間的超越，前文已討論過，本節專就對自然放棄干涉加以說明。

從神話資料看，夸父的追日象徵人類追求與日月同光的欲望，其失敗則說明無法超越時間的悲運。精衞銜木石以塡東海的行爲，固然表現了「知其不可爲而爲之」的悲壯，那永不可能成功的宿命卻也證明了遺憾不平之永無消除之日。刑天與天帝之爭，死而以乳爲目，以臍爲口，繼續舞干戚抗命到底，其悲劇性精神誠然令人悸動，從另一個角度看，這些神話主題頗與中國人的自然意識不相侔，也因此並未蔚為中國文學精神的主流。〈西遊記〉一書，可以作為人類追求聖境的心路歷程來看，其中孫悟空大鬧天宮一節，撇開政治寓意不談，那正是表現人與天的對立與抗爭。一開始是妥協性的「齊天」，接著便更進一步的反天鬧天了，其結果自然是兩敗俱傷，這正與共工氏之與天帝爭，怒而觸不周山異曲同工。收拾這種殘局，以便恢復原來的寧靜秩序的，也只有靠女媧的「補天」，與如來佛的「安天」了。〈西遊記〉第七回描述如來降伏「妖猴」鎮於五行山下之後，天上羣神齊向如來致謝，準備設宴款待，希望如來為該會立一名號，於是「如來佛領衆神之託曰：『今欲立名，可作個安天大會。』各仙老異口同聲俱道：『好個安天大會，好個安天大會。』」不錯，只有拋棄抗天反天鬧天甚至齊天的干涉性行動，而以「安天」的精神靜觀自然，我們才能在森羅雜陳的萬象中發現鳶飛魚躍本身之美，以及我們內心的鳶飛魚躍之眞。

這種靜觀自然之自足性而不以人力橫加干預其秩序，從而獲致人天和諧的感悟，李白「日出入行」一詩有極精彩的表現：

日出東方隈，似從地底來。歷天又入海，六龍所舍安在哉？
其始與終古不息，人非元氣，安得與之久徘徊？
草不謝榮於春風，木不怨落於秋天。

誰揮鞭策驅四運？萬物興歇皆自然。羲和羲和，汝奚汨沒於荒淫之波？魯陽何德？駐景揮戈！
逆道違天，矯誣實多！吾將囊括大塊，浩然與溟涬同科！

本詩以「日」此一自然之運行所顯現的無始無終，對照出人類生命的有限性。但李白的著眼點並不放在有限性的感喟上，而是經由這種「有限」的觀點，靜靜的體會自然的眞精神，從而發現有如郭象注〈莊子〉所謂的，自然本就是「暖焉若春陽之自和，故蒙澤者不謝；淒乎如秋霜之自降，故凋落者不怨」[51]，因此，草木之榮凋，正意味著生命過程的必然現象，所以無須因生命之改變而對「自然」產生感謝或怨嗟之情。蓋是謝是怨均屬對自然的擾動。肯定了這種立場，李白應用兩個神話或神話式的典故，對干涉自然的行爲加以批評。羲和鞭日原指日之運行的自然意象，李白卻認爲「鞭策」本身已失去自然意義，而具有催促太陽加速奔行的干涉的意義。同樣的，李白對「魯陽公與韓搆難，戰酣，日暮，援戈而撝之，日爲之反三舍」[52]的迫使時間倒流的現象，也提出與郭璞在「遊仙詩」：「愧無魯陽德，廻日向三舍」[53]完全相反的觀點，郭璞認爲以戈揮日而日爲之廻讓三舍的現象，乃人類參贊造化的可貴能力，李白卻認爲這是對自然的無理干涉，是一種對天道的逆違，是一種充滿矯誣的人爲造作。因此，人與自然原本應有的和諧關係就破壞無遺，而人本身的生命也就無法處於圓融自足的狀態，爲了恢復這種自足的心靈，人必須放棄對自然的任何干涉造作，改以靜默的態度去體認自然，這就是詩末「囊括大塊，浩然與溟涬同科」所顯示的意涵了。大塊，指天地之間[54]，囊括大塊，亦即〔淮南子〕「原道訓」所謂的「懷囊天地，爲道關門」，指掌握天地的根本原理。溟涬，指自然元氣，而此元氣，據張衡的解釋，乃是一種「幽清玄靜，寂寞冥默，不可爲象」的狀態；再據葛洪的說法，那種狀態乃是「天地日月未具，狀如鷄子，混沌玄黃」的渾然不可名狀[55]，因此「浩然與溟涬同科」豈不意味著人同歸到最原始的渾沌和諧的太初世界？這種順應自然，靜觀自然，從而與自然合爲一體的精神，正是中國文學中人與自然極重要的關係之一。

例如王維的「辛夷塢」詩：「木末芙蓉花，山中發紅蕚。澗戶寂無人，紛紛開且落。」如果從靜觀自然的角度去體認，便會發現這是一首頗堪玩味的小詩。

題爲「辛夷」，首句卻言芙蓉，再加上有「木末」字眼，或遂以爲這是辛夷塢中不妨有木芙蓉的存在。但就裴迪同詠末二句「況有辛夷花，色與芙蓉亂」看來，芙蓉當只是借以比擬辛夷之花香而美[56]，而木末則狀其花之高。次句點明辛夷花開之地乃在山中。結合二句，由於芙蓉有出汚泥而不染之品性，因此辛夷之在山中木末也應含不染世情的一份自得，這一份自得與不染俗情，在三四句表現得更爲精彩：「澗戶寂無人，紛紛開且落。」澗戶原應有人而竟無人；從前二句的「自得」之情去體會，則「寂無人」當非僅在描述實質上的人去戶空，而是在暗示精神上的毫無人爲干擾，然後就在這種自由無礙的氣氛中，辛夷紛紛的開放，又紛紛的凋謝。紛紛二字描述出辛夷綻放時的繁盛與盡興，同樣的也表現出凋謝時「應盡便須盡，無復獨多慮」[57]的泰然與寧定。這與蘇東坡「空山無人，水流花開」[58]在意境上極爲酷似。總而言之，只要人爲造作之心一消，則生命中「不知悅生，不知惡死」[59]的超然，與自然中「自榮自落，何怨何謝」[60]的精神，自可互相往來，交融共鳴了。

經驗之轉化——從生活之機械板滯中返歸自然

在前文有關時間之超越一節裏，曾特別指出「工作」與「休息」的觀念，在此擬更進一步加以分析。從某一個角度來看，生活也就是工作，至少工作構成了生活的主要部份。這正如眞正的安息日儀式只能在七天之中的一天擧行。然而，當我們對生活中的「工作」稍作思考時，便會發現，大部份的「工作」都具有「重複」、「單調」的性質，因此，即使原先對「工作」充滿新鮮與衝勁的人，也會在彈性疲乏或職業倦怠的情況下，在漫漫的時間長流裏，發現生活的機械與板滯。爲了解除這種呆滯乏味的「生活」，於是所謂的「休閑」活動應運而生，藉以化解逐漸累積沉澱的疲憊，從而重獲生機，以便與緻盎然的再度投入「工作」。

這說明了一項事實：除非能在精神上處於超越「工作」而進入「休息」的境界，否則，人將只是工作的奴隸，永遠無法發現逍遙自在的生命情調是如何的可貴。換言之，「工作」誠然是必須的，所謂「人生歸有道，衣食固其端，孰是都不營，而以求自安？」[61]，然而，「工作」畢竟只是爲了生存，只是生命之「端」而已，在此「端」之後，仍然必須「歸」向「人生」之「道」。

問題是，歸向人生之道必須要有智慧，這智慧又自何而生？筆者認爲，主要的智慧之源便來自「經驗的轉化」：把「工作」（生活之板滯機械）的經驗，轉化爲「休閑」（不被工作所拘而別開生面）的經驗。

這種心理的轉化過程，漢樂府中的「江南可採蓮」一詩所提供的線索最爲清晰動人：

江南可採蓮，蓮葉何田田，魚戲蓮葉間。魚戲蓮葉東，魚戲蓮葉西，魚戲蓮葉南，魚戲蓮葉北。

這是一首「很質樸自然的民歌，幾乎沒有一種選本不選它」[62]，除了質樸得有趣，有人卻覺得「歌辭也不見什麼特別好處」[63]，甚至「只是聲調鏗鏘，並沒什麼意義」[64]。然而也有人認爲此詩「充滿農村生活的情趣」[65]，或「美芳晨麗景，嬉遊得時也」[66]，甚至嬉遊過度，被視爲「刺游蕩無節，宛邱、東門之旨也」[67]。

如果我們不被這些觀念所限，直接從文字本身去體認它的每一細節，或許會有新的發現。首先，第一句提出了「採」的動作，其次，從第三句以下五句則重複了五次「戲」的動作，而「採」與「戲」之間爲第二句非動作性的「田田」。這種動作的進行程序所具有的轉化之跡至爲明顯。江南之可如何如何，只不過是因爲可供「採蓮」，不管所採爲蓮的那一部份，「採」終究是一種工作，換言之，首句透露的乃是生活中的一份工作實況，從實際的工作情況看，採蓮可能是一件從早到晚的辛苦經驗，它的目的當是載得滿船蓮子歸之類的實質效益。然而第二句「蓮葉何田田」的出現，卻移轉了整個情境的重心，亦即將重心轉移到蓮葉田田的鮮碧之美上。此時，原先被「採」之工作所拘束的心靈獲得了某種解脫的愉悅；除了工作之外，尙有超乎其外的可資欣賞的世界。這種情形與〈詩經〉「芣苢」一詩所表現的迥不相同。「芣苢」云：

采采芣苢，薄言采之。采采芣苢，薄言有之。
采采芣苢，薄言掇之。采采芣苢，薄言捋之。
采采芣苢，薄言袺之。采采芣苢，薄言襭之。

此詩完全被一片採之又採的聲浪所淹沒，在「有之」「掇之」「捋之」「袺之」「襭之」

等的採摘、拾取、裝塞一連串的動作裏，引發的只是持續不斷而令人應接不暇的忙碌而已，因此在心靈上並不具有任何解脫的愉悅之情。反觀「江南可採蓮」一詩，它在「工作」的同時，並非全被勞力的付出所掩沒，而是仍然保持一份超然的心靈，因此能發現「蓮」不只是可資利用之物，也是喚起審美意識之物。此一審美意識的喚起，終使詩中人暫從現實世界的層層束縛中解脫出來，進入審美對象之中，悠然自在地與它合而爲一。

緊接著的「魚戲蓮葉間」便是在這種審美的觀照中，繼續轉化的嶄新經驗。從採蓮至蓮葉之田田，心境雖已大不相同，但仍是就蓮而言，而「魚戲蓮葉間」雖尚有蓮葉之出現，但重心已轉移到「魚戲」的新情境之上。於是，人之「採」變成了魚之「戲」，而所謂「戲」毫無疑問的是詩中人意識移至魚身的結果。這種移情作用，固然一方面來自魚本身的悠遊水中的形象的導引，但更重要的仍是詩中人胸中必須先有「戲」的心境，然後才可能體會魚之動狀之爲「戲」，這正如莊子必須內心先有一份從容逍遙之情，才能體會儵魚出遊從容是魚之樂[68]一樣。那麼，這內心之「戲」的意義又是什麼？簡單的說，便是與充滿實用利害關係的「工作」相對的、超乎現實利害之外的「無實際關心的興趣」[69]。至於詩末四句，並非別無意義的重複，它們除了繼續強化這種特殊的「興趣」藉以點明完全超越採蓮之初衷外，還隱含「東西南北」所構成的隨處皆能超然物外的暗示。此外，魚之戲於蓮葉之東西南北，似乎又構成一個循環性的圓形，這或許也暗示著一種完整、統一，或渾沌狀態的生命[70]。換言之，「江南可採蓮」一詩，就詩中之經驗而言，它之吸引讀者，不管是意識性的或潛意識性的，主要來自經驗的轉化；先是日常生活之束縛，接著是觀點的轉變，接著便超然遊於物外，不再沾滯於生活，最後達到渾然與自然統一的原始生命之和諧。

這種經驗的轉化，陶淵明「桃花源記」的描述也相當動人。「晉太元中，武陵人捕魚爲業，緣溪行，忘路之遠近。」一開始便指出現實生活的時空：「晉太元中」「武陵」，以及「工作」之類型：「捕魚爲業」，而「緣溪行」至於「忘」「路之遠近」也充份顯示武陵人沈溺於捕魚工作之深，換言之，武陵人此時內心完全被分內之「業」所佔據，根本無暇顧及其他。接著「忽逢桃花林，夾岸數百步，中無雜樹芳草鮮美，落英繽紛，漁人甚異之」的描述，則完全與前文不同。夾岸數百步之桃花林本與捕魚無關，而武陵人居然被其吸引而欣賞起「中無雜樹，芳草鮮美，落英繽紛」的自然之美，而且從「甚異之」的語氣尚可看出這種經驗的轉變相當具有震撼力。總之，此時漁人內心所關注的已不在捕魚「工作」，而轉向自然之美的化入了。因此緊接著的「復前行，欲窮其林」，便順理成章的把「緣溪」捕魚，轉化爲「前行」「欲窮」「林」花之美。接下來的「林盡水源，便得一山。山有小口，髣髴若有光」，又是接二連三的轉化過程，先是「林盡」，於是轉而注意「水源」，接著又發現「

「山」，且更發現「髣髴若有光」的「小口」，這「髣髴若有光」眞有如靈光一現的把漁人從捕魚爲業的「工作」心態中完全解脫出來，因此接著的「便捨船，從口入」的動作，便具有象徵的意義：捨船，正意味著要想進入桃花源，必須先行捨棄（超越）日常生活工作的束縛；「從口入」則意味著捕魚→桃花林→水源→山→小口等一連串經驗轉化的完成。這種情形如與漁人既出之後，第二次重尋桃源卻不得其門而入對照而觀，意義更形明朗。「既出，得其船，便扶向路，處處誌之」的行動，已暗示漁人無形間把進入桃源的不二法門推翻掉，而代之以僵化的「交通路線」之記錄，於是那心靈深處難得一見的超然境界，便在這日常生活「工作」之還原中消失，因此其結果自然是「尋向所誌，復迷不復得路」了。更清楚的說，漁人二次入桃源，並非以超然的態度而往，而是在「詣太守，說如此」的迫切堅持下，「太守即遣人隨其往」，漁人那一付識途老馬的狂熱所表現的耽於「嚮導工作」的情形，與一開始的「捕魚爲業」眞是唯妙唯肖的酷似，因此「不復得路」自在意料之中。

以上的分析說明了，當生活中的機械板滯逐漸累積時，我們根本無法產生智慧，而自然的種種形象，由於處在實際利害關係之外，經常可以引發我們從機械板滯中突破而出，從而在歸向自然之美的轉化過程中，獲得一份寧靜而又充滿蓬勃生機的圓融之境。

人天圓融的幾種特徵

由以上三節的討論，人與自然要達到圓融和諧的關係，不管是時間的超越、造作的泯消或經驗的轉化，在在均需內在心靈生生不息的創進，才能圓滿完成。至於完成之後的精神狀態，約可歸納出底下四種常見的特性：

1.欣欣此生意，自爾爲佳節——自足之樂

人與自然的圓融和諧關係，第一種特徵爲，其意境較傾向獨立自足，不假外求的寂靜世界。例如張九齡「感遇」詩云：「蘭葉春葳蕤，桂華秋皎潔。欣欣此生意，自爾爲佳節。誰知林棲者，聞風坐相悅。草木有本心，何求美人折？」非常清楚地說出春蘭秋菊，自有本心，雖不妨林棲者相悅共賞，卻無須「造作」的干求、「美人」的折供。因爲對蘭桂而言，美人之「折」雖可高其身份，然而，畢竟如莊子神龜之喩，乃是生命之摧折，因此，最重要的仍是「欣欣此生意，自爾爲佳節」那種獨立自足的世界，在寂靜中自有一份動人的舒暢。

再如劉長卿「寄龍山道士許法稜」云：「悠悠白雲裏，獨住青山客。林下晝焚香，桂花同寂寂。」人之曖曖內含光與桂花之寂寂自飄香，非常和諧的襯出青山客在悠悠白雲裏「獨住」之寂靜與寧定。

最後再以李白「白鷺鷥」爲例，進一步說明：

白鷺下秋水，孤飛如墜霜。心閑且未去，獨立沙洲旁。

首句「白鷺下秋水」以對比手法，使白鷺的形象特別凸出，在天與水明亮而空闊的襯托下，具有空靈透明的效果。次句「孤飛如墜霜」强調遼闊空間之中只此單一的動態引人注意。「如墜霜」則一方面暗示潔白無垢之美，另方面，白鷺與霜之間的類比關係，也暗示了白鷺與自然之間的和諧之美。三四句是前一動態的終結，也是新的發展。「心閑」意味著「孤飛」的心境並非無助的孤單，而是逍遙的自在，爲了使這種感覺有更進一步的醞釀，白鷺暫且停止了飛翔而獨立沙洲之旁，成爲靜止的畫面，天地水光爲其背景，一點白影寂然不動，意態至爲優美。此外，「且未去」既指孤飛之暫時停止，同樣也指出沙洲之獨立也是暫時的，於是隱含其後的意義便不難窺見：獨立之後仍將孤飛，正如孤飛之際時有獨立，這不啻把白鷺欲飛則飛，欲止則止的自在生命完全表露出來，詩人本身化於其中同享自足之樂的情趣也就不言可喩了。

2.敲門都不應，倚杖聽江聲——逍遙之趣

前文提到經驗之轉化時，曾說生活本身經常是機械而板滯的，事實上，生活中尙充滿事與願違的迷境，而一個人能在此迷境中保持寧靜的心靈，達到「不以物喜，不爲己悲」的境界，主要的原因乃是接受自然的啓示，讓有限的自我化入無限的逍遙裏，於是人與自然便在這一刹那間渾然交融了。

此一特徵在蘇東坡的作品中最是耳熟能詳。例如「臨江仙：雪堂夜飲醉歸臨臯作」的前半闋：「夜飲東坡醒復醉，歸來髣髴三更。家童鼻息已雷鳴，敲門都不應，倚杖聽江聲。」一以「醒復醉」的疲累，於深夜三更之時，急迫需要的只是一床高枕之眠，眼見家門在前，耳聞童僕在內，卻又「敲門都不應」，眞可謂急驚風偏遇慢，不，「死」郎中，斯時斯地，可以頓足，可以捶胸，更可以破門，甚至可以箠童，然而就在那關鍵時刻，他聽到了超乎雷鳴的鼻息之外的聲音，那是引人想入無限之境的江聲——在江聲裏，眼前的逆境又算什麼？爾曹身與名俱滅，不廢長江萬古流，大江東去，浪淘盡千古風流人物，些許小事，又何足掛懷？於是那種海濶天空的無限之趣，也就油然橫生了。

再如南宋楊萬里，生性活潑，觸境生機，常在一片閒淡自得中表現生命的自在，於是在有限的生活中，隨緣超化出無限的妙趣。如「淸明雨寒」云：「莫嫌細雨苦飄蕭，正要寒聲伴寂寥。杏葉猶疎不成響，且將紙瓦當芭蕉。」這與東坡的「莫聽穿林打葉聲，何妨吟嘯且徐行」（「定風波」詞）或杜牧的「停車坐愛楓林晚，霜葉紅於二月花」（「山行」）的意境實有異曲同工之妙。誠齋另一首「霜曉」，亦具相同的機趣：「荒荒瘦日作秋暉，稍稍微喧破曉霏。只有江楓偏得意，夜揆霜水染紅衣。」在一片蕭瑟淒冷中，仍能保持一種超然無礙的精神，不被客觀的有限世界所拘，從而轉生靈動不已的妙趣。

這種借自然的動靜而獲無限之啓示，晚明小品文中，亦屬常見，例如袁中道「爽籟亭記」一文，敍述結亭泉側始末，其中有如下之一段：「自余之得泉也，舊有熱惱之疾——根生於前，蔓生於後，師友不能箴，靈文不能洗——而與泠泠之泉遇，則無涯柴棘，若春日之泮薄冰，而秋風之隕敗籜；泉之功德於我者，豈其微哉？泉與余又安可須臾離也。」從胸中充滿「師友不能箴，靈文不能洗」的無限塵雜，一變而煩囂盡落，正因感悟泉音所啓示的「泉之喧者，入吾耳而注吾心，蕭然冷然，浣濯肺腑，疏瀹塵垢，灑灑乎忘身世而一死生，故泉愈喧而吾神愈靜也」。所謂「忘身世而一死生」，所謂「神愈靜」，充分流露人與天地寂然感通，渾然同化的無限逍遙之情。

3.此中有眞意，欲辯已忘言——無言之美

語言本是人類異於其他生物的文化特徵，這套符號系統也使人與人之間的關係得以溝通。然而作爲一種符號，則符號與其所指涉或蘊含的意義之間，常常不免仍有相當的距離，換言之，語言的運作雖屬生活的必要手段，但並不能完全表達心中的意義，尤其這心中之意如果是屬於主體性的經驗時，則語言所能傳達的範圍總是極爲有限。這種有限性，先秦諸子卽已發現，〔易傳〕引孔子語云：「書不盡言，言不盡意」，〔莊子〕云：「言者，所以得意也，得意而忘言」。到了六朝，言意之間是否能「盡」的討論，也頗爲激烈，成爲玄談主題之一。

就人與自然的圓融關係而論，這種人天交流的經驗當然是主體性的，因此，語言的作用，便相對的顯得笨拙甚至離題，於是，在表現人天相融的作品裏，語言的捨棄便成爲重要特性之一。蓋人天相對，只能默然相契，實在很難言傳。這就是陶宏景「詔問山中何所有賦詩以答」所謂的「山中何所有，嶺上多白雲。只堪自怡悅，不堪持贈君。」之所以不堪持贈，正因爲一切的說明均屬概念，除非親自體驗，否則所有的答案全屬隔靴搔癢。

這正如禪宗之不立文字，並非完全排斥文字，而是想在文字之上更具體的體驗純粹主體性的經驗。〔晉書〕「陶淵明傳」言其「蓄素琴一張，絃徽不具。每朋酒之會，則撫而和之，曰：但識琴中趣，何勞絃上聲」，用意也是一樣，而他傳誦最廣的飲酒詩（結廬在人境），說到得意處——「山氣日夕佳，飛鳥相與還」，是一種人與自然相互關注、生息互相通流的感悟，至爲動人，但這種體驗畢竟需要各自印證，言語實在無法言宣，因此他一方面肯定「此中有眞意」，另方面也承認「欲辯已忘言」，忘言，並非可言而故意忘卻，而是意既得便無需贅言。

李白「山中問答」一詩，在這方面更是典型的代表：「問余何事棲碧山，笑而不答心自閑。桃花流水窅然去，別有天地非人間。」棲碧山的理由，對詩中答者而言既屬心靈的具體經驗，自然無法言傳，這正如趙州從稔開導前來學禪的和尚一樣，趙州問他：「你吃過早飯沒有？」和尚回答說「吃過了」，趙州便說：「那麼就去洗碗碟吧。」結果那位和尚從此悟道[71]。這則故事暗示，「禪悟」與「吃過飯」「洗碗碟」原無任何關連，但和尚卻經由這兩個動作而領悟到「禪」必須經由自己去「體驗」，而無法由別人加以「解釋」，正像必須自己「吃」過飯才能眞正領會「吃飯」的滋味一樣。因此，李白的不答，不是沒有具體的棲碧山的理由，而是希望問者捨棄這種言語的溝通方式，「笑」正是笑這種問題的提出顯得愚笨，而「心自閑」則表示內心充滿「此中有眞意」的自在與舒暢。「桃花流水窅然去」一句，極富暗示性；窅然，深目狀，引伸爲極目遙望之義，極目遙望桃花流水之去處，自是一片窈冥模糊，眼下所見之花水就在那一片窈冥模糊之中消失隱退，這正象徵著語言的作用隱退消失到世界之外，然而就在桃花流水隱沒之處，就在語言作用消失之處，一片嶄新的「新」世界出現了，那眞是「別有天地」而非語言的「人間」了。

再如常建的「題破山寺後禪院」：「清晨入古寺，初日照高林。曲徑通幽處，禪房花木深。山光悅鳥性，潭影空人心。萬籟此俱寂，惟聞鐘磬音。」此詩「曲徑」二聯，膾炙人口，所謂「青嵐翠靄，衆鳥亦達天機，以悅其性。潭影澄澈，中無一物，何等洞達，而臨潭顧影，不覺中心澄淨，與水俱空。二句深得禪理，不落色相。」[72]這是人心與天機交融的寫照，末二句塵心俗慮全盤滌盡的暗示，也充分說明人天交融中，萬籟中的人籟在此是完全隱退的。

劉長卿在中國自然詩人中，也佔有重要的地位，其「尋南溪常道士」一詩云：「一路經行處，莓苔見屐痕。白雲依靜渚，青草閉閒門。過雨看松色，隨山到水源。溪花與禪意，相對亦忘言。」前四句指尋南溪常道士不遇，後四句將情境轉化，以面對自然形象所獲得的禪趣，化消了尋人不遇的滯礙，正是前文經驗轉化的具體印證，而末句「忘言」之結，也精確地道出在一片溪花禪趣中，語言完全失去了作用。

4.只在此山中，雲深不知處——素樸之秘

中唐僧人韜光有「謝白樂天招」一詩，略謂性好野趣，不堪富貴中人之招邀，更忌聲色之俗情，其中有句云：「山僧野性好林泉，每向巖阿倚石眠。」充分表現一個在大自然中獲得安頓的出家人，隨遇而化，與自然隨時保持和諧關係的精神狀態，這種精神既單純可感，又懇切無妄，一切顯得那麼眞誠「自然」，甚至韜光在「每向巖阿倚石眠」的當下，眞已屬於自然而化爲自然的一部份。在這裏，他只是「好林泉」而「倚石眠」，從而成爲「如畫」之自然的一景，絲毫無造作之跡，這種素樸的眞純也正是人天交融的另一特徵。

反言之，如果有意爲之，甚至矯情的表現人與自然的「密切」關係，那便是造作虛僞、附會風雅，不但無關自然，反成俗濫之厭物。晚明袁中道有「書遊山豪爽語」一文云：「遊山次，有友人云：『先上山時，」余向草中孰眠一覺，甚快。』予曰：『公欲以一覺點綴山景爾，非眞睡也。予親見公目未合耳。』其人大笑。」「欲以一覺點綴山景」眞是針砭此輩與山水無緣，卻又强作解人的點睛之筆。同文又記：「昔有一友人以豪爽自喜，過數歲，予私問之曰：『卿往年跣足入裂帛湖，可稱豪爽。』其人欣然。再問之；予曰：『北方初春，冰雪稜稜，入時得無小苦耶？幸無欺我。』其人曰：『甚苦。至今冷氣入骨，得一脚痛病，尙未痊也。當時自爲豪爽爲之，不知其害若此！』」這種雅得俗不可耐的行徑，眞是非徒無益，抑且有害了。

這種故作姿態的不足爲法，劉長卿「送方外上人」也有適度的嘲諷：「孤雲將野鶴，豈向人間住？莫買沃洲山，時人已知處！」換言之，人與自然之間必須在素樸的觀照中，永遠保持眞誠的投入，否則便是不誠無物了。

其次，素樸除了眞誠一義，尙有另一層重要的作用。

鄭因百先生曾謂：陶淵明的作品，有如一片溫煦的日光，初看，只是一片白光，仔細品嘗體會，便會發現，那一片白光之中原是包含著五顏六色，正如用三稜鏡去看日光，自有紅橙黃綠藍靛紫七色一樣，表面的素樸，並不意味著單薄枯瘠[73]。蘇軾「東坡題跋評韓柳詩」亦云：「所貴乎枯澹者，謂其外枯而中膏，似澹而實美，淵明子厚之流是也。」又「與蘇轍書」云：「淵明作詩不多，然其詩質而實綺，癯而實腴。」[74]這與二十世紀批評家把自然田園視爲一種「寓複雜於素樸」的觀念(putting the complex into the simple)[75]可說不謀而合。在本文所討論過的作品裏，不管是自足之樂、逍遙之趣，或無言之美，它們也都同具這種在素樸中具有豐饒複雜之涵蘊的特色。再略舉數例說明如下：

李白「獨坐敬亭山」云：「衆鳥高飛盡，孤雲獨去閑。相看兩不厭，只有敬亭山。」在短短二十個字中，意象雖然極爲單純，但給人的感受卻非常豐美。「鳥」在李白詩中經常是一種自由、活潑的生命象徵（這點與陶淵明相同），因此，首句除了表現眼中所見的客觀動作外，還隱含一層這一動作所象徵的意義。從全詩的空間結構上看，此詩只安排了兩個場景，一爲天上，一爲山；首句正是天上場景的演出，這種場景予人的感覺是空曠的，無邊無際的，也可以說是一種無限的感覺，因此，「衆鳥」在此一無限的場景中所表現的動作，自然令人更覺其自由無礙，這無礙之感再經由「高飛盡」一詞的特別限定，遂使整個動作更具深一層的意義，因爲，既然是高飛，當其「盡」時，當然是消失在更遠的高空；亦即：高飛盡的結果是，衆鳥已在詩人的觀照中融入長天之中。此外，當鳥天融而爲一之後，另一動作接著出現——「孤雲獨坐閑」。雲，在李白詩中常被用來象徵無牽無掛當下自足的生命形態，例如「有時白雲起，天際自舒卷。心中與之然，託興每不淺。」（望終南山寄紫閣隱者）、「長坡寫萬古，心與雲俱閑。」（「金陵鳳凰臺置酒」）；同樣的，此地的「孤雲獨去閑」也顯然是在相同的象徵系統裏。而且此句所用的是「孤」雲，其動作是「獨」去，更易造成自在自足的情境。同時，長空唯有「孤」雲「獨」去的動態，也暗示靜觀者內心的專注，亦即：雲之飄動及其引發的悠「閑」自在，也正是詩人內心的具體經驗。總之，這兩句表現了物與物（鳥、天）以及物與人（雲鳥、詩人）之間交融無間的和諧狀態。後兩句的出現，毫無疑問的是建立在前兩句所引發的「閑」適自在之情上。在此「閑」情中，宇宙天地，山川草木，格外顯得親切動人，人與自然之間完全沐浴在一片互相感通的光輝之下，這與前文提過的辛稼軒名句「我見青山多嫵媚，料青山見我應如是」所表現的意義亦正相似。

此外，本詩的題目是「獨坐敬亭山」，雖然詩中並未明示「坐」的動作，但我們卻必須以「坐」的姿勢去了解「相看兩不厭」更動人的情境，卽：人之獨坐的姿勢所造成的安頓於大地之上的形象正與山之獨「坐」於大地之上酷似，因此才有「相看」的感悟，而與陶淵明的「悠然見南山」略有不同。其次，「相看」之「看」具有一看再看，莫逆於心的持續性，這又與「悠然見南山」之刹那的發現不同。

可見像李白如此素樸的描繪，照樣具有豐美的蘊涵，確實是人天交融之作極重要的特性。

從另一個角度看，此類作品常含警策性的名句，這些名句同樣是一方面素樸單純，另方面卻又充滿引人深思冥想的「玄機」，例如王維的「漢江臨眺」：「江流天地外，山色有無中。」既是無華的寫實，又是語帶玄機，令人有飄然直欲飛出塵外的鯤鵬之思。其他像杜甫的「水流心不競，雲生意俱遲」（「江亭」），以「人」之「心」「意」與「水」「雲」之「流」「生」的動狀相契合，表現出坦然無爭，卻又汨汨然「生」機「流」漾的豐富情思。杜甫另一處的「遲日江山麗，春風花草香」（「絕句二首」之一），也把大地一片亮麗，山川草木無不迎風生香的景色，用來暗示詩人內心陶醉之深。其他像宋人石曼卿的「樂意相關禽對語，生香不斷樹交花」（「題張氏園亭」），滕甫的「野色更無山隔斷，天光直與水相連」，也豐美無比的把無情世界點化成有情人間。這種含不盡之意見於言外的「尺幅」而具「萬里」的特色[76]，正如賈島在「尋隱者不遇」一詩，借松下童子純眞之口，輕描淡寫所暗示的極爲豐富的意義——一種心靈由閉鎖而充分開放、由固置而任意活動的、精神之自由狀態的體驗[77]，那便是——

只在此山中　雲深不知處

註釋

1 〔晉書〕（臺北，鼎文，民國六十五年），卷四十九「阮籍傳」，頁一三六〇。

2 牟宗三，〔才性與玄理〕（臺北，學生，民國六十四年），第八章，「阮籍之莊學與樂論」，頁二九一。

3 阮籍〔詠懷詩〕第三十二首，〔阮嗣宗詩箋〕（臺北，廣文，民國五十九年），頁二七前。

4 〔晉書〕，卷九十四「隱逸傳」，頁二四三〇。

5 同上，頁二四〇〇。

6 同上，頁二四六三。

7 同上，頁二四五〇。

8 同上，頁二四五一。

9 阮籍〔詠懷詩〕第十三首，頁一三。

10 同上，第十六首，頁一五後。

11 林文月，「中國山水詩的特質」〔中國古典文學論叢・詩歌之部〕（臺北，中外文學月刊社，民國六十五年），頁一二一。

12 林文月，〔謝靈運〕（臺北，河洛，民國六十六年），頁一五〇。

13 元遺山「論詩絕句三十首」云：「謝客風流映古今，發源誰似柳州深？朱絃一拂遺音在，却是當年寂寞心。」

14 〔宋書〕（臺北，鼎文，民國六十四年），卷六十七「謝靈運傳」，頁一七七五。

15 林文月，「中國山水詩的特質」〔中國古典文學論叢・詩歌之部〕，頁一二二。

16 同上，頁一一六—一一七。

17 鍾嶸，〔詩品〕（臺北，開明，〔詩品注〕），頁一七。

18 陶淵明，「感士不遇賦」，〔陶淵明研究〕，（臺北，文馨，民國六十五年），頁三一六。

19 同上，「飲酒」第二十首，頁一五三。

20 同上，「雜詩」之五，頁二四七。

21 同上，「擬古」之八，頁二一九。

22 同上，「與子儼等疏」，頁三七一。「歸去來辭」，頁三二六。

23 同上，「挽歌詩」之三，頁三一一。

24 同上，「自祭文」，頁三七七。

25 同上，頁三七六。

26 同上，「讀山海經」第一首，頁二八六。

27 柯慶明，「試論王維詩中的世界（中）」，〔中外文學〕，六卷二期，民國六十六年七月，頁一二四。

28 〔王右丞集箋注〕（臺北，中華，〔四部備要〕本），卷十六，頁九後。

29 柯慶明，「試論王維詩中的世界（中）」，頁一一七。

30 〔舊唐書〕（臺北，鼎文，民國七十年），卷一九〇下「文苑傳・王維」，頁五〇五二。

31 方東美，「中國先哲的宇宙論」，〔中國人生哲學概要〕（臺北，黎明，民國六十九年），第二章；又，「宇宙論的精義」，〔中國人的人生觀〕（臺北，黎明，民國六十九年），第二章；又，「從比較哲學曠觀中國文化裏的人與自然」，〔生生之德〕（臺北，黎明，民國六十八年），第六章。唐君毅，「中國先哲之自然宇宙觀」，〔中國文化之精神價值〕（臺北，正中，民國四十二年），第五章。

32 以下的標題，第一項用唐君毅語，二、三、四項用方東美語，例證則儘量自求印證。

33 〔周易本義〕（臺北，華聯，民國六十七年），「易繫辭下傳」，卷三，頁二〇後。

34 〔中庸〕（臺北，世界，〔四書集註〕本），頁二〇。

35 方東美，「宇宙論的精義」，〔中國人的人生觀〕，頁一一八。

36 〔周易本義〕「易繫辭上」，卷三，頁六。

37 同上，頁一八。

38 王淮，〔老子探義〕（臺北，商務，民國六十一年）頁一七五。

39 方東美，「宇宙論的精義」，頁一一九。

40 孟郊「贈崔純亮」詩之語。

41 〔論語〕（〔四書集注〕本），卷六，頁七五—七六。

42 同上，朱熹注語。

43 王淮，〔老子探義〕，頁二六。

44 王先謙，〔莊子集解〕（臺北，三民，民國五十二年），「逍遙遊」題下注，頁一。

45 〔莊子〕「逍遙遊」（〔莊子集解〕），頁五。

46 〔莊子〕「知北遊」，頁一二四—一二五。

47 〔列子〕，卷二「黃帝篇」：「海上之人有好鷗鳥者，每旦之海上，從鷗鳥遊，鷗鳥之至百住而不止。其父曰：『吾聞鷗鳥皆從汝遊，汝取來，吾玩之。』明日之海上，鷗鳥舞而不下也。」張湛注：「心動於內，形變於外，禽鳥猶覺，人理豈可詐哉？」（臺北，明倫，〔列子集釋〕），民國五十九年），頁四一。

48 此句見〔優古堂詩話〕（臺北，藝文，〔百種詩話類編〕）引唐劉餗〔隋唐嘉話〕所載王胄詩，頁五六。

49 〔莊子〕「秋水」（〔莊子集解〕），頁九五。

50 弗洛姆，〔被遺忘的語言——夢的精神分析〕（臺北，志文，民國六十年），第七章，頁二三二—二四〇。

51 郭慶藩，〔莊子集釋〕（臺北，明倫，民國六十四年），「大宗師」，頁二三二。

52 〔淮南鴻烈解〕（臺北，河洛，民國六十五年），「覽冥訓」，頁二。

53 郭璞，「遊仙詩」，〔全晉詩〕（臺北，藝文，民國五十七年），頁五六三。

54 〔淮南鴻烈解〕「俶真訓」高誘注，頁二。

55 見王琦〔李白詩輯注〕（臺北，中華，〔四部備要〕本），卷三，「日出入行」詩注引，頁二九a。

56 按本詩題爲「辛夷塢」，而詩言「木末芙蓉」令人不解，經查〔淵鑑類函〕卷四百六引〔羣芳譜〕云：「辛夷……樹如杜仲，高丈餘，初出枝頭苞長半寸，尖銳如筆頭，重重有青黃茸毛。及開，似蓮花，而小如盞，作蓮及蘭香。有桃紅、紫二色。」又引白居易詩云：「紫粉筆含尖火燄，紅胭脂染小蓮花。芳情香思知多少，惱得山僧悔出家。」又引韓忠獻詩云：「辛夷吐高花。」可見辛夷樹甚高，花正開於木末，而其形、色、香味與蓮花又正相似，故「木末芙蓉花」並非指木芙蓉，仍指辛夷花。

57 〔陶淵明研究〕「形影神·神釋」，頁二三。

58 蘇軾，「十八大阿羅漢頌·第九尊者」，〔蘇東坡全集〕（臺北，河洛，民國六十四年），後集，頁一六六八。

59 〔莊子〕，「大宗師」，頁三六。

60 瞿蛻園，「日出入行」注引班固〔漢書〕語，見〔李白集校注〕（臺北，里仁，民國七十年），頁二六八。

61 〔陶淵明研究〕，「庚戌歲九月中於西田穫早稻」，頁一四五。

62 陸侃如、馮沅君，〔中國詩史〕，頁二〇三。

63 梁啓超，〔中國之美文及其歷史〕（臺北，中華，民國五十七年），頁五四。

64 鄭振鐸，〔中國俗文學史〕，頁七二。

65 葉慶炳，〔中國文學史〕（臺北，自刊本，民國六十三年），頁六三。

66 吳兢，〔樂府古題要解〕（〔百種詩話類編〕），頁一五七五。

67 陳沆，〔詩比興箋〕（臺北，正生，民國五十九年），頁三二。

68 〔莊子〕「秋水」，頁九八。

69 此乃借用康德 disinterested contemplation 一詞。

70 W.L. Guerin 等所著 *A Handbook of Critical Approaches to Literature*（臺北，雙葉翻印本）一書第四章「神話基型研究」中，認爲「圓周」(circle)的原型意象具有完整、統一或渾沌狀態的生命等意義 (wholeness; unity; life in primodial form)，頁一一九。

71 鈴木大拙，〔禪與生活〕（臺北，志文，民國六十四年），頁一〇三。

72 章燮，〔唐詩三百首注疏〕卷下，頁四前。

73 此爲鄭騫師於十五年前「詩選」課中之妙喻。

74 〔陶淵明研究〕引，頁三〇、三四。

75 見C.H. Holman編，*A Handbook to Literature*（臺北，鍾山影印本）一書，Pastoral一詞之解釋引證見頁三四二。

76 借用杜甫「戲題王宰畫山水圖歌」詩句「咫尺應須論萬里」。

77 柯慶明，「試論幾首唐人絕句裏的時空意識與表現」，〔境界的再生〕（臺北，幼獅，民國六十六年），頁二八二。

人與社會

——文人生命的二重奏：仕與隱

吳璧雍

文學，一個生命的課題，源自人情中不容自己的感動，由初民謠詠至文人墨客持意識以創作，文學所展現的內在精神始終不變。「情動於中而形於言」[1]或：「人稟七情，應物斯感，感物吟志，莫非自然。」[2]文學乃人性情志的表徵，書寫著心靈世界的喜怒哀樂。然而令生命感動的因子是多元性的，大地山川浩瀚的物則或幽玄的韻致可以搖蕩人心，全幅社會的人倫牽繫更是血肉之軀情志起伏的因緣。所以，個人生命高昂熾烈的關愛之懷，是與整個現實時空綰結在一起的，文學，在看似彈奏個人生命之絃的同時，實與整個社會、整個人倫關係發生密切的共鳴。故「楚臣去境，漢妾辭宮，骨橫朔野，魂逐飛蓬」[3]等近於個人情感的發抒，乃映襯著社會環境或窳敗或平治的影像，所謂「治世之音安以樂，其政和；亂世之音怨以怒，其政乖；亡國之音哀以思，其民困。」[4]是面對社會環境的變易而自然興起的絃音。誠然，情識的存在使每一個生命不由自主的牽引出一線關懷，願與之共同吐納律動，其中有悲慨、有憂憤，更重要的，其中潛隱著他們對社會懷抱的理想、對生命的敬重。文人——代表社會的知識階層，以其敏銳的心靈，更不能扼住那不容自己的憂喜，於是，在面對實際人生層面時，乃要求投身到他們理想中的生命舞臺，去扮演一名理想中的參與角色。然而不容置疑的，文人本身的教育基礎以及善於舞文弄墨的才性，本異於其他階層之所爲，歷史在演進，文人始終在文墨之間嘔心瀝血，只是，純粹獻身文學藝術確是他們眞正的抱負？抑或只是不得已的寄托？就不得不推求到他們一些幽微的心路和客觀的參與環境了。

曹丕嘗云：「蓋文章經國之大業，不朽之盛事，年壽有時而盡，榮樂止乎其身，二者必至之常期，未若文章之無窮。」[5]肯定了文學創作的不朽性；然而，這種自覺會激起多少共鳴而願終身遊息翰墨之間不怨尤，是可以從歷史上追索出來的。才高八斗的曹子建欲「建永世之業，留金石之功」[6]，就不以爲該循其兄所肯定的道路，又不以爲然的說：「豈徒以翰墨爲勳績，辭賦爲君子哉？」[7]更强調了揚雄「雕蟲篆刻，壯夫不爲」[8]的說法。而精於藝術經營的杜甫也慨歎「名豈文章著？官應老病休。」[9]更隱藏了多少無奈的苦澀？因此我們必須了悟他們眞正追求的目標。

圓滿的生命是理想造就出來的，只有在「求仁而得仁」的心境下，生命才沒有怨尤。中國傳統文人傾向政治參與固有共同的因素——他們要求人文世界的圓滿和諧，然而，政治環境的詭譎難料，一旦投身其中，或許只贏得挫傷的痛楚，因此有人趨炎附勢，有人悲憤抗衡，有人拂袖絕塵，有人冷漠疏離，如果我們肯定詩文言志的功能，那麼文學作品理當透露著文人的生命訊息，這是一項見證。

仕，是中國文人生命的基調，當現實的政治社會失去了應有的秩序，不能契合文人心中的理想，又無力改變時，退隱似乎是較明智的選擇，尤其在以任重道遠自許的儒家思想體系裏，「隱」本來就是針對「仕」的問題而來，「知識分子從政治社會的參與中引身而退，是一種不得已的選擇，也是一種對當政者不滿的間接抗議和批判。」[10]當然，又經過道家冷凝明淨的洗禮，「隱」似乎更強調珍視自我的意念，遠離了早期對自我的期許，成爲另一章生命之歌。

由士到仕之路

在中國的學術傳統上，文學藝術的獨立價值是不被强調的，儘管大量的作品不斷出現於歷史的軌道，但是文學創作的藝術性並不能眞正滿足知識分子的心靈，卽使文才超卓者，也不以「文學家」爲終身以赴的目標。雖然「名」是自我生命不斷思索的焦點，所謂「疾沒世而名不稱」[11]，傳統中的理想卻已規範了「名」所扮演的角色，幾乎共同認定「立德、立功、立言」的不朽形象，而傾向於成就德性以完成自我圓滿的人格。不過，在儒家的思想系統裏，並不以脩身爲足，而是要成爲一個能「化民成俗」的「君子」，以達成人文世界的圓滿和諧。因此，如何成爲「君子」，在儒門中是十分重要的。儒家的這項肯定對往後知識份子的性格形成及行爲指向影響深遠，而春秋戰國正是知識階層發生巨大變化的一個時代。

早期的中國，勞心勞力的社會階層劃分是封建制度下貴族與庶民的分化，知識掌握在貴族手中，他們是勞心者，「士」則是貴族中最低的一個階層[12]。孟子答北宮錡問周家班爵之制云：「君一位，卿一位，大夫一位，上士一位，中士一位，凡六等。」[13]〈禮記〉「王制」亦云：「諸侯之上大夫卿、下大夫、上士、中士、下士，凡五等。」可知「士」介於大夫與庶人之間，職掌一定的任務，屬於擁有知識的集團，其經濟生活所仰賴者不是勞力亦可知。〈國語〉「晉語四」記晉文公元年（西元前六三五年）的政治措施云：「公食貢，大夫食邑，士食田，庶人食力，工商食官，皂隸食職，官宰食加，政平民阜，財用不匱。」卽可證明。

春秋之後，人口膨脹，各國內部政爭劇烈，對外要求勢力擴張，王室已失去了昔時統轄號召的實質力量，孔子曾云：「天下有道，則禮樂征伐自天子出；天下無道，則禮樂征伐自諸侯出。」[14] 實是有感而發，表示封建秩序已漸次解體了，社會階層結構也起了莫大的變化[15]。部分貴族衰微以後，下降成爲士、庶人，有的甚至淪爲皂隸，但實際上他們擁有學問，又不同於一般庶民。另一方面，工商興起，經濟逐漸發達，部分庶民之秀出者上升爲士，使士階層激起巨大的震盪，不但階層擴大了，質素也改變了，不再像顧炎武所說的「大抵皆有職之人」[16]，相反的「士已從固定的封建關係中游離了出來，而進入了一種『士無定主』的狀態。這時社會上出現了大批有學問有知識的士人，他們以『仕』爲專業，然而社會上卻並沒有固定的職位在等待著他們，在這種情形之下，於是便有了所謂『仕』的問題。」[17] 這批新形成的「士人」集團既喪失了原有的職位，又不像農、工、商擁有物質生活基礎，遂成爲社會上特殊的一羣。

再從原始士階層的訓練來看，〔禮記〕「王制」云：「樂正崇四術，立四教，順先王，詩書禮樂以造士。」反映統治階層與人文教育間的關係，士所接受的教育是爲了使其成爲統治階層之成員而作的準備，詩書禮樂教化的理想性，是先王對人世的期待，士，地位雖不高，卻扮演著不可忽視的角色。因此，新形成的士階層，在觀念上、意識上仍以政壇爲活動歸向，一方面爲了生活，一方面也只有參與政治才能使所學得以發揮，士與政治之間便構成密不可分的關係。徐復觀先生曾云：「在戰國時代所出現的『遊士』『養士』兩個名詞，正說明了中國知識份子的特性。『遊』是證明它在社會上沒有根；『養』是證明它只有當食客才是生存之道。而遊的圈子也只限於政治，養的圈子也只限於政治。於是中國的知識份子，一開始便是政治的寄生蟲。」[18]出仕，是古代中國知識份子最迫切的問題，爲知識而知識的觀念是不存在的，他們注定要走上一條自己無法掌握的路。

除了社會結構的變動和知識運用的方向，孔子的適時而起才是眞正肯定了「仕」的積極意義，同時也爲士人鑄就了理想中當然的生命形象——以安百姓，平天下爲最高目標。傳統上強調國家當由有德者治理，只要賢德的人在位，自然能做到「自我民視，自我民聽」[19]的先王之則，「政者，正也。子帥以正，孰敢不正？」[20]或「君子之德風，小人之德草，草上之風必偃。」[21]勞心勞力的二元階層結構既爲必然，士、農、工、商的分化，不過是職責上的區分而已，士原有其應盡之職，在不變的君主制度下，以其傳統上習得的知識和技能走上政治之路，這是孔子所肯定的。是以孔子並不同意樊遲學圃學稼的意念，因其已脫離自身的職責故不值得鼓勵，同時也要點醒樊遲的迷惘，肯定士所從事的活動和農民生產活動是相輔相成的。儘管荷蓧丈人譏誚孔門弟子不外乎是一羣「四體不勤，五穀不分」[22]的非生產者，但是，在社會分工下，生產之外的文化層次實爲其中的重要一環，而文化的創建有待合理的制度以展現，政治是重要的途徑。

其二，孔子並強調以文化質素來提昇政治運作，人不是只以生存爲唯一目的，唯有合理、和諧的人文世界才能奠立人的尊嚴與價值，人是擁有創化心靈的，這項肯定展露了理性智慧的光芒。孔子一出，便努力給予士貫注一種理想主義的精神，「要求每一個分子——士——都能超越他自己個體的、和羣體的利害得失，而發展對整個社會的深厚關懷，這是一種近乎宗教信仰的精神。」[23] 但是理想絕不是幻想中構築的烏托邦，如何規劃出整全的安和樂利的現實社會，才是人智慧的具體延伸。因此，孔子極力稱揚的天下蒼生各得其所的「堯舜之治」，不應是描摹下的幻想世界，而是人類可能再度重現的理想時代。所以，孔子強調「學」的重要性，「尊德性，道問學」，培養道德上的君子，以維繫人文世界的內在精神，同時也不能自我封閉於知識領域中，肯定士人應該要在現實繁複的禮文制度和人際關係中找到自身的定位，並以所學帶動政治社會轉向理想層次。換言之，政治參與被視爲士人應盡的職責，並透過合理的政治運作來改善人間的秩序，故「修己以安人」[24]、「己立立人，己達達人」[25] 的兼善是孔子對弟子的期許，他們務要徹底去實踐不唯獨善其身，還要兼善天下的儒者之道。孔門弟子因此十分自覺的以「仕」爲生命的目標，希望在政治上有所建樹，所以言志之時，都自然的把抱負朝向政治發展，如子路、冉有、公西華的各言其志可知[26]，亦曾提示漆雕開出仕[27]，都循此文化理念而來。子貢對身爲士而迷惘時，孔子指點他：「行己有恥，使於四方，不辱君命，可謂士矣。」[28]便是就具體作爲而言；子夏則毫無疑惑的說：「學而優則仕」[29]，十分清楚自己所扮演的角色。以後〈大學〉所提的自「誠意、正心、修身，以至齊家、治國、平天下」的一套內聖外王工夫，也就成了中國知識分子最高的價值取向。

當然，就現實意義來說，「仕」也應該是知識分子的生活態度，尤其在孟子時代，「仕」已成了相當迫切的問題，故周霄問：「古之君子仕乎？」孟子肯定的回答說：「孔子三月無君，則皇皇如也，出疆必載質。」又說：「士之失位也，猶諸侯之失國也。士之仕也，猶農夫之耕也。」[30]充分反映了士之倚賴仕爲生的現象。所以，儘管時代在改變，由諸侯分立的春秋戰國時代過渡到大一統的秦漢歲月，知識分子的理想並沒有轉變，只不過隨著時代的不同，改變了出仕的方式而已。政治上的地位成爲追求的鵠的，「士大夫」——知識與官位的結合，成了固定的專有名詞。隋唐之後，科舉考試興起，「學而優則仕」、「內聖外王」的觀念進一步成爲制度化，以儒家經典或文學爲考試內容，治人階層完全脫離原始提倡的以品德修養爲選拔標準（按：漢人舉賢良、孝廉則循此意），轉「道德之士」爲「學問之士」[31]

不過更進一步拉近了文人與政治之間的關係，文學並未因受重視而獨立化、純粹化。

士與仕之間

儒家的理想主義塑造了士人的生命形象——以參與政治爲生活目標，但是，相對的政治場合是否給予他們等質的一展抱負的機會呢？先秦時代漂蕩各國的遊士已透露了部分的訊息。誠然，知識的運用對國家的富強是必要的，君主大力延攬四方的有識之士，賢人是禮，授與官祿，是緣於現實的需要，因此遊士高談闊論，各抒己見，甚至產生齊土的稷下之風[32]，似乎可使知識分子獲得較超然的尊嚴。但君主的禮遇或任用並非緣於對眞理的體認，而是面臨國勢、權力等角逐上的需要，然則理想主義者高標的政治原則一旦欲居統治者的指導地位，這絕對是與政治權威相左的，換言之，理想主義者強調各種學說、原則，又不肯稍受委屈，對君主的權威而言是一項挑戰。另一方面，道德政治在講求軍事、經濟實力的時代誠然是迂遠不實的，儒家所肯定的君子形象似乎不可避免的成爲高懸青天的幻像，逐漸不可企及了。

秦漢大一統之後，儘管任士用士似乎已從自由心證進一步而有了制度，似也意欲在日益堅凝的政治體制下建立合理開放的基礎，因爲大一統的政體是需要有識之士參與的。但是，隨著大一統而來的是君主權力的再擴張，政治制度在君權的必須維護下，究竟不是理想的落實，君主漸次高張的權威於是又扭曲了士人參與的面貌，儒家所堅持的弘毅人格乃一點一點遭到撕裂，理想主義終究不能相容於權力結構，勸諫式的輿論力量雖可以在君主政權下造成制衡作用，但是並沒有實質的約束力，畢竟君主的權力是不可分享的。主僕關係逐步形成（黃宗羲所謂主客關係）[33]，士在除了投身政治別無他途的前提下，爲了生活、地位、理想種種因素，官場成了政治競技場，使許多人在其中遭遇了哀傷的自我命運。大一統的國勢帶來沉重的壓迫感，人主之威堪擬萬鈞雷霆，對理想的堅持是一股多大的破壞力！仕宦心重的士大夫雖未必無理想抱負，現實的壓力終於使士大夫形成各種不同的姿態，從懷抱的異途到個人的對立，從政策的歧見到黨派的傾軋，顯現了官場的歧路紛亂。當然，對官場等於利祿場的人而言，不過處心積慮、步步爲營的去打開屬於自己的一條路，或鄉愿、或競技；對理想主義者而言，卻是對個人力量極其有限的一項體認，是使人文心靈受到灼傷的一場烈火。然而制度不變，這股隱痛就因此如迢迢不斷的江水，以哀傷爲基調，流淌了綿綿長長的歷史。

因此，士與仕之間在現實層面上並沒有必然的關係，「遇合」問題的存在已顯示其偶然性，甚且可以說，知識分子所懷抱的理想與客觀的政治體制之間，永遠存在著不可避免的衝突，再加上個人才質的特殊性，這幕悲劇就永無落幕的一天。如果我們肯定文學表現人生，那麼出自知識分子之手的許多詩文將是見證，展現著生命成長的過程——一段自我體認之路。

仕途的迴響——主題

前文提及，古典教育下的知識分子認爲參與政治是唯一有價值的行爲，歷史卻證明官場往往是知識分子挫敗的來源，使他們原始純正的理想變形。故中國文學所表現的政治空氣如與其熱衷官場的心態比較起來，實在淡薄許多，這當然也關係著文學起源的因素——那種隨緣與感的自然。另一方面也許更關涉著文人的內在意識，或不敢說，或不能說，或不願說；但是他們關切政治的激情畢竟難以磨滅，甚至可以說還在仕途的順逆之外。歷史現象也告訴我們，如果知識分子在仕途上能一展抱負，往往難以成就偉大的作品（當然還有個人才質的因素），而歷史上享有文名者，通常是仕途上的挫敗者。因此，如果文人想透過文字來展示自己不可遏抑的政治意識，幾乎都必須以另一種姿態來訴說，或批判、或嘲諷、或感傷，不過，其眞正動機大抵緣自對人世不容自己的關懷，杜甫是最了不起的一位。以下就文學作品所反映的，來索尋文人的政治意識，或者說一種面對政治的心態。可以三種類型來說明：㈠

積極的入世情懷，以再造堯舜之治爲最終理想。㈡激切的諷諫精神，以悲憤批判爲基調。㈢疏離的感傷情調，沉吟著對政治無奈的悲歌。這三種類型，希望能畫出文人參與政治後的生命軌跡。

積極的入世情懷

孔子曾云：「鳥獸不可與同羣，吾非斯人之徒與而誰與？」[34]乃本著一腔與人間共存的熱情，以天下淸明爲依歸。如果生命的意義必須透過經世濟民而奠立，孔子已標定了生命崇高的意義。文人普遍接受儒家洗禮，原希望在人的本位上展開救濟蒼生的行動，這一份熱情自然構成了積極追求功業的心態。尤其年輕文人，更是熱切的期待投入官場，殷求叱咤風雲、左右世界，以達成濟世的目的。故此中有一股飛騰俛僊的熱情，就如李白作品中昂揚的光和熱。雖然李白的理想僅爲求取個人的功名，其狂笑歌哭多半指向自我成就的起落迭蕩，距前文所說儒家式崇高的人間熱情相去甚遠，不過，如果只是用以說明一種情懷、一種心態，李白作品所展現的姿貌也許有其相合之處。再者，個人功名的追求亦可指向政治層面，儘管動機有層次上的分別，其積極的姿態應可互爲映襯，故本文以李白詩爲起點，來說明年輕生命投向理想的風姿。李白有詩云：

……六駮食猛武，恥從駑馬羣，一張長鳴去，矯若龍行雲，壯士懷遠略，志存解世紛……（「送張秀才從軍」）

或曰：「平明空嘯咤，思欲解世紛」（「贈何七判官昌浩」），「余亦草間人，頗懷解世紛」（「讀諸葛武侯傳書懷贈長安崔少府叔封昆季」），以人間偉烈功業為生命標的，求自我理想得到全然呈顯，所以歷史上那些能忘我的把自我生命投向天下蒼生的豪傑，就成了頌讚的對象，如張良、韓信、諸葛亮，或范蠡、魯仲連、謝安等，皆以大展雄才而滿足了自我的想望，馳騁於赫赫偉業的天地。李白在詩中或化身為騰躍的駿馬，或化身為展翼的大鵬，翻越的蛟龍，欲揮擴自己生命的光輝；不過大多時候，不畏權貴、杖劍行義的俠客更令人嚮往：「撫劍夜吟嘯，雄心日千里」（「贈張相鎬」）。俠，奮不顧身的投入人世，如颷風，如流星，欲於青雲之上繪出整全而絢麗的生命姿彩。因此，皓首窮經的書生教人不禁要嘲諷：

……羞作濟南生，九十誦古文，不然拂劍起，沙漠收奇勳，老死阡陌間，何因揚清芬……（「贈何七判官昌浩」）

「嘲魯儒」一詩更徹底毀絕了游談四方卻一無所成的儒士：

魯叟談五經，白髮死章句，問以經濟策，茫如墜煙霧。足著遠遊履，首戴方山巾，緩布從直道，未行先起塵……

畢竟只有年輕的生命才能無畏無尤的朝向理想，李白豪俊縱橫的詩揮灑出義無反顧的入世形象。他說：「大力運天地，羲和無停鞭，功名不早著，竹帛將何宣？」（長歌行）功名——理想世界的內容，誘導著青春年華去攄取。故賈誼以弱冠之年求試屬國，請係單于之頸；子建更怕身先朝露，名與身亡，強調「禽息鳥視，終於白首，此徒圈牢之養物，非臣之所志也。」（「求自試表」），吟咏著「閑居非吾志，甘心赴國憂」（「雜詩」之五），連高唱「歸去來兮」的陶淵明也曾經說：「少時壯且厲，撫劍獨行遊」（「擬古」之八），或「憶我少壯時，無樂自欣豫。猛志逸四海，騫翮思遠翥。」（「雜詩」之五）求生命全然的發揮。如是，盛唐一度風行的邊塞詩，是否也可說是這種情懷的延長？儘管戰場是死亡鏖集之所，但也掙扎著理想的輝光，在霜刀風箭之間，在血光烽火之中，「盡忠效命」原是昭昭信誓，畢竟「丈夫三十未富貴，安能終日守筆硯？」（岑參「銀山磧西館」）面對浩瀚荒絕的大漠的挑戰，或許勇氣會陡然高昇，令自己去想像：戰場或也是功名的競技場，因此，在面對自然與人力無情的對抗以及敵我之間殘酷的戮殺，除了悲慨、怨怒之外，該有一份恢宏的痛快，邊塞詩，在想像中給予我們這一份沉著淋漓的痛快情緒。

入世情懷是每一個年輕生命該展現的，杜甫自敍其志云：

甫昔少年日，早充觀國賓，讀書破萬卷，下筆如有神，賦料揚雄敵，詩看子建親。李邕求識面，王翰願卜鄰，自謂頗挺出，立登要路津，致君堯舜上，再使風俗淳……（「贈韋左丞丈二十二韻」）

就具體行動而言，文人獻賦投詩本已顯現此積極的心態，尤其在君亦好之的時代，以此爲干謁之路是很普通的現象。杜甫「贈左丞丈」、「贈翰林張學士」、「贈起居田舍人澄」、「投贈哥舒開府」、「贈鮮于京兆」、「上韋左相」等等，莫不在求彼達官「一字書」（按：白居易「見尹公亮新詩偶贈絕句」云：「袖裏新詩十首餘，吟看句句是瓊琚，如何持此將干謁，不及公卿一字書。」）然而政治給予他的卻是挫敗的痛苦，他並不因文才卓越而獲致理想的拓展；不過杜甫畢竟是偉大的，他對政治的關切猶如關切親人一般，已化入生活的一部分，純爲感情式的。他不斷的在詩中談論國事，表現他對現實政治的看法和關懷，因而呈現了最積極的政治心態，換言之，杜甫以詩遙契〈易傳〉所謂「作〈易〉者，其有憂患乎？」的「憂患意識」。

……窮年憂黎元，歎息腸內熱……非無江海志，蕭灑送日月。生逢堯舜君，不君便永訣。當今廊廟具，構厦豈云缺，葵藿傾太陽，物性固莫奪……（「自京赴奉先縣詠懷五百字」）

君既爲中天白日，萬民則當效法葵藿向日，忠貞如一。杜甫有忠君愛國的情懷，深厚懇摯的性情，志士仁人的飾操，因此，諸葛亮的忠貞和爲世所用成爲杜甫一生中最景慕的人物。「古柏行」、「武侯廟」、「蜀相」、「謁先主廟」、「詠懷古跡」等詩一再咏歎諸葛亮一生的志業。我們看到一個理想的形象自文字幕後升起：

諸葛大名垂宇宙，宗臣遺像肅清高，三分割據紆籌策，萬古雲霄一羽毛。伯仲之間見伊呂，指揮若定失蕭曹，運移漢祚終難復，志決身殲軍務勞。（「詠懷古跡」其五）

諸葛亮，一個知識份子的典範，已敲動了多少士人的魂魄？如果撇開蜀漢的運勢已如西日終盡不談，諸葛亮實爲歷史鑄就了理想知識份子的風格，「邂逅得所從，幅巾起南陽。」（王安石「諸葛武侯」）從來知識份子必然面臨的遇合問題，對諸葛亮而言是不存在的。因爲與劉備君臣之間的灑然契機令他「鞠躬盡瘁，死而後已」（後出師表」），自不必唱「才命兩相妨」的悲調；而諸葛亮的政治事功，人格風采更是個人才質的全面煥發，儘管「漢祚終難復」令人遺憾歎惋，但諸葛亮是沒有不遇之歌的，卽使曾躬耕南陽，圖隱於滔滔世塵之外，實際上未始不是等待時機？直到劉備終以三顧茅廬的誠心打開了心中懷想之路，於是諸葛亮乃憑藉著劉備對他的信任，縱橫於巴漢中間，猶如馳騁於個人的生命才情之域，讓懷抱中的謀天下之籌策得以如鞭揮出，搖撼了中原山河，直如一則神話，成爲代代文士衷心嚮往的對象。藉著諸葛亮，許多文人表露了他們的入世情懷，杜甫是其中最能了解也最能欣賞的一位。

激切的諷諫精神

如果理想與權勢的抗衡是中國知識份子必然要遭受的衝擊，那麼，挫敗的悲劇亦必然會在歷史的舞臺上演，面對挫敗，誰還能以一腔忠貞與熱情去關懷？也許只有杜甫吧！所以他被推崇爲「詩聖」。一般而言，激憤高亢的情緒反應或許還是較自然的心態呢，尤其是一個滿懷理想又狷潔不二的文人更是如此。自覺到生命的價值與尊嚴當建立在自我理想之必須握持與道德情操之必須維護，便要以一身志意去對抗這個是非黑白日漸傾頹的時代，獨樹自我清亮的人格。然而歷史告訴我們，在權力交征、羣小競逐的現世急湍中，個人操持的淑世之舟是難以掌舵的，憑獨力以挽狂瀾，是多麼唐吉訶德式的荒謬！於是矛盾的掙扎、激切的焦慮，入世情懷於此展現了另一面貌，屈原就是第一個將此激情傾瀉於作品的人，反射出一種政治心態。

屈原，一個非理性時代中的理想主義者，在列強紛爭、禮教崩頹的社會中，堅持自我的信念——成爲忠貞不二的人臣，以全幅生命投向謀國圖治之間，夙夜匪懈，見危授命，以事一人。如果這樣澎湃的情志有國君能以德業淑世的精神來相應，也許還有一片清明祥和的天地，然而，楚懷王、襄王昏庸無能，上官大夫、令尹子蘭又讒言毀謗，加以秦國張儀用心巧詐，終使屈原擎不起理想的火炬，而流浪江湘，行吟澤畔。只是君國的休戚難以拋捨，那與自己血緣相繫的邦國畢竟不能棄絕不顧。直下承擔那現世的風雨吧！堅挺那理想的志節吧！但是「衆皆競進以貪婪兮，憑不厭乎求索，羌內恕己以量人兮，各興心而嫉妒。」（「離騷」）這是多麼不平呵！難道「鷙鳥之不羣兮，自前世而固然？」屈心抑志，忍尤攘詬！而方與圓本不相合，忠與奸又如何相安？只是民生多艱，那來自良心的召喚如何輕釋？爲人臣的節義——全身以赴時政，又如何委棄？呵壁問天：

天命反側，何罰何佑？齊桓九會，卒然身殺？彼王紂之躬，孰使亂惑？何惡輔弼，讒諂是服。比干何逆，而抑沈之，雷開阿順，而賜封之，何聖人之一德，卒其異方……（「天問」）

屈原不能平衡自己澎湃的生命：

彼堯舜之耿介兮，旣遵道而得路；湯禹儼而祇敬兮，周論道而莫差。（離騷）

如果國君能踵武昔聖前賢，「美政」並不是夢境，想想：

說操築於傅巖兮，武丁用而不疑。湯禹儼而求合兮，摯咎繇而能調。呂望之鼓刀兮，遭周文而得舉。寧戚之謳歌兮，齊桓聞以該輔。（「離騷」）

往昔君臣相契共輔國政亦有所聞呢！但「黃鐘毀棄，瓦釜雷鳴；讒人高張，賢士無名。」（「遠遊」）規諫之音隱沒於嘈雜的俗塵裏；「衆人皆醉我獨醒」（「漁父」），也許要護持完整的生命是須要付出代價的；如果死可以感發國君改行趨善，「雖九死其猶未悔」（「離騷」），屈原終於以身軀血淚交付潺潺汨羅。只要江水一日常流，他激切入世的熱忱仍將鼓舞千載之後的中華兒女，讓他們也爲天地保存一般清亮之氣。

屈原焦慮的激情是入世精神的呈現，在中國文人中，他強烈的控訴情緒是獨一無二的。不過，也不是說這種不妥協的性格就不再出現於往後的歷史，曹子建「贈詩白馬王彪序」云：「憤而成篇」，固怨深情激，除了手足情深外，也牽引出個人抱負落空的悽愴，而「雜詩」更標示了深婉的意願——「閒居非吾志，甘心赴國憂」，然而「江介多悲風，淮泗馳急流，願欲一輕濟，惜哉無方舟……」，終究無舟可渡功名之彼岸，故曹子建只有吟歎「天命與我違」。同樣的，還有多少遷客逐臣也表現了擇善固執的意氣？陸放翁至死不忘中原河山的忠誠，辛稼軒登樓遙望、闌干拍遍的痛切又如何意會？一個人在政治上遭到挫敗後最容易走上屈原悲憤的傾訴之路，只是沒有一個人像屈原這樣一貫的表現其主題，而且又宣洩得如此徹底，如長江滔滔滾滾，無窮無盡，因此，他成爲中國文學史上的偉大詩人。

如果屈原的表現純然是情志的不容自己，那麼冷靜犀利的批判，規諫則是理性呈顯的一面。憑著良心，憑著理智，知道應該關心國計民生，於是寫批判性的作品以傳達自己的意見。白居易的說理傾向就是一例。《舊唐書》本傳說：「蒙英主特別顧遇，頗欲奮厲效報，苟致身於訏謨之地則兼濟生靈。」白居易原可以有一番作爲的，但「蓄意未果，望風爲當路者所擠。流徙江湖，四五年間，幾淪蠻瘴。」他同樣走入歷來文人悲愴的老路，只是白居易對於政治、詩歌仍有自己的主張和計劃，「文章合爲時而著，歌詩合爲事而作。」（「與元九書」）詩是來反應現實政治的：

不能發聲哭，轉作樂府詩，篇篇無空文，句句必盡規……非求宮律高，不務文字奇，惟歌生民病，願得天子知……（「寄唐生」）

「秦中吟」十首、「新樂府」五十首可說是白居易諷諭詩中的傑作（按：白居易將詩作自分四類：諷諭、閒適、感傷、雜律）。「買花」、「新豐折臂翁」、「杜陵叟」不論暗諷明擊，白居易都是站在客觀的立場，層次分明的指摘社會不平的現象，固不同於激情式的關切，也異於杜甫的悲天憫人。所謂「社會詩人」如元稹、張籍等人，往往就以此姿態出現在文學史上，自覺的成爲社會良心的代言人，批判不理想的政治措施。

如果往上溯源，諷諫式的作品遠在〔詩經〕「小雅」就已見其雛形了。〔詩經〕雖有許多民謠式的作品，但是也有一些士人有意對不平的社會發出規諫，「小雅」就有不少這類的作品：

……赫赫師尹，不平謂何？天方薦瘥，喪亂弘多，民言無嘉，憯莫懲嗟……（「節彼南山」）

……謂天蓋高，不敢不局；謂地蓋厚，不敢不蹐。維號是言，有倫有脊，哀今之人，胡為虺蜴……（「正月」）

……謀夫孔多，是用不集，發言盈庭，誰敢執其咎？如匪行邁謀，是用不得于道……（「小旻」）

都反映了對政治社會的關切。所以，只要生活在歷史環境裏，生活現實就會在其作品中成長，雖然反映的方式有別，但立場一致，均共同的反對苛政，憐憫窮民，希望藉政治制度改善他們的生活現況，宋人好議論的詩多少也帶著這樣的批判色彩吧！

疏離的感傷情調

年少天眞的杖劍赴國，是本著一腔浪潮的熱情，如果外在的功名不能相對的給予價值肯定，激憤的不平之鳴就可能成爲基本的生命情調，或激切、或理性的對政治以强烈的控訴，除非有杜甫寬厚的胸襟，能在個人挫敗之後，仍一心繫國，願與天下蒼生休戚與共，仍淳摯忠誠地給予君主摯厚的諫諍。但時代不一，個人才質更難逆料，對某些文人而言，激情的向外傾瀉個人的焦慮是必要的；於是他在生命的舞臺——文學作品——上，激盪出動人魂魄的光影，塑造了個人昂揚超拔的生命之姿。但是對某些內省式的文人而言，既然黑暗政治僅帶來理想的毁絕，如再向外「露才揚己」恐怕只落得全面的被否定，終至淒烈而亡。再說，生命的意義眞的要以世俗的功利來肯定嗎？功名又如何攫取？「楊朱泣岐路」，面對生命之路，該有一個抉擇吧？那麼暫與政治疏離，讓自我馳入心靈境域以觀照，或許還可以發現安頓之道。阮籍充滿疑惑憂傷的詩作最能代表這種生命形態。屈原雖也滿懷憂疑，不過和阮籍到底不同，屈原孤傲的生命之歌究竟需要外在成就來肯定，一旦上下求索而終無所獲，只有選擇犧牲一途以求解脫，所以他躍入汨羅江的悲壯猶如春雷驚動天地，是充滿悲劇性的。阮籍則不然，一方面也因爲時代的不同造成他行動上的不可能，另一方面則緣於個人的氣質，他寧願退入自己的世界，孤獨的反省思索——對個人生命，對歷史事件、神話傳說，對整個自然界[35]，然後悽愴的自嚼痛苦，因爲他還有政治良心。所以同樣感悟到時間的流逝、歲月的無常，但是在生命舞臺上亮出的姿態終究不同，一個耿耿於脩名之不立，一個徘徊於疑惑之途；阮籍以撲朔迷離的語言吟出無奈的情緒，造成「闕旨淵放，歸趣難求」[36]。若論其緣起，自然與時代政治有關，畢竟魏晉時的政治迫害是有目共睹的，士人死於非命比比可見，阮籍必以極冷的態度去面對這一場翻天覆地的風暴，故表現了一種對政治的疏離感。「阮公身事亂朝，常恐遇禍，因茲發詠，故每有憂生之歎。雖事在刺譏，而文多隱避，百世而下，難以情測也。」[37]阮籍的「詠懷詩」展現了心靈世界隱晦陸離的一面。

其實阮籍也曾經肯定過一種激昂的人格姿相：

壯士何慷慨，志欲威八荒。驅車遠行役，受命念自忘。良弓挾烏號，明甲有精光。臨難不顧生，身死魂飛揚。豈爲全軀士，效命爭戰場。忠爲百世榮，義使令名彰。垂聲謝後世，氣節故有常。（「詠懷」第三十九首）

挾弓杖劍，以年少慷慨飛揚的生命之姿，投向戰場，以成就一種光華耀眼的不朽形相，「英風截雲霓，超世發奇聲。揮劍臨沙漠，飲馬九野坰。」（第六十一首）猶如李白嚮往的寬濶天地，讓生命奔馳其上，這是浪漫情懷的展現。但是旗幟飛揚、金鼓悲鳴的戰場，除了殺伐、殘酷的流血，生命在其間已完全喪失了主題，面對此境，阮籍很快的就否定了這個曾充滿聲光的想望。他說：「軍旅令人悲，烈烈有哀情。念我平常時，悔恨從此生。」（第六十一首）政治、戰場等外在的追求是不能安頓自我的，那麼什麼是生命的本質呢？阮籍醒覺到也許該爲自己找尋一個眞正的方位吧？詩人乃終夜思索，在淸風明月之下，藉琴韻的靈銳，探入自我的生存情境，寫下「詠懷詩」第一首：

夜中不能寐，起坐彈鳴琴。薄帷鑒明月，清風吹我襟。孤鴻號外野，翔鳥鳴北林。
徘徊將何見？憂思獨傷心。

原來秋深衰颯，一片冷寂蕭瑟的野外，只剩孤鴻、翔鳥的號叫迴蕩其間，是失羣？是遭棄？明月與淸風並沒有給予答案，茫昧而不可知的前途就逼在眼前，未來將投過來怎樣的處境？孤立？冷絕？生命原有這樣深邃的困境！沉重的「憂思」如何一人挑起？職是，阮籍的自我省察常呈現出徬徨失據的神色，時而徹底的絕望，時而若有所待，面對時間無情的消逝，不禁滄然淚下。所以「路」在阮籍的詠懷詩中是一項重要的意象。但是一路行去，阮籍並沒有在生命之路上尋到什麼，反而在重重否定下，徬徨惆悵，不知何以自處：

北臨太行道，失路將如何？（第五首）
黃鵠遊四海，中路將安歸？（第八首）
出門臨永路，不見行車馬。（第十七首）
楊朱泣岐路，墨子悲染絲。（第二〇首）
世務何繽紛，人道苦不遑。（第三十五首）

臨路望所思，日夕復不來，人情有感慨，蕩漾焉能排？（第三十七首）

步遊三衢旁，惆悵念所思。（第四十九首）

面臨生命的十字路口，阮籍似乎只有陷溺憂疑之中不能行動，既不能肯定，又不願全然否定，悽愴的問號掛滿了「詠懷」八十二首展示的舞臺，這可就是冷靜觀照的結果？

時代已如白日西頹，縱有餘光，猶兀自反照在秋霜籠覆的荒畬，曾經灼灼繁盛的桃李早已零落，驅車遠行，只贏得「凝霜沾衣襟」，而「寒風振山岡，玄雲起重陰」（第九首），天地已然晦閉了，然則凌雲而避世麼？到底「神仙志不符」（第四十一首），或者遠遊隱居以託寄山水，可是「崇山有鳴鶴，豈可相追尋？」（第四十七首），原來自己是無處可去的，阮籍完全陷入進退失據的局面。面對狂瀾般的世塵，自己只有無力感，既不能抗志揚聲，「一飛沖青天」，又「豈與鶉鷃遊，連翩戲中庭」（第二十一首），於是任憂苦在心中滋長，以宣告良知的清明，形成悽愴感傷的情調，令人不覺嗟歎莫名。

從李白奮昂青春的風姿到阮籍自我省察而醒覺無助的心態，中國文人走出了關心政治、參與政治的歷程：由外而內，由全力抗衡到悲涼的孤立，理想抒展的境域——政治，終究只是一片淒清孤寒的世界，如九月霜霰下的荒林，人情不能倚暖，苦悶的靈魂仍徘徊在茫茫大地上，誰解此中情？劉長卿以一詩遙契了這千古的憂戚：

三年謫宦此棲遲，萬古惟留楚客悲。秋草獨尋人去後，寒林空見日斜時。漢文有道恩猶薄，湘水無情弔豈知？寂寂江山搖落處，憐君何事到天涯？（「長沙過賈誼宅」）

秋草、寒林、寂寂江山下，悲劇不斷上演，只是君何事重蹈？這種憐惜隱含多少幽怨，只要曾經政治的人就自然了然在心了。

職是，文人對人世的關切至此竟成絕路，由全身投入到寂寞自照，由春陽燦燦到秋氣蕭蕭，「仕」所帶來的總是不堪回首的歷程，只是誰無良知？對現實人世誰無一線企盼？才質的互異使生命的舞臺響起了不同的曲調，成就了中國文學多樣的風貌。

變奏——隱

溯　源

〔莊子〕「繕性」云：

古之所謂隱士者，非伏身而弗見也，非閉言而不出也，非藏其知而不發也，時命大謬也。當時命而大行乎天下，則反一无迹，不當時命而大窮乎天下，則深根寧極而待，此存身之道也。

「隱」是緣於「時命大謬」的不得已，是「天地閉」而一時的「深根寧極」，本無純粹「藏知不發」、爲隱而隱者。因爲仕宦既是中國知識分子衷心嚮往的目標，隱逸的變格就不受鼓勵，但是政治結構的不合理，「遇」的偶然性契機的難待，挫傷了文人敏銳的心靈，使他們由煥發恣揚的獻身走向自我閉鎖的深憂，成了徬徨歧路的惑者。然而生命是不能無所攀附的，面對滔滔亂世，每一位士人幾乎自覺的忖思到存身之道，隱的暫時性行動於是乎產生。「危邦不入，亂邦不居。天下有道則現，無道則隱。」[38]肯定「仕」爲立身價值的儒家亦提到「隱」，認爲可以退隱以待時而動。現實的運作包含了許多複雜深微的客觀因素，雖然文人精神原是仁心的發揮，本該貫注於現實事物的運作之間而不自限，但是因緣萬千的人生活動如何教仁心得以貫徹？故「憾」必然存在，所謂「天下之大，聖人猶有憾焉。」(〈中庸〉)所以在面對客觀的局勢運會時，必須有所抉擇；如客觀環境眞正不允許理想的拓展，那麼潛居斂藏不失爲可行之道。一味固持己能，表現强勁的孤傲，只是昧於「時」義的愚行，所以孔子推崇蘧伯玉爲君子而讚之曰：「君子哉，蘧伯玉，邦有道則仕，邦無道則可卷而懷之。」[39]以其能領悟待時而存身之道。所以，「隱」完全是針對「仕」的挫折而興起的一種暫時性的生活態度，孟子所謂「得志，澤加於民，不得志，修身見於世。窮則獨善其身，達則兼善天下。」[40]原不必有煩悶憂苦的心思，〈易經〉上不就這麼說嗎？「遯世無悶」。而且山水的幽玄靜謐原不同於人情的翻雲覆雨，當足以滌蕩胸次，「隱」仍有其積極的意義在。

流變

隱居既是從滔滔俗塵中退出，那麼山顚水涯的自然界自是藏身之所，〔莊子〕「刻意」篇所謂：

就藪澤，處閒曠，釣魚閒處，爲無而已矣。此江海之士，避世之人，閒暇者之所好。

乃依林野山谷以存身。縱然當時或因「用世」的觀念而有「招隱士」之作，將山居描述爲陰閴可怕的蠻荒，以勸誘「王孫兮歸來，山中兮不可以久留。」41 事實上，如果世局的黑暗已形成，又怎麼教人認同？還不如山水的安謐、素樸使人不禁親之近之，可以成爲精神的託寄之所。故招隱詩由原來的勸誘逐漸改變口氣，張華惋惜「連惠亮未遇，雄才屈不伸」（「招隱」），到陸機則有企慕之意而曰：「富貴苟難圖，稅駕從所欲」（「招隱詩」），左思更淋漓盡致的表明「非必絲與竹，山水有淸音……秋菊兼餱糧，幽蘭間重襟。躊躇足力煩，聊欲投我簪。」（「招隱」）這種轉變固然是文人在混亂不安的政治下自我解放的結果，另一方面也說明了一種現象——隱逸已漸成一種風尚。但許多人企慕隱逸生活，其心理已和原始單純的引退大異其趣了。當初的引身而退，是基於對現實社會的不滿，原是不得已的選擇；

然而，不滿、抗議的引退姿態，卻在無形中造成與現實政治對立的地位，而成為世人心目中的清流——所謂的「高士」，故隱逸反而蔚然成風。於是隱逸清流以其地位高超，又成為政府爭取的對象[42]，「大隱隱朝市，小隱隱陵藪」（王康琚「反招隱」）的論調也應運而生，認為只要能在精神上與隱逸思想相契，何必在意是否要以山林幽壑為依歸？所以儘管大批的具有隱逸思想的詩文鋪就了魏晉六朝的文學園地，其實也暴露了魏晉人精神上嚴重的矛盾：隱逸原為逃離時局，最後竟成終南捷徑，這種現象不是正反映著「仕」的令人難以忘懷？

當然，也不是所有的文人盡有此意，有政治良心、政治理想的人，退隱依然潛存著抗議性和批判性，如阮籍傲岸狷介的疏離卻憂生憂世即是一例。然而山水的浩渺、空靈，似眞似幻，是否眞可以給予安身立命之道？他們的憾恨是否得以徹底滌清？阮籍的心裏是存疑的，後世柳宗元倒顯示了一個較明確的答案。柳宗元坐王叔文罪而貶斥永州後，「日與其徒上高山，入深林，窮廻谿，幽泉怪石，無遠不到。」（「始得西山宴遊記」）有意藉山水來澄濾胸中的苦悶，然而躁進用世的銳意摧折後的逆轉，是讓自己自兀兀忘行的倨野跌入醒覺的明晰，低首徘徊，人世的玷辱侘傺猶歷歷可感，雖有山水清音乍然遇合的片刻淨明，畢竟只映襯著生命無限的委屈和寂寞。「南磵中題」一詩拂下了柳子厚在山水中寂寞的紘音。

秋氣集南磵，獨遊亭午時。迴風一蕭瑟，林影久參差。始至若有得，稍深遂忘疲。

羈禽響幽谷，寒藻舞淪漪。去國魂已遊，懷人淚空垂。孤生易爲感，失路少所宜。
索寞竟何事，徘徊祇自知。誰爲後來者，當與此心期。

足見幽謐的澗谷、參差的林影並不能完全轉化柳子原遭斥的委屈，「竹樹環合，寂寥無人，淒神寒骨，悄愴幽邃」（「至小丘西小石潭記」），過清之境，翻回心上的恐怕只有不見知於人的悄愴，蒞臨的跫音何時待得？從西山一路行去，澄潭淺渚，間廁曲折，詭石怪木，韻致橫生，只是「惜其未始有傳焉者」（「石渠記」），而乍然領悟山水亦有不爲人見賞的寂寞，面就山水頓時有了同情的了解，原來自己愚觸罪，謫瀟湘之上，而山水之奇者，不也因「無以利世，而適類於余」（「愚溪詩序」）？柳子厚不免要以悲憫的眼去觀覽山水，譬如：「鈷鉧潭西小丘記」一文所言：

噫！以玆丘之勝，致之灃、鎬、鄠、杜，則貴遊之士爭買者，日增千金而不可得。今棄是州也，農夫漁父過而陋之……是其果有遺乎！書於石，所以賀玆丘之遭也。

山水亦當有無限委屈的，只是誰解此中情？柳宗元自山水的謐靜幽邃中領納著寂寞之音。

竟夕誰與言，但與竹素俱。（「讀書」）

遠棄甘幽獨……天邊弔影身，祇應西澗水，寂寞但垂綸。（「酬婁秀才將之淮南見贈之作」）

隨著歲月的流轉，山水的清闃空靈是永恒廻蕩其間了，人在其中，雖因之以潄滌調理，終有無所攀附的遺世之感[43]。因此，陶淵明的走入田園乃呈現了特殊的意義。

田園——一個自足的世界

阮籍挫敗後的憂疑徬徨固是個人才質的陷溺，畢竟不能如王維那樣「存而不論」，在空山中與明月青石、幽泉松濤獨相往來；不過也透露了山水悄無人烟的空靈不盡然可以安頓生命跌宕的矛盾。隱逸山水之間，欲求助自然景物以滌蕩胸中苦悶，往往容易墜入孤絕的氛圍裏，而呈現「前不見古人，後不見來者」的愴然，如柳宗元寂寞自照下所寫的「江雪」一詩，幾乎是完全孤立了，在千山環抱之中，只見白茫茫一片大地，無鳥飛、無人跡，實淸寂至無情了。因此，農居活潑、自足、安定的生活情趣乃在轉了一大彎之後扣住了文人的心弦，陶淵明選擇了古老中國最簡樸、最無機巧的田園，自食其力，爲政治上遭受挫敗的士人找到了一塊勉强可以安身立命的所在。

農業生活的穩定和樂遠在《詩經》時代就已隨樂詩吟唱著，「豳風・七月」那種春日豔陽下的採桑女子，手執懿筐「遵彼微行」，在秋收之後，又剝棗釀酒，又織布剪衣，一片忙碌，在在表現了簡樸自足的農村景觀。個人意識幾乎是不存在的[44]，縱然人間有勞心勞力之分，有貴族庶民之別，但「朋酒斯饗，日殺羔羊，躋彼公堂，稱彼兕觥，萬壽無疆。」（「七月」）上下的職位在意識上仍是相連，治人者也祈禱豐年，求「千斯倉，萬斯箱」，因此說：「以我齊明，與我犧羊，以社以方。我田既臧，農夫之慶。琴瑟擊鼓，以御田祖。以祈甘雨，以介我稷黍，以穀我士女……」云云（小雅・甫田」）。只有豐足、親和的社會才是理想的社會。〔詩經〕以後，勞心勞力的分界日遠，知識份子不但身離大地，在意識上也與大地日漸疏遠，活潑自足的農業生活遂從文學園地消失。而後，知識份子更認識了仕途的曲折與艱困，又自我放逐於深林幽壑，終日徬徨，成了天地間的棄兒，直到陶淵明重回到田園，躬耕自食，才勉强有了安頓之地。當然，陶淵明的自足田園絕然不同於〔詩經〕時代那種與大地息息相關的原始自足，但是勞力者眞實貼切的生存活動卻可攫住惶惶不安的靈魂，藉著躬耕的實際勞動去體悟「生」的淳美和可貴。所以田園詩絕不同於隱逸山水之作（遊仙詩倒接近此範圍，可見其不食人間烟火的幽謐），儘管自然景物同是描寫的對象，但是素樸的人情味才是田園詩更重要的質素，反映著對農村躬耕生活的認同。因此，田園生活的欣趣時時流露在陶詩之間：

孟夏草木長，繞屋樹扶疏。衆鳥欣有託，吾亦愛吾廬。旣耕亦已種，時還讀我書。
窮巷隔深轍，頗迴故人車。歡言酌春酒，摘我園中蔬。微雨從東來，好風與之俱。

汎覽周王傳，流觀山海圖。俯仰終宇宙，不樂復何如？（「讀山海經」其一）

五月始夏，暖風細雨中，紫葵燁燁，菜苗青青，這是一片詳和溫馨，可以眞切感知的世界。有時展書而讀，有時酌酒對飲，有時與鄰翁暢談園圃耕稼之道，生活踏實而多趣，不似政治場合那樣充滿詭詐機巧，「晨興理荒穢，帶月荷鋤歸」（「歸園田居」其三），人在其中自然孕育著最生動的本質——活潑、澄瑩的生命力。每天日出而作，日入而息，不需文明的智巧，所以是最基礎，也最淳眞的層次。「生之欣趣」就在那經由體力所完成的桑麻禾苗之間，「衣食當須記，力耕不吾欺」（「移居」其二），綠色大地一旦體切的踏著，生存的實在感就順隨而來，「曖曖遠人村，依依墟里烟；狗吠深巷中，鷄鳴桑樹顚」（「歸園田居」其二），平淡瑣屑的生活中蘊藏著生命的意義。

自此而後，中國文人一旦在政治上遭到挫敗，幾乎都自覺的認同陶淵明的田園居，雖然多數人不再像陶淵明那樣擁有體切的經驗，但田園的單純和人情味終將成爲仕宦之外心靈的企慕之所：

開軒面場圃，把酒話桑麻。（孟浩然，「過故人莊」）

使婦提蠶筐，呼兒榜漁船；悠悠泛綠水，去摘浦中蓮；蓮花艷且美，使我不能還。（儲光羲，「同王十三維偶然作」）

晝出耘田夜績麻，村莊兒女各當家；童孫未解供耕織，也傍桑陰學種瓜。（范成大，「四時田園雜興」）

臥讀陶詩未終卷，又乘微雨去鋤瓜。（陸游，「小園」之一）

行遍天涯千萬里，却從鄰父學春耕。（陸游，「小園」之二）

生命的積極意義也許該表現在活潑自足的生活裏，忘機的友朋，怡人的景致，人生的生命才不被扭曲，不遭變形。李義山深悟人生殘缺之餘，也有這等期待：

看山對酒君思我，聽鼓離城我訪君。臘雪已添牆下水，齋鐘不散檻前雲。陰移竹柏濃還淡，歌雜漁樵斷更聞。亦擬村南買烟舍，子孫相約事耕耘。（「子初郊墅」）

終究田園的耕耘生活才能保全家族的綿延與繁榮，雖然耕作有甘有苦，可是，當抽象的理想層次不能落實時，經由勞力而來的生存活動還是可以暫時安定人心，尤其在閒雨紛微中，流視青青禾苗，或在秋高氣爽下，期待收成，都有一份最眞切踏實的感受。職是，「求田問舍」之違背「學而優則仕」的初衷，乃表現了中國特殊的文化現象，所謂「耕讀傳家」幾乎成了最理想的模式。

結語

由仕到隱，前文所引的一些詩人只是藉以畫下這種文化現象的軌跡而已。事實上，就每一個文人來說，仕與隱永遠在意念中糾葛著、矛盾著，卽使陶淵明回歸田園，似找到了屬於自己的桃花源，畢竟不是眞正自足的世界。所謂「自足」，自當與外界無關涉且無怨無尤，陶淵明雖然在田園生活中，透過躬耕的勞力活動來肯定生命的意義，但是在「謀道不謀食，憂道不憂貧」的君子之道前提下，陶淵明的這項肯定是十分悲淒的[45]：

人生歸有道，衣食固其端，孰是都不營，而以求自安……

（「庚戌歲九月中於西田獲早稻詩」）

最後竟只落得營謀衣食以求自安，這豈是當年孔子反對樊遲學圃學稼所能料及？陶淵明是有憾恨的，在「癸卯歲始春懷古田舍」一詩中，他描述了耕耘的欣悅，「平疇交遠風，良苗亦懷新」，天地充盈著活潑清新的生意，宛似他那「阡陌交通，鷄犬相聞」的桃花源，然而還是教人要輕輕喟歎「耕種有時息，行者無問津」，陶淵明自比長沮、桀溺，卻期待「問津」者的足音，只是這世界還有子路之徒嗎？政治的淸濁依然在他心靈深處輕叩著，所以在歸隱多年之後，他仍寫下這樣的詩：

白日淪西阿，素月出東嶺。遙遙萬里輝，蕩蕩空中景。風來入房戶，夜中枕席冷。氣變悟時易，不眠知夕永。欲言無予和，揮杯勸孤影。日月擲人去，有志不獲騁。

念此懷悲悽，終曉不能靜。（「雜詩」十二首其二）

日落月昇，在歷史的洪流裏，人依然渴望樹立不朽的形象，然而，「有志不獲騁」，就算在「開荒南野際」獲致了樸素單純的趣味，畢竟是辛酸的。因此，涼風入戶，月華盈室，只有更洞燭內心未圓足的憾恨，而日月交替、時光流逝，這樣孤影自照的寂寞直教人滄然而泣，陶淵明頓時淪爲最悲劇的詩人。

如是看來，以田園爲「自足的世界」，不過是暫時的假象，當現實的仕祿成爲不可能時，也許只剩創作的想像可以構築個人的自足世界。在想像的天地裏，在內在觀照所構成的美感經驗中，文人擁有了自足的境界，因此，大量的作品完成於現實挫敗之後，對政治社會的關切遂以別調吟唱出來，也許這正是中國文學的特色之一吧！

註釋

1 〔詩經〕「大序」。

2 劉勰，〔文心雕龍〕「明詩」。

3 鍾嶸，「詩品序」。

4 〔詩經〕「大序」。

5 曹丕，「典論論文」。

6 曹植，「與楊德祖書」。

7 同上。

8 楊雄，〔法言〕「吾子」。

9 杜甫，「旅夜書懷」。

10 王國瓔，「中國山水詩的萌芽」第二章「隱逸與山水」，〔中外文學〕，九卷十一期，民國七十年四月，頁二六—二七。

11 〔論語〕「衛靈公」。

12 參余英時，「古代知識階層的興起與發展」，〔中國知識階層史論　古代篇〕（臺北，聯經，民國六十九年），頁一〇—一一。

13 〔孟子〕「滕文公下」。

14 〔論語〕「季氏」。

15 參徐復觀，「封建政治社會的崩潰及典型專制政治的成立」，〔周秦漢政治社會結構之研究〕（臺北，學生，民國六十三年），頁六九—七三。

16 顧炎武，〔（原抄本）日知錄〕（臺北，明倫，民國五十九年）卷十，「士何事」，頁二一五—二一六。

17 余英時，〔中國知識階層史論——古代篇〕，頁二二—二三。

18 徐復觀，「中國知識分子的歷史性格和歷史命運」，〔青年中國雜誌〕，第一卷第二號，民國六十八年九月，頁三五—三六。

19 〔書經〕「泰誓」：「天視自我民視，天聽自我民聽」。

20 〔論語〕「顏淵」。
21 〔論語〕「顏淵」。
22 〔論語〕「微子」。
23 余英時，〔中國知識階層史論——古代篇〕，頁三九。
24 〔論語〕「憲問」。
25 〔論語〕「雍也」。
26 〔論語〕「先進」。
27 〔論語〕「公冶長」。
28 〔論語〕「子路」。
29 〔論語〕「子張」。
30 〔孟子〕「滕文公下」。
31 參金耀基，「中國的傳統社會」，〔從傳統到現代〕（臺北，時報，民國六十七年），頁六八—七〇。
32 〔史記〕，卷四十六「田敬仲完世家」：「宣王喜文學游說之士，自如騶衍、淳于髡、田駢、接予、愼到、環淵之徒七十六人，皆賜列第爲上大夫，不治而議論。是以齊稷下學士復盛，且數百千人。」
33 黃宗羲，〔明夷待訪錄〕「原君」：「古者以天下爲主，君爲客，凡君之所畢生而經營者，爲天下也。今也以君爲主，天下爲客，凡天下之無地而得安寧者，爲君也。」
34 〔論語〕「微子」。
35 參呂興昌，「阮籍詠懷詩析論」，〔中外文學〕，六卷七期，民國六十六年十二月，頁八六—一一三。

36 鍾嶸，〔詩品〕。

37 陳沆，〔詩比興箋〕（臺北，正生，民國五十九年）引顏延年注阮籍「詠懷詩」之言，頁四。

38 〔論語〕「泰伯」。

39 〔論語〕「衛靈公」

40 〔孟子〕「盡心下」。

41 洪興祖，〔楚辭補註〕（臺北，藝文，民國五十七年），卷十二「招隱士」。

42 參洪順隆，「論六朝隱逸詩」：「王康琚前後的時代隱逸已成爲一種時髦，既可以沽名釣譽，又可充終南捷徑。」，〔由隱逸到宮體〕（臺北，河洛，民國六十九年），頁一四。

43 參吳炎塗，「柳宗元的性情與寂寞」，〔鵝湖雜誌〕，三十期，民國六十六年十二月，頁四一—四五。

44 參洪順隆，「田園詩論」，〔由隱逸到宮體〕，頁二九—三八。

45 參呂正惠，「中國詩人與政治」，〔中國人月刊〕，第二卷第六期，民國六十九年七月，頁五三—五六。

人間情愛的關注

曹淑娟

開闢鴻濛，誰為情種

開闢鴻濛，誰為情種？

傳說中，渾沌如鷄子的原始黑暗裏，盤古孤獨地生活了一萬八千年，然後他揮動巨斧，劈向黑暗，劈開天與地的分界，便頂立於天地之間了。以後天日高一丈，地日厚一丈，盤古日長一丈，又經過了一萬八千年，完成了開天闢地的工作。盤古安慰地躺下了，以他有限的血肉之軀，化作無限的存有，充實了雙手開闢出的天地：左眼為日，右眼為月，血淚流成了大地的江河，肌骨化爲豐腴的膏壤，皮毛長成人間的草木，汗水揮灑成雨露，斑白的鬚髮在天際閃耀爲星輝，溫熱的氣息在人間流通成風雲，而那三萬六千年未曾言語的聲音，化爲象徵嚴父的雷霆，守護著天地與子孫[1]……未鑿渾沌，黑暗中的盤古只是一孤獨冷靜的自我；既鑿渾沌，盤古便是一忙碌多情的人間父母了，將自我全然奉獻給天地，這份奉獻，是人間情愛的最初基型，不是人與人之間的牽扯，卻是極其莊嚴溫厚的全天地的擁抱。

神話裏，水神共工反抗黑帝顓頊的統治，與之奮戰，敗北，怒觸不周山。不周山本是支撐天與地的天柱，共工撞倒了它，於是天傾西北，地不滿東南，四極廢，九州裂，山火蔓延，洪水氾濫，猛獸食人；女媧觀見這片殘破世界，遂煉五色石以補天，斷鼇足以立四極，殺黑龍以濟冀州，積蘆灰以止淫水，人類才又獲得安居[2]。女媧補天的五色石象徵雨過天晴之後，天邊一彎五彩繽紛的彩虹[3]，虹的絢美柔麗，不也就是女媧悲憫人類，出人民於水火的不忍之情麽？也是對女媧這份深情的體認，〈紅樓夢〉中百結情緣、闖蕩情劫的賈寶玉，在作者安排下，乃是青埂峯下，女媧補天所遺留下的一塊頑石[4]，一塊自始卽爲情冶煉而成，千百年來執情不化、積情成劫的頑石！

原來，天地的開闢與整建，自始，卽是一部發動於情的歷史。

〈莊子〉書中鑿渾沌的寓言裏，渾沌死的結局，是令人觸目驚心的一記響雷[5]，它不只宣布中央之帝的死亡，更是人類誕生之前，完足自倚之體的死亡。七日鑿渾沌的過程，一層層剝去素樸的外衣，一寸寸顯露七竅的模型，一如今之藝人雕塑人像，在樸木之上施展刀斧，屬於原始的素樸隨著敲琢的聲響、紛落的木屑，一分分消逝，當藝人落下最後的斧鑿，樸木不再是自然的樸木，已是人間的藝品，當儵與忽第七日的工作方方結束，渾沌不復渾沌，而是七竅玲瓏的人間嬰兒了。

人——鑿破渾沌後的嬰兒——除卻具有可視、聽、食、息的七竅的新形象，同時也具有視、聽、食、息的能力與需要，而這份能力的發放，與需要的滿足，使得人不再是完足自倚的個體，與物有所對待、有所倚附。自此，開展了官能運作的旅程，一路去探訪山青水綠的消息，去聆聽天籟地韻的音律，去接納膏壤雨澤的滋養，也去參予風廻氣轉的循環，物色入人，心亦搖焉，心靈遂也是天地間的旅人，挹取著萬千情緣的交會。感官除卻它生理存在的價值，更是人類心靈對外的通道，它的雙重身分，將人類與自身之外的世界繁密地綰結在一起，於是人不再蟄伏於渾沌如鷄子的亙古黑暗裏，從封閉中走出，與新世界照會的剎那，光亮便在一點心念的感知中爆燃，溫暖的情是燃燒不盡的薪火，綿綿地傳遞下永恒的火焰。

然則，情是何物呢？

我們試看它命名——情——的文字意義，〈說文解字〉中許慎云：「人之侌气有欲者，从心青聲。」這一解釋融合了〈禮記〉「禮運」與〈孝經援神契〉的二段文字，「禮運篇」云：「何謂人情，喜怒哀懼愛惡欲七者，不學而能。」〈援神契〉云：「性生於陽以理執，情生於陰以繫念。」[6]漢代學者喜歡以陰陽立說，而〈援神契〉的說法相當逼近我們體驗上的眞實感覺，是十分令人欣喜的；「衾」字給人柔婉纏綿的聯想；依形聲多兼會意的現象，「靑」字也有美好的暗示[7]。此外，王充〈論衡〉「本性篇」：「情，接於物而然者也。」〈關尹子〉：「情，波也；心，流也；性，水也。」也各指出情的部份特性。這些解說爲我們描繪出「情」字所指的約略輪廓：不學而能的，與外在人、物應接時，所自然萌生的一份美好而纏綿的牽掛，具有喜怒哀懼愛惡欲等的表現形式。

喜怒哀懼愛惡欲是單純的情緒，它落實在具體的人事關係上，透過各種殊異的人倫關係，交織成繁密的情波，在人海上湧蕩。「聖人忘情，最下不及情；情之所鍾，正在我輩。」[8]是一樁莊嚴而澄淨的擔當。

鴻濛旣闢，人身卽是無數情種，本此體悟，我們遂能從不自覺的踐履中，稍稍抽離，觀照這份莊嚴的情愛，看它在人世間如何萌生、發放與投射，如何在不同的際遇來往中，作著眞誠美好的奉獻：面對廣土衆民，我們存有溫厚的悲憫，一切水月一月攝，一性圓通一切性，我們以一己的生命，去感通、去擁抱天地間一切有情。骨肉之間，是一種植根於生命初胚的情愛，無論獨立的形軀如何發展變化，卻始終無能拂平這份內在至深的牽扯。朋友的交往，不必先天血緣的維繫，在後天的應對中，感知交契的喜悅，情便當下燦然。兒女的情愛，發動於圓滿的渴望，漂泊於圓滿的追尋，亦惟將安頓於圓滿的歸宿，在起點與終點之間盤桓，呈現各種姿彩。而種種情愛，無論對生民、親人、朋友、夫妻，以及由它們擴充而出的對象，付出的都是一種永恒的承諾，超越時空的座標，駐守著恒定的身影。

傳統文學作品中，爲人間情愛留下無數見證！

一切水月一月攝

人間最淵博的一份關懷，應是對有情世界的全然入心。

當思及耶穌從容地以十字架爲其正位，以璀燦的鮮血霑溉愚昧的子民時，我們凜然驚動，不只是自己因祂而得救贖的感恩，而爲了那份從容裏包含的無限的愛。

當念起釋迦牟尼佛捨離繁華，四處宣法，曼妙的梵音吟唱著大千的苦空，我們豁然下淚，不只是自己因祂而有解悟的感激，更爲了那份同體大悲，無緣大慈裏包容的無盡的情。

在我們的國度裏，沒有如此嘔心瀝血的宗教傳統，然而二千五百年前，孔子即提出「仁」爲人之最高評價，孟子也曾平靜地述說：「仁者愛人。」[9]一種人心的普遍事實，始終貼切地蘊存於國人的日常言行舉止，也在文字中留存他們的眞摯。今日，我們來看傳統詩文載現的這份普遍的人間關愛，與其說是虔敬的宗教情操，不妨更直接地說是生命的開放，以一己推向無限，以一顆熱切的心擁抱世界，有如澄天皓月，遍攝一切水月般吧！……

黃昏的光暈漸漸消褪，輕風拂動，蘆荻在岸泮水中畫滿了朦朧的亂影，亂影又漸漸沒入黑夜的潑墨中。時間悄悄地轉移，一縷堅韌而幽柔的樂音占領著潯陽江頭的夜色，也占領著白居易與所有旅客的心境，琵琶內結的哀怨，與外發的沈肅，弦弦掩抑中，結合著人心的孤寒淪落之感，流蕩復流蕩。「東船西舫悄無言，惟見江心秋月白。」江心倒映的秋月以一片清清冷冷的素白，見證著飄泊的旅人在人間道上輾轉的清冷[10]。

漲潮的春江，浪潮捲裹著年少的夢幻奔湧向前，依依嫋嫋地擺動裙裾，一波波地相互追隨，便起起落落地劃滿了溫柔的潮痕。初生的月色投映在水面，在漣漪的廻輪中，展現著一片浮光躍金的光影。夜漸深了，江水靜靜地流，宛轉而纏綿；斜月依依西行，靜定而多情，「斜月沈沈藏海霧，碣石瀟湘無限路。不知乘月幾人歸，落月搖情滿江樹。」江與月沈靜地交會，張若虛所見的春江花月夜，始終是朦朧的美麗[11]。

中秋的夜裏，黛玉與湘雲避開凸碧堂的人羣，逕往凹晶館行去，池沿上一帶竹欄相接，天上一輪皓月，池中一個月影，一縷悠揚淒傷的笛音幽幽勾勒出寒涼的氣氛。湘、黛二人聯詩爲樂，及至「盈虛輪莫定，晦朔魄空存；壺漏聲將涸，窗燈焰已昏；寒塘渡鶴影，冷月葬詩魂。」浩月銀光便化成瀰天的冰雪，紛紛降臨，籠覆過山水池閣，也掩覆了敏銳孤寂的心魂，一種奇譎淒楚的冷豔，是那夜裏的月色，也是那夜裏的人情[12]。

六朝繁華，金陵王氣，曾是一場熱鬧而浪漫的夢，一如夜夜東昇的月色，迷戀地撫觸過重閣疊樹連霄漢的宮庭，照臨畫舫聲歌不絕的秦淮。夢後，景物依舊，山河故我，江水依然有潮汐漲落，「山圍故國周遭在，潮打空城寂寞回；淮水東邊舊時月，夜深還過女牆來。」水邊明月，依然以它浪漫溫柔的光色，照臨金陵城牆，投映秦淮河中，秦淮河的水月遂經歷著金陵王城的繁華與傾頹[13]。

白居易所感傷的清冷，張若虛所思懷的多情，曹雪芹所鐫刻的淒豔，劉禹錫所驚訝的滄桑，是一一相殊的月魂呢？還是一月的化身？

「一性圓通一切性，一法遍含一切法，一月普現一切月，一切水月一月攝。」佛偈如斯提示。

浩瀚的宇宙，月只唯一，它照臨廣漠的空間，也籠罩悠邈的時序。秦時明月可以照映漢時關，也可照映民國的蘆溝橋，作每一位熱血壯士的見證；秦淮的明月，可以同時在西湖、在洞庭、在有水的千江，覓得它的千千化身。在相殊因緣的會合之下，它們或許有不同的面貌展現；在心思相異的人情感識中，它們或許有不同的聯想啓引，但是，千古流轉，同是唯一不死的月，千江映照，同是唯一多情的月。

而我們更關切的是，我們的人生呢？是否果如「一切水月一月攝」般？「一性圓通一切性」呢？無論劉禹錫所驚訝的滄桑，曹雪芹所鐫刻的淒豔，張若虛所思懷的多情，白居易所感傷的清冷，莫非都是同一種生命的本質在相殊境域中所幻化而生的情意麼？所以今日的我們讀「石頭城」、〔紅樓夢〕、「春江花月夜」、「琵琶行」，或者面臨類似的情境，也才有感會他們的滄桑、淒豔、多情、清冷的可能。生命的共通本質爲月，我們的身軀是水，我們的私情，原是月印萬川，我取一影的水月。

如斯，並不意味吾人生命、情意在發放當下的不得自足與圓滿，亦不否認個人生命的風姿相殊。在個人的因緣際遇裏，本此共通之性，可以反應以不同之情思舉止，全天下一太極，物物亦自是一太極，一一水月配合周遭的環境，自成一片獨立的風景，一一人性配合時空的境遇，自是獨立的風姿。另一方面，它令我們能通過自身的感覺，去體會其他生命，去設想他們的情境，我們的情也才不是封閉的自戀，通過了解、設想、湧生眞摯的悲憫，一份莊嚴的生命的共感，結合了有情世界的人、物，超邁時空的隔絕，隨著心念的交契，便一路滋生著靑靑情誼，這是人間情愛的溫厚處。

「民吾同胞，物吾與也。」[14] 一向是中國士人的懷抱，對於天地萬有皆存親切的認同，在具體的行事上，或是文學藝術的表現，始終是一脈強韌明顯的傳統。屬於大地之歌的《詩經》，或寫生民的農桑生活，或寫征伐的戰績與心情，甚至男女歌詠，莫不顯示著純樸溫厚的胸懷。即以「豳風‧七月」爲例，寫時序推移中，農家的勞動進程與心情，在和緩周詳的鋪陳裏，那不只是一個農民家庭的紀錄，彷若便是整個民族都參予了這一個身體與心靈的活動。那觱發的寒風、栗烈的寒氣便襲擊著我們，那汗水與淚珠便滾動在我們的額頭、頰上；田間采荼穫稻的身影，是每一個強健耐勞的壯丁；埂上提壺攜饌的殷勤，是每一家婦子的心情；徑旁提籠忘采桑的凝思，是每一位女子的癡情；而歲暮冬藏，舉觴稱賀的欣喜，更是每一家、每一歲的圓滿……廣土衆民的同命之感，在那時已深深根植著。

後代對於衆生的關切與悲憫，絲毫不曾稍息，這份觀照天地人的心情，發展爲二系相殊的情懷：一則著眼於現實世界的困阨流離，一則著眼於自然民情的從容親愛。

相對待於理想世界的現實，總有許多不堪不忍處：生命的衰竭、抑鬱與漂泊，親身領納，固然是一種傷害，而當我們放眼四周，察覺到無數的生命，正一步步艱難地顛沛在人生道上，悲嘆如何能止？哀歌如何能止？漢魏古詩中對於時歲推移所產生的悲情，感慨十分深沈，試讀其一：

去者日以殊，生者日以親，出郭門直視，但見丘與墳，古墓犂爲田，松柏摧爲薪，
白楊多悲風，蕭蕭愁殺人，思還故里閭，欲歸道無因。

人來人往，世代冥滅，人生如何能逃離生死的輪轉，突破死生大限呢？生、老、病、死原是自然的現象，但在追尋永恒安頓的人世，「夕暮成老醜」[15]、「奄忽隨物化」[16]都不是超然可解的現象，而是違拗了人生意願的變故。尤其死生大變，辭離平生所親所愛所知所感的一切事物，跌入一團無可知、無可想的空茫中，於是，對於熟稔世界的眷顧，對於未知世界的恐懼，與在時空坐標中遍覓不著定點——生時的家居與死後的丘墳，俱非永恒的歸宿，盡在滄桑之變中流轉——的不安，交雜成人們觸及「死亡」這一概念時，普遍湧生的悲情，既傷逝者，行自念也，亦是對所有必然步上此途的人羣的哀感。

生命本身的成住敗壞，已是令人難堪的處境了，若再加上人爲破壞因素，傷痕也越發深刻，偏是人類的愚癡一日不滅，彼此的傷害也就不會終止；戰亂流離、貧窮困苦也就是每個世代不免的悲劇，對悲苦衆生的不忍之情，也世代流蕩在每一位有情人的心懷。漢魏之際，世局擾攘，戰亂迭起，建安文人卽有許多悲民之作，王粲的「七哀詩」是我們熟稔的代表作品：

西京亂無象，豺虎方遘患，復棄中國去，遠身適荊蠻，親戚對我悲，朋友相追攀。

出門無所見，白骨蔽平原，路有飢婦人，抱子棄草間，顧聞號泣聲，揮涕獨不還，
未知身死處，何能兩相完。驅馬棄之去，不忍聽此言，南登霸陵岸，廻首望長安，
悟彼泉下人，喟然傷心肝。

人誰無戚友，誰無親子？生離死別的愁慘，無論發生在自己或路人身上，都同樣逼入詩人胸懷。詩人的眼觀照著大地的苦難，詩人的心擁抱著大地的生民，詩人的情也包容著苦難大地的生民之憂樂，范仲淹在「岳陽樓記」中所自許的：「先天下之憂而憂，後天下之樂而樂。」與其說是政治家的熱誠，毋寧說是文人眞切的情懷。

這份文人情懷，在歷代的文學作品裏，都有十分深刻動人的表現。再以唐代爲例，詩聖杜甫所以贏得後人無限敬重，除了創作形式的完美，更重要的是他寫實詩風所流露的仁民愛物襟懷。生逢安祿山之難，親見亂事始末，對生民的一腔悲憫，使他自然地走向寫實路線，「兵車行」、「奉先詠懷」、三吏、三別等都有極其動人的描寫。杜甫的詩作一方面作著事實的描述，如「石壕吏」：

暮投石壕村，有吏夜捉人，老翁踰牆走，老婦出門看。吏呼一何怒，婦啼一何苦。
聽婦前致詞，三男鄴城戍，一男附書至，二男新戰死，存者且偷生，死者長已矣。
室中更無人，惟有乳下孫，孫有母未去，出入無完裙。老嫗力雖衰，請從吏夜歸，

急應河陽役，猶得備晨炊。夜久語聲絕，如聞泣幽咽。天明登前途，獨與老翁別。

直接將史實呈現在讀者面前，在現實層面上，詩人無能爲力，唯有與王粲「驅馬棄之去，不忍聽此言」一般，看著悲劇發生，而自己還得走上自己的途程；然而另一方面，詩人也湧現著他蓬勃的濟世理想，如「茅屋爲秋風所破歌」：

安得廣厦千萬間，大庇天下寒士俱歡顏，風雨不動安如山。

「解憂」：

減米散同舟，路難思共濟。

這份積極意念的燃燒，點燃寫實文學的希望，免於絕對悲觀晦暗的沈淪。加上「朱門酒肉臭，路有凍死骨」（「奉先詠懷」）的對比諷刺，已開啓了稍後的元白社會詩派功能觀的先聲。標舉「文章合爲時而著，歌詩合爲事而作」（「與元九書」）的白居易，力倡社會寫實，在「寄唐生詩」中寫道：

我亦君之徒，鬱鬱何所爲？不能發聲哭，轉作樂府詩。篇篇無空文，句句必盡規。

功高虞人箴，痛甚騷人辭。非求宮律高，不務文字奇，惟歌生民病，願得天子知。

……

明朗地以對生民的悲憫與助益，作爲文學存在的唯一理由與目標。在此，我們無意論辯白氏文學觀的偏頗與否，要指出的是：歷代寫實文學的產生，都是指向生民苦樂的關懷，除卻詩文，中國的小說、戲劇、傳奇作品，同樣漫溢著人世的關愛。

對衆生的關切與悲憫，除了發展爲面對現實世界的困阨流離而生的悲慨，另外一種情懷，則從現實逼仄中覓得一隙超解，著眼於自然民情的從容親愛，擺落愁苦的污染，肯定澄淨生命中存有的平和親愛，以感激的心情去欣賞、去加入。陶淵明是很好的典型，他將自身歸屬於自然大我，從容地品會流動於天地之間的生意，淡淡的欣趣，淡淡的人情，卻是最深睿淵容的喜悅與情意，我們試看他的「移居」：

春秋多佳日，登高賦新詩，過門更相呼，有酒斟酌之，農務各自歸，閒暇輒相思，相思則披衣，言笑無厭時，此理將不勝，無爲忽去玆，衣食當須幾，力耕不吾欺。

對人情、天道付予全然的信任，淵明所以備受後人推崇，不只在平淡，不只在率眞，更重要的，應是在他的與天地生民交融合流的境界的提示。

這份對生命的關切，不但施諸今人，尙且上追古人，下被來者，歷史上的人事皆是我觀照的對象，歷史上的缺憾不幸，也牽扯著詩人多感的心魂。無論中外，詠史都是文學的重要題材，而中國的詠史文學卻未如西方般，發展出一套敍事的傳統，反而多轉化爲詠懷，而成爲中國抒情傳統的重要環結，關鍵在作者投入了濃烈的情緒，抒發情緒的意願遠超過描述史實的興趣。這種情緒的主要內容，一是以歷史事件作爲隱喻的自傷，另一便是對古今人事的關切入心了。劉長卿的「長沙過賈誼宅」：

三年謫宦此棲遲，萬古惟留楚客悲。秋草獨尋人去後，寒林空見日斜時。漢文有道恩猶薄，湘水無情弔豈知。寂寂江山搖落處，憐君何事到天涯。

將自傷融入傷古的情緒中，詩人上契賈誼、屈原，交融了三人的悲情，亦是所有逐客的悲情，自憐憐君，「憐」字正道出了詠史詩中時時蕩漾的心情。

最後，我們嘗試考察中國文學中對物的情感。以韓偓「惜花」、王沂孫「齊天樂」爲例，一寫落花的傷心情態，一寫秋蟬的淒苦形貌，作者以旁觀之身，作眞切的體會。我們常以想像或設擬的修辭法來解釋這種超越個人情緒，宣示普遍現象或情感的作品表現，這是從文學作爲藝術的一種形態的觀點來解說，我們更願指出另一觀點：文學是生命的表現，想像與設擬的可能，原是基於生命中聯通物我的悲憫情操。

或許有人懷疑：類似「惜花」、「齊天樂」之作品，純是詩人以自我情緒強加諸物，花何嘗傷心？蟬何嘗淒苦？如此又得展開一場莊惠魚樂之辯[17]了，而結論亦終如莊子的回答：「我知之濠上也。」莊子見儵魚出遊從容，揆諸己情，若自己也出遊從容，則覺愉悅，故自然感知魚樂。這份愉樂的色彩，不是由莊子強加於魚，而是魚以它的形容，召喚起莊子生命中一縷熟悉的感覺，也唯有開放戶牖，與大地生氣流轉溝通的生命，才能有如此親切的照會。韓偓、王沂孫的詩作亦復如此，花的零落、蟬的聲貌勾起了生命底層的情感，這份情感非我私有，應是所有生命的共同感覺，故花應覺傷心，蟬應覺淒苦，花、蟬的傷心、淒苦，眞實地存在風雨中、枝椏上。換言之，詩人即在那辭枝淪落的花紅，驚恨枯瘦的秋蟬身上，去感覺如此生命場景中所普遍存有的感覺。我們若以生物學的觀點，硬去畫分人我、物我的界限，一如惠子的名家心態，硬要去詢問非人的動植物自身是否有與人一般的心靈運作能力，一般地面對變遷、摧折的反應，無論答案如何，那是絕對無法與作品相應的心態，只因作品的抒發，是出自作家肯認有情世界的溫厚情懷。

骨肉的牽執

人間情愛的關注，落實於具體、固定的個人，構成一種恒定的關係，那便是各種倫理之情了，其中，最先建立的，應是我們來入人世，最先親近的親人了。孟子曾就現象上提煉隱含的道德精神：

人之所不學而能者，其良能也；所不慮而知者，其良知也。孩提之童，無不知愛其親者，及其長也，無不知敬其兄也，親親、仁也；敬長、義也；無他，達之天下也[18]。

指出人對父母兄弟的感情，是天性最自然的牽扯，而這份自然的天性，在道德的指向上，是上揚提携的力量，作爲仁、義的根基。我們姑且放下道德價值的評審，這親親敬長的良知良能，本身就在天地間寫滿美麗動人的詩篇。

在某一因緣交會後，我們便携著父親的贈予來依附母親，血脈流轉，精氣交通，分享著母親生命的膏脂，一滴滴滋榮了血肉，一分分茁長了筋骨，以擁有獨立的形軀；這獨立後的形軀，血脈中流動的仍是曾在母親身上的鮮血，精氣廻蕩的仍是父母曾經熱切的呼吸，我們的骨與肉，也原是父母身上的骨肉，在捨離的大願之後，在他們身外，重新組合的結構。我們與父母原是同一骨肉，雖然在人世的因緣際會裏，各自成就著殊異的生命風姿，彩繪所依的素質卻是同一，所以〔呂氏春秋〕「精通篇」云：「父母之於子也，子之於父母也，一體而兩分，同氣而異息，……雖異處而相通，隱志相及，痛疾相救，憂思相感，生則相歡，死則相哀；此之謂骨肉之親。」也因此咬指心疼的感應，不是漫無依據的想像，不是虛幻無憑的神話，而是人人心中可以經歷的悸動。我們對於親子間的關係，也始終有這骨肉無間的體認，而不止於施恩、報恩的主客體的相對詩。親子之外，兄弟的關係亦要納入骨肉之親的範疇。各人自領一份父母的骨血，而它們原是同屬於父母，同一骨肉的分化，傳統以「手足」

稱喻兄弟，十分貼切深刻，父母是軀幹，而兄弟是手足，共同組成一個不可支解的人——骨肉之親。

〔封神傳〕中，哪吒原是太乙眞人的弟子，投胎陳塘關李靖爲子，作爲姜子牙破紂輔周的先行官。他性情剛烈衝動，先後傷死數人，闖下禍端，四海龍君奏准玉帝捉拿李靖夫婦。哪吒凄然落淚：「子作災殃，禍及父母，其心何安？」於是挺身而出，宣言：「一人行事一人當……我今日剖腹剜腸，剔骨肉還於父母，不累雙親。」終自剖其腹，剜腸剔骨，散了七魄三魂，一命歸泉[19]。

雖是小說家者言，卻充分反映了傳統羣衆的心理。縱是神仙界人，要到人間完成一番功業，仍是要先透過人世的倫理關係，爲自己尋著一個定位，這人倫關係的形成，仍是支領父母的骨肉氣血，來支拄出一個活潑蹦跳的人。固然哪吒的死含有虛幻的成份，日後又現蓮花化身，但「剔骨肉還於父母」，卻是一極其嚴肅的心情。這一自戕的擧動可有三重意義：一是殺人償命，以息人之怒；一是恩情的償還，這形軀獲取之恩，還須以形軀的消逝歸還，作爲完全的回報；另一則是父子關係的中絕，如斯則雙親不必受我牽累。然而，父母骨肉既已捐出，我們如何可能重予歸還？哪吒之擧，只是捨棄了這人世的具體牽扯，恩情償還固然是虛，而父子的倫常關係，在他的蓮花化身之後，也依然延續了下去。作者的安排是頗具巧思的，先以骨肉來貞定父子的具體關係，再進而說明骨肉之親，超越了骨肉的付與取，超越了恩情的施與報，而是永生永世內在的牽繫。

親子關係最初形成時，必然是子女對雙親的絕對依賴，衣食所需取諸父母，言語舉止學習父母，情感的發放、心智的開展亦端賴父母的啓引，而童稚的笑語、嬌憨的神情是對鞠養之恩不自覺的回報，親子之際交流著溫馨單純的情意，在平淡中成就著人間的幸福。左思「嬌女詩」賞愛女兒的嬌憨情態，流露出爲人父母者的一片喜悅與自豪。

如若這份單純的愉悅，緣於某些因素而不可得，父母無法以强壯的雙臂扶持兒女平安健康地長成，受傷的不只是幼弱的子女，更是父母的心境。戰亂、飢荒種種因素，迫使本應溫馨的親情產生扭曲、變折，人間便時時充塞著這份不得正道發展的悲怨情緒，此一父母對子女抱持的至痛的憾情，便也激湧爲一字一淚的訴說，成爲文學中的變徵之調。我們試看杜甫「奉先詠懷」中的一段文字：

> 老妻寄異縣，十日隔風雪，誰能久不顧，庶往共飢渴。入門聞號咷，幼子餓已卒，
> 吾寧捨一哀，里巷亦嗚咽，所愧爲人父，無食致夭折。

人事的毀變，到幼子夭折、愧爲人父到達顚峰，親子之情的濃烈，在現實無情的橫決下，無能順流渲洩——順流而下，可以流成一道美麗溫柔的長江——唯有廻流激撞，捲起一波波憾

退的浪濤。

孩提漸免於懷抱，開始與外界接觸，父母除卻呵護關愛，純粹感情的加被外，也開始誘啓心智，培養應對世事的能力，與高瞻遠矚的胸懷。「望子成龍、望女成鳳」是天下父母普存的理想，龍、鳳不必是固定的某一模式，它代表著人性中可能上揚的最高境界，與蘊藏的能力所能發揮的最大極限，人不都應往高曠處攀昇麼？同時，我們也都希望這上升的路途順遂平安，人世難免風雨，應接之際，父母曾經領納了身心的疲憊與傷害，總希望子女不再步上後塵，不再嘗受這份苦，希望伴著他們的步履，一路有晴朗的麗日和燦爛的花朵。雖然世途坎坷如常、顚躓如常，千年來卻不曾稍減父母這份關愛子女的熱切。蘇軾「唯願孩兒愚且魯，無災無難到公卿」是一種代表心境，愚且魯，則不招神人忌害，君不聞「美服患人指，高明逼神惡」[20]？在愚魯憨厚的保護下，擁有途程的平安；到公卿，則是對途程標的的指望，亦卽「望子成龍」的心情。當自身伶俐敏銳，走過憂患的風濤歸來，如此的期望，除卻愛子心情，還帶份蕭索。

父母對子女的關愛有多深，子女對父母的眷懷便有多深，是同一份情意的雙向交流。當子女隨著年歲增長，身心日益成熟，不再純然止於不自覺的嬌憨回應，對父母的情感，漸漸的轉爲主動的表現。無論是一種本然心意的促使，或者透過反省後，所作的自我督責，傳統上，我們以「孝」來總稱此情。它被視爲百善之先、萬行之首，自有生民以來，被身體力行的在人間踐履著，也被熱切地在心口詠歎。〔說苑〕中有段記載：

韓伯瑜有過，其母笞之，泣。母曰：他日未嘗泣，今何泣？對曰：他日得笞，嘗痛，今母之力不能痛，是以泣也。

泣與不泣未曾在韓伯瑜心中猶豫掙扎，以往有過受罰，是自然的因果，疼痛可以自然地接受、放下，是以不泣；今日有過受罰，疼痛本也可以放下，然而放不下的是受笞之際，陡然感覺出母力減弱的心疼。母親不都是那麼果斷地裁決是非，那麼强健地矯正偏枉？而今一鞭擊下，卻喚知了母親的衰弱，這大大違反了子女將永恒屬之父母的信念與心願，「母之力不能痛」的察覺，韓伯瑜自然下淚了，這是無數子女不忍父母勞苦、衰暮的典型心境，同樣的淚潺潺流過天下兒女的心中與臉龐。

每一個人反顧成長的經歷，父母生養鞠育之恩，必然是其中主要的內容，也是每一個人必然湧生的感念。〔詩經〕「小雅・蓼莪」：「父兮生我，母兮鞠我，撫我育我，長我畜我，顧我復我，出入腹我。」對父母的恩情，已作了十分體貼的反省，「欲報之恩，昊天罔極」的感慨，也隨著每一人心的反省湧生著，督促著回報的行動，這一理智的省察結合了本然骨肉的親愛，作爲每一份孝心、孝行的基石，蟠守人心。當我們讀到李密「陳情表」：

但以劉日薄西山，氣息奄奄，人命危淺，朝不慮夕，臣無祖母無以至今日，祖母無臣無以終餘年。

心中湧動的酸楚，絕不止於對李密祖孫的孤寒身世的憐憫，李密對祖母——在他心中，祖母同時兼具父母的身份——衰暮的憐顧，祖孫相互依倚的同命感，恩情領納的感激，恩情回報的自覺，一一是人心普存的蟠石，在退去追逐功名利祿的浪潮後，磊磊地浮現出來。李密「陳情表」爲我們揮去了俗塵的浪潮，同時發掘了汩汩淚泉，「讀陳情表不哭者，非孝也。」[21] 原是針對各人自我發掘的深淺而言。

雖說「誰言寸草心，報得三春暉」[22]，然而勉力行孝卻是我們本然有、本應有的心意。日常的晨昏定省，奉食服勞、悅色承歡等，並不是外來强加諸身的教條規範，而是內在發之於心，達於四體的表現，在歲歲月月的、廣土衆民的踐履之後，凝結爲一份禮，自然普遍地流露在人間。也因爲它的平實，較少被作爲特立事件而歌詠，卻常常被安排作爲其他事件的背景。它雖不驚心醒目，卻堅靱沈厚地支拄著人物生命的展現，能孝則堂堂正正地挺立，不孝則爲世人共棄。太史公所以信任李陵，爲之陳言而被刑，在於李陵有國士之風，而「事親孝」是其要素之一[23]；吳起有赫赫軍功，白居易所以深責「其心不如禽」，在於他「母歿喪不臨」，未盡孝道[24]。〔鏡花緣〕中，豐富的想像、深刻的諷喻，固然是作者著力之處，而全書骨幹實建立在唐敖離家不返，閨臣千里尋父的事件上；又如東口山逢駱紅渠、君子國遇廉錦楓……一一才女的會合，多以「孝」字爲因緣[25]，是知孝爲〔鏡花緣〕一書之隱脈。

「本是同根生」的認定，兄弟之間的綢繆親愛，也深深鐫刻在每一寸骨肉髮膚，兼以生長於同一環境，接受著同樣的教育熏染，共同經歷憂樂的波動，相親之外，每還存有相知相惜的情懷。〔詩經〕「小雅・常棣」：

儐爾籩豆，飲酒之飫，兄弟既具，和樂且孺。
妻子好合，如鼓瑟琴，兄弟既翕，和樂且湛。
宜爾室家，樂爾妻孥，是究是圖，亶其然乎。

描寫兄弟和樂，家室合宜，洋溢著溫馨圓滿，實爲人間樂事。然而人生每多乖意，兄弟雖如手足，終是各自獨立的個體，如何能保長相聚首？世事的浮沈、生命的變化，每使兄弟既翕成爲懸想。面對別苦的場景，或者便將自己沈浸於哀惻憤激的心情；或者故作豪語，以自寬解；或者從人世無常的磨難中超脫，以一種洞見的智慧來接納；回應的態度雖異，但兄弟之情的纏綿貞定是共同的。它們可分別以蘇軾「辛丑十一月十九日既與子由別」、曹植「贈白馬王彪」、蘇軾「東府雨中別子由」作代表。

骨肉之親的分別，若是永久的捨離，通過死亡，將骨肉還歸大地，還歸最原始的母親，那麼，骨肉之情是否隨之中斷呢？答案自然是否定的，死者雖已矣，生者長惻惻。在中國文學中，少有父母謝世，直抒悲悼之情的作品，並非親子之情止於死亡，而是逢遭大變，子女心情橫受摧折，在萬丈深淵中冷冷地墜落著，如何提得起椽筆爲文？待到平靜稍復，才有部份追記父母生平行止的文字出現，如歸有光、張惠言之「先妣事略」、歐陽修之「瀧岡阡表」。當我們疑惑於悼親文字的稀少——相對於悼念他人而言——許多史籍上，人們因丁憂而形銷骨立，哀毀逾恒的記載[26]，可以作爲適當的辯解。父母祭悼子女的文字更爲稀少，白髮反送黑髮，違折人世之常，當事人心中的悲痛自不待言，而因悲痛轉生對天道訛錯的憤恨與指控，也常爲此類文字的主要內容，彭孫遹的「感事」[27]可以爲例。兄弟悼念之文則較常見，潘岳「哭弟文」曰：「視不見兮聽不聞，逝日遠兮憂彌殷，終皓首兮何時忘，情楚惻兮常苦辛。」道出死生乖隔的淒惻。這份永訣的傷痛外，尙有一些成長過程中憂樂的記憶，唯有骨肉之間可與相識會心，而這會心的溫慰也隨著一方之逝，一併失落了，轉爲孤涼的淒梗。袁枚「祭妹文」於此有十分深沈的感喟：

凡此瑣瑣，雖爲陳迹，然我一日未死，則一日不能忘，舊事塡膺，思之淒梗，如影歷歷，逼取便逝。悔當時不將嫛婗情狀，羅縷記存。然而汝已不在人間，則雖年光倒流，兒時可再，而亦無與爲證印者矣。

生活裏唯有親人參知的細微瑣事，每每在無意中駐留心底，成爲回憶中閃動著召誘光輝的秘密。骨肉平安和樂，這份召誘原是一片麗日淸風；骨肉若有殘缺，這召喚便是喚淚的陰風愁雨了。

骨肉之情不止及於父母兄弟，擴而充之，凡親族尊長，我們莫不存有一份親敬關愛。在家族觀念根深柢固的中國社會裏，親族之愛是不容忽視的堅實力量，對內護持著每一位成員的平安，對外作爲組成國家社會、應對世事的單位；所以修身之後的外王工夫，並不是直接治國、平天下，而須經過齊家的階段[28]。齊家是親族之愛中正平和地發用效果，非生硬的理性規制，由人情出發，自然地調適有理，則家齊；情亂而無理，則家不齊。〔紅樓夢〕一書，姑不論其隱去之眞事爲何，它明白敍說的卽爲一部家族興衰史。寶黛情緣的聚散、賈府的鼎盛與式微，是書中二大主線，而一切情節莫不環繞於家族的人際關係開展，家族人情理亂，曹雪芹付予了最大的關切，也付予了最深切的感情。

無論是親子、兄弟或家族的感情，基本上都是對所從出根源的回歸與肯認。倘若這項根的認取，不落於固定的個人，而指向沈靜厚重的大地，則這骨肉之情便轉化爲另一種型態：對「故鄉」的眷念。

自古，大地的遊子，當跨出的步履不再落實於熟悉的故土，當眺望的心眼不再掬滿親切的風物，一首幽幽的戀歌便浮自心底：「憂心慇慇，念我土宇。」[29] 唱著人心最深摯的一番眷顧，與心眼最急切的一份想望。而後，千百年來的子孫傳承著這份思鄉的情感，繼續在陌生的土地上漂泊，鄉愁遂在時空的累積中，蘊釀成醉人的醇酒，饜飫著每一位遊子的夢魂！在迤邐多舛的世途上、浩瀚無垠的風雨中浪跡，遊子所感受的悲情，一方面起於面對無盡的時空變化，個人的孤孑與不定；一方面起於面對人世種種歷練——亦即離鄉的因素：遊宦、戰亂等。在個人的無奈與挫傷交融起的寒涼中，家鄉是心中燃亮的燈火，是方寸間晴朗的天地，一片也無風雨、也無霜霰的小小宇宙，讓生命作最平寧的止息，一如嬰兒依倚於母親的懷抱。所以漢朝樂府在「念吾一身，飄然曠野」的孤涼中，必然「遙望秦川」，渴望家鄉的溫慰[30]；王安石在「坐感歲時歌慷慨，起看天地色淒涼」的悲慨中，也必然「歸夢不知山水長」，期望在家鄉稍作安息[31]。

有風雲，便有離鄉的遊子；有流水，便有漂泊的客舫。不歸的浪子是自古傳下的行業，能如張翰[32]毅然歸鄉者，畢竟少數，鄉愁便也是一闋歌吟不盡的哀曲。現實生活中既未歸鄉，客地思鄉的情懷又無計可消除，便醒則「遙望」、寢則「夢歸」了。

夢，超越現實的時空，一夕之間，可以往返千里萬里，穿越羣山重水，現實種種時空的橫阻，遮攔不住魂夢的飛馳，於是積鬱的鄉愁入夢，催促著歸鄉的步履，尋訪記憶中熟悉的溫馨，然而夢終必醒，短暫的溫慰喜悅後，還得面對清冷的現實呢！韋莊的「夢入關」：

夢中乘傳過關亭，南望蓮峯簇簇青。馬上正吟歸去好，覺來江月滿前庭。

正是遊子歸夢的寫照！

春朝秋夕、佳節除夜，在奔波的旅途中、清寂的逆旅裏、望遠的樓臺上，遊子鄉思婉轉，愁心不眠，在抬首、低眉之際，鄉愁來入人心，無可廻避。李白「靜夜思」：「舉頭望明月，低頭思故鄉。」所流露的自然平淡，要從鄉思的纏綿入人處體會。「有情知望鄉，誰能縝不變？」[33] 望鄉的心眼，寫滿對故鄉的眷戀：「叢菊兩開他日淚，孤舟一繫故園心。」[34] 思鄉的悲淚，也閃爍著對故鄉的深情：「亂山殘雪夜，孤燭異鄉人。」[35] 艱難的境遇，固然教人懷鄉；「雖信美而非吾土兮，曾何足以少留。」[36] 客地縱再繁美易居，鄉情原於骨肉血緣的認取，也無可替代。不盡的鄉愁，在有情人世傳蕩，遊子兩鬢青絲，便在悲情的霜霰中，斑白成蕭蕭蘆荻了。

知契的喜悅

人除了是家庭的一份子，同時也參與了家庭之外另一個更廣大的羣體，接觸著不以血緣聯繫的人羣。我們跨出家門，或者讀書求學，或者宦遊營業，迎納著來來往往的人與事；朋友，便建立在這應世的心意上。這應世的心意，理智的成份增加了，表面上，情愛似乎相對地淡薄了；事實上，它們並無互相消長的必然關係，只是不再純任情感作爲唯一應對的主人，而讓它轉作理智的後盾。君子之交，其淡如水，焉知不是翻騰著百千漩渦的平靜波面呢？友情、義氣便是情感與理智結合的另一份人間瑰寶。

親情是與生俱來，自然而然的關愛，我們毫無選擇，不得不爾的去愛戀父母、兄弟、子女，它非外力催促，自我內心湧生強烈力量，便一生都源源不斷地交付。朋友卻沒有這天賦的內在因緣，在我們應對交往中，或多或少通過理智的考察，有所抉擇、有所堅持。我們要指出的是：一有自我意願的加入，無論斟酌衡量之際，或是往後執著的途程，也就存有人爲的刻痕；因此，它有著傷害的潛伏之力。投付與回應之間也只有兩種可能：或者契合，或者相失，而無委屈迴環的可能。

契合是友情的圓滿，若未得此份圓滿，無論是匆匆的路人，或者有意相交，終卻相失的朋伴，嚴格地說，都不是最精意的朋友。未識之前，各自在人海中來往，原是可以「你有你的，我有我的方向」[37]，我們不曾爲路人的摩肩而過，有割捨的疼楚，或挹留的意願；各自自在地行止，原本沒有情分的牽扯。待一朝結識、抵掌立交，便有著理智的認取與情感的聯繫，從此，對方便在自己生命中占有一席之地。在理想上說，一日論交，便也是一生一世的情了，〈古越謠〉對此抱有十分溫馨的信任：

君乘車，我戴笠，他日相逢下車揖。
君擔簦，我跨馬，他日相逢爲君下。

素樸純淨，夾雜不進一粒塵灰，我們對朋友的信任如斯，也對自己有同樣的信任，一來一往的對待，平等而一致，建構一道堅實的橋，成就著理想的友情。然而，這理想卻必須奠立在下列的基礎上：㈠雙方照會當下，已把握得對方生命的整全，這份交契才是眞實，而非隨著更深入的認識逐漸剝蝕的假象。㈡雙方的生命都是貞定的，不以時空的移易或境遇的窮達，而改變了情感的質性。這不可或缺的基礎，在現實人世的交往中，偏偏無法求其必然具備，缺憾遂也不免。相對於前者，在逐漸認識中，發現對方原來並非自己理念中的形象，則對這虛幻形象的一切肯認情誼，全屬蹈空，與現實對方的同應，各在虛實的層面上探索，互成歪斜線；相對於後者，或有生命浮淺，在時空的進展中，迷失了自我的心意，在窮達的衡慮中，拗折了曾經暢達的橋梁。面對這等殘敗的景況，我們是否還忍心接納它們爲友情的一種型態呢？

〈世說新語〉載管寧割席之事[38]，凝塑了管寧淸峻的形象，同時也傳達了双芒的冰冷與割裂的痛苦。理性生命嚴刻篤厚的管寧，陸續發現華歆心性與己的殊異[39]，爲著理性的省定與情感的不甘殘缺，必須決定與華歆割席斷交；双芒劃裂了席次，也同時劃傷他原已接納這份友誼的生命。嵇康與山濤絕交的心情也可以由此體會。山濤曾言：「吾常年可爲交者，唯此二人（阮籍、嵇康）耳。」可見他們的交契，然而嵇康還是忍刻地寫下「與山巨源絕交書」，列舉必不堪者七，甚不可者二，以山濤不能眞切知其性、任其性，而不得不終止這份情誼。沒有人必須爲這事件負責，山濤有他的眞情在，嵇康亦有他的眞情在，只是嵇康發覺有憾存焉，緣於對友情圓滿的尊重，唯有否定它，而忍心地傷害人我了。然而承認友情的殘缺，恐怕是更殘酷的事實。

以上先行劃去偏失不足，藉以凸顯友情的眞切照會。

〔周易〕云：「二人同心，其利斷金，同心之言，其臭如蘭。」[40]作爲關鍵的「同心」，亦即是二人智慮、性情的重合，也是一般常言的知己、知心。四句話籠罩了交遊之際內在的感受與外在的表現：「同心之言，其臭如蘭」，相應的言語，吐納著珠玉的光瑩、與蘭若的芳香，這光瑩與芳香是情誼的質性，相互提供給對方滋潤的感受；「二人同心，其利斷金」，二人結合爲一體，作爲應世的單位，情誼的堅實犀利所向披靡，倘若遇有牴觸的事物，它足以斬斷一切糾葛，矗顯出情誼的軒潔劍魂。

人的最初心靈，都是縹緲的孤鴻，遨翔在自我天地之間，愈深入生命的殿堂，距離同伴便也愈遙遠。高處孤寒中，獨自撥響清清冷冷的音符，用生命去詠唱一首寂寞的樂章；這寂寞或者無人能解，或者有人穿過迢遙山水，來相叩應。二個生命的逢識，畢竟不是一條寬坦的大道；相互深入對方的心靈世界，在嶙峋的山岩間，去感知他的堅執，在甚箭的急湍中，去了解他的變動，在瀟瀟木葉下的肅殺裏，去尋找他明春的消息，需要著些相契的性情與理解能力作基礎。這登山臨水的宛轉途程，充滿了「山重水複疑無路，柳暗花明又一村」的喜悅，而不覺跋涉攀援之苦，緣於對方生命的訪尋過程，如實納入自我生命，成爲自我思想、感情的自覺經歷。因此，伯牙揮弦，子期從容地登峨峨兮之高山、臨洋洋兮之流水，這歷程是伯牙的心路，也是子期的心路，它們無間地叠合著，在抑揚的旅律中，共同領納著生命溝通流轉的神妙喜悅，與參入這份奧秘的悸動。日後鍾子期逝世，伯牙碎琴的擧動，一方面證明二人相得時的完滿愉悅，一方面也透露了士爲知己者死的情懷。伯牙的音樂生命只合與鍾子期同生同死，碎琴的決心，應是後代無數義氣男兒「引刀稱一快，不負平生親」的心境。

友情交流當下，是一片晴朗陽日、璀璨風景：

行則連輿，止則接席，何曾須臾相失，每至觴酌流行，絲竹並奏，酒酣耳熱，仰而賦詩，當此之時，忽然不自知樂也，謂百年己分，可長共相保。

曹丕在「與吳質書」中，作了具體動人的描寫。曹丕所眷懷的，我們所歆羨的，並不在觴酌絲竹，而在酒酣耳熱之際，亦臻鼎沸的交遊情誼。這是天時、地利、人和兼具的盛景，它的存在，深賴於外在因緣的配合。然而時、空每是人力無法自主的要素，曹丕已有「今果分別，各在一方」的感慨，與「何圖數年之間，零落略盡」的傷懷，可長共相保的，畢竟是人世少有的恩寵，更多的友情是乘越著千山萬水，歷經冰霜風沙，堅持過晨昏與春秋，漂泊在時空坐標中，傳遞一縷堅實的溫馨。此類題材的文學作品屢見不鮮，杜甫〈夢李白〉相惜的悲情可以為例：

浮雲終日行，遊子久不至。三夜頻夢君，情親見君意。告歸常局促，苦道來不易。
江湖多風波，舟檝恐失墜。出門搔白首，若負平生意。冠蓋滿京華，斯人獨憔悴。
孰云網恢恢，將老身反累。千秋萬世名，寂寞身後事。

多風波的世途，李杜各是獨憔悴的遊子，卻擁有著類似的偃蹇時運，與奇出的才賦，領納著它們帶來的摧折與寂寞；二人超越了飄逸與沈鬱風格的殊異，超越了摧折寂寞的哀嘆，通過這份共通的體悟，建立眞摯深沈的相知情懷，再通過這份相知，把己身感受的悲切，轉化為對伊人的無限惘惜。又如蘇李贈答的纏綿：

行役在戰場，相見未有期，握手一長歎，淚爲生別滋。努力愛春華，莫忘歡樂時，生當復來歸，死當長相思。

王維「渭城曲」的清淡：

渭城朝雨浥清塵，客舍青青柳色新。勸君更盡一杯酒，西出陽關無故人。

或是顧貞觀「金縷曲」中繫念的淒涼：

季子平安否？便歸來，生平萬事，那堪回首。行路悠悠誰慰藉？母老家貧子幼，記不起從前杯酒。魑魅搏人應見慣，總輸他覆雨翻雲手。冰與雪，周旋久……

作者當時的景況與心境是孤冷的，但在後人的仰望中，它們交織成一片溫熱的光影，成爲人間情愛的一大內容。

朋友關顧之情，表現爲有力的行動，用最具體的擔當來撐出友誼的名義，這份「其利斷金」的剛烈大美，我們稱之爲「義」。

管仲與鮑叔牙相友，二人合賈，分財時管仲多自與，鮑叔不以爲貪，知其親老待養；管仲又曾爲之謀事，事敗不擧，鮑叔不以爲愚，知是時機不利；管仲曾三仕三見逐，鮑叔不以爲不肖，知其尙未逢時[41]。終薦之縲紲之中，輔佐桓公，成齊霸業，這是鮑叔牙淵容的胸懷。關羽旣與劉備推心，後雖蒙曹操賞愛，終夜遁曹營，留下餽贈印信，旣不負劉，亦不負曹[42]，這是關羽坦蕩的行爲。荀巨伯遠探友人疾，值胡賊攻郡，巨伯不去，賊至，巨伯願以己身代友人命，賊知其賢，疾旋軍而還[43]，這是荀巨伯貞諒的擔當。無論他們所面對的考驗是具體的錢財餽贈，或者未可知的才幹舒展，甚至是生命的取捨，他們所表現的行爲，寫著人世的一份美，也是小說戲曲中無數友義故事參考的藍本。

中國傳統上的君臣、主僕之間，固然在社會階層上，有固定難踰的距離，然在實際的應對來往上，卻也不止於理智上從屬關係的認定，與現實利害的職務往返。君對臣、主對僕，每每存有情義的關顧；臣對君、僕對主，更皆加以執著的情義奉獻，成爲一種情感交流的型態，在社會地位差異的背景下，發展成友情的別調，也因這地位的差異，增加了它激宕人心的力道。

知識分子出仕的途程，實卽是知音（器識才學）的追尋之途，最終的知音，亦必然指向最高統治者君主。這份追尋，不只關係著自我才情的被納與否，更關係著經世理想是否實現，甚且億萬生民的安樂與困苦，也在士人的胸懷中攬爲己責，隨著我的進退而起伏。因而未遇以前，士人坦坦蕩蕩地在適當的途程上，表明知賞的渴望；既遇之後，也不只作私情的交流寵報，更以濟世理想和生民的託付，來決定回應君主的言行，我們遂擁有無數擲地鏗鏘的奏議。君主對臣下的情感，也不是私人的愛惡——易流於桀紂式的寵佞與憎怒，知賞其才，更加以職權的託付，我們遂也擁有許多明睿溫厚的詔敕。而國事職權是君主所以爲君主的憑藉，因而君主使臣，實卽是一種開放自己，接納對方登我堂、入我室的擧動；臣下的感恩心態，亦要由此體會，絕非幾品官、數斗米的豢養而已。大家熟悉的劉備、諸葛亮可以作爲君臣情感的最佳典型[44]。君臣既遇後的溝通交往，可從奏議詔敕中訪見；未遇之前的心境，文字也爲我們留下記錄。曹操爲一代豪傑，「短歌行」中：「青青子衿，悠悠我心，但爲君故，沈吟至今。」求才若渴，正是領袖襟懷。劉琨亦一時英俊，「答盧諶書」中：「夫才生於世，世實須才……天下之寶，固當與天下共之。」寫出時窮境困中，士人數才用世的心志。

臣民對君主的情感，在更普遍的情形下，是與國家結合而不易離析的。它們緊密地結合爲一個對象，召喚著人心的牽繫，這牽繫聯結了對君恩的感激回應，對時代現實的憂患，以及由家族、民族、國族一路拓展開來的歸屬情感，臣民對君國遂有著一往不返的深情奉獻。在動亂不安的國勢裏，這一片忠貞的丹心最爲突顯，燃起一盞盞明亮的燈火，照亮幽暗的歷史長廊。

白髮蕭蕭臥澤中，衹憑天地鑒孤忠。阨窮蘇武餐氈久，憂憤張巡嚼齒空。細雨春蕪上林苑，頹垣夜月洛陽宮。壯心未與年俱老，死去猶能作鬼雄。

陸游「書憤」是鮮亮的燈火之一。

主僕的關係類同於君臣，只是遠較後者單純。在雙方的對應上，可以不有才能的計量，日日親近間，自然親切有情，是介於朋友與家人之間的一種關係。傳統社會中，主僕共同生活，納入家族的大圍牆內，以敦厚的心跡相互來往。陶淵明「與子書」：「汝旦夕之費，自給爲難，今遣此力，助汝薪水之勞，此亦人子也，可善遇之。」在「老吾老以及人之老，幼吾幼以及人之幼」的傳統情懷下，主僕作爲人倫的一環。

由於長時的聚處，主僕的默契無形中培養而成，他們常以推心置腹的朋友形態出現，一起經歷著共同的事件，一起領納著共同的人間哀樂，也一起接受共同的未來。「侍婢賣珠廻，牽蘿補茅屋。」[45]是十分令人心動的無言知會，它有時在文人筆下不十分自覺地流露出來，作爲其他主題的背景，但在筆記小說中，可輕易地發現許多以忠僕義奴作爲第一主題的作品，臨危授命、含辛撫孤，我們所見的主人翁（僕）不再是從屬職務的執行者，而是燃燒自己、溫暖對方（主）的一位朋友、一位親人。

圓滿的追尋

太極生兩儀，兩儀生四象，四象生八卦，八卦衍爲六十四，以交化生萬物，衆品紛陳。

宇宙的進化，由一而多，由素樸而紛彩，由渾沌整合而精微剖分。我們在這一片分裂自整全的殘山剩水間穿梭，在分別、認識、思索中，建構著精粗巨細的知識架構，而無論其精粗巨細，一切知識的最終意義，必納入整體人類文化的大結構中加以觀照，始能貞定其意義，亦即一切知識活動，通過細微分殊，必然企圖指向人文大統的呈現。我們的性情漂泊在殘山剩水間，經歷著山一程、水一程的坎坷，領納著風一更、雪一更的寒涼，何嘗不也是在尋求著圓滿、單純的回歸呢？

天地如何開闢，人類如何誕生，都是古老難溯的課題。當太極初動，兩儀肇分，男、女應是此度大分化中的嬰兒，我們不常以男女分屬陽陰麼？他們跨出了艱難的第一步，便引動了以後無窮無盡的生生分化，而堪堪邁步之際，他們卻也同時展開了尋求對方的漫長旅途。太極中，他們無間地和合爲一個圓滿；陰陽既分，各自是殘缺的半圓，在陰陰陽陽萬刼輪轉中，男女穿過紛雜的人羣，追尋、發現唯一的對方，重新結合，去回復最初的圓滿。

這應是一種最爲單純自然、也最具體直接的圓滿的追尋：一陰一陽，同歸太極。

弱水三千，我但取一瓢飲，這一瓢正須取得恰如其份，不當屬我者，不敢入我瓢，亦不入我瓢；不敢，以其另有歸屬的主人，不願，以我向抱持完滿的想望，等待著那恰一的對方，必在面對恰一當下，情愛始作眞正全然燦爛的發放。情愛自有因緣所繫的主人呢！若無此不敢、不願之心，來作莊嚴敬重的護持，每易流爲澆薄的草草歡會。因此，〔紅樓夢〕中，安排著軟紅輕絲的雨下，伶官癡癡畫薔，寶玉癡癡觀望後，悟得「從此後，只好各人得各人的眼淚罷了！」[46]寶玉必有此悟，始能純淨無愧地接納黛玉相傾以一生眼淚的回報[47]。如何在叢葉遮蔽中尋得那唯一的青果？如何在衆萍零落中喚醒那唯一的蓮心？如何在紛紜錯雜的人世間尋識那陌生而又熟悉的伊人，唯一莫可替代的伊人？途程悠遠而窈窕。〔詩〕「秦風・蒹葭」：

蒹葭蒼蒼，白露爲霜，所謂伊人，在水一方。遡洄從之，道阻且長。遡游從之，宛在水中央。

蒹葭淒淒，白露未晞。所謂伊人，在水之湄。遡洄從之，道阻且躋。遡游從之，宛在水中坻。

蒹葭采采，白露未已，所謂伊人，在水之涘。遡洄從之，道阻且右。遡游從之，終在水中止。

委宛迴曲的追尋途程，也是淒迷低迴的相思情懷。伊人在遙遠的彼方，清清淡淡地立著，只在一點情心的認定，他便召喚著我們飄泊的風帆，去追尋他的踪跡。伊人固然可以落實爲人世某一特定的對象，然而落實前，心中想望著的山際水涯、飄搖髣髴的影象，恐怕是更長期地引領著我們的追尋。他的不定與虛幻，使得追尋之途充滿了孤清凄寂，他將完成的無憾情愛，也帶來淡淡的預期的溫慰，我們遂未駐足。

追尋的步履縮短了雙方的距離，在照會的刹那，交迸出喜悅的火花，照亮二張鮮采的容顏，前此種種凄清瞬息隱褪，未來種種情境尙未浮昇，只交會的當下凸顯出來，充滿了驚喜與滿足。〔詩經〕「鄭風・野有蔓草」中有十分率眞的描寫：

野有蔓草，零露漙兮，有美一人，清揚婉兮。邂逅相遇，適我願兮。

野有蔓草，零露瀼瀼，有美一人，婉如清揚。邂逅相遇，與子偕臧。

辛稼軒「青玉案」中：「衆裏尋他千百度，驀然回首，那人卻在燈火闌珊處。」是對「邂逅相遇」的刹那，所作的註脚。

然而，邂逅適願之人是否卽是那「衆裏尋他千百度」的他呢？是否便是可携手交契、完成情愛的伊人呢？有時，我們還須面對另一重摧折：認取之後的捨離。「有所思」的情感可爲一例：

有所思，乃在大海南。何用問遺君，雙珠玳瑁簪，用玉紹繚之。聞君有他心，拉雜摧燒之，摧燒之！當風揚其灰，從今已往，勿復相思，相思與君絕。鷄鳴狗吠，兄嫂當知之，妃呼豨，秋風肅肅晨風颸，東方須臾高知之。

最初，有一個名字來入居心中，牽縈著每一縷思緒，將心靈的天地塡補得圓滿，便以最純眞無疑的態度來珍惜養護這份交契。然而沈酣之際，驟接「君有他心」的訊息，過往的痕跡便成爲今日的嘲諷了。以往信任的圓滿，原來只是殘敗的宇宙，只是愚癡建構的虛幻世界，君有二心的巨斧一舉劈開它的完足，情思掙扎在冰冽的鋒芒下，陡成暴烈的橫決，缺憾本身即帶有強烈的破壞力量，再加上主體醒覺後的冷忍，「摧燒之」是最直接當然的回應，既未整全，便讓一切——不只是情愛的信物，還有情愛本身，和一向淸純的信任，更有此際情思的挫辱——焚化成灰，輾轉作泥，縱使餘影灰燼亦不願稍有沾留。「相思與君絕」的誓詞，斬絕了情緣，卻也正是對情愛的敬重。

史上許多宮怨詩作，所寫恩情中絕的悲怨，亦類似於此愛情假象的破滅。宮庭中的情感，除明皇、貴妃等少數例外，能有「在天願作比翼鳥，在地願爲連理枝」48的眞誠誓言，絕大多數皆立於極其懸殊的地位，帝王是絕對的施「恩」者，后妃則敬謹地接受著投付給他的寂寞或賞識，失寵傷廢，得寵憂移，生命的尊嚴壓抑不伸。雙方既乏共同的誠意，造就的也就不是夫妻的正情正信，只是一段變型的情愛而已。

兒女情愛的交會圓滿，是心形的全然結合，即「願得一心人，白首不相離」49的如願，安頓於「夫妻」的貞定名份上，二人結合爲一，精神相依倚，形軀相扶持，在相互依倚歸屬中，共同前進、迎納生命的每一重經歷，完成自己也完成對方。這是天下有情人的想望，也是世間兒女珍惜的一份平實的幸福。沈復〔浮生六記〕中載妻陳芸的一段言語：

他年當與君卜築於此，買繞屋菜園十畝，課僕嫗植瓜蔬，以供薪水。君畫我繡，以爲詩酒之需，布衣菜飯可樂終身，不必作遠遊計也。

簡單地勾勒出家居樂園。布衣菜飯可樂終身，根本緣由還在「君畫我繡」夫妻相偕的圓滿，有此基礎，然後郊野風光爲美，素樸生活可樂。「今卽府有境地，而知己淪亡，可勝浩歎！」[50]後來沈復的不盡低徊，卽在芸娘早逝，人事未全啊！

「月有陰晴圓缺，人有悲歡離合，此事古難全。」[51]人間情愛每每是未全的悲劇，而兒女之情——發動於圓滿的渴望，漂零於圓滿的追尋，亦唯將安頓於圓滿的歸宿的一種情愛——面對人世的難全，更是無可廻避的衝突與難堪。人世的難全，無論是短暫的離分、死亡的永訣，或是無法覓得正名、正位的抑鬱與委屈，……一一爲情愛世界寫著一片美麗的哀愁。

緣的交會溫暖了客心，使人不再孤獨，情便在其中滋長，我們莫不以感激的心懷去養護、去領納，然而古往今來，奔波江上的商旅、馳騁沙場的戰士、走馬蘭臺的士人……不曾歇止他們的步履，別離便也在人世投擲下巨大的陰影，遮覆情愛的陽光，冷卻了情愛的溫馨。一旦失卻具體的相互扶持，往日的回憶、今日的相思、未來偕會的想望，取代了情愛的溫暖，如雲霧般虛幻無憑，也如雲霧般濕冷人心；而離懷別苦，雙方是同等的領納者，這虛幻濕寒的相思與等待，卻也是雙方心魂的通路，循著它，與對方取得精神上的疊會，相互感通與憐惜。杜甫「月夜」正寫著這樣的情懷：

今夜鄜州月，閨中只獨看。遙憐小兒女，未解憶長安。香霧雲鬟濕，清輝玉臂寒。何時倚虛幌，雙照淚痕乾。

在文字表現上，想像著妻子閨中相思的景象為主流，自己的相思情懷為伏流，直到末句拈出「雙」字，伏流湧出，與主流合為一道相知相憐的情思，將偕會的理想寄託於未來，共同賡續著漫長的等待。

雖說別離之苦，雙方是均等的領納者，而傳統的社會形態，女子屬於重幃深閨，較少扮演陌上行客，姑不論遊子離去有多少的不願與無奈，但至少那別離的步履是他一步步跨出的，女子則全在靜態中一無選擇的接納，自然有深深的委屈和傷怨，相思樹[52]、石尤風[53]、望夫石[54]等傳說，卽是起自對閨中女子的不忍。那寂寞中等待的容顏，更縈繫著文人詩客的筆端：

自伯之東，首如飛蓬。豈無膏沐？誰適為容！（〔詩經〕「衛風•伯兮」）

梳洗罷，獨倚望江樓，過盡千帆皆不是，斜暉脈脈水悠悠，腸斷白蘋州。（温庭筠，「憶江南」）

白狼河北音書斷，丹鳳城南秋夜長。誰爲含愁獨不見，更教明月照流黃。（沈佺期，「獨不見」）

最終圓滿的等待過程，孤寂是一種摧傷，懸想是一番折磨，心魂的跋涉又是一幢艱難；女子一一守下，在霜天暮寒裏，斜暉流水中，映鑑者自身守待的姿容。

離分之際，尙有偕會的想望與可能，其間尙存一分慰安，而絲毫慰安也無的死別，是最不可抗拒的別離了。奔湧的淚血滴落於對方冰冷的身軀，悲傷凝結了，恨憾凝凍了，沒有未來的懸想，沒有牽扯的離思，沒有依依的顧望，只在一刹那間，天地墮入暗鬱之中，死別的情緒，悲傷二字無法訴說。

「鬖髻歸君門，淚血上君堂，撫棺棺不開，白日天茫茫。」錢載「王貞女行」如斯記載。歸向君家，登上君堂，鬖髻是新嫁的髮飾，淚血是新嫁的啼妝，而君如何相迎，迎娶這沈哀的新娘？棺木緊閉，冷冷地隔斷生死，將死者深深沈埋，將生者抛擲於人間，獨自去領納强烈的茫漠，迎向冷寂殘缺的未來。新婚兒女以迎向美好的準備面對死亡，不堪之情如此，曾共相扶持的夫妻面對死亡，亦是如此，只是前者純屬感情的拗折，後者則還加上生活的經驗內容，所以元稹「遣悲懷」在「閒坐悲君亦自悲」時，回顧貧賤生活中，妻子的溫婉純厚，而有「唯將終夜常開眼，報答平生未展眉」的癡情摯語。當時日將死亡的變故推遠，是否往日情誼也隨而淡忘？是否死亡的疤痕已然撩不起傷痛？「十年生死兩茫茫，不思量，自難忘。」蘇軾「江城子」爲我們回答著。滄桑閱歷，可以使人對人世、對生命有一番透澈的體悟，提煉出寧靜澄澈的境界。情，在這艱難歷煉的過程中，不是被輕輕地擺落了，而是深深地沈澱在心靈的湖海，改易了兼天湧的波浪形式，深靜地展現它的重量。

「貞」是扣緊死亡的另一課題。在我們的傳統中，它往往是賦予女子的最高評價，不幸的是，貞的突顯每待不幸的煉火來成就，猶如一隻經過烈焰洗禮的火鳳凰，燦爛的毛羽卻都是淚血的凝化。夫死守節，本是人心自然眞誠的表現，弱水三千，只取其一瓢飮，二人既已有最密切的交契，彼此完整地付出，也完整地獲得，其間自然再無罅隙容納第三者，任何一方的辭世，也並未撤走他的情誼，因此，守節實卽守護著二人曾有的小小宇宙的完美。然後有日，它成了社會普遍認肯的美德，一旦沾染了美惡的價值批判，它便帶有外來的約束力量，於是殉夫守節不只是生命本然的自我應許，也是外來的社會道德的奉行了。後一因素走向極端將產生偏失的現象，固不足取，而前一因素的執著，卻令人感動心許。

另有一種情愛，在人世無法覓得正名、正位，在自我生命中，卻是一種至深至痛的應允。通過漫長的追尋，在人海中驚識伊人，開展的卻不是二心應許的溫馨，與共成圓滿的期待，不能朗朗唱出這份心境，或者唱出之時，卻不敢希求回應，甚且縱得伊人回應，亦不能向世界宣告這份欣怡，亦不敢寄望圓滿的具體實現。在情愛的正常途程中，這是一個只有起點，而沒有終點的故事，無盡迴環壓抑的心情，發於文字，也就成爲極其隱晦委屈的謎面了。李善注〈文選〉「洛神賦」論及曹植作「感甄賦」的背景[55]，固然不可信，但這一說法的提出，正緣於人世間有著如此隱晦的一種情感形態。李商隱的「無題」詩，如：

相見時難別亦難，東風無力百花殘。春蠶到死絲方盡，蠟炬成灰淚始乾。曉鏡但愁雲鬢改，夜吟應覺月光寒。蓬萊此去無多路，青鳥殷勤爲探看。

歷來箋註者或附會上種種寄託，我們寧願相信：那是一首深情的歌詩，寫著一則美麗而委曲的愛情，它不能揭示眞象，眞象在心中，它不能在人世有正名、正位的肯認，在心中，卻占領著絕對專斷的地位。然則這「早知相逢的另一必然是相離」[56]的愛情，果眞以殘缺終始嗎？或許，可以說：在他們極其珍重的心願中，終點在來生，今生的殘缺只是過程，待到來生，上蒼將奮臂安排一份圓滿的結局吧！

人間永恆的承諾

成住敗壞是形器世間歷刧的經過，在因緣和合中成形、繁華，而後腐朽、零落，灰飛煙滅，所有物事都不能逃離這一既定的法則。而人世果眞如此虛空不定？在形象的渣滓中，提煉不出點滴眞淳？在紛然變動中，無法負定一種永恒麼？

我們的情，維繫著我們對眞淳、永恒的渴望和信賴。

現實人世有財富、地位的差異，人無可避免擁有貧富、尊卑的附屬性質。在社會來往中，它們可能占有重要影響，決定著交往的範圍或態度，如常人禮尊斥卑、嫌貧好富的心態，與有意的惡富善貧、棄尊取卑的舉止，凡此皆存有財富，地位的顧慮。但在有情天地裏，情愛的認取、發放，自有各自的主題，此後情愛途程的陰晴風雨，也各自環繞其主題而開展，貧富尊卑不作爲親疏取捨的考慮條件，自然盛衰潛移、貧富中變，情愛亦無所改。所以貧困的環境裏，「老妻畫紙爲棋局，稚子敲鐵作釣鈎。」[57]杜甫可以沐浴在親情的春陽裏；尊貴的地位，「妾是庶人，不樂宋王。」[58]宋康王終究無能獲得何氏的青睞；「他家但願富貴，賤妾與君共餔糜」[59]的依倚；「有福同享，有難同當」的許諾，一一顯示了情愛獨立於現實利害之外，保持著它軒潔的身姿。

現實人世有晨昏的更迭，歲月的流逝，把現在流成過去，把未來流成現在。在時歲的輪轉中，花開花謝、花謝花開，新成的花紅在滄桑的枝椏上尋不著前身的燦爛；潮起潮落、潮落潮起，新起的波浪在漶漫的水勢中已忘卻前痕的疼楚；而「叢菊兩開他日淚，孤舟一繫故園心」的悲情，卻正如實地燃熱人心。在時間的消逝中，情愛並不消逝，反而逐日累積起來，沈甸而深厚地駐留著，在每一個新之今日，都是一份眞切的內容。「十年來，深恩負盡，死生師友」[60]的痛切，未嘗稍息地磨難著顧貞觀的心魂；「此情若是久長時，又豈在朝朝暮暮」[61]的肯定，慰解著天下未能偕會的有情人，只因情愛是超越於晨昏時歲輪轉之外的一種永恒的天色。

現實人世有生死變故，死亡終止了人的言行活動，劃開了生死兩個世界，我們的形軀無法跨越生死的鴻溝，我們的情愛卻堅實如橋，毫無猶豫地拾上那一玄邈世界的土地，一路滋榮開去，每一位具體的人、每一縷虛幻的魂都眞切的踐履著。「延陵季子西聘晉，帶寶劍以過徐君，徐君觀劍不言，而色欲之。延陵季子爲有六國之使，未獻也，然其心許之。反則徐君已死，於是脫劍致之嗣君，嗣君曰：先君無命，孤不敢受。於是季子以劍帶徐君墓樹而去。」一旦「其心許之」，不因對方死亡而終止，掛劍墓樹，情誼也穿越冰冷的墓石，去依附那曾親切的身軀。一方的死亡如此，主客雙方的死亡也不是情愛的中止、捨離，雖然他們沉靜地安眠了，沒有絲毫言行表示，但有情的人間，仍然相信黃泉道上的情誼，於是物化的傳說將這抽象的信任具體化了。「孔雀東南飛」中，劉蘭芝與焦仲卿相殉後，「兩家求合葬，合葬華山旁，東西植松柏，左右種梧桐，枝枝相覆蓋，葉葉相交通，中有雙飛鳥，自名爲鴛鴦，仰頭相向鳴，夜夜達五更。」韓憑夫妻的故事也有類似的結局，家戶喻曉的梁祝故事，以二人化蝶雙飛作結，都是人心對情愛不死以抗衡死亡的渴望和信賴，同時也帶著些對現實缺憾的補償心理，生時孤寒，死後反而是永恒的偕會了。七世夫妻的傳說，更進一步指出：生生死死的不盡輪轉，情愛卻堅持地延續下來，追尋它最後的圓滿，將它作一完整的事件看，六度生死只是轉換著人情之流的不同歷程，在沿岸呈現著相殊的風景，而河流貫串著它們，繩繩續續地前去。

設若天地傾絕，回歸渾沌，什麼是最後的堅持？崇峻的高山失去了它的稜線，一座座崩潰夷平，浩蕩的江流枯竭了它的水源，一道道裸現它的河牀；原本平靜的冬之天野，卻傳來陣陣鞭撻人心的響雷，原本炎熱的夏之大地，卻降覆著一層層酷寒凝凍的氷雪；宇宙的次序急遽地變異遷換，造成全然的混亂，盤古撐開的天地一日日地接近黏合，要去回復最後的渾沌。當年渾沌初鑿的嬰兒，已是今日滄桑歷盡的耆老，他放棄了山，放棄了水，放棄了空間的領土，放棄了時間的規則，雙手卻緊緊握持了一份人間之物——從盤古遺傳下來的禮物，直要到天地復合、回歸渾沌的霎時，才鬆開緊握的雙手。「上邪」[62]的宣誓，是所有情愛共同的一份堅持，與天、地、人同生同死，只因「身在情長在」[63]的應許，人身不盡，情愛長流便也滾滾滔滔流向永恒。

不知在那最終的究竟裏，情愛果眞實踐了它永恒的承諾麼？

註釋

1 徐整，〔三五曆紀〕。
2 〔淮南子〕「覽冥訓」；王充，〔論衡〕「順設篇」。
3 王孝廉，「石頭的古代信仰與神話傳說」，〔中國的神話與傳說〕（臺北，聯經，民國六十六年），頁六五。
4 曹雪芹，〔紅樓夢〕第一回。
5 〔莊子〕「應帝王」。
6 段玉裁，〔說文解字注〕（臺北，藝文，民國五十九年），頁五〇六。
7 形聲字之聲符兼有表聲、表義的功用，宋王子韶曾創「右文說」，段玉裁注〔說文解字〕時，尤大揚「凡形聲多兼會意」之說。黃永武著有〔形聲多兼會意考〕。
8 劉義慶著，楊勇校箋，〔世說新語〕（臺北，明倫，民國六十二年），「傷逝第十七」，頁四八八。
9 〔孟子注疏〕「離婁下」，〔十三經注疏〕（臺北，新文豐，民國六十六年），冊八，卷八下，頁五前。
10 白居易，「琵琶行」。
11 張若虛，「春江花月夜」。

12 曹雪芹，〔紅樓夢〕第七十六回。

13 劉禹錫，「石頭城」。

14 張載，「西銘」。

15 阮籍，「詠懷詩」十七首之五。

16 古詩十九首之十一「廻車駕言邁」。

17 〔莊子〕「秋水」。

18 〔孟子注疏〕「盡心上」，〔十三經注疏〕，冊八，卷十三上，頁九後。

19 許仲琳，〔封神傳〕（臺北，世界，民國四十七年），上冊，卷二，第十三回，頁三七。

20 張九齡，「感遇」。

21 范元沖之語。

22 孟郊，「遊子吟」。

23 司馬遷，「報任少卿書」。

24 白居易，「慈烏夜啼」。

25 李汝珍，〔鏡花緣〕第十二回。

26 〔世說新語〕「德行第一」：「王戎遭大喪……雞骨支牀……仲雄曰：『王戎雖不備禮，而哀毀骨立。』」又，〔宋書〕「張敷傳」：「敷居哀毀滅。」

27 彭孫遹「感事」有「人生卒卒真難料，天道茫茫定有訛。」之句。

28 〔大學〕：「古之欲明明德於天下者，先治其國；欲治其國者，先齊其家；欲齊其家者，先修其身。」

29 〔詩經〕「大雅・桑柔」。

30 漢樂府「隴頭歌辭」之一：「隴頭流水，流離山下，念吾一身，飄然曠野。」，之三：「隴頭流水，鳴聲幽咽，遙望秦川，心肝斷絕。」

31 王安石，「葛溪驛」：「缺月昏昏夜未央，一燈明滅照秋牀，病身最覺風霜早，歸夢不知山水長。坐感歲時歌慷慨，起看天地色淒涼。鳴蟬更亂行人耳，正抱疏桐葉半黃。」

32 〔晉書〕「張翰傳」：「張翰因見秋風起，乃思吳中菰菜、蓴羹、鱸魚膾，曰：『人生貴適志，何能羈宦數千里，以要名爵乎？』遂命駕而歸。」

33 謝朓，「晚登三山還望京邑」。

34 杜甫，「秋興八首」之一。

35 崔塗，「除夜有作」。

36 王粲，「登樓賦」。

37 徐志摩，「偶然」。

38 〔世說新語〕「德行第一」，頁九。

39 從〔世說新語〕「德行第一」所載，由另外數則記載，可知華歆節義有方，並非隨意之人。管寧割席之事，若據以判定華歆心境俗鄙，似欠允當。捉金而擲去、出看乘軒者，只能看作他與管寧一仕一隱，志意相殊的徵兆。〔魏略〕云：「寧少恬靜，常笑邴原、華子魚（華歆）有仕宦意；及歆爲司徒，上書讓寧。寧聞之，笑曰：『子魚本欲作老吏，故榮之耳。』」可作參考。

40 〔周易注疏〕「繫辭上」，〔十三經注疏〕，冊一，卷七，頁一八前。

41 〔列子〕（臺北，中華，〔四部備要〕本），「力命第六」，頁四。

42 陳壽，〔三國志〕（臺北，鼎文，民國六十四年），卷三十六，「蜀書・關羽傳」，頁九三九。

43 〔世說新語〕「德行第一」，頁八。

44 陳壽，〔三國志〕「蜀書・諸葛亮傳」中的一段記載，正顯露了君臣交情的極致：「先主於永安病篤，召亮成都，屬以後事。謂亮曰：『君才十倍曹丕，必能安國，終定大業，若嗣子可輔，輔之，如其不才，君可自取。』亮涕泣曰：『臣敢竭股肱之力，效忠貞之節，繼之以死。』」卷三十五，頁九一八。

45 杜甫，「佳人」。

46 曹雪芹，〔紅樓夢〕第三十、三十六回。

47 同上，第一回。絳珠草感於神瑛侍者日以甘露灌溉之恩，常說：「但把我一生所有的眼淚還他，也還得過了！」神瑛侍者下世爲寶玉，絳珠草則是黛玉前身。

48 白居易，「長恨歌」。

49 卓文君，「白頭吟」。

50 沈復，〔浮生六記〕，卷一「閨房記樂」。

51 蘇東坡，「水調歌頭」。

52 〔述異記〕：「昔戰國有民從征戍秦，久不返，妻思而卒，既葬，塚上生木，樹葉皆向夫所在而傾，因名相思木，據其子卽相思子也。」

53 〔江湖記聞〕：「相傳有石氏女嫁尤郎，尤遠商不歸，妻憶之病，臨亡嘆曰：『吾恨不能阻其行，以至於此，今凡有商旅遠行，吾當起大風，爲天下婦人阻之。』日後船値打頭逆風，則曰石尤風也。」

54 〔幽明錄〕：「昔有貞女，其夫從征，走赴國難，攜弱子餞送於北山，立望而死，形化爲石。」

55 蕭統，〔文選〕，李善注，（臺北，藝文，民國六十五年），卷十九，頁一一後—一二前。

56 周夢蝶，「囚」，〔還魂草〕（臺北，領導，民國六十六年），頁一一九。

57 杜甫，「江村」。

58 古辭「烏鵲歌」。

59 漢朝樂府「東門行」。

60 顧貞觀，「金縷曲」二首之二。

61 秦觀，「鵲橋仙」。

62 漢朝樂府「上邪」：「上邪，我欲與君相知，長命無絕衰，山無陵，江水爲竭，冬雷震震，夏雨雪，天地合，乃敢與君絕。」

63 李商隱，「暮秋獨遊曲江」。

中國文學中的歷史世界

張火慶

歷史是人類的有形記憶，它記載著人類在不同時空條件下的活動與成就；代表著人類對於自我與種族的生命活動的一分關切與肯定。中國之有歷史（原始意義的史料之保存與史官之建置），時期應甚早。就現有的文字資料而言，從宗教禱詞的記錄，轉向人文理想的寄託，以致變成以朝廷爲中心的政治活動的檔案彙編，在史的內容性質上，經過多種衍變。或者以作史者的身分而言，由兼掌卜筮星曆的古代史官，而爲私人著述的修史，或爲朝廷召集的集體編修，這其間人爲因素影響於歷史的，大致可分爲官修與私修的兩種史書。劉知幾（史通）外篇「史官建置」云：「夫爲史之道，其流有二：書事記言，出自當時之簡；勒成刪定，歸於後來之筆。……當時草創者，資乎博聞實錄；後來經史者，貴乎儁識通才。」這是說明歷史的形成，可分作史料的保存與史學的述作兩階段。也就是說，由最初的左史記言、右史記事的形態，記錄當代重要的事件與言語，而後，經由專門訓練的史官或學者，就這些資料編纂排比，並於其中寄託個人的或公共的理想，成爲書籍的形式，留傳後代，使後人得以憑藉這些文字記載，探知前代人事的情況，甚且從中汲取經驗教訓，作爲行事的參考。因此，我們如今所謂的歷史，卽是由史料與述作配合完成的。如再細說，則須把「史」與「史學」作性質的劃分：上古所謂史，只是政府的官書，不足以成爲學問，或者說：「史的原始職務，是與祝同一性質，本所以事神的，亦卽原係從事於宗教活動的。其他各種的記事職務，都是關連著宗教，或由宗教衍變而來。」[1] 卽史與祝配合作祭祀的事務，史是將禱告之詞，先書之於册，當著鬼神面前唸出，唸完後保藏起來，以便傳之將來。西周時代，史職兼掌事神的册，與王臣詔告臣下的册命。根據徐復觀先生的研究，直到春秋時代，史的職務更增爲如下六項：

1. 祭神時，與祝向神禱告。
2. 主管「筮」的事情。
3. 主管天文星曆，以推動適時與農業有關的措施。

4. 災異的解說。

5. 錫命或策命。

6. 掌管氏族的譜系。[2]

這些可說都屬於當代實際事務的執行，本來不甚關係於後代文化的。但由於附帶的對這些行動與言辭的記錄保存，流傳於後，便成爲原始性的史料，後人便從這裏獲得所謂的歷史知識。因此，歷史是在時間中成形，且經過文字記載的轉化。最初所謂歷史，也僅是人類生命活動的片斷記實而已。另就古代史官所記的內容而言，春秋時代的史有個重要的發展，卽由全然的宗教事務，進而記錄到某些政治活動，這是逐漸由宗教領域進入到人文世界的關鍵，也卽是由於史官的人文自覺，把行爲與事件的因果關係轉由人性自身的審判。此後，才往以人事爲主的歷史世界發展。一般而言，現代的看法皆以〈春秋〉爲中國史學的開始，所謂「史學」，簡單說卽是史料加上作者的人爲因素而形成。在這以前的史官，由於職分的限制，僅居於記錄者的地位，主要工作乃是據事直書，其義自見，除了力求詳實與客觀之外，甚少有作者個人的意識本位。或者說，史官之初起，乃由於古代人主欲紀其盛德大業，以昭示子孫，故紀事以宮廷爲中心，而旨在隱惡揚善，因而往往成爲頌贊性質的官樣文章，偶爾有所謂良史，才可能秉持公正的原則而善惡畢書[3]。但大體上，作者個人的身分與意識仍是隱沒於事件後面的。〈春秋〉之作，除秉承古之良史的原則外，更基於人文主義的政治理想，而思有所裨益於世道人心。〈史記〉「太史公自序」云：「夫春秋上明三五之道，下辨人事之紀，別嫌疑，明是非，定猶豫。善善惡惡，賢賢賤不肖；存亡國，繼絕世，補敝起廢，王道之大者也。」說明〈春秋〉係以先王之志，所謂王道觀念，禮義精神，天理人心之大公爲歸趣，不只是紀錄實然的史事，更把這種應然的理想蘊藏於史料之間，隨史實之曲折而表現。它是以紀事爲手段而別有目的，甚至有時不惜爲目的而犧牲事實。而由此開出的中國史學之傳統，即依於某種特殊的道德理念，而對歷史事件與人物加以價值的判斷。從此以下，如〈左傳〉、〈史記〉，以及某些私修而欲成一家之言的史書，大致都以「有爲而作」的觀念來建構歷史世界，所書史實，以「借事明義」爲宗旨，而史文與人事乃密切相關，產生積極的模範作用（直接的取法）與消極的儆戒作用（間接的鑑戒）。例如〈左傳〉的以傳解經，旨存勸戒，除鋪敍實事之外，又常有論斷之詞，其言大抵以禮爲論事觀人的原則，大而文物制度，小而威儀動止，皆有褒貶。其方法則或者隱含於敍事之間，或者假「君子曰」以顯發之。司馬遷的〈史記〉則繼承了中國學者的傳統，並不以純粹的客觀事實之說明爲限，還要求致用，要從史事的研究中抽出一種智慧，尤其是政治的智慧。就一般的情況而言，形成歷史的最大力量是政治，歷史亦常受政治支配，因而，中國史家之史，往往成爲寄託政治理想的工具。如徐復觀先生所說：「史之義，莫大乎通過眞實的記錄，給人類行爲，尤其是給政治人物的行爲以史的審判，此乃立人極以主宰世運的具體而普遍深入的方法。」[4] 在這種意義下，有爲而作的史，通常會與經結合，經史合流，而致「經訓不止於空言，史書不止於紀事」，人事現象與倫理哲學相印證發明，而造成極大的教育作用。蘇洵「史論」云：「然則史之爲勸懲者，獨小人耳。仲尼之志大，故其憂愈大；憂愈大，故其作愈大，是以因史修經，卒之論其效曰：亂臣賊子懼。」所謂因史修經，是透過歷史知識可能對人類思想與行爲所產生的影響，而寄託其恆常不易的道德與政治理想，以便垂諸永久。〔春秋〕之列爲經典，即是由此。再其次，就這種史學的傳統觀念而言，所重視的不只是歷史本身的眞相，而是進一步要講求歷史於實際人生的效用。這種效用可分兩方面說：一是屬於道德批判的「褒貶」，一是屬於經驗教訓的「資治」。前者在經史合流一類的史書中有具體的表現；後者則爲比較一般性的史書所力求達到的通則，如梁啓超的定義：「史者何？記述人類社會賡續活動之體相，校其總成績，求其因果關係，以爲現代一般人活動之資鑑者也。」[5]

除了這些有爲而作，較具史學效用的史書之外，另有一類屬於官修的所謂「正史」（主要是唐代以後），多由朝廷召集大臣，依照某種政府指導的原則而集體編纂。因爲是成於衆人之手，著者的個性湮滅，彼此較無責任心，而只是湊合史料，加以適度的編排而已。這類正史，在史學研究上是較少價值的，並且即使作爲了解過去人們生活實況的材料，也常是不可信賴的。

然而，不論私修官修，綜合其保存並流傳下來的史事之記載，歷史世界之建構，已在史家的工作裏完成。這個世界是整體呈現於今日與未來的。在時間的衍展中，編年或紀事本末，把人事的終始與演變敍述出來，並產生因果關係的意義；在空間的延伸裏，則把人事的形色與姿態陳列開來，而顯現生命活動的複雜。在這些豐富的內容裏，其實已經包含了整個文化的實質成果。並且，史家在建構這樣的歷史世界時，基於專業的知識與持久的工作所養成的習慣，總是比較服從理性的原則，作全盤的觀察與分析，然後考量各個人物與事件應得的地位，將之安排於一個預設的公共時空的結構裏，再由其彼此發生的影響關係而顯示一個歷史的秩序與方向。因此，這個世界對於整個民族而言，既是過去的客觀性存在，也是當今的創造性推展。

但是，當這樣的歷史世界成爲詩人（代表所有文學作家）表情達意的材料而進入詩歌領域時，詩人又是以怎樣的心情去面對它？對大多數的詩人而言，「那總是一分愴然的情懷。」雖然歷史留存著人類以往一切的活動與成就，使它們不致於受到時空條件的限囿而趨於消逝；但是，時空條件的限囿本身就足以給人一分難喻的愴懷，因爲它本身就暗示著消逝、遺忘；它無情的顯示人類在無盡時空中的渺小與虛幻。」[6] 時空條件的限囿，在史家而言，是理所當然的，是客觀存在的事實，是過去、現在、未來的自然分際，也是一切人事並存而各有其位序，不相淆亂的先決條件。史家坦然接受它，且妥善利用，以建立歷史世界。對於詩人，這卻是一種無法平衡的弔詭：它既造成了歷史的可能性，使人們得以據此有條理的記憶而有效的獲得歷史與文化的知識；另一方面，時空條件卻也造成個體生命的割斷、隔絕與消逝，它使人們的情志需求部分落空，也使人類在宇宙中自覺的地位與作用，受到局限與壓縮，甚至因而興起無常幻滅之感。

這種時空條件的限囿，既可以是客觀存在的現實（對史家而言，尤其如此。是理性的肯定），也可以內在於人的意識而成爲主觀的知覺（文人較偏執於此，且轉爲情感的領受）。詩人面對歷史世界時，最初或許是因於時空限囿所引起的愴懷寥落之情，以及無常幻滅之感；但詩人也可即此而在精神上超越這種缺陷，泯除這種界隔，當下直接與古今人物取得溝通，就如唐君毅先生所說的：「詩歌直接以抒發作者情志爲事，而天地間唯此情志最重要，情志所及之天地間事物，皆被其潤澤覆涵，而位居其下並內在其中。凡爲詩人情志所及者，亦無遠無近，無古無今，皆在當下。因此，一切歷史性人物事蹟，經由詩人的歌詠，其原在公共時空中之定位，即皆活轉，而遠者如近，近者如遠，古者如今，今者如古。故詠史詩中的古人古事，卽在詩人懷抱中，這是通今昔遠近而生其情。在詩人心中，其貫通遠近今古之道，或直接以其心，同時念古今、念遠近，而將之納於當下一念；或憑當前之物，爲古今遠近的人所共見共知的，卽以此物而貫通之，而不爲歷史與現實的時空所限制[7]。這就是詠史類詩詞所要表現的，對於歷史世界的情志反映，並且這種表現又有多種不同的面相，本文以下卽分敍之。

中國早期文學中有關歷史詠頌的詩歌，在〈詩經〉「大雅」有一組所謂民族英雄的史詩：「生民」、「公劉」、「緜」、「皇矣」、「大明」、「文王」，所描述的是周朝祖先的開國史，每篇都有一個人物或一段史事作爲敍述的內容。至於這些人事存在的眞相，是否確如詩中所詠，已不甚可知，詩歌本身卻是別具類似於史學的用意的，卽所謂自覺的歷史意識。劉大杰先生認爲這組詩是把祖先們創造國家的功業和種種奮鬪的歷史，交織著神話傳說的材料，有意的記述下來，一面作爲統治者的楷模，一面爲不忘記祖先的功德[8]。這些詩幾乎都作於周公的時代，它絕不是純然爲了敍述客觀的歷史事蹟，而是別有宗教情懷與政治作用的。〈詩序〉說：「生民，尊祖也。后稷生於姜嫄，文武之功起於后稷，故推以配天焉。」「公劉，召康公戒成王也。成王將莅政，戒以民事，美公劉之厚於民，而獻是詩也。」

「緜，文王之興，本太王也。」「皇矣，美周也。天監代殷莫若周，周世世修德，莫若文王。」「大明，文王有明德，故天復命武王也。」這些詩或周公或召公所作，都是於祭祀時唸誦，且以教誡成王的。它們以祖先開國建業的歷史作爲取法與鑑戒的素材，寫他們的人格事功，給繼位的子孫施政守成的楷模。在觀念上，這些詩把殷商的滅亡，以及周人受命的理由，歸於周先祖道德優越，所以這些詩的重點，最後都落到文王身上，因爲文王既爲開國之君，本身又有極高的道德涵養與表現，而能獲得天命民心的歸附，於是王道精神也就成爲周的立國象徵。周公也以此教導成王。這可說是由歷史意識又轉出道德意識。「緜」的後二章專寫文王之德，以及得人之盛；「皇矣」寫文王的受帝之命，而不識不知，順帝之則；「大明」則說維此文王，小心翼翼，昭事上帝，聿懷多福。這些都描繪出文王較諸其祖先，於天命與德行上的殊勝，且象徵化爲周朝最高政治道德的典型，故「大雅」特別爲他立一專篇「文王」，以頌贊他。此篇在性質上仍屬於祭祀詩，而兼以深戒成王的。其中提及文王能施，所以造周，而子孫所由盛，及人才濟濟的情況。但最重要的是說明文王之德在敬，故能得天命；殷子孫雖多，皆臣服於周，可見天命無常。於是歸結出勸戒的意思：命之不易，不可不修德以永配天命，自求多福。大命不易，又當以殷之敗亡爲鑑。而最穩當的是效法文王，才能得到萬國的歸附。可以說，這首詩是就興亡之際作爲指點，使人君警惕深戒的。

周初爲中國人文精神的躍動與開創期，周公的制禮作樂更豐富了中國文化的內容。這些詩所表現的精神，可說是當時的歷史意識，或卽是前文所說，由宗教領域轉入人文世界的時期。這些詩在形式上是祭祀祖先時唸誦的禱詞，內容卻含敎誡今王的深意，並且，其中載有許多關於開國時期重要的政治與戰爭事件，這些事件最後都用來作爲一種象徵，以抽取行爲中的道德意義，卽文王人格的重點以及後來作爲周朝立國精神的敬德思艱的觀念，或者說是憂患意識。這意識與觀念的獲得，是從歷史中觀察天命與人事的關係而來的結論：一方面是周之先祖的創業與文王之有德，足以爲法；一方面是殷之子孫的歸降與紂王之失德，足以爲鑑。一法一鑑，皆斷於德之有無，而天命終究以人德爲依歸。就中國歷史的發展言，這些詩顯示了兩個重要的特徵，都是後來史家的習慣原則：一是以道德理念對歷史人事作價值判斷；一是相信歷史可作爲今人行動與修身的鑑戒。

整體而言，這組詩中表現的歷史意識是道德的、理性的，大抵因爲周初建國，遠景仍好，故勇於自信。然而，經歷夷、厲之亂後，周代國勢已漸衰微，雖有宣王中興，開國精神卻已淪喪，所謂政治的憂患意識，由王室淪落而成爲在野士大夫的喪亂之憂，在長達三、四百年的社會動亂中，詩人多有憂生之歎，以「黍離」爲例：

彼黍離離，彼稷之苗。行邁靡靡，中心搖搖。

知我者謂我心憂，不知者謂我何求？
悠悠蒼天，此何人哉！

〔詩序〕云：「黍離，閔宗周也。周大夫行役，至於宗周，過故宗廟宮室，盡爲禾黍。閔宗周之顚覆，徬徨不忍去，而作是詩。」這意思是說：詩人徘徊在已成廢墟的宗周故都，心中感傷的不只是對周室昔盛今衰的痛惜，更是對美好時光已成歷史的惆悵，一種對燦然文化的深情。這個文化所依託的時代空間已成過去，已經消逝，詩人卻不能坦然接受這樣的現實，不能理性的順從歷史演化的現象，而執著於感情的傷痛，並對天命發生質疑。

屈原的作品，也能看到類似〔詩經〕的歷史意識與歷史感情。屈原的先世出於重黎之後（卽羲和之官，世掌天地四時，後衍爲陰陽家，敬順昊天，歷象日月星辰，敬授民時），屈原本人又任楚國的左徒官（卽古代史官，後來的道家或出於此），因此，屈原與道家、陰陽家頗有淵源，也秉承了他們的專業知識與精神特質，又加上他博聞強識，明於治亂，因而對歷史興廢、天地陰陽的觀念，有較深刻的把握。表現在文辭中，便是把古代興亡禍福、善惡災祥的史事，可作今世鑑戒的，加以引述，諷勸人君。例如「離騷」，歷數夏商二代人君敗亡的事蹟，以警惕楚王勿蹈覆轍。又引值得取法的前王如夏禹、商湯，供楚王摹仿繼踪。最後更借巫咸的勸告，引三代以來賢哲君臣的遇合關係，希望楚王有所覺悟，君臣同心協力，臻國家於長治久安，則亦一代盛事。形式上，屈原對歷史人物的引述，只是有限度的擇其可作爲典型，以資勸戒的事蹟，再予以道德意義的判斷，並對他們可能遭遇的後果，有著先知的評定：

鯀婞直以亡身兮，終然殀乎羽之野……夏康娛以自縱，不顧難以圖後兮，五子用失乎家巷。羿淫遊以佚畋兮，又好射夫封狐，固亂流其鮮終兮，浞又貪夫厥家。……湯禹儼而祗敬兮，周論道而莫差。舉賢而授能兮，循繩墨而不頗。

在這種森然謹嚴的因果律下，人君的行爲心態，成爲國事盛衰的唯一關鍵。朝代的興亡，也完全決定於個人道德的良否。至於歷史時空中其他可能的影響因素，都被排除或忽略了。這可說純然是人事與道德效用的對應關係，歷史的內容被如此簡化，在屈原或許是別有用意的，也就是著重於歷史功能知古鑑今的一面，針對楚王的失德，以及將由此引起的喪亂，提出歷史中類似的人事例證，以作類比，欲令楚王預見其後果，有所戒懼。〔史記〕「屈原賈生列傳」云：「上稱帝嚳，下道齊桓，中述湯武，以刺時事。明道德之廣崇，治亂之條貫，靡不畢見。」王逸〔離騷章句敍〕亦云：「上述唐虞三后之制，下序桀紂羿澆之敗，冀君覺悟，反於正道而還己也。」這本來是義正辭嚴、苦口婆心的，但現實上並無反響。因此屈原只落得沈吟澤畔，孤憤難解，遂在「天問」篇中，對歷史與天道提出道德之外的質疑了。從鯀禹治水的成敗問起，直問到春秋時代的令尹子文，其間經歷虞夏商周二千多年，包括歷史上許多重要問題。一篇詭異瑰奇的歷史大事記，又蘊含著屈原個人的反省，卻總歸於無法理解的天意之悵。此刻，在「離騷」中肯定的歷史因果律，也被動搖了。

天命反側，何罰何佑？齊桓九會，卒然身殺。
比干何逆，而抑沈之？雷開阿順，而賜封之。
何聖人之一德，卒其異方？梅伯受醢，箕子佯狂。

惡因得善果，善行得惡報，這在歷史人事中是屢見不鮮的；但衡諸道德決定論，卻不合情理。本來，這些現象可以別有人事細節方面的解釋，如齊桓多內寵而致敗亡等，屈原卻只從大類比上立論，以致這種歷史人事的顛倒，最後只能歸諸天命的反側無常。

〔詩經〕的周朝開國史詩也提到天命靡常、駿命不易的觀念，但作詩者對新興的局勢仍懷有絕對的信心，故能反轉出人心的敬愼以維持天命不墜的道德哲學。屈原本質上是個多愁善感的南方文人，又處身於楚國危機之際，自己不能參與挽救的行動，徒然看著小人奸臣們逐步傾覆家邦，一股急切而悲憤之情，無可投訴，只能轉向歷史世界，對天命的不能秉公庇善，「呵而問之，以泄其憤，抒瀉愁思」了。

以上是中國早期文學中，類似於詠史性質的詩、辭的舉例。從它們的內容與表現，大約可以看出文人對於歷史世界的兩種不同反應——理性的、或感情的。前者與史家在建構歷史世界時所持的態度，仍有相似，只是比較斷章取義；後者則是文人從事於創作時，獨有的特色，在表現上也比較細緻且變化多端。若從中國詠史詩的發展上看，這兩種心態分別佔有一定的分量，甚至有著階段性的各領勝場。

假如以班固的「詠史」定爲中國詠史詩詞的正式成形，則漢魏六朝期間的詠史詩大約可分爲三種類型的內容：

史傳型——但指一事，據事直書，有感歎之詞。所詠對象都是一個特定的古人，且人物事蹟，全有出處，因此敍述部分受到史實的拘限，贊語部分則都是異口同聲的贊美感歎，別無新意。

史論型——粘著一事，明白斷案。其重點在於借史事立論，作者往往別出心裁，獨具慧眼，見解敏銳深刻，不但超出一般人的共同感受，而且簡直有意作翻案、唱反調。

詠懷型——借史事以詠自己懷抱。古人古事在詩中僅居媒介的地位，目的在於引發作者的性情懷抱。因此，對史事加以濃縮簡化，對古人只勾勒他的某個特點，變成使事用典的一種技巧，並且是以作者的情懷來決定所用的史事[9]。

這三種類型在當時都有一些作品以表現之。從班固以下，總括的說，六朝詠史主要是歌詠歷史人物的事蹟與人格，藉此表白自我的欽慕、歎惋與襟懷。這種心情，可說是詠史詩詞的最初格調。由於是出自不容己的感歎之情，對其人其事的行爲風範，有所興發，也就特別重視史實的陳述，而這些人物的歷史形象，便存在於所述的事蹟中，與作詩者相輝映。詩人只在贊語中簡要的表達對他們的評價，以及個人情志的默契。如王仲宣「詠史」、曹子建「三良詩」，都力求兼顧歷史事件的眞實性與民衆的共同感受，並據此發抒個人的悵懷。至於左思「詠史八首」則表現出另一種比較傾向於主觀的形態，本質上是借史事以敍詠自己的懷抱，己意與史事似夾纏不清，而主要是以自我的情志爲本位，對史事發出個人式的安排與評議。不嚴求據事直書，以描繪古人整體的精神氣象，往往只關注某些符合個人心境的片面特徵，然後將這些因素組合形成他的人生觀的象徵。

大致說來，建安時代的詠史大抵是史傳體的類型，敍詠史事而富感歎之詞。從阮籍以來，六朝詠史則另有一類詠懷系統，是有身世之感而以史事比附的結構。前者類似史家作史的體例，有敍有贊，顯得詩味淡薄，漸爲後者所取代。詠史的內容本來包括客觀的敍詠史事與主觀的表露作者情懷，詠懷體加重了主觀的成分，並以此爲主導，決定史事引用的質與量，這原本就是中國詩歌抒情與言志傳統的主要精神。

唐代以後，更由於創作形式的改變，律詩體的完成，影響了大部分詠史詩歌表現的形式

（唯五七言歌行、樂府、排律等體式的詠史仍保存了史傳體的風貌）。爲了順應律絕這種精妍新巧的創作體式，詠史作品在表露作者個人情懷的主觀成分必然逐漸加重，於是由純粹敍述歷史人事的迹象，轉爲呈現歷史人事的神情，或者以議論的方式敍詠歷史人事的精神形貌，也就是說，詠史的意義，慢慢變成懷古。如陳子昂標出「懷古」的題名來敍詠史事，他的兩首作品「白帝城懷古」與「峴山懷古」，雖不是嚴格的律詩體式，但的確預示了日後詠史作品的走向。這兩首詩中有敍述作者尋訪歷史故迹、有追敍歷史事跡、有描繪故迹景色，以及作者個人對於歷史故迹的議論與感懷。至於追敍史實的詩句，因爲篇幅的限制，不再運用敍事的筆調來描摹，而是把握能够代表史事精神的象徵物件，簡潔精切的呈示出來，同時顯示作者的情緒反應；描繪景色的詩句，則又都屬於殘破凄淸的圖案，引人低廻神傷。

因此，唐代以後，在特殊的創作形式與精神內容下所完成的詠史作品，可大略用兩種類型來區分：

1. 詠史——作者對歷史事件或人物所抱持的態度是智性的、分析的。這些作品都偏於採用議論的方式。

2. 懷古——作者抱著一種感性的，欣賞的態度面對歷史事件或人物，其作品偏於抒發個人的感想與襟懷，抒情的成分較多[10]。

一般而言，詠史作者據以起興的來源，大約有兩種：一爲史書的記載，是由文字意象直接發爲議論或感懷，表現方式較簡捷，個人情思也往往隨記事的線索而發展、變化，而終於落回自身的比附，且涉及歷史記載可信性的批判。二是古迹廢址，包括城池、宮苑、亭台、樓閣、墳墓等建築物，以及有特殊意義的地理位置、自然景物，或者關於歷史人事的圖畫。這是詩人先在面臨古代遺迹，觸動感情，而後循此追憶依附在這些象徵物上的歷史人事，想像當年的繁華盛景，以與今日的破敗荒涼，形成對比，最後歸結於詩人的身世之感。兩者的差別大略是：因讀史覽史而引起的詠史作品，由於史書所記人事已經過史家的理性處理，且含有政治意識與鑑戒作用，故詩歌中議論的成份較濃。其次，因爲詩人與史事是透過文字與理念的溝通，在抽象的層面上直接對晤，因而對歷史時空的感覺，較無距離與變異，其感受性也較客觀。至於登臨、懷古、悼古、詠懷古迹之類的作品，都有具體現在的憑弔物作媒介，雖然它們並不能如文字般表達任何意思，但它們外表上印著古人活動的無數痕迹，卻足以直接打動詩人敏感的心靈，一方面是懷想欽慕當年人事的煊赫輝煌，另一方面則感傷今日遺物的殘破腐朽。在這種撫今追昔的對比中，興起無常的感悟。又由於媒介物的定點存在，造成時空的分隔以及古今人事的不協調，詩人的想像往往受當前景物的限囿，只能在有限的範圍裏盤桓俯仰，銷魂神傷，莫可奈何而又不能自已。或者可以這樣說：由讀史引起的詠史，是比較抽象的、理念的，置身事外而遠觀；由古迹引起的懷古，則透過身體的接觸，具有親臨現場的感受。

唐代以後，由古迹起興而偏於抒情的懷古體式，較爲詩人喜愛，卽便是據史議論的詠史作品，也往往沾染了懷古的色彩。並且，唐代儒釋道三家思想的並盛，影響及於文學，也使詠史詩歌在反映歷史世界的態度上，呈現了豐富的情調。唐君毅先生於「中國文學與哲學」一文中提及儒道二家思想在中國文學中的作用，認爲：儒家所長者，偏在講生，卽相繼相續，生命韻律之來復，如何使宇宙人生之莊嚴而能生生相續下去。其表現於文學的重在使現在的生命與往古的生命相通，過去雖逝，然我現在之懷念，使過去者若復活而永生於現在。於是而感情有所寄託，行爲有所取法，此卽所謂尚友千古，不忘故舊，事死如事生，事亡如事存的觀念。道家所長者，則偏在講化，卽轉易變化，是生命韻律之轉變。如何從宇宙人生平凡庸俗的一面超拔轉化出來。其表現於文學的，重在將人間驚天動地的歷史，納入寂天寞地中加以超化。並且從過去所有而於今無存者，靜觀其化。因此可說儒家型的文學表現「生之情」，以性情、氣象勝；道家型的文學則表現「化之意」，以神韵、胸襟勝[11]。

然而，這兩種思想成分的表現，在中國文學中又常巧妙的融合渾化，並摻入佛教思想，轉出更複雜的心態，因而產生所謂中國文學的悲劇意識：先是依於儒家精神之愛人間世及其歷史文化之深情；繼依道家、佛教精神之忘我的空靈心境與超越智慧，而直下悟得一切人間的人物與事業，在廣宇悠宙下之緣生性與虛幻性，既歎其無常而生感慨，更增益深情，更肯定人間之實在，於是成爲一種人生的虛幻感與實在感的交融，獨立蒼茫而憤悱之情不已，或可名爲蒼涼悲壯之感。如陳子昂「登幽州臺歌」，蒼涼悲壯的心靈，懸於霄壤，上無所依，下無所傍，往者已往而來者未來，可謂絕對孤獨空虛而至悲。然上下古今皆在我們感念中，又爲絕對的充實。然後可再返虛入實，由悲至壯，卽可轉出更高的對人間之愛與人生責任感[12]。

這種複雜的心態，也許正是詠史詩詞中普遍存在的情懷。下文就以「詠史」與「懷古」兩種類型，以及詠史詩人在文化背景與個人情志上的細緻感應，略舉幾種反映歷史世界的不同精神樣態。

一、兩種態度——肯定或懷疑歷史對人物評價的眞確性與公正性。

自古功名亦苦辛，行藏終欲付何人？當時黮闇猶承誤，末俗紛紜更亂眞。糟粕所傳非粹美，丹青難寫是精神。區區豈盡高賢意？獨守千秋紙上塵。（王安石，「讀史」）

此詩說明了古人對於理想的自我追尋，在當時已不易被人了解，歷史記載又只是傳形不傳神，後人愈不可能有正確的認識。因此，歷史人物永遠只能是孤介自得的，而不必著意於留名青史。王安石基於對典籍記載眞確性的懷疑，因而對古人的寂寞千古，有著同情的悲慨。但另外一面如：

孤忠要有天知我，萬事當思後祝兮，君看宣王何似主？一篇庭燎未忘箴。（陸游，「讀史」）

面對歷史人事，透過相同的懷抱與遭遇，而使古今之人得以互相同情了解。由於信任上天能鑑其孤忠，且歷史亦將給他正確的評價，因此有這種肯定，轉而從歷史人事中提出特定的典型，以供當今帝王取法。

王安石的態度近於史論型的詠史，因爲對歷史缺乏信心，而思另作解釋。陸游則屬於史傳型詠史的態度，相信歷史評價的眞確性，因而對歷史人物給予由衷的贊歎與欽慕。但不論懷疑或肯定，他們最後都在謀求對古人的正確認識與感通。正如唐君毅先生所說：在中國的人間文學中所表現的情，恆爲兩面的關係，故其用心皆爲一往一復的。兩方皆爲自動的用情者，皆確知對方於我有情，於是其間的情誼，遂如兩鏡交光而傳輝互照。其情因以婉曲蘊藉，由悅對方之情，充我情之量，以彼我之情交滲，而使自己達於敦厚溫柔之境地[13]。這種感情的特徵，使古今時空似隔而實不隔。隔則相輝映，不隔則忘彼我。緣此，而有下列幾種精神心態的詠史作品。

二、敍述並議論古人事蹟，而精神受其感染，亦奮發飛揚，於詞氣間流露一種同氣相求的狂傲自喜。

這種懷抱氣象，唯李白詠史特別顯著而强烈。其詩所表現的多爲英爽的氣概，以及洒然磊落的胸襟。如：

按劍清八極，歸酣歌大風。伊昔臨廣武，連兵決雌雄，分我一杯羹，太皇乃汝翁……撥亂屬豪聖，俗儒安可通……。（登廣武古戰場懷古）

這主要是描寫秦末羣雄的紛爭角逐，其中以劉邦最具叱咤的風姿與忍辱的涵養。類似這種撥亂反正的豪聖，其氣度才情又豈是那些沈緬酒食、儒弱無能的俗儒所能了解的？李白於此詩結句，透過對阮籍的輕侮而表達了對劉邦與項羽的慕悅，並對自己有同樣的期許。又如「經下邳圯橋懷張子房」，則對張良種種智勇的事蹟，再三致意，不勝景仰；結尾卻歎息此人去後，只剩徐泗蕭條，無復往日的行踪了，在感慨中仍透出騰越曠逸的精神作風。另外，此類作品中最可注意的是「梁園吟」：先由梁孝王的梁園敍起，將相關的歷史人事一併說出，其中雖不免有訪古所引起的憂思悲感，但是：

酣馳暉，歌且謠，意方遠。東山高臥時起來，欲濟蒼生應未晚。

在飲酒歌謠之後，隨即又恢復雄放的性情，而欲效法謝安的濟世襟懷。對李白而言，懷古不是感傷的，英雄也永不遲暮。生命可以似激流，冲擊千古，與歷史人物同其浪濤。

李白之外，元好問也曾表現了同樣的詠史胸襟，如：

得意江山在眼中，凡今誰是出羣雄？可憐當日周公瑾，憔悴黃州一禿翁。（赤壁圖）

此詩敍詠周瑜的顧盼英姿以及蘇軾的風流超軼，私許他倆爲天地間的英雄。然後，轉下一筆質問：面對這充滿人傑的得意江山，而今應屬誰最特出？周瑜蘇軾去後，當然輪到元好問自己了。

這些詩都是對歷史中英雄豪傑的詠歎，而精神與之並馳。其中流露的是古今人物的惺惺相惜，親切照面。那種狂傲自喜的氣勢不是時空條件所能隔離的。甚至，假如可能，詩人必將倒轉時間之流，與古人一較雌雄。

三、敍詠歷史上的重大事變，而帶有批評精神的介入，主要是追究往事，而表達個人對當事者的諷刺。

如王維「西施詠」，把西施從特定的歷史時空中抽離出來，作成某種觀念的具體表徵——只要眞有才質，必能脫穎而出。然後，再以這層意思去譏刺那些徒慕富貴榮華而無眞實才幹的人。在正反兩面的比照之下，詠史者預先存在的固定觀念，得到最明確的闡發。又如李商隱「咸陽」，以嘲諷的語調，說明秦始皇所以能建立帝業，並非由於秦國擁有堅固的山川形勢，而純粹是因爲當時天帝醉酒，誤把天下移交給秦。此外，如章碣「焚書坑」、李商隱「隋宮」、「馬嵬」、杜甫「麗人行」、杜牧「過華清宮」、溫庭筠「蘇武廟」等詩，都有一段總結的警語，藉以批評並諷刺歷史人事。本來，歷史旣成過去，與當今現實沒有直接的關係，卽使有影響，也無可挽回，但詩人不肯以時空自限，必欲於觀念上有所爭討與議論，一方面藉以鑑明是非善惡，以建立一種客觀的行爲準則；另一方面，也使個人對朝代興廢的主觀感歎，得到抒解而寧息。

四、憑藉個人獨特的見解，替古人翻案。

這種表現，也許是基於對歷史評價的不信任，因而，出自同情的了解，另作判斷。例如王安石對於傳統的大部分觀念與積習，都希望能於意義上價值上有所釐清與重估。如「諸葛武侯」一詩，以敍事筆法，借長庚星爲意象來說明諸葛亮的丰采與成就，並以假設之辭推展出一個未可預卜的結果：假使當年蜀國君臣能齊心戮力完成諸葛遺策，則蜀國或仍有可爲。又如羅隱「西施」，則從另一個角度說明歷來國家亂亡，或由人謀不臧，或由氣運終盡，應從大體上觀察論斷，怎能隨意歸罪於女禍？這是歷史評議的不公平，致使某些僅是附從性的人事，獨擔興亡的責任。又如杜牧「題烏江亭」與王安石「烏江亭」，則對項羽東山再起的可能性，分別提出相反的猜測，而都與旣成的事實不同。此外還有杜牧「赤壁」、鄭畋「馬嵬坡」等。這些詩例的共同特色是：對歷史中幾乎已有定論的事件，重新研判，並別出心裁的透過未知的假設情況，開拓出歷史發展的無限可能性，頓然使得所有古今的興亡成敗，都未有定局，都仍在向前開展的軌道上，等候下一步的變化。這是詩人給與歷史的新生機，並且這些假想情況都足使如今的歷史改寫。那麼，所謂既成事實的結論，原只是許多並存的可能性中，碰巧完成的一個。幸與不幸，應另有解釋，而不必局限在某個特定的條件因果裏，使複雜的人事與天道的因素，過度簡化爲決定論。在這些詩裏，詩人基本上都不滿意現實的歷史結局以及後代的評價，因此，他們返回事件發生的當時，藉假設之辭，提供改變時空形勢的條件，終於在理論上挽回了某些不幸與敗德的歷史傾向。

五、藉由對歷史人事的敍詠，而尋求情志的感格、精神的輝映。這種情意包括了對古人的仰慕、讚賞、惋惜與悲歎等。

杜甫「詠懷古跡」之五：

伯仲之間見伊呂，指揮若定失蕭曹。運移漢祚終難復，志決身殲軍務勞。……

這是借古人的比擬以呈顯諸葛亮的才德功績，更讚美諸葛亮明知天下事已不可爲，仍不計成敗利鈍，志決身殲的精神，同時也表達了杜甫個人對此的惋惜。杜甫其他詩中，另以「洒落君臣契，「飛騰戰伐名」（公安縣懷古），說明對於君臣相契相投而建立事功的故事，有一分含蓄的欽羨之情。「出師未捷身先死，長使英雄淚滿襟」則以感觸的筆調捕捉諸葛亮的心境，並發抒杜甫的悲惘歎惋。尤可注意的是：杜甫這些詩句中，顯示了對劉備與諸葛亮君臣，在人事才能及實際事功上的絕對信心，唯一可悲的是「運祚難挽、天命不易」。這本是從〔詩經〕以來，把政治人事通向天命，而由道德以觀其成敗利鈍的傳統。但漢唐以後的詠史，道德因素往往被忽略，而變成純粹是天命與人事的對立或和諧，並且，天命是預定的，不論人事的是非，絕不改移。最後剩下的就只是個人在有限條件下的立身態度了。杜甫的詠史懷古是從時命的不可爲而仍轉出人事的肯定與道義的盡己，因此表現一種英雄氣慨與仁者胸襟，這種悲劇性的自覺，更使他能超越天命的限囿，完成人事的自足與貞烈。其他的詩人則往往不能及此，徒然徊徘於天命之前，哀怨歎惋，無以自處。如李商隱「籌筆驛」：

徒令上將揮神筆，終見降王走傳車。管樂有才元不忝，關張無命欲何如？……

李商隱是以「古來才命兩相妨」的觀點來歎惋人生，訴說命運的無奈。又如劉禹錫「蜀先主廟」則說劉備所以成敗的因素，完全是人爲的，但以劉備這樣的英雄，卻生出不肖的後主，又豈非天意？類似此種由天命造成的人事徒勞，在李賀「白虎行」也可看到。他雖然對荊軻的豪情悲歌有無限的崇敬，但對橫亙於人事成敗之間的天命，也是莫可奈何。

就這些詩來論斷，可以看出杜甫詩中的歷史世界，由於古今人事的感通與相續，永遠是向前開展推進的。人們向後懷古，爲的是印證自我的感情，鼓舞自我的志氣，以便踏著前人足跡，繼續前進，把歷史充實，推向無窮的未來。而劉禹錫、李賀與李商隱的詩，則沈溺於天命對人事造成的個別絕境。詩人向歷史回顧，只看到數不盡的興衰起伏，最後仍都重蹈敗亡的結局，剩下的只是詩人對歷史人物的欽慕與惋惜。

六、以特定的地理或事物爲象徵，寄託對歷史上永恆悲劇的感懷，而古今之人共抱萬古之恨，與山水景物同其無窮。

茂陵劉郎秋風客，夜聞馬嘶曉無迹。畫欄桂樹縣秋香，三十六宮土花碧。魏官牽車指千里，東關酸風射眸子。空將漢月出宮門，憶君清淚如鉛水。衰蘭送客咸陽道，天若有情天亦老。攜盤獨出月荒涼，渭城已遠波聲小。（李賀，「金銅仙人辭漢歌」）

這是李賀藉著銅人超然的立場，面對亙古常存的人生，展開有情的觀點。其中以種種對比，把漢武帝所鑄的銅人作爲具有特殊意義的象徵，表達了對人事興亡的感慨、對漢武求仙的同情，以及對天道無親的歎息。此詩刻劃了全幅歷史的勢易時移與朝代興廢。而銅人既是這些人事變異的參與者，也是旁觀者，更是含義豐富的象徵物。

此外，歷史上又有許多特殊的悲劇事件與傳說，往往能引發詠史詩人哀怨的情懷。這種情懷只能依附在某些相關的景物遺迹之上，並加以昇華，成爲一種永恆的憾恨的象徵。如李白「遠別離」：

或云堯幽囚、舜野死。九疑連緜皆相似，重瞳孤墳竟何是？帝子泣兮綠雲間，隨風波兮去無還。慟哭兮遠望，見蒼梧之深山。蒼梧崩兮湘水絕，竹上之淚乃可滅。

蒼梧山、瀟湘水曾經是當年舜之二妃的悲劇發生的場景，因此也就成爲具有特殊意義的象徵。只要詩人面臨這些景物並聯想其中人事，則悲劇與憾恨永不消逝。又黃景仁「雷澤夫人祠」則認爲舜與二妃的悲劇，已無從說起，只有世人爲他們建立在湘水旁的祠廟，可作爲永久憑弔的證物。劉言史「瀟湘遊」，更把這個悲劇所感染的時空擴大：湘水中飽含二妃的淚水，流到湘妃祠，以致這一帶的花草都含有一股幽怨的神態，甚至連深峽裏南國兒女的閒歌漁唱，竟都是當年哀輓舜帝的斷腸聲。項斯「蒼梧雲氣」則把象徵這件悲劇的景物動態化爲雲氣，而說：本來只是蒼梧山與瀟湘水，已夠叫人憾恨悲愁了，卻不知何年開始，此地更漫佈了淸寂寥遠，充滿愁緒的雲氣，並且永不收散，爲此悲劇添注了幾許淒淸。

由於這些象徵物本身蘊含著過往的事蹟，具有特殊的影射意義，詩人面對此，不能自已的萬事都到眼前來，逼出一股同情的悲歎。於是，古事今情，突破了時空的限隔，在此遭遇，纏綿不休、互相慰解傾訴。

七、對朝代興亡有古今如夢之感，但不與之沈淪幻滅，卻於人間仍有所肯定。面對歷史上無數興衰起伏的事件，不論歸於人爲，或委諸氣運，事實所顯現的，總是一種無常，非人力所能干涉，正如作夢般，當年煞有介事的繁華熱鬧，而今卻冷清模糊，恍若不曾發生。雖也有殘存的遺迹故址或歷史記載，卻不能證明什麼，因爲缺乏生命，遂只呈露一種破敗荒涼的景氣，反而引人悲慨。然而，卽使一切努力終歸徒然，基於作人的本分，今生仍有値得執著與肯定的，這正是生命最後的意義。如陶淵明「詠荆軻」：

其人雖已沒，千載有餘情。

說明了荆軻所代表的是人類反抗暴虐的壯烈精神，以及士爲知己者死的情懷。這不僅是當年的往事，也不會因成敗的結果而消逝，它畢竟能使千載以後的世人感動興起，因此不必計論其人的生死了。蘇軾「永遇樂」：

古今如夢，何曾夢覺？但有舊歡新怨。

人生的荒唐如夢，卽含有無限悲涼，而最後得以肯定的卻是舊歡新怨的情事。有情，才使不同時空的人物能辨認彼此的形象，相互了解憐惜，藉以劃破人間世界的孤寂，化解歷史世界的荒涼。吳文英「齊天樂」：

積蘚殘碑，零圭斷壁，重拂人間塵土。

禹陵雖已殘破，大禹的事功卻永久存在，造福無盡的後世蒼生。這是對事功的肯定。然而，事功是具體的，舊歡新怨與千載餘情，也是可感知的，而另有一種抽象的精神教化，卻也可超越時空而巍然長存，歷久彌新，如謝濤「讀史」：

百年奇特幾張紙，千古英雄一窖塵。唯有炳然周孔敎，至今仁義在生民。

英雄人物、奇特事蹟，因局促於有限的生命之內，隨著死亡都化爲塵土、徒餘文字，未必再爲後人憶念與了解；但當年周、孔順生民常情而訂爲教化的倫理道德，卻至今行於百姓日用之間，成爲不可須臾背離的生活條件。它的存在雖似有如無，但文化、社會中卻洋溢著它的光輝，歷史時空亦因它而得以照明。

然而，對詩人而言，最具感情與相知的意義的，還是古今詩人彼此間遙相契合的悲憫。如白居易「李白墳」：

可憐荒隴窮泉骨，曾有驚天動地文。但是詩人多薄命，就中淪落不過君。

對詩人來說，歷史世界中的人物，不論生前如何顯赫，終將隨時空的變幻而消沈寂寥。唯有詩人能「筆補造化天無功」，創造出藝術的世界，這可說是詩人對自身事業的肯定，也是最後最眞確的執著。

八、人類滾沒在歷史時空裏的虛幻與無助。

這是透過人事與自然界在現象上的對比，而呈現的一種不協調的感覺。當一切人間的繁華顯赫成爲過去，伴隨的所有事物亦淪夷湮滅，僅存的唯有外在無識無慮的自然世界，一切人事現象遂都依附在自然界的律則裏，而不足爲奇，亦不値得爲之計較或動情。在這種眼光下所形成的對比是：歷史上人來人往，物換星移，流轉無常。歷史的走向固然是錯綜變幻的，人事的軌迹更是無可預料。並且，所有歷史人事最後遺留的總是破敗荒涼的殘址廢迹，不曾給人們實際掌握到任何確定的價值與成就。與此相反的是：自然界的風月山川永遠屹立不改，且是絕對的無情無識，不與人同悲喜。這種情況，在詠史詩句中隨處可見，如：

英雄一去豪華盡，惟有青山似洛中。（許渾，「金陵懷古」）

無情最是臺城柳，依舊烟籠十里隄。（韋莊，「臺城」）

千年事往人何在？半夜月明潮自來。（劉滄，「長洲懷古」）

山川不爲興亡改，風月應憐感慨非。（陸游，「舜廟懷古」）

霸迹一朝盡，草中棠梨開。（劉駕，「吳中懷古」）

萬古不隨人事改，獨餘淸渭向東流。（方回，「長安」）

六朝文物草連空，天澹雲閒古今同。鳥來鳥去山色裏，人歌人哭水聲中。（杜牧，「題宛溪夾溪居人」）

自然界的山川、明月、潮水、花草，自有其物理的規律，彷彿與人事的動盪變改，毫不相涉。也就是在自然這樣冷漠的旁觀裏，英雄銷磨，霸迹滅盡，人事代謝。雖曾有過的短暫繁華熱鬧，終也抵不住時間的沖刷，而烟消雲散，落得個寂寞荒涼。假如不曾多情的賦與這些生命活動以特殊的人文意義，那麼，一切人事的起落興衰，不也只如自然界的成住壞空而無思無慮？更重要的是，當這一切過去後，究竟遺留下什麼證據？楝一「武昌懷古」：

一代君臣盡悄然，空遺閒話遍山川。

這些閒話便是詩人所要講的、史家所要錄的，也是歷史人事留給後世僅有的影子與聲響。

那麼，歷史現象的最終意義既然如此，人們也只能去追尋舒適自在的適性生活，轉以超脫的態度觀看人間世界了。這是直接從自然界學得的處世姿態，把自己由歷史人事的狂流與灰燼中超拔出來，在現實邊緣另築淨土與樂園，用種種辦法來遺忘人世的爭執，如：

名高不朽終何用？日飲無何計亦良。（蘇軾，「和劉道原詠史」）

六代興亡國，三杯爲爾歌。（李白，「金陵」）

偶爾涉及人間世態，也只是漁樵閒話式的淡然處之，不遣是非，不動悲苦，或者帶些無傷的諷罵：

多少六朝興廢事，盡入漁樵閒話。（張昇，「離亭燕」）

青史幾番春夢，紅塵多少奇才，不須計較與安排，領取而今現在。（朱敦儒，「西江月」）

一國亡來一國亡，六朝興廢太匆忙。南人愛說長江水，此水從來不得長。（鄭板橋，「六朝」）

大自然是無情而有意，即所謂天意。漁樵閒話對於成敗是非都有好意，是以天意看人事。而那一點不傷大雅的諷罵，聽來只叫人心平氣和，都無計較。或者是把歷史人事的本來意義取消了，另用種種譬喻把它轉移到不同的批評象徵裏：

歷歷興亡敗局棋，登臨疑夢復疑非。（元裕之，「出都」）

才子總緣杯酒誤，英雄只向碁盤鬧。問幾家輸局幾家贏？都秋草。（鄭板橋，「金陵懷古」）

轆轤轉轉，把繁華舊夢，轉歸幾許？（同前）

跳盡猢猻粧盡戲，總被他家哄誘。馬上旌笳，街頭乞叫，一樣歸無有。（同前）

說圍棋、說轆轤、說猴戲，既悲涼又洒脫，如同天道與人事互相嬉戲，直到各自盡興了，卻沒得勝負的結局，或者最後還是天意果然高超，於是變成：

國事興亡，人家成敗，運數誰逃得？（鄭板橋，「金陵懷古」）

人事如花，有開必謝，這就是氣數盡了，因此敗亡，而天道就在這氣數裏搬弄人事。有了這樣的體會，詩人面對歷史時空的流轉變現，再也認眞不來、執取不得了。

九、繁華落盡，人事代謝，亦如歲月的剝復，都是極爲自然而平常的現象，並不值得刻意加以渲染。並且，自然界本身的存在，亦不需依附任何象徵，無涉於人事愚妄的奔競。

朱雀橋邊野草花，烏衣巷口夕陽斜，昔時王謝堂前燕，飛入尋常百姓家。（劉禹錫，「烏衣巷」）

劉禹錫把整個朝代數百年的興衰代謝的歷史，濃縮在一方微不足道的眼前光景裏，他的感情表現是平靜的，似乎在客觀的敍說某件事實，而個人的情志全然不受干擾。旣不曾誇大王謝二姓曾有的輝煌繁華，因而對王謝大宅的淪爲尋常住家，這種人事遷移，也不甚訝異，他所傳達的，大約就是在這種自然平常的現象裏所可能蘊含的落寞情調。再如「西塞山懷古」則單純的敍述吳亡晉興這個歷史事實，以及這種史實給他的感覺：一個朝代覆亡，是另一個朝代的興起，這種替換，有其自然與必然的情理，不必再作無謂的爭辯或感慨；人世亦如歷史一樣，有它的興衰浮沈，當人們緬懷過去而神傷時，外在的自然界卻依然如故，那麼連這種感情也都是無著落的。

由這種淡漠的態度所衍生的，便是對於歷史上種種以人事附會自然物的迷信，加以諷刺；同時也把人事與自然重新劃分，各自保持本來的面目，而不產生意義與感情的關聯。如李商隱「詠史」：

北湖南埭水漫漫，一片降旗百尺竿。三百年間同曉夢，鍾山何處有龍盤？

此詩說明所謂的金陵，只是由漫漫山水所渲染成的靜寂廣漠的自然界，其間改朝換代，頻繁短促的人事異動，三百年間的歷史興亡，只如晨夢一般，對金陵山水並無特殊的意義。同時，金陵也不過是平凡自然的山水，但自從被秦始皇以來「王氣」的傳說所附會而變成帝王都邑的象徵之後，只爲了爭取這個福地，竟導致中國長期的戰亂。但是，歷史事實卻顯示了這個迷信的愚妄無稽。鍾山依舊在，而人事幾回變遷，它不曾情有獨鍾於任何朝代，亦不曾表現出傳說中的王氣的作用，它只是無情無知的自然物而已，人們附加於它的所有象徵，最後都將剝落，被愚弄的還是人類自己。

以上分別論析了歷來詠史詩詞的幾種主要的精神表現，這些都代表著詩人們在不同的時代背景、文化素養以及個人情志下，對歷史世界的情感與解悟。我們可以大略的歸結說：從早期的詠史開始，到詠史詩體或詞體的正式完成，其間在內涵意義上有幾種比較重要的發展：

1.重視歷史記載中個別人物及其行事的是非善惡的評價，以及它們對政治世局的影響，由此而引申出政教風俗與個人修養的鑑戒意義。這是理性的，或道德的，歷史世界在詩歌中也僅是材料性的運用。

2.關注歷史上朝代興亡、人事變異的大規模過程在時空流轉中的意義；或者是强調人事的文化價値，而使某些特殊人格與精神的象徵，挺立於時間之流中，顯示一種宇宙的樂感與恆定感；或者是誇張時間的銷滅勢力，以致一切人事作爲都隱現了終極毁滅的傾向，而變得乏力、無意義。如此而引發一種宇宙的悲感與無常感。這兩種情況都是從時間與人事在歷史過程中對立而消長的情勢，所導生的不同態度。

3.摒出對歷史人事的情意糾結，而崇奉自然的原理，把歷史文化與自然現象作對比，就無始無終與常新不變的觀點上，肯定自然界的不識不知爲宇宙的本質，順此相應於人生的態度，則對一切人事的興衰起伏，都認爲是合乎自然律的現象，因而淡然處之，不另生情緒反應。並且，除了自身跳出這種人事營爲的牢籠而自尋適性的生活外，對於歷史的看法，也採取超然的觀點，只作描述而不動感情。

這三種型態的表現，幾乎成爲中國文人面對歷史世界的基本而普遍的反應。其中的第三型態，則幾乎已無歷史時空的感覺，可說是古往今來的人事變遷，都不再有特殊情調的差異，人們不再爲古人的賢愚是非操心計慮，也不爲興亡成敗感慨，過去的一切已經失去最後的影響，現在的與未來的人事仍將自生自滅。生命只是個人的眞實，與自然世界的關係較深，與歷史世界的淵源則可有可無。這樣的心態，在元曲小令中特別顯著，以下卽探論之。

元代，由於特殊的文學史背景，以及政治因素、民俗觀念的影響，使元曲成爲一種盛行的文體。當時文人們多有山林田園的隱退思想；並且，元代崇奉道教，造成道家思想的深入民間生活裏，而反映於文學作品中。元曲小令有關詠史的部分所表現的觀念情趣，主要卽傾向於道家式的超脫與無所關懷。它把唐宋以來詠史詩詞中崇奉自然律的心態，在境界上推向極端，形成一種洒脫自在的胸襟與神韻。他們本來的用意只是藉著個人逍遙林泉的生活情趣，以漠視俗世的奔競；連帶的遂把歷史上留名建業的人物與事蹟，也理論化的嘲弄一番。也許他們私下裏仍存有傳統儒家的濟世衷誠，但又莫可如何的自行抑制了，最後則歸入寂天寞地的自然世界裏，過著適性的、自得其樂的生活。如馬致遠「撥不斷」：

> 布衣中，問英雄，王圖霸業成何用？禾黍高低六代宮，楸梧遠近千官塚，一場惡夢。

以及張鳴善「水仙子」：

> 鋪眉苫眼早三公，裸袖揎拳享萬鍾，胡言亂語成時用，大綱來都是烘。說英雄誰是

英雄？五眼鷄岐山鳴鳳，兩頭蛇南陽臥龍，三脚猫渭水飛熊。

這是對古今所有聖賢豪傑的感慨與反省。王圖霸業造就了英雄人物的名聲，而時間卻毀滅了這些幻象。在作者眼中，歷史留名都是偶然的，是時勢意外造成的，其人本身的作爲本就難以把握，但後世誤將所有榮耀歸諸這些個人的德行與才幹，造成一種錯覺，致使許多無知之輩，野心妄作，自擬古人，而胡鬧幾場，到頭來不論功業成就與否，是非評價如何，全都落得事散人亡，一片空白。似這般的歷史人事，眞如痴人說夢，有何意義？因此，元曲作家特別愛用「夢」來解釋對歷史的感受，並藉以慨歎人們的執夢作眞，演出無數的悲劇與鬧劇：

咸陽百二山河，兩字功名，幾陣干戈。項廢東吳，劉興西蜀，夢說南柯。韓信功兀的般證果，蒯通言那裏是風魔。成也蕭何，敗也蕭何，醉了由他。（馬致遠，「折桂令」）

乾坤一轉丸，日月雙飛箭，浮生夢一場，世事雲千變……休干，誤煞英雄漢。看看，星星兩鬢斑。（鄧玉賓，「雁兒落」）

這樣的夢中人事，最多只如「傀儡棚頭鬧」。英雄當年果然如傳說中的風雲際會，煞有介事；時間一過，卻連生命都保不住，又豈扭得轉乾坤？成敗興廢，是他家自說自唱，蒙混世人，而今則夢裏醉裏都與他不相干了。面對這種瞬間千變的歷史人事，如何去把捉確定的價值與意義？可歎的是千古繁華夢醒後，不知曾經留下什麼：

千古轉頭歸滅亡。功，也不長久；名，也不長久。（張養浩，「山坡羊」）

把風雲慶會消磨盡，都作了北邙山下臣。便是君，也喚不應；便是臣，也喚不應。（同前）

形骸隨紅塵化，功名向青史標……兩下裏爭戰圖前鬧。一壁廂淡烟衰草霸王城，一壁廂西風落日高王廟。（范康，「寄生草」）

功名不長久，君臣無覓處，凡屬於人事的，都將磨滅。功名事業本來都爲的是顯示生命的意義，但生命既不復存在，則這些意義亦無可附會憑依，只變得多餘與空洞。人並不能向青史裏挽回什麼、證實什麼，或者執取什麼。假如能够「昕則落的漁樵人場閒話」，已經够幸運了，若還要計較其中成敗，將發現：

天數盈虛，造物乘除，問汝何知？（虞集，「折桂令」）

天喪天亡，成敗豈尋常？（馬謙齋，「塞兒令」）

想興衰，若爲懷……世態有如雲變改。疾，也是天地差；遲，也是天地差。（張養浩，「山坡羊」）

就是這天意、運數，主宰了人世的興衰起伏。但它又是個絕對的自然，既非尋常，更不可知，人事營爲眞是微弱可憐，一切都在無法拒絕的算計中。從這些空、夢、何用、誤、滅亡的體認裏，元曲作家對歷史的觀念是悲涼的、虛幻的，不僅個人主觀的眼前無往事，歷史世界最後也畢竟無餘物。於是，他們只得從歷史人事裏走出來，在現實的自然界裏尋求安身立命，這便是：

是個識字漁夫，蓑笠編竿釣今古。（胡祇遹，「沈醉東風」）

千古是非心，一夕漁樵話。（白樸，「慶東原」）

漁得魚，心滿願足；樵得樵，眼笑眉舒；一個罷了釣竿，一個收了斤斧。林泉下偶然相遇。是兩個不識字漁樵士大夫。他兩個笑加加的談今論古。（胡祇遹，「沈醉東風」）

看時節，尋道友，伴漁樵，從這裏堯舜禹湯周滅了。漢三分，晉六朝，五代相交，都則是一話間，閒談笑。（鄧玉賓，「迎仙客」）

類似這種自得自滿，志氣小而世界大的漁樵閒話，是與歷史人世悠然相忘的。在衣食無憂之餘，古今人事的興衰存亡，看來都有一種喜氣，仿如山林川澤的生機蘊蓄而又風日洒然。千秋萬世在鳥鳴魚跳的自然韻律裏滑過，且化於無形。作者的胸襟也開盪渾樸，與世無爭，更不措意於眼前身後的是非，或者爲古人不平了。不論識字或不識字的漁樵，歷史古今都須是在談笑裏、在林泉下，而不曾在心坎裏、肩頭上。他們都不願把這種虛妄的責任擺進單純的生活中以致喪失自由。唯一他們關懷的是：歷史似乎只爲少數英雄政客提供翻雲覆雨的時空，直接受連累的卻是廣大無辜的百姓。從自居於民間漁樵的觀點來看，歷史上一切動盪，帶來的大部分是慘痛的教訓，不論其動機與結局如何，沈默的百姓永遠是受害者：

傷心秦漢行經處，宮闕萬間都作了土。興，百姓苦；亡，百姓苦。（張養浩，「山坡羊．潼關懷古」）

美人自刎烏江岸，戰火曾燒赤壁山，將軍空老玉門關。傷心秦漢，生民塗炭，讀書人一聲長歎。（張可久，「賣花聲．懷古」）

以前的詠史詩詞所著重的都在於歷史上著名人事的詠歎或評議；或者對整幅古今時空、朝代興亡的感慨；這雖是詠史的主要內容，卻比較是屬於上層結構的文化悲情，與生民痛癢無關。元曲作家由於自身對民間生活的親切體驗，才比較嚴肅的關切到歷史變局中低層民衆的痛楚。因此，他們不但由平民意識發展出漁樵閒話式的歷史觀，冲淡了古今人事的政治意味，而歸化於自然。並且，他們也悲憫的點破了在英雄歷史後面的百姓血淚場面。這兩種表現似乎在意境與情感上是不協調的，但本質上，漁樵意識雖可傲笑歷史世界的紛亂虛妄，但漁樵生活卻必須仰賴一個長治久安的世局。那麼，最後的結論仍必然是悲哀的：一方面是歷史留名的人事終究在時間中毀滅無餘；一方面僅求溫飽存活的百姓卻無可逃避的成爲歷史興亡的實際受害者。眞相如此，雙重的無奈，歷史的意義又該如何解說？元曲作家這種洞察的悲憫，是超出了純粹詠史的情感與理智，而落實到最眞切的人間關懷。中國文學中對歷史世界的反映，到此已經是體貼入微了。

至於中國講史小說中歷史觀念的表現，在表面上似乎不出於詠史詩詞與元曲小令所涵有的幾種情態。張政烺先生認爲：講史在形式及意境上的淵源，是晚唐以來盛行的通俗性詠史詩如周曇、胡曾、汪遵、褚載、羅隱等人的作品，逐漸衍變而來的[14]。那麼這些詠史作品中所呈示的歷史觀念，即可代表講史小說的主要精神。如〔三國演義〕的題詞，在全書的開端與結尾分別是：

滾滾長江東逝水，浪花淘盡英雄。是非成敗轉頭空，青山依舊在，幾度夕陽紅。白髮漁翁江渚上，慣看秋月春風。一壺濁酒喜相逢，古今多少事，都付笑談中。

紛紛世事無窮盡，天數茫茫不可逃。鼎足三分已成夢，後人憑弔空牢騷。

或者如〔隋唐演義〕、〔秦併六國史話〕、〔東周列國志〕等書的題詞：

閒閱舊史細思量，似傀儡排場，古今帳簿分明載，還看取野史鋪張……而今略說興衰際，輪迴轉，男女猖狂，怪蹟仙踪，前因後果，煬帝與明皇。

始皇詐力獨稱雄，六國皆歸掌握中。北塞長城泥未燥，咸陽宮殿火先紅。痴愚強作千年調，興感不如一夢通。斷草荒蕪斜照外，長江萬古水流東。

道德三皇五帝，功名夏后商周。英雄五霸鬧春秋，頃刻興亡過手。青史幾行名姓，北邙無數荒邱。前人田地後人收，說甚龍爭虎鬪。

在這些作爲前導或收束的總括性詩詞中，作者的姿態似乎是旁觀的、超然的，其內容所表達的意念與情境，只如同前述那些詠史或懷古作品的內涵。作詩詞者只是從個人臨時起興的角度，把他們的歷史感慨簡略的表達出來，並且是點到爲止，再無餘事。

事實上，除了這些卽興式的詠史詩句外，講史作者還必須經年累月的苦心經營講史的「正文」部分——這才是講史的眞正重心——以小說形式所結構的歷史世界。在這部分裏，爲了敍述、解釋以及其他種種小說條件，作者的心境與觀點往往是複雜多變的，而不再只是幾首詠史詩所能簡化、限定的。因此，在論及講史小說中的歷史世界時，我們必須拋開那些貌似輕易的題詞，直接探入小說正文部分，以便完整而正確的認識這類型中國文學中所反映的歷史世界。

然而，中國講史小說作品的數量及內容頗爲龐雜，據馬幼垣先生的研究[15]，認爲講史小說是指「以史實爲核心的小說，它藝術化的融合了事實與想像，在人物及事件的描述上有創新的發揮，但不違背衆所皆知的事實。」依照傳統的原則，較合乎理想的講史小說在內容成分上應是三分虛構，七分事實。卽是說，以一件或一段史實作爲主要內容，而在小說處理的過程中，適當的加入作者想像的創意而給以史實重新編排、佈局，並強化某些特徵或意義，以便達成作者所要藉歷史以表現的特殊效用。一般而言，講史小說取自正史的有幾種主題：「開國建朝」、「國家安危」、「歷朝紀事」等。在這些主題的演述中，作者分別陳說了他們的歷史觀念。除了「歷朝紀事主題」爲了給予一般民衆通俗化的歷史知識，而「機械性的有意包羅一切，同時在本能上有照抄正史的傾向，使得歷史的戲劇性高潮大爲失色」，因此不能表現作者獨特的見解與感情，其他兩種主題都能有效的顯示講史小說特有的歷史內涵。綜合的說，這類講史作品絕大多數是「以國家或朝代爲重心，並習慣上偏向歷史人物」；爲了某些特定的目的（藝術的或說教的），當他們以國家的興衰存亡或人物的建業立德爲線索而建構歷史世界時，經常會脫出正史範圍或簡化歷史事實，以發揮虛構的效用。他們從野史傳說等資料汲取靈感，並從民間信仰（天命、神怪等）吸收觀念，藉以彌補理性原則與歷史因果律在解釋史事時的不足，並且造成通俗化的趣味。或者說，他們比較在形式與內容上顧及故事的完整敍述、人物事件的現在進行，以及民衆經驗的仿同；打破編年體的順敍方式，而把列傳體與紀事本末體錯綜運用，造成複雜的多線式並行發展，然後以幾個主要人物或重大事件把這些交織的關係綰合起來，顯示一個共同的方向，並歸納出共同的意識。可以說，講史作品中的歷史世界在秩序的表現方面是比較靈活生動的，人物的性格也比較理念化的凸顯，成爲固定的行爲模式。至於歷史的眞實性，則往往爲了符合藝術的需要而被減弱。

總結的說，講史小說中的歷史世界由於特殊的結構形式，而在觀念的傳達與情趣的表現上，不同於史家之史以及詠史詩詞曲；它雖名義上依附於正史的現成資料，但事實上，它卻可以自成一個獨立完整的小說世界，爲中國廣大的中下階層普遍接受，成爲他們主要的歷史知識與偶象信仰的來源。它的特徵大略如下：

1.假歷史之名說教：其重點在於「把歷史當作是道德典型的泉源，同時借歷史來對過去的事情作道德論斷」。這種寫法的根據是「歷史會重演」以及「過去爲現在提供模範教訓」。這種道德觀念的提出，大多是取材於傳統習知的倫理綱常，如忠孝節義之類，而無進一步的推衍；而歷史事件的主因，則被說成是「政治上的陰謀，特別是中央政府圈子內的陰謀，以及高官要人的雄心、艷事、妒恨、互相仇視及其他私人事情」。至於「歷史的主流及有關的歷史動力」則甚少被注意。他們致力於單純的道德觀對歷史人事的影響與批判。

2.天命觀念的運用：除了根據道德觀念所能解釋的歷史興衰與人事成敗的內在因素之外，講史小說又藉民間信仰來彌補在不可知的決定論方面的缺失，這就是「天命不可改」的觀念。這種觀念從〔詩經〕（或更早的文獻）以來，一直都存在於中國哲學與文學之中，且與道德理性並立，成爲矛盾的或可協調的兩種思想。道德屬於人事範圍，天命則屬於人事以外的、非理性的範圍。大抵說來，天命「是最終的判決力量，給人間世界提供不斷的指示，並監視著人間事情，特別是政治事件。」而在講史作品裏，天命是一種超越而絕對的行爲價值依據，與正義公道或因果報應、輪迴償業等觀念不相干。它表現爲一種不可抗衡的意志，人世的道德與智巧都在它的陰影之下顯得脆弱無力。並且，小說中的人物都被安排得似乎對此天命有著自覺，從敬畏天命的立足點出發，無論其心情是恬淡或悲愴，對天命的存在都無所懷疑與詰問。他們莫可如何的服從天命，而不致於把現實的成敗看得太重。只在有限的範圍裏，他們才精誠的擁護人間道德、執取情感價值。天命在講史作品裏的性格是權威的、絕情的、無常的。它是一種純粹的力量，播弄人事而又不知目的何在。它以「天數」、「定數」、「刼運」、「刼數」、「命」、「天意」等同意詞出現在小說中。神怪的身分在講史作品裏應當是屬於媒介性的地位，卽人事行爲與抽象理念之間的溝通聯結。道德是內在於人性，天命則超越於人爲，本質上與人類外顯的實際活動，維持著若存若亡的關係，而講史小說所面對的讀者與聽衆，一般而言都比較不能直接與道德天命契合，因此，講史作者借用神怪（道教與佛教的人物）的中介身分來完成天人的交通。一方面是用來「探討宇宙的本質與人類的天性」，建立所謂的與人間組織相感應的諸神世界；一方面則輔助性的「鞏固道德教條的力量與權威，並刻劃天命無比崇高的觀念」。在實際的小說運用上，它可以適量的給予英雄人物有克服難關、扭轉局面的能力，並且對歷史上許多不可理解的事件，有個神秘性的說明。這個觀念的運用，在長篇大論的敍說歷史故事之後，卻把所有人情的悲觀離合與機詐爭執，一併消納於天命之前，而轉出繁華消歇、人事已盡的超化胸懷，這也可說是一種歷史智慧的結論。唯有如此，講史作者才會慣用「滾滾長江東逝水……古今多少事，都付笑談中」那樣與本文部分不相稱的題詞。

3.神怪成分的摻雜：假如說道德模範、天命觀念是中國講史作品所要建立並闡釋的主要內容（當然，通俗歷史知識的傳播也是重要目標之一），那麼神怪成分在講史作品中大量的摻入使用，也必然有它的特定意義。除了作爲聳動視聽的趣味效果之外，如果「小說是以宗教式的嚴肅、力量與信念來表現神怪」，那麼，神怪的作用卽是「把幻想與事實融合在一起，而完成作品主題的完整性」。這種效用在講史小說裏，多方面的滿足了人們對正史敍事所感到的缺憾。

4.英雄形象的塑造：歷史的形成，本來就是以人類的活動在時空中組織而成的，特出的具有較强大影響力的人物，則往往被看成是歷史變局或方向的決定者。講史作品的敍述結構，照例是以人物爲主而推演的，有時甚至以人物的生平傳記爲史事發展的脈絡。這些人物包括正史記載的以及作者根據民間傳說或個人想像而虛構的兩類。他們被刻劃爲英雄角色，當他們「在個人動機與自我追尋努力的驅使下，想要鞭策自己和影響大衆時，從而表現了較爲廣大的民族特性」，因此，他們與歷史潮流有密切的關聯，或者說他們卽是歷史問題的製造者與解決者。其次就這種英雄人物的內涵來看，他們經常必須是文武雙全，道德與智謀兼備，更重要的是他們同時要有堅持理想、忍受屈辱與迫害的涵養，必要時還得含寃屈死，以完成沈默的淸白。在塑造這樣的形象時，講史作者給他們的補償是宿世神仙或天上星宿的超凡身分，是擔負著特殊任務而降生人間，作爲天命的執行者。因此，他們在世時一切行動的成敗榮辱，都另有超越的解釋與評價，歷史內容對他們只是形下的遺迹。在講史作品裏，這種超越意義的身分適用於所有正面人物，包括男性女性以及孩童。（反面人物亦如此，但他們的塵世形象則屬於陰謀敗壞的類型。）

5.時空意識的淆亂：也許由於講史作者對歷史的觀念偏重於從事件與人物抽取道德教訓以及通俗教育，或者卽是注重事件的敍述與人物的塑造本身，因而，忽略了書中人事出現的那個時代的精確背景，卽「很少或根本不想要細心重述當時的風俗與氣氛，而把讀者帶同那個時代」。它們通常是以作者本人所處的時代爲背景，而敍述古代的人事，這就造成了許多不協調的現象，以及對於書中人事而言，過於前進的意識。在眞實性的要求上，這未免是個嚴重的缺陷。然而，講史作品所關注的旣然是比較普遍而永恆的倫常典型與超越內在的觀念價值，那麼，時空的錯置，也就無關緊要了。

以上總括的論述了中國講史小說在反映歷史世界的特質，這部分的特異情調是足以和詠史詩詞、元曲小令並列，而各顯精神的。中國文學中的歷史世界大抵不出這三種類型。

在分敍從〔詩經〕以來的詠史詩詞以及元曲小令、講史小說中的歷史世界之後，玆擧明末歸莊的「萬古愁曲」，作爲結束。

此曲全文分爲二十二段，綜述中國歷史，從盤古開天的神話敍起，經歷唐、虞、夏、商、周、秦、漢、魏、晉、隋、唐、元、明、清初，前後數千年。這段歷史時空的延續變遷，以及人事的盛衰起伏，作者卻以幽默諧謔謾罵的口氣，唱反調作翻案的方式，把古人古事一一罵倒，認爲這些歷史都是錯誤、虛妄、荒唐的累積，或者因果循環的無聊，根本上缺乏嚴肅的人文意義，而唯獨對明朝君臣，別有沈重的褒貶，流露出一股悲痛的憂國情思。在這樣的結構裏，呈現了一種諷罵中有莊嚴，戲嘲中有熱淚的怪誕情調。本質上，作者由於切身的亡國之痛，無處申說，鬱積內心的憤懣使他故作反激之語，貶斥前代而獨尊明朝。這當然也存有傳統士大夫擁護本朝正統的忠義之情，但他卻對一般儒家與道家所崇奉的典型人物也恣意褻漫。如：

最可笑，那弄筆頭的老尼山，把二百四十年死骷髏，提得他沒顚沒倒。更可怪，那愛鬪口的老嶧山，把五帝三王的大頭巾，磕得人沒頭沒腦。還有那騎青牛，說玄道妙；跨鵬鳥，汗漫逍遙……都只是扯虛脾。斬不斷的葛藤，騙矮人弄猢猻的圈套。

這裏把孔孟老莊一起推倒，等於是刨掉了中國文化的整個根基。這已不僅是對歷史人事的學術性懷疑，而竟像是逞意氣的不信任與不認可了。大約他認為正統的明朝既可亡於夷狄外族，則中國傳統文化亦必然連同的被否定了。

拔盡鼠狼毛，推碎陳元寶，萬石君已絕交，褚先生告辭了。俺自向長林豐草，山坳水嶠，一曲伴漁樵。

既然歷史文化都面臨異族統治的厄運，那麼，這個不服氣的傳統士大夫，在這變色的人間亦無容身的地位，只得斷絕人情，識破世態，向無識無慮的自然山水裏去隱遁了。

註釋

1 徐復觀，「原史」，收於〔兩漢思想史 卷三〕（臺北，學生，民國六十九年），頁二二〇。

2 同上，頁二二五—二二八。

3 梁啓超，〔中國歷史研究法〕（臺北，中華，民國六十四年），頁一〇。

4 徐復觀，「原史」，頁二四八。

5 梁啓超，〔中國歷史研究法〕，頁一。

6 蔡英俊，〔中國古典詩歌中的歷史——興亡千古事〕（臺北，故鄉，民國六十九年）。

7 「文學意識之本性」，〔民主評論〕，第十五卷第十四、十五、十六期。

8 劉大杰，〔中國文學發達史〕（臺北，中華，民國五十一年）。

9 參見齊益壽，「談六朝詠史詩的類型」，〔中華文化復興月刊〕第十卷，第四期，民國六十六年四月。

10 此種分別請參考蔡英俊，〔中國古典詩歌的歷史——興亡千古事〕，導論。

11 唐君毅，「中國文學與哲學」，〔中華人文與當今世界〕（臺北，學生，民國六十七年）。

12 見唐君毅，〔中國文化之精神價值〕（臺北，正中，民國六十三年）。

13 同上。

14 參考張政烺，「講史與詠史詩」，〔中央研究院歷史語言研究所集刊〕，第十期，民國三十七年。

15 詳見馬幼垣，「中國講史小說的主題與內容」，〔中外文學〕，第八十九期，民國六十八年十月。本文在引述馬先生的文章之處，皆加引號，以爲識別。

幻想與神話的世界

——人文創設與自然秩序

龔鵬程

幻想與神話在文學中的表現

孟夏草木長，繞屋樹扶疏；衆鳥欣有託，吾亦愛吾廬。既耕亦已種，時還讀我書。
窮巷隔深轍，頗迴故人車；歡言酌春酒，摘我園中蔬。微雨從東來，好風與之俱。
泛覽周王傳，流觀山海圖；俯仰終宇宙，不樂復何如?

——陶淵明・讀山海經十三首之一

表現的性質

在陶淵明的世界裏，詩人自我，常與宇宙大化親切地融合在一起。透過和諧的體悟和觀照，這個世界充滿了秩序、情愛，有生命、有活力。單以本詩來看：初夏寧靜的氛圍中，和氣穆而扇物，草木蔚其條長。令人激撼震動的春天剛過，繁花都盡，夏蔭清深，人便在衆鳥歡鳴、萬物和泰之際，藏修悠息於其中，獲得了生命的安頓。而靜觀大地，也只見一片生機洋溢，物皆自得。

這種生活，必須建立在兩種條件之上：一是「既耕亦已種」，一是「時還讀我書」。前者說明了作者之所以能閑觀萬物，是因自食其力，對外界不必有任何營求、希冀與忮刻之心；後者則指出了詩人內在的憑藉，因為生命的安頓除了外在經濟生活供養之外，內在心靈的證悟似乎更具實感。這份證悟，陶淵明借兩本書來說明，指出他個人修養的境界和特質。

這兩本書，就是〈穆天子傳〉和〈山海經〉。〈穆天子傳〉，是一本有關歷史的描述，記載了周穆王駕八駿、見王母，西遊崑崙的壯麗詼奇故事，但它同時也浸潤在神話的幻想中，散發出無比奇異的色彩。〈山海經〉亦不例外，它是宇內奇山異水、靈禽怪物的記述，卻也是神話幻想的寶庫。於是，歷史與神話，在此交揉爲一，不僅展示了人類文化的全相，也能無偏枯地顯露出藝術心靈綺縠紛披的美麗風貌；既涵有理智的實感，也有了訴諸超感官的冥觀[1]。這，其實就是陶淵明理想世界的特質，他由此洞悟到宇宙間流轉生運的秘妙，所以才能在人文思想上更有超人文精神的提升，透視整個宇宙的生命和本質。使我的情感跟物的姿態相互廻流，以物觀物，不知何者爲物、何者爲我：「俯仰終宇宙，不樂復何如？」

當然，陶淵明這種境界，也代表著中國文學的一種特質，譬如講史小說在傾訴人世之悲歡、細摹歷史之痕埃時，往往闌入荒誕不經的神怪敍述；戲劇在緊張危疑之際，也往往出現神怪的蹤迹。就詩歌來看，不但仙詩鬼詩堂而皇之地進入了文學史的殿堂，詩人的生命情境和表現也往往兼有人文和超人文的層面。人文與超人文二者相浹俱化，只有偏重的差異，而少根本之不同，例如李白較杜甫更具超越人間之精神，揮斥八極，釣鼇東海，但其本身卻仍具有強烈的人間創業精神。只不過，像陶淵明那樣和諧的境界，雖是中國文學所嚮往的，詩人詞客卻未必人人都能達到，因此在超人文精神的追求和人文世界的完成中間，便常出現一條裂罅，撼動出一片天人相盪的深悲隱痛[2]。但是，無論是已完成的和諧也罷，未完成的悲苦也好，除了歷史眞實和人類現世的存在，神話與幻想的世界也確實存在於中國文學中，則是不爭之事實。

這一事實，告訴了我們：從周秦以後，雖然人文精神不斷拔升，卻沒有從歷史中將神話驅逐走，也不曾將幻想由心靈中拔根；神話與幻想經過若干變遷之後，依然和歷史的寫實精神緊緊結合著，成爲文學的基本結構[3]。許多人惋惜「子不語怪、力、亂、神」，使我國的神話精神受到斲害；其實六經中就包含不少神話幻想的成份，漢晉以後的遊仙和志怪傳統，更是蔚爲大觀[4]。這是因爲：幻想是人類根源性的心智活動之一，與道德或理性的追求，同樣是內在而不可割捨的創造活動。透過神話，詩人們甚至仍可追探宇宙與人類生命的意義，例如辛棄疾「木蘭花慢・中秋夜飲酒將旦，客謂前人詩有賦待月，無送月者，因用天問體」那首名作，就說：

可憐今夕月，向何處，去悠悠？是別有人間，那邊纔見，光景東頭？是天外、空汗漫，但長風、浩浩送中秋？飛鏡無根誰繫？姮娥不嫁誰留？　謂經海底問無由，恍惚使人愁。怕萬里長鯨，從橫觸破，玉殿瓊樓。蝦蟆故堪浴水，問云何、玉兔解沈浮？若道都齊無恙，云何漸漸如鉤？

詞用〔楚辭〕「天問」體，不單是指其形式，內容也大量運用神話爲其素材（姮娥偷不死藥出自〔淮南子〕「覽冥訓」，月中有瓊樓玉宇出自〔拾遺記〕，月中有蟾蜍玉兔則見於〔楚辭〕「天問」及張衡〔靈憲〕），以構建一座神話之宮。全詞藉想像以連繫、組織各種意象，而非邏輯性的推理；怕長鯨忽起，撞破月宮，也是非理性直覺的幻想。因此它其實只是一闋神話式的謳歌而已，王國維〈人間詞話〉卻強指它能「直悟月輪繞地之理，與科學家密合」，眞是冤枉它了。

不過，就神話之性質來看，它似乎可視爲對宇宙和人類生命的一種解釋，因此它有一部份卽是一種原始科學，試圖解釋變幻無常的自然現象。所以王國維的話也不算太錯，但問題是：我們必須分判原始神話和文學中的神話運用，其關係和差異各如何。

表現的型態

神話的面貌和內涵，時隨不同學派的認知活動而扭曲，姿影模糊，以下這一定義較具涵蓋性：「神話是許多故事混雜而成，有的本之實事、有的出自幻想。但基於種種理由，人們素以神話爲宇宙與人類生命內在意義的表現。」[5] 換言之，神話乃是一個奇異的故事，它可能是眞人實事的誇張，也可能是神仙遐想或寓言，更可能是對社會型態及自然現象的詮釋……。但是，這些故事在表現上，常因宗教觀念、個人意識各種原因，而有不同的型態：例如早期的神話敍述，多集中在精靈、動植物、咒術等型態中；到神人同性論（Anthropomorphism）的宗教文化期，神話才開始有人態的傾向，記敍性神話逐漸取代原先的解釋性神話，並開始劃定神話人物的從屬關係和血緣系譜等。由文學的觀點來看，它由說明文學漸漸步入敍述文學，神話的文學性卽逐漸濃厚了。

以〈山海經〉和六朝志怪、唐人傳奇互勘，這種差異自然非常明顯，同是狐狸，〈名山記〉只說是古代名叫阿紫的淫婦所變，所以牠善於迷人。干寶〈搜神記〉卷十八就敷演成一則男人被狐狸勾引的故事。前者是說明性的，後者則是敍述性的，但敍述故事中仍不脫說明之意，到了唐人小說〈任氏傳〉才完全以敍事小說姿態出現。比較「東次二經」及〈封神演義〉中的九尾狐，同樣可以得到這種結論，可見神話常隨宗教觀念、個人意識等因素，流動變化，而逐漸成爲「文學」。

所謂由神話變爲文學，意指本來探究自然本義、解釋歷史發展、或實用祭儀效果等性質，經解消作用而稀釋；藝術效果和文學之鑑賞意義，則經純化作用而增强。於是，神話便成爲文學中最具撞擊力及魅力的部份[6]，而詩人有時也會因藝術或其他目的而添加、改變或創造神話。仍以陶淵明詩爲例，「讀山海經」之七說：「粲粲三珠樹，寄生赤水陰。亭亭凌風桂，八榦共成林。靈鳳撫雲舞，神鸞調玉音；雖非世上寶，爰得王母心。」珠樹出自〈山海經〉「海外南經」，桂林見「海內南經」，鸞歌鳳舞的軒轅之丘則出自「海外西經」，都非王母山中故物，但詩人卻爲了配合自己的創作意圖，而任情移易，所以黃文煥〈陶元亮詩析義〕就說：「三珠在赤水，八桂在番禺，不屬王母山中，卻拈來合詠，直欲將山川世界更移一番，以他處所有，添補仙神地方之所無，想頭奇絕。」陶淵明以後，如李賀、李義山也常有這類作品。與其說這是陶李諸人獨特的成就，毋寧說這只是神話在流動變化中一種普遍的現象。謂余不信，請看清朝李汝珍寫的〔鏡花緣〕吧！李汝珍借用〔山海經〕、〔博物志〕、〔拾遺記〕等書中的奇邦異域和怪禽野獸，增損變造，卽成爲另一個更爲荒誕譎怪的世界，創造了新的意義。像伯慮國、無脊國、無腸國……都是如此。伯慮國的人：

雖不憂天，一生最怕睡覺。他恐睡去不醒，送了性命，因此日夜愁眠，……終年昏昏迷迷，勉强支持。……此地惟恐睡覺，偏偏作怪，每每有人睡去，竟會一睡不醒；因睡而死的，不計其數。因此更把睡覺一事，視爲畏途。

伯慮國在〔山海經〕裏，只有個名字，郭璞注中也未提到，但李汝珍在此卻借以表達一種人類潛存的恐懼，是對死亡永恒的不安，和對不可知世界無可名狀的憂惕。無脊國則剛好相反，「海外北經」郭璞注說該國人「穴居，食土，無男女，死卽埋之，其心不朽，百廿歲乃復更生」，李汝珍就根據這一小段記述，重新塑造了一個毫無機心、死生泰然的世界，以人世爲春夢，以名利爲虛幻，死亡旣是睡夢，活著也是在作夢。神話的意義遂因此而歪曲潤飾，成爲作者個人的幻造了[7]。

職是，我們大略可以說，除了素樸的原始神話世界之外，在後世文學作品中，神話或成爲詩人創作的素材（Mythic elements），或成爲詩中不可免除的意識基礎（所謂「原始類型」），而更重要的是，文學家們也常假借或幻構出一套新的神話幻想世界，傳達他們對宇宙人生的看法。這種看法，較簡單的結構，可以李商隱「嫦娥」詩爲例；較複雜些，則可以〈紅樓夢〉、〈封神演義〉這類鉅著爲例了。

李商隱「嫦娥」詩說：「雲母屛風燭影深，長河漸落曉星沈；嫦娥應悔偸靈藥，碧海青天夜夜心。」——早期神話中說天帝夋的妻子常羲（又名羲和、常和）生了十二個月亮，她常替月亮洗澡；當時又另有月中蟾蜍的神話，所以馬王堆新近出土的西漢帛畫，就繪一蟾蜍、一白兎站在一鈎新月上，下有一女子乘翼龍飛翔。大概這就是後來訛爲帝羿妻嫦娥盜藥飛昇故事的張本，漢人不直嫦娥之所爲，遂說嫦娥入月，化爲蟾蜍。其實本是二物[8]。李商隱一方面接受了這種神話解釋，感嘆：「浪乘畫舸憶蟾蜍，嫦娥未必嬋娟子」（「燕臺冬詩」）；一方面又借嫦娥之寂寞，以寫詩人之悲哀，其意與李白「欲斫月中桂，持爲寒者薪」的謳吟雖不相同，改造神話以表露個人的情志世界則相彷彿。透過他這首個人神話，他整個身世、心境之隱曲，即不難揣知[9]。

〈紅樓夢〉一書較此尤甚，神話在書中的地位異常重要，譬如寶玉口中唧的就是女媧補天石，林黛玉本人則是西方靈河岸上三生石畔一棵絳珠草。絳珠草，據〈山海經〉「海中山經」講，原是天帝之女所化[10]；大荒山無稽厓，則顯然出自〈山海經〉的「大荒經」。這一切神話原材，經作者變造後，卽成爲一種全新的神話結構，作者對人生宇宙的體悟和他所欲傳達的全部意旨，均藉此神話結構來表現；敍述中又常夾入神話情節（如寶玉夢遊太虛幻境等），以達成神話結構所欲點出的題旨。觀我鑒齋〈兒女英雄傳〉序認爲〈紅樓〉一書「雖旨在誠正修齊平治，實托詞於怪力亂神」，「顯托言情，隱欲彌蓋其怪力亂神」，就是說〈紅樓〉眞正的用意，乃藉怪力亂神予以表達；而假託男情女愛等事件來敍述的，則非本旨所在。徒見其言情，不能洞矚其神話結構所欲傳達的意義，眞不免錯識〈紅樓〉了。

「夢」與「媒材」

李商隱和〈紅樓夢〉如此，其他作家作品當然可以循例類推。本文所指中國文學中幻想與神話的世界，除原始神話之外，較側重的也在這一類重新創構的神話宇宙上。主要原因有二：㈠神話若爲人類心靈之基本架構、原始類型（archetype），則必不擇地而出，漫無限制，較難討論；㈡神話若只是文學作品中的媒材，則與用典和咏物並無太大不同，亦可不論。這兩類本文所不討論的表現型態。分別說明如下：

就內容而言，典型的神話主題涉及了人類的價值觀、信念，與對死亡、再生的恐懼及希盼等，並反映在一切傳說、民俗和意識型態中。既然在一切人文活動及產物中，均能看到神話，文學又何能逃？但如此討論文學中的神話與幻想，則顯得漫無邊際，茫茫然若不知其涯涘。因為文學中一切情愛、靈魂、禁忌、死亡、歸鄉……無一而非神話所有啊！何況，除了共同潛意識的導引或支配之外，文學作家必然還有他個人意識的創造，他必不甘心僅作一個「集體人」，因此文學作品所表現的，必有不同於神話表現之處，譬如「夢」。

夢，據容格（Jung）說，和神話一樣，是潛意識臻至意識層面表現的媒介，所以原始類型往往會在夢中顯示出來。可是文學作品裏的夢卻不然，它通常是個有條理和邏輯的世界，而非潛藏意願之扭曲變貌。夢的形成和表述，其實即是作者意識的直接構成，是有意的創造，以表達或象徵某一事實與意義，因此它的作用雖仍與神話相同，卻與原始類型無關。作者利用神話的暗示或夢境的展開來提示某種思想和情感時，這些象徵是可以依據主題而安排的，像劉鶚〈老殘遊記〉第一回夢到蓬萊閣觀日，遇見一艘橫流失楫，險遭吞噬的大船，就是作者對目前和未來命運的說明與擬想；這種擬想配合第八章桃花山、柏樹峪那段若仙若幻的經歷，便帶出所謂「三元甲子」、「北拳南革」的預言，完整地表達了劉鶚存在的感受。而申子平雪夜入山，進入一個奇幻的世界，也彷彿「枕中記」裏盧生鑽進青磁枕中，枕中之夢，使人嗜慾都消，桃花山一夕夜談，也點醒了申子平許多迷妄。夢，其實正是作者安置他意識構想的框架呀[11]！——由此看來，文學中的夢境，並非潛意識之白晝現形；文學中之幻想，亦非只實現不可達成的欲望。探索文學中幻想與神話的世界，當然無法由這條路子進入了。

另外，文學中神話情節之出現，有時只是作者主觀情志的假託說明，神話在此並無決定性的作用，譬如人心思歸，則聞杜鵑啼血而哀戚；人情慮老，則見羲和催御而悲傷，像孫綽「三月三日蘭亭詩序」說：「耀靈縱轡，急景西邁，樂與時去，悲亦繫之」，運用太陽神駕馬西行的神話，只在說明光陰流逝之感，別無他意。阮籍「咏懷」：「壯年以時逝，朝露朝太陽。願攬羲和轡，白日不移光……」也是如此。同理，李商隱的「望帝春心託杜鵑」、賀鑄的「淚竹痕鮮，佩蘭香老，湘天濃暖」，作用都只在做文學典故或譬況說明之用。還有一些則是借用片斷神話作聯想，或在咏物紀遊中提到神話事件和現象，再不然就是對遠古神話事件的歌咏，例如唐吳融的「子規」詩：「舉國繁華委逝川，羽毛飄落一年年，他山叫處花成血，舊苑歸來草似烟。雨暗不離濃樹綠，月斜長弔欲明天；湘江日暮聲凄切，愁殺行人歸去船。」詩從望帝變成杜鵑寫起，但詩旨卻不在神話意義之抉發或再創；而望帝化鵑，在詩人心目中則是確實存在而可信的史實。若依馬林諾斯基（Malinowski）及福格森（Francis

Fergusson）的分析，這正是一種運用神話以自娛娛人、求得心理之平穩與滿足的創作態度。作者不但不懷疑杜鵬變化之可能，還把他們自己的意欲投射或附著於神話之上。可是他們卻未嘗試用詩來表達神話主題，用神話來說教或傳達眞理，以激起讀者的情緒，以影響讀者的態度[12]。

以上兩類，是我們所不處理的，但是，有些文學作品與此兩類不同，以元雜劇來說，「玉簫女兩世姻緣」、「王月英元夜留鞋記」、「迷青瑣倩女離魂」、「薩眞人夜斷碧桃花」、「王文秀渭塘奇遇記」等，都以一神話情節做爲主要的表達方式，神話情節卽是作品意識本身的投影，具有濃厚的象徵意味，跟「柳毅傳書」、「張生煮海」一類故事之只以神話幻想爲塗飾者，迥然不同[13]。奇蹟與幻想，在這些劇本中具有決定性的作用，全劇的意義也涵蘊其中。這猶如陳鴻和白居易寫長恨歌事，沒有結尾那一段仙山縹緲、玉鈿寄意的敍述，便點不出「此恨緜緜無絕期」的意義；又如「孔雀東南飛」和敦煌變文「韓朋賦」，若無化禽變樹的神話表現，就逼顯不出情愛的永恆價值。這類文學作品雖不像〈紅樓夢〉那樣，把神話置於統馭全局的位勢上，但卻在神話與其他現實情節溶合中，呈露出點化人間的創造性意義[14]！

我們要談的，正是原始神話和這類重新創構的幻想與神話世界。這個世界當然幽奇怪譎無比，我們暫時分成幾大類型予以探討罷！

文學中幻想與神話的主題

所有幻想與神話，在文學中所觸及的，只有人與自然兩大主題。人如何在渾沌茫昧中識知到宇宙間秩序的運作，並依此建立起人類的文明，似乎是原始神話所注意的中心，因此我把它們稱爲「渾沌中秩序的建構」。人類文明不斷展開，人文創設的精神不斷朝前奔馳，人回歸自然的渴望也就愈發迫切；這種渴求，與嚮往未來美好理想社會的希冀相結合後，卽成爲人類對樂土無盡的追尋。

由自然趨向人文的整個過程，卽是歷史，而推動歷史的形上法則，就是天命，是一切秩序世界安排的原理，這卽是第三類：「宇宙間天命的運作」。至於那些在歷史流動過程中，與人類發生各種關係的自然生命，則是第四類——有情世界的探索——所要描述的。

渾沌中秩序的建構

據〔法苑珠林〕記載，原始蒼莽的世界裏，洪水滔滔，有「巨靈大人秦洪海者，患水浩蕩，以左掌托太華，左足蹦中條，太一爲之裂，河通地出」[15]。太一就是宇宙，宇宙漫漫蒼蒼，從此才有了秩序，所以王維「華嶽」詩歌頌道：

……昔聞乾坤閉，造化生巨靈。左足踏方止，左手推削成；天地忽開坼，大海注東溟。遂爲西峙嶽，雄雄鎭泰京。……

其實不只天地山川的形成神話，代表了宇宙秩序的創構，春夏秋多四季循環運轉、東西南北方位之遞嬗，也充滿了神話的精神。——〔淮南子〕「天文訓」說四季神之上，還有東西南北四方上帝，而統領四季與四方的則是中央的黃帝：

東方木，其帝太皡，其佐勾芒，執規而治春。
南方火，其帝炎帝，其佐朱明，執衡而治夏。
中央土，其帝黃帝，其佐后土，執繩而治四方。
西方金，其帝少昊，其佐蓐收，執矩而治秋。
北方水，其帝顓頊，其佐玄冥，執權而治冬。

春神勾芒，是個鳥身人面，穿白衣、駕兩條龍來往於天地之間的神；太皡卽是龍族的祖先。夏神朱明，就是火神祝融。秋神蓐收，據說住在西方落日的崑崙流沙不死之野，那裏是幽冥之宮，蓐收則是人面虎爪一目的刑殺之神，〔楚辭〕「招魂」：「魂乎無西，西方流沙，漭洋洋只，豕有縱目，披髮鬤只，長爪踞牙，俟笑狂只」，講的就是他。多神玄冥，人面鳥身，耳掛兩黃蛇，是北海之神。這些神與帝，持掌著繩衡規矩，以治理人間，不正代表神話的秩序性創構精神嗎？以北帝顓頊爲例，他曾隔斷了人與天神之間的通路，象徵人間之思考與關懷於焉開始；他又在北維建立星日之神，並命他的子孫噎掌管日月星辰運行的秩序；又「依鬼神以制禮法」；命飛龍作八風之音，……這些具體的事例，剛好脗合諸神執權衡以治掌宇宙秩序的意義[16]。

這種意義，我們可以從兩方面來談：

1.近世紀神話學史上，繼萬物有靈論（Animism）而興者，爲新自然學派，該派對「神話」的定義卽是：「順從一定秩序，以天體爲題目的一種聯配」。依此定義，他們更進一步以爲所有神話皆源於太陽和月亮[17]。這種荒誕無聊的研究法，自不足齒；但是，導致他們做這類推想的基本原因卻在於：神話本是人類對宇宙變化中秩序的追求與詮釋，天體是第一個包容的秩序結構，神話當然會對它密切關注，可是並非所有神話皆導源於太陽或太陰，在渾沌中企求秩序建構才是天體神話和其他神話創造的動力。

2.神話的世界豐衮富麗、包藏有無限奇情異色，譬如楓紅似血，則爲蚩尤被殺的血漬；竹點帶斑，便是湘妃啼泣的淚痕；忽而有塡海之精衞、忽而有奔月之嫦娥；帝女狂夫，層出不窮，令人目不暇接。但是，這一切紛紜奇變的「現象」，究竟是放在一個什麼樣的架構中，才能成爲「可能」呢？若依康德（Immanuel Kant）的講法，現象是一切感性範圍中呈現於自覺心的事類，現象的內容必須安排在一定的關係中，這個關係就是現象的形式。現象的形式，可離一切感覺內容而獨立，先驗地存在於心靈之中，那就是時間和空間。經由外感，我們察知外界對象的形狀、向度和彼此間的關係，而這些皆在空間中決定；經由內感，心靈察覺內在情感波動的情態，而這種察覺則須在時間中進行。因此，時間和空間，是一切感性直覺的基礎。神話本身既是非理性概念的存在，當然得在時空架設的感性場中才能表現其姿采，卡西勒不就說了嗎：「在神話思想裏，空間和時間決不是純粹或空洞的形式；它們被目為重要的神秘勢力，統轄一切，不唯凡類的生命受它們決定，諸神的生活亦不例外。」[18] 準此，我們才能了解四方和四季神話的意義。原來四方位加上中央土卽代表了空間，一種深植在具體實質之內、人神同形（anthropomorphic）的特質；四季變轉，卽代表了時間，在時間裏，萬物和宇宙不斷變遷（passage），各種不同類型的神話，就是企圖將這些變遷的經過連綴起來，構成一個「系列的秩序」（serial order）。

這些系列的秩序構成一面網，將感覺所及一切經驗，透過創造性與建設性的揉合過程，予以重生（a rebirth），以致於瑤草是炎帝女兒瑤姬所化，而每年三月東海上漂盪著的小竹枝就是她妹妹精衞啣來塡海的西山木石。……。因此，渾沌中秩序的建構，應可綜攝神話幻想的主要精神，除了上面所舉的創世神話、星辰及自然神話、方位神話、四季神話之外，其他各類神話也建立在宇宙秩序的感知上。人神相浹，共同建造出一個奇異卻可以理會的世界。

3.神話中的英雄，如禹、羿，都是維護天地秩序的人物；神話中的聖王，如女媧、顓頊、伏犧，也都是建立宇宙秩序的功臣。〔山海經〕「海內經」說天帝「帝夋賜羿彤弓素矰，以扶下國。羿是始去恤下地之百艱」，「誅鑿齒於疇華之野、殺九嬰於凶水之上，徼大風於青邱之澤，上射十日而下殺猰貐，斷修蛇於洞庭，禽封豨於桑林」（〔淮南子〕•「本經訓」），其功業簡直不遜於大禹。然而，這位英雄最後墮落了，他跟河神美麗的妻子宓妃相戀，又射瞎了河伯一隻眼睛，終於死在臣子寒浞和學生逢蒙之手，妻子嫦娥也背叛了他，盜藥飛昇。后羿之戀奪宓妃、射瞎河伯，正表示他違逆了應有的秩序，所以〔楚辭〕「天問」質問道：「帝降夷羿，革孽下民，胡射夫河伯而妻彼洛嬪？」意思是說河伯馮夷和后羿都是由上天降生以解除民困的，后羿怎麼可以强奪洛神而射傷馮夷呢？后羿背叛了宇宙的秩序與責任，所以他也必須死於學生和部下之手，連妻子也背叛了他：「羿請不死之藥於西王母，姮娥竊以奔月。（羿）悵然有喪，無以繼之」（〔淮南子〕「覽冥訓」）。古添洪曾比較后羿神話和希臘希拉克力斯(Heracles)神話，發現中國神話絕少情意結的母題，佛洛伊德心理學很難派上用場[19]，事實上正是因爲中國神話宇宙秩序建構之意多、自我追求實現之意少的緣故。我們如果把莊子之所謂「道」視爲「宇宙人生基本的道路和規範」，則他有一大段話，恰可爲我們的詮釋作證，「大宗師」：

夫道……可得而不可見，自本自根，未有天地，自古以固存；神鬼神帝，生天生地……豨韋氏得之，以挈天地；伏羲得之，以襲氣母；維斗得之，終古不忒（北斗星）；日月得之，終古不息；堪坏（神名）得之，以襲崐崙；馮夷得之，以遊大川；肩吾得之，以處大山（山神）；黃帝得之，以登雲天；顓頊得之，以處玄宮；禺强得之，立乎北極（北海神）；西王母得之，坐乎少廣（少廣，西極山名）。……彭祖得之，上及有虞，下及五伯；傅說得之，以相武丁，奄有天下，乘東維、騎箕尾，而比於列星。

莊子以此統攝一切神話，後代也由此觀念去掌握古神話的精神，譬如王母娘娘，〈集仙錄〉就說她和東王公共理陰陽二氣，調成天地萬物，凡天上地下，女子之登仙者都歸她統領[20]。仙有籍、鬼有簿，正象徵著宇宙秩序森嚴遍布。

不單如此，後代的鏡劍傳說、精怪幻想，也常以宇宙天地之秩序爲基幹。譬如妖精物怪，多是天地秩序乖戾所致（〈搜神記〉卷六論妖怪：「妖怪者，蓋精氣之依物者也，氣亂於中，物變於外」，王符〈潛夫論〉也說：「及其乖戾，且有晝海，宵有夜明，大風飛車拔樹，債電爲冰，溫泉成湯」[21]），而寶劍之所以能伏魔誅怪，則因爲「劍面合陰陽，刻象法天地。乾以魁罡爲杪，坤以雷電爲鋒，而天罡所加，何物不伏？雷電所怒，何物不摧？」（〔全唐文〕卷九二四，司馬承禎「景震劍序」）。

類似寶劍誅妖、靈物厭怪的幻想與傳說，似乎可以視爲人間秩序的重建。原始初建的自然秩序，偶因脫序而產生許多異狀，卽不得不假借另一種力量予以祓服，如劍、鏡、符籙、官印之類辟除濁惡的靈物，其實只象徵了人類重返秩序的意願。這些傳說當然也有其宗教背景，但事實上我國的宗教小說常以秩序之重建爲其主題，所以雖常發端於宗教觀念，卻常廻向人間，因爲秩序是自然世界和人文世界所共有的，〔斬鬼傳〕裏鍾馗啖鬼、〔濟公全傳〕裏濟公捉妖除惡，其對象皆不僅爲鬼神。至於寫實性小說如元明話本中的報應、復仇等，甚至根本不以爲那是種負面的秩序、規則或過程，作者和讀者都逕以此爲現實故事的一部份；超自然的神蹟，訴說著人類對宇宙及人生秩序性安排的渴望。戲劇中的「六月雪」、「九更天」亦復如此，天序失常，象徵著人世的不平和寃戾，唯有秩序重被建立，作者和讀者乃至戲中人才能安然適應，重新對世界充滿信心，因此淸官、俠客、異僧、術士，便成爲神話傳說和人間奇蹟中不可缺少的要件。透過這些要件，人類理想中秩序而和諧的仙鄉樂園，卽因此而產生。

仙鄉樂土的追尋

宇宙秩序的建構，有時會崩塌，所以須要重建。重整的依憑有時是宗教，有時則是賢人君子苦心思慮的理想世界模型，例如桃花源的故事，就代表了陶淵明觀念中理想世界的圖像。這一類作品極多，但也有些並不提供人類樂園的藍圖，只是將自我游離出「大道陵夷」的現實人世，翱翔太虛，以求得精神之和諧。更有一些作品除了精神之飛騰超越之外，還要求肉體的解脫，逃離壽夭災病的桎梏，逍遙於不死之鄉。這些，我們總稱爲「樂土的追尋」。

樂土是理想中的世界或境界，追尋則是過程。換言之，樂土的追尋，必借「遠遊」予以完成。

文學中的遠遊，始自屈原；屈原以後的賢人君子，每遭時俗之迫阨，皆願學屈原，輕舉而遠遊。〈楚辭〉中與遠遊關係最密切的是「離騷」、「遠遊」和「悲回風」。「離騷」在屈原佩帶完芳香繽紛的飾物之後，卽開始觀乎四荒，進入充滿魅異、奇幻的神話世界。第一次雖受阻於帝閽，卻已歷遊玄圃、飲馬咸池；第二次則登閬風、遊春宮，見有娀之佚女、求宓妃之所在；第三次則由巫咸降告和靈氛吉卜開始，「靈氛旣告余以吉占兮，歷吉日乎吾將行」，駕著飛龍瑤車，西渡流沙、遠赴崑崙。其結果則與李商隱「華嶽下題西王母廟」詩相同，遠遊之餘，洞悟了「神仙有分豈關情，八馬虛追落日情」，以致神仙世界的超舉仍然轉入人間的眷戀。離世而求淨土，詩人畢竟不忍。所以遠遊並非逃離，只是「泛容與而遐舉兮，聊抑志而自弭」（「遠遊」），是對自我情感超越地提昇，以追求完美的眞理，「遠遊」篇提出「道」、王逸認爲「遠遊」是「求道眞也」，都是這個緣故。「離騷」和「九章・悲回風」雖不以道爲依歸，卻仍以彭咸之遺則、彭咸之所居、彭咸之造思爲依歸，也同樣表現了詩人理想的追求。這種追求，悠遠而深刻，自「歔欷之嗟嗟，涕泣交而淒淒」始，以「寤從容以周流兮，聊逍遙以自恃」終。攄虹捫天，潄霜吸露，幻遊仙境的結果，則是一片「委蛻大難求淨土，傷心最是近高樓」（陳寶琛，「落花詩」）的哭聲。

這看來似乎是個難堪的困局，士人因爲時俗迫阨及內在的渴望，才冀圖遐舉超越，躍離濁世，藉著幻遊仙境以求得精神的紓解和理想的託寄，可是理想和精神的眞正實現地仍是人間，仍是濁世，於是樂土的追尋最後必然常歸於幻滅，除非它包含了不死的企慕！

以郭璞「遊仙詩」來說，正有此二類，一方面咏嘆：「蘭生蓬芭間，榮曜常幽翳」，故而：

逸翮思拂霄，迅足羡遠遊。清源無增瀾，安得運吞舟？珪璋雖特達，明月難闇投；

潛穎怨青陽，陵苕哀素秋。悲來惻丹心，零淚緣纓流！（其五）

六龍安可頓？運流有代謝。時變感人思，已秋復願夏。淮海變微禽，吾生獨不化。雖欲騰丹谿，雲螭非我駕。愧無魯陽德，廻日向三舍，臨川哀年邁，撫心獨悲吒。（其四）

形成「辭多慷慨，乖遠玄宗，乃是坎壈咏懷，非列仙之趣」的風格，憂生憤世之情深，遠遊遯隱之意淺[22]。另一方面，他又常將理想或精神置諸遐邈冥茫中，以神話和幻想點染出無限風情：

翡翠戲蘭苕，容色更相鮮。綠蘿結高林，蒙籠蓋一山。中有冥寂士，靜嘯撫清弦。放情凌霄外，嚼蕊挹飛泉。赤松臨上游，駕鴻乘紫烟。左挹浮丘袖，右拍洪崖肩。借問蜉蝣輩，寧知龜鶴年。（其三）

詩是當時對仙隱生活的美感觀照與精神嚮往的代表作，唐朝以後如曹唐「大遊仙詩」五十首及「小遊仙詩」等，雖承繼這個傳統，但以大遊仙客觀地咏歌一些仙道戀愛故事，以小遊仙敍述一些人間感情生活韻事，卻遺落了解脫生之苦悶的企想，與郭璞遊仙的精神不同。郭璞和阮籍等人，似乎是由生命之孤絕寂寞感，激起對神仙世界的渴望，在那裏他們才能放情長嘯，左挹右拍，擺脫幽獨的情懷，逃離死亡的憂懼。因爲神仙性永恒和平的廣大世界，正以其永恒，解除生命本質的悲哀；正以其和平，化解現實存在的危機，享有這個世界的神仙人物，自然成爲詩人理想的典型，遊仙第五首說：「逸翮思拂霄，迅足羨遠遊」說明了神仙境域的翺遊，卽是詩人辛勤追尋的樂土。

樂土當然也可能不在仙境，而在人間，但至少那應是個「擬仙境」，像桃花源那樣。桃花源，陶淵明自己尚且說是個「奇蹤隱五百，一朝敞神界」的世界，後人當然會以列仙之趣求之，譬如清惲恪「題王石谷桃源圖」就以海外三神山來比擬桃花源：「求桃源如蜃樓海市，在飄渺有無之間，又如三神山反居水底，舟至輒引去」，這種仙境非俗人可到，唯有胸襟心靈能上通造物者奧秘，方能窺見。換言之，桃源不在山顚水涯而在心中。這種解釋未必切合陶潛原意，卻頗得其趣。因爲桃花源只是個理想世界，漁人藉著「遠遊」而尋得，後來郡守及劉子驥的找尋則不得，關鍵實在理想世界不易獲致，漁人偶以無機心得之而已。樂土雖無法獲致，詩人並不因此放棄追求，陶潛「桃花源」詩最後宣言：「願言躡輕風，高舉尋吾契」，就代表了永不止盡的追尋。

總之，文學家所追尋的樂土，或屬仙鄉，或爲理想的人世建構。追尋仙鄉，不但可以游離於人世阨陧之外，超越翺翔，如仲長統「述志」詩所謂：「大道雖夷，見幾者寡……百慮何爲？主要在我……抗志山棲，遊心海左，元氣爲舟，微風爲柂，翺翔太清，縱意容冶」；

還可以滿足不死的渴望，如曹植的「平陵東行」詩所說：「閶闔開，天衢通，披我羽衣乘飛龍。乘飛龍，與仙期，東上蓬萊採靈芝。靈芝採之可服食，年與王父無終極」。理想的人世建構，雖無此性格，但「追尋」本身卻常假神話與幻想而完成。

這種追尋和不死的渴望，實有其神話（及宗教）背景，非時局黑暗四字所能解釋。——遠遊本來就是崑崙昇天儀禮的一種儀式，不只是憑空想像的幻遊[23]；而昇天儀式又必與昇仙神話有關，所以追尋與求仙經常交纏不可分。以曹植爲例，他寫了「遠遊篇」、「五遊詠」之後，隨之又撰「升天行」、「仙人篇」；更早的秦始皇，命博士作仙眞人詩之後，也遊行天下。同理，穆王駕八駿西遊，既是一場動人心魄的神話之旅，自不能不西會西王母於瑤池，得到她「將子無死」的頌贊。職是，David Hawkes 在「求宓妃之所在」(The Quest of the Goddess) 一文中所說：「巡遊即是含有禮制意味的旅程，在中國傳統中是常見的」，大致可信[24]。因爲這不只構成了我國文學緜亙的傳統，也與西方英雄追尋歷程的原始類型有所差異，西方神話及文學中英雄追尋的母題是敍述一位英雄如何迭經困阻，斬妖除怪，以拯救其國家。其結局多半是：娶得公主。這在中國文學中至爲罕見，中國的追尋，毋寧是以仙鄉不死的神話結合遠遊而帶來的永恒悸動，不僅在時局黑暗之際才會唱出！

小說中表現此一特色最爲明顯的是〔鏡花緣〕。此書基本上是個寓言性的傳奇故事（

allegoric romance），書中主角原是百花仙子，因偶動凡心，觸犯了天庭森嚴遍布的秩序，墮落塵凡，投胎為唐敖之女唐小山。故事的主要間架就是敍說唐敖和小山海外遠遊的神話歷程。小山往小蓬萊島尋父，透過了無盡的追尋，終於回歸自然，還原成仙[25]。這種仙——凡——仙的變轉，固然包含在一個神諭不可踰越的神話性結構中，然而經由追尋而重返仙界，應可算樂土的追尋類型中極精采的個例[26]。

與〈鏡花緣〉和「桃花源記」相反的是〈三寶太監西洋記〉，因為樂土的追尋基本上是超離現世，將意欲和精神投射到另一個曠邈不可搦握的世界去，〈三寶太監下西洋記通俗演義〉則恰好是把現世當作天堂，企圖透過巡行遠遊，將這個卽理想卽現實的世界模象推拓出去，於是殊方異域的幻想和神話，便充滿了征服的威榮，而沒有「安得不死藥，高飛向蓬瀛」（李白「遊泰山」之四）的想望。

雖然如此，神話的中心仍是有所追求，因為下西洋的主要目的在於尋找傳國玉璽（一種人間秩序與權威的象徵）。他們駕著寶船在天地間追尋，經歷金蓮寶象國、爪哇國、女兒國……而來到酆都鬼國。酆都，是人生終站的幽冥世界，玉璽終不可得，理想秩序亦失而不再重獲，但由生到死正是一番追尋的完整過程。人生的價值卽表現在追尋理想秩序本身，所以這一趟遠遊仍是值得皇帝嘉勉的[27]。就此而言，此書寫的並非某一特定時空及事迹，而是普遍的人生意義，作者羅懋登把故事的發展敍述在「天開於子，地開於丑」之後，正是爲了表現這層意義。

追尋理想的樂園而進入鬼域，另一個著名的例子是李賀，他的形相也最奇特。在他看來，人生所追尋的固是一個不存在的天堂，但神仙美境並非永恒樂土：第一、宇宙和諸秩序的安排實不存在，「苦晝行」說：「飛光、飛光，勸爾一杯酒。吾不識青天高黃地厚，唯見月寒日煖來煎人壽。食熊則肥，食蛙則瘦，神君何在？太乙安有？」是對天地秩序主神的懷疑和詰詢；「神弦曲」：「旋風吹馬馬踏雲，青狸哭血寒狐死」之類敍述，則具體描繪出狂暴不安的顚慄宇宙。天地既完全失序，淨土安在？第二、人類想像中永生的神仙世界，其實也充滿了死亡的陰影：「南風吹山作平地，帝遣天吳移海水。王母桃花千遍紅，彭祖巫咸幾回死」（「浩歌」）。神仙既不可求，卽使成爲神仙亦不能免於凋瘁，因此對仙境的憧憬只是幻夢，唯有死亡才是永恒。緣此，他的追尋遂由仙鄉進入鬼域，魅影幢幢，博得鬼才之稱[28]。他和李白的不同，正因李白追尋美麗、歡樂、輕妙的天堂；而他則奔向黃泉！

如果李賀可算是樂土追尋的一個變奏，「蟑螂城」也是。淸沈起鳳〈諧鐸〉裏記載了這個荒謬的幻想寓言，據他說，有位荀生（按：卽荀彧，習鑿齒的〈襄陽記〉說他到別人家中，衣香三日不散），遍體芳香，某次偶隨商船遠遊海外，誤至一島，島上惡氣薰人，有座蟑螂城，臭不可遏，荀生幾欲嘔死；不料城中人也以爲荀生帶來的是瘴氣，羣以馬溲牛糞防禦之。荀生懼其惡臭，返身逃走，不愼墜一糞池中，城中人乃大喜，以爲化腐臭爲神奇，邀至富商馬通家飲宴，食物穢臭無比；飯後，銅臭翁來，贈以赤金數錠而別。歸回船上，舟人無不駭其臭惡；入市出金購物，人亦掩鼻大駡，以致於荀生「鬱鬱抱金以歿」。這篇洋溢著商業氣息的小說，雖屬遠遊異迹的記載，用意卻顯然在諷刺人生。佛家稱人間爲五濁惡世，荀生遠離五濁惡世而來此洞天福地，卻遭到價值錯謬的困境；蟑螂城不是樂土，而是人間一切穢惡的濃縮總聚，馬桶與金銀齊飛，運尿蟲與銅臭翁共舞，荒唐悠邈，幻構出一幅可令人哭可令人笑的荒謬劇。

自然秩序與人文創設的橋梁

若我們把原始神話看作自然秩序的初建，樂土的追尋就代表了人文知覺對宇宙秩序的追求：渾沌初開，由無相而至有相，一切生命皆涵育長養於其中，但自然總秩序的衡定，有時發生於自然（如老莊所說，其法則即是自然），有時則生於自然生命的萌動，蒼莽僨烈，形成邃初和諧廣大的秩序宇宙。等到人文精神發軔，透過意識的醒覺與創造，原始自然的秩序世界便一往不復；人類一面選擇性地重新配置整理秩序；一面又渴盼回歸自然，回到人神同形、與天地同壽的形態。遂因此而展開對樂土無盡的追尋與渴慕。

由性質上說，這是秩序之初建與重整；由表現上說，這是自然生命和文化生命的對照。以西王母神話爲例，在原始神話中，她只是某一奇山異水中自然發生的半人獸，與天地同呼吸；在追尋形態中，則成爲一位與帝王同位的人物，據〔穆天子傳〕所述，兩位王者在會面時酹酒交歡，不但包涵禮的儀節，更有樂的賞悅，互構成一種「美的姿態」。魏晉遊仙詩在描寫仙境時，也充滿了美感觀照所表現的禮樂精神，把原始雜亂的仙界，重新搭配成一種有職司、有音樂的樂土。因此自然秩序和人文創設兩者，實可統括中國文學中神話與幻想世界的內涵。

但是，有許多神話與幻想不隸於二者，而僅在兩者間形成關係，這種關係或屬理法界、或屬事法界，但其結局則都歸向理事無礙、事事無礙的和諧秩序之域。

屬理法界的，乃是種形上的實理，指出秩序世界安排的原理，這就是天命。屬事法界的，是指與人發生關係的自然生命，包括木魅、山鬼、物精、人怪等。這些生命，具存於天地冥渺之間，但唯有與人發生關係，它們才能進入文學，展布牠們的風姿。以下分別敍論之。

宇宙間天命的運作

誠如余國藩所說，〈西遊記〉是一次英雄性的追尋[29]，三藏與其徒弟西行取經，不但是他們個人獲得佛法的經歷，也爲人類解開了寃結，因此西方淨土實卽代表追尋的目標——樂園。可是我們到最後終於曉得，原來每次三藏遇險時我們都白擔了心，三藏必須經過八十一難才能終止命中註定該有的考驗，那些沿途伏襲、或由天庭私逃的怪獸，都是天意安排來塡補災難數目的。根據這種了解，我們可以作如下的討論：

1.由人性之自我實現和完成來看，此書展現了驚人的深度，在整個寓意結構中，它揭示了內在自我修持的過程。首先，孫悟空又名「心猿」，所以眞假猴王大鬧乾坤那一回，題目就叫做「二心攪亂大乾坤」；悟空學道的地方則稱爲「靈臺方寸山」。十四回又說：「佛卽心兮心卽佛」，處處都顯示了作者對「心」的强調。所謂：「佛在靈山莫遠求，靈山只在汝心頭」（八五回），只要掌握住這顆心，不要「縱放心猿」，自然平安吉祥。但是，掌握住心並非究竟義，第十三回說得很清楚：「心生，種種魔生；心滅，種種魔滅」，八十一難的許多妖魔，其實都是「心」所幻化出來的，例如眞假猴王大鬧天地，就是二心混亂的結果；悟空和八戒大戰牛魔王時，悟空更高吟：「牛王本是心猿變」卽心卽魔，要心滅魔滅，就必須「無心」(五十八回:「禪門須學無心訣,靜養嬰兒結聖胎」)。由護持此心到無心,也就是從修道而到證道的歷程。既已證道,則五行本是空寂、百怪都屬虛名了(見一百回)[30]。

2.由外在秩序之建立來看,樂土的追尋,必發軔於自我意識之醒覺,而所謂樂土,必是自我理想的投射,並安頓到某種新秩序中。若只自安於心,畢竟只能免於阮籍的痛哭窮途,而像陶潛自安吾廬,理想世界並未建立。所以悟空等人一面修持證道,一面還得為人間秩序之重整努力。他們沿途為居民行善事、興福利,復亡國、得失童、圓破鏡、利商旅、興農事,以致打敗妖魔不只代表神力的勝利、心性自我的護持,也有助於人間社會秩序的重建。甚至於整個取經的歷程,也是為了替東土衆生消災解厄。

3.就天命的運作來看,孫悟空本是自然渾沌中迸現的原始生命,這生命力強恣奔騰之極致,甚至想顛動宇宙的秩序,登上玉皇大帝寶座。但是由自然生命斂才就範,到淨土證道的追尋,這整個運作過程的推動力量,卻是天命。象徵人世一切災難的九九八十一難,卽是完就一個天命祭儀必備的儀式。

與〈西遊記〉相似的是〈封神演義〉。這本書的意義架構在我國所有小說中特具異彩,它不但建構了一個完整而條秩嚴密的諸神世界,也成為後代傳說和民間故事的大寶庫。故事大致是說殷周之際,紂王無道,姬周代興,姜子牙和闡教門人輔佐周朝,截教門徒則幫助商紂，雙方殺戮甚爲慘烈。最後商紂覆亡，所有戰死的英雄與異仙聚集在封神臺下，捐棄一切恩仇是非，同封爲八部諸神，共掌人間的秩序。

在這場氣氛詭異、佈局怪誕的戰爭中，紂王代表原始本然的世界，周朝則代表新人文精神發動所創設的世界，所以整個宇宙的秩序必須重做安排，所以要封神。代表原始本然世界的主宰者——紂王——觸怒了人類的始祖女媧，暗示「人」的意識萌發了，故事卽不得不朝新人文宇宙的建立走去。幫助商周的截闡二教和老子，皆出自鴻鈞道人。鴻鈞，象徵道和天地；老子則是太極；截敎通天敎主和闡敎元始天尊，代表宇宙中二種對立而又互補的大力——陰陽二氣（今「闡」有發揚生長之意，「截」則有斷絕之意，剛好表示陰陽之翕合；故其門下都是「鍊氣士」。闡敎更曾批評截敎門下多是些披毛帶角的非人類，正說明他們多是原始生命而非文化生命）。陰陽二氣互相鼓盪，構成一場又一場的宇宙大戰，牽引出一波又一波的無窮事物。這不就是無極而太極而陰陽而化生萬物的形象詮釋嗎？陰陽交搏之後，秩序底定，又混融成新的宇宙。因此整部〈封神〉所要表現的，就是由原始秩序過渡到人文新秩序的歷程，而這個歷程的推動原理則是天命。

天命在此書中是一切死生善惡及是非運行的原動力，不僅紂王失德是天命之必然，大如姜子牙封神，小如哪吒自戕，總是「天意已定，氣數使然」（第一回）。天數天意，在紛紜事象背後，規劃出一定的秩序，展示了無可抗禦的大力。猶如〈精忠演義說本岳王全傳〉第一回解釋金兀朮攪亂大宋江山，岳飛維護既存社會秩序這一正一反的運作時，也用天命來說明其必然性[31]。由這種必然，中國小說形成一種普遍的神話性結構。

這種結構習見的模式是：開頭以一個神話或寓言發端，結尾再以同樣的神話或寓言聯繫並收束，〈水滸〉、〈紅樓〉、〈鏡花緣〉、〈儒林外史〉莫不皆然。這場神話式傳說的起訖，主要在說明書中主人翁存在的根源，並指出他降生人世的主要目的。通常這些人物一點通靈之性仍可與天命遙契，所以他雖懵懂來往於天命所預設的情節中而不自知，卻能恪遵未生以前既定的使命，因爲他們本身通常卽是天上的星座或神祇降臨人世（包公是奎星下降，薛仁貴、薛丁山、羅焜是白虎星下降，〈儒林外史〉和〈三國演義〉、〈水滸傳〉也都有星君降生的說法）。在天命的安排下，這些人物，命中註定要聚合的人物，不斷向一個中心點滙集，滙集後一齊朝某一目標或事件前進，又不斷流散，而漸歸於「空」，結束。〈水滸傳〉一百零八位天命下降的魔君，遇洪而開以後，分散各地，齊奔梁山；〈儒林外史〉亦然。〈外史〉中所有良善有德的文人滙集南京，共祭泰伯祠。〈鏡花緣〉也讓所有女子在長安聚首。至於〈紅樓夢〉的大觀園更是如此。然而千絲萬縷湊攏一處之後，隨之而來的大抵卽是散離與幻空，所謂「飛鳥各投林，落了片白茫茫大地眞乾淨」。不但梁山英雄最後銷散淨盡，泰伯祠也只塵封在廢墟中；羣星歸位，各返其本然的秩序世界，莽莽塵寰，徒留後人憑弔而已。這種結局，非常符合由〈封神演義〉所說：「許多功業成何用，俱是南柯夢一場」[32]！

事實上這些小說表現的都是人間活動場中的事物，與〈封神〉先乎人間秩序的型態不同，但天命似乎總藉儀式來展示：〈封神〉是衆仙不斷往封神臺會集，透過隆重的封神典禮，重構宇宙的秩序；〈外史〉中大祭泰伯祠的儀式也飽涵莊嚴的禮樂精神；聚義粱山、天降石碣那一段更是怵心動魄，令人爲天命之森嚴奥妙而驚動。只是〈封神〉沒有既成人間秩序以後的敍述，所以也不會產生由天命看待人間時所激生的冷澈觀照(空)。

由於天命是整個事件背後推動的原理和力量，所以我們才試圖從結構來掌握；同時我們也發現：文學作品中天命的出現有時並不如此純粹，常含雜某些宗教對人生規範性的看法在內，如三世因果報應，便常在元雜劇或宋元話本中輔助天命，成就人間的秩序。而宗教性文學如變文、步虛詞尤不待論。可是宗教性神話與幻想遠較天命架構的世界更著意於跟人發生關係的自然生命，不像天命所關切的，多集中在人間社會和天庭。元雜劇許多精物轉化的故事，就是最好的證明。

有情世界的探索

王利用所撰「全眞第二代丹陽抱一無爲眞人馬宗師道行碑」曾載全眞教主王重陽語云：「汝等欲作神仙，須積功累行，縱遇千魔萬難，愼勿退惰。」所謂神仙，意指回歸本來自然。由人而神，其間困難重重，是以仙鄉畢竟難到，凡人皆不免於死亡。就自然生命的萬物而言，其難尤甚，他們總在追尋的歷程中不斷趨向人形，發展人的意識，唯有修成「人身」之後，才具有跨入神界的可能。譬如元雜劇「城南柳」第一折，就藉呂洞賓之口說：

爭奈他土木之物，如何做得神仙？必然成精後方可成人，成人後方可入道。

物須先成精、成人，而後才能成仙，顯示了一種入凡再超凡的歷程。文學作品中那些花月之妖、狐魅之鬼，無論其可喜可惡，總不能踰此定限。

可是鬼魅妖精怎麼樣才能成「人」呢？一是轉世投胎，二是與人發生交通關係，試圖經由人的血氣潤澤，轉化爲人。轉世投胎不僅適用於鬼魅，也適用於妖精，雜劇「昇天夢」、「岳陽樓」都曾讓桃花老柳託化轉胎，徹底絕斷自身以獲得成人的機會。不過這種情形在元明以前極少，元明以後亦屬變例，最常見的情形應是精妖鬼物幻化爲人，與眞實人間發生各種程度的關係。但無論其是否有意成仙，求得人形和人的意識，大抵是他們共通的意願，故中野美代子〔從中國小說看中國人的思考方式〕說：「在中國的化身與怪談小說裏，極少有人類基於某種理由而化身爲其他形象的類型；只有鬼怪或其他動物才會化身人形並與人類交往。」[33]

〔太平廣記〕所載六朝隋唐故事中常見的一種情形是：一女鬼與人交往，經一段時間後，偶爾被人識破，悲怨離去。這女鬼多半已漸成人形，例如腰以上已生肉等等[34]。這類故事說明了精物與人交往最常見的途徑是情感和性關係的牽繫。單純性方面的溝通可能含有某種目的，如狐之採補；但也有些只是生命本能的熱望，雖然化身異類，仍不免鞠意相求，〔聊齋誌異〕所載「嘉平公子」事是最好的例子：

……旣暮，排去僮僕，女果至，自言小字溫姬，且云：「妾慕公子風流，遂背媼而至，區區之意，深願奉以終身」……公子始知爲鬼，而心終愛好之。……女曰：「誠然。顧君欲得美女子，妾亦欲得美丈夫，各遂所願足矣，人鬼何論焉。」公子以爲然。

不滅的靈魂雖只能留存在另一個窈茫陰冷的世界，卻基於兩種理由進入人間，尋得性關係的媾合：一是內在本能的驅使，一則是傳統觀念中認爲唯有夫婦配合，才是完整的人，故有些早夭的精魂遂不得不尋覓人間佳侶以完成某一生命進程。這些發端於性慾衝動的結合，未必發展成愛情，因為有些緣盡則逝，有些根本就只有採補的利用而已。

妖精化形為人，藉精液及人氣的採挹，以加速、提高修仙的目的，乃是文學中精妖蠱惑類型的常態，此時女性多是主動的誘惑者，但也常見猴狗等精妖淫汙女子或攝誘婦人的例子，唐人小說「補江總白猿傳」和唐宋以來許多猿猴故事，可為佐證。無論是有夫之婦或閨中靜女，通常都會對他們的風采和性能力傾倒，以致精怪被識破行藏後，還埋怨人家為什麼要殺害她的「情郎」。殊不知這是慾而非情，因為動植物化形為人，在性質上是升格了，牠們自不能再像物一樣仍以本類配偶，牠們想嚐試做「人」的滋味，透過擬似愛情的行為，能使牠產生「人類」的意識，性事又强化了牠們的肉體，所以與人類的接觸，會整個改變牠們的生理和心理結構。精怪們懷挾這種慾求而來，豐潤了自身，卻消恇了對方，經此而成仙的，幾乎沒有[35]。

幸而牠們與人的關係，並不僅限於這個層次，不少精怪都會在相處一陣子之後，「感君之意，不忍相害」，將慾求轉化為愛情，由物性意識提升為人性意識，展示中國文學幻想與神話世界中最珍貴的一面：有情的世界。

神話的世界本來就超乎現實之外，鬼狐的介入，不僅豐富了人間的關係面，也搭構了由現實擴展到超現實層面的橋樑。假如人類可以和非人溝通，而且非人是主動以「人」的形式出現，那麼，人類的世界即是開展的，向天地間一切「有情」綻放的。愛情，應是人類文化秩序的特徵之一，不但不滅的靈魂可以流轉於無窮世代，尋覓並完成愛情；一切動植物也都可以不受形體、物種的限制，以情相契，與人發生關係：「禮緣情制，情之所在，異族何殊焉」。那些山精、木魅、狐仙、女鬼等異類，最初所能肯定的「人際」關係只是肉體的接觸，慾海翻騰之後，卻可能發展出共命的愛情，不正顯示了由原始生命進入人類意識生命的歷程嗎？官能之刺激與滿足之後，隨之興起的乃是人文的世界。然而，徜徉擁抱在人文愛悅中，即永遠不可能歸回仙鄉，因爲仙鄉樂土必須是無情的涅槃。

熟悉中國文學的讀者可能常會奇怪，所謂天庭，似乎是個只有秩序而沒有愛和情的世界。是的，沙和尚失手打碎一個琉璃盞，便得謫落流沙河中受刧；豬八戒酒後調戲嫦娥也須被罰輪廻，墮落人間。可見秩序和愛情都是不容觸犯的戒律[36]。〔三戲白牡丹〕裏，月宮嫦娥只因在蟠桃會上向羣仙敬酒時，對呂洞賓微微一笑，引動了呂仙的情慾，西王母就將她貶下塵凡。必待呂洞賓下凡與她了結塵緣後，才能重返天庭。這一方面是維護天界的清淨與威嚴，一方面也是讓思凡的神仙們重新體驗人間的苦難，以斷除凡念。

偶一動情，即須遭譴，是文學中常見的天庭律則。稱爲「凡心」，足證愛與情欲都不屬仙鄉之事業，而是人間的纏繫。若要證道，先得「無情」。文學中表現此一觀念和過程最精采的，當數〈西遊補〉。

董說的〈西遊補〉是敍說悟空在三借芭蕉扇之後，化齋途中偶被鯖魚精所迷的故事。悟空在鯖魚幻化的世界裏顚顚倒倒、昏昏沈沈，最後經由虛空主人一聲頓喝，才豁然驚覺。鯖魚就是情慾，情慾是與宇宙萬物同時俱有的，所以「在天地初開時卽生鯖魚」；它又是無所不在的，所以「頭枕崑崙山，脚踏幽迷國」。作者把火焰山看成人類慾望之火，悟空用芭蕉扇搧熄了它，只是以外力遏阻而已，並未根除；根本之計，仍在於「走入情內，見得世界情根之虛；然後走出情外，認得道根之實」（「卷首答問」）；為此，悟空卽不得不進入鯖魚幻化的乾坤，了悟情慾的虛幻，以脫離俗世情感的糾纏，探獲生命的眞理。

若以〈西遊補〉的意旨來解釋上文所說，將愈為清晰：天地開闢以來情慾是普遍存在的衝動，因此一切精怪與人類接觸時也多以此為基點，進行溝通；可是由生物層面跨入人文意識層面後，單純的情慾便附著了倫理等文化性格，不再是慾情，而是愛情。然而，就超越的觀點看來，一切情根俱屬虛假，就像在天命觀點下，一切功業與經營俱歸空幻一樣，只有無情才能入道[37]。

為了配合這個觀點，女仙有時不得不變更她們的性別，以免在天庭引起不必要的糾紛，例如何仙姑，〔西山羣仙會眞記〕就說她「本男子，姓徐，名聖臣。嘗出走，家人斂其屍，乃返，適有何氏女新死，遂附焉」，觀世音菩薩也有男身女相的講法。男女之間情愛的處理如此，人倫間的愛亦然。唐人小說「杜子春」描述杜子春因爲痛惜愛子被殺，驚噫出聲，遂不能修道成仙，是最鮮明的宣示，所謂「恩愛害道，甚於毒藥」，正因恩愛生於心中，其破壞力遠勝於外鑠的一切力量。

這種由情慾激盪而步入寂滅無情的過程，似乎顯示了一樁事實：人類由原始生命中成長，經過秩序的追求與渴望，化自然之秩序爲人文之創設，成爲眞實的人間。這個人間，既非原始神話所代表的世界，亦非無情安淨的樂土，人類和那些同出於原始自然的生命（山魈精魅），事實上乃是漂泊歌哭於這兩者之間的。精怪們即使能成爲人類世界的一份子，仙道境地對牠們來說，仍然是遙不可企的「樂土」。牠們只能與人類像魚跟水草一樣，相拍擊濡沫於江湖之中；化鵬飛去，終究有所不能。有些精魅不甘如此，急於超越成仙，即不免於傷害到同一命運的人類，如「城南柳」中桃柳不欲久居山下，起意殺人：

〔柳云〕師父不肯度脫俺去了也，我想師父說敎俺老楊家成人，必是老楊在師父跟前唆說不肯度脫咱兩個，等老楊上樓來把他迷殺了！

另外有些則根本絕望了，仙道境界既不可求，乾脆淚迹人世以自娛，結果卻總因破壞了人間秩序而遭到讒殺。進退兩難，其處境也眞是蹇困極了。

因爲精魅與人同命，所以人在愛情無法圓足時，也可以經由物化轉形來完成。古詩「孔雀東南飛」、敦煌變文「韓朋賦」、宋以後的「梁祝彈詞」都是如此，象徵愛情的鴛鴦和蝴蝶，爲人間之至情做了美麗而淒艷的見證。不過，在宗教意識的發展下，物化轉形自宋以後愈來愈少，輪廻因果取而代之，譬如〔聊齋誌異〕褚遂良條記載：一美女自稱狐仙，因某書生前身是唐朝褚遂良，有恩於她，所以日相尋覓，薦枕報恩。這份尋覓並完成孽債，不理會歲月流轉、軀囊變異的心意，的確教人感動。又如清朱彝尊有關「高陽臺」詞，敍述他的朋友葉元禮，某日偶過垂虹橋，有女子在樓頭，見而慕之，單思致死；死時葉才知道，往哭，女目始瞑，事極淒婉。後來張元賡的〔張氏卮言〕中則說這女子轉世化爲一俊童，與葉氏歡愛之篤，甚於伉儷；俊童死，葉亦卒於京城。「忽女忽男，冥緣相續，皆此愛心不忍割捨之所致也」。狐仙獻身，是前世之因果；女子轉形，是宿業之輪廻。或男或女、或人或物，無不以緣纏繫不斷。這些，都是化禽神話的替代，在茫茫人世中，訴說一種人類特有的堅持：愛情。

結語

宗教意識介入神話與幻想的世界，其實亦非六朝隋唐以後才有，早期的神幻傳說和隨之產生的文學作品，也多受巫覡祭祀的影響。例如〔詩經〕「國風・陳風」的「宛丘」和「東門之枌」，據〔漢書〕「地理志」說，即是巫覡歌舞的歌謠。〔楚辭〕尤不待言，「九歌」既是祭祀降神的儀式劇，其本身更是虞夏九歌的遺迹，和原始神話間的關係不言可喻。〔山海經〕「大荒西經」說禹的兒子啓，竊取天帝的樂曲九辯九歌至人間；〔楚辭〕「天問」則說啓執戟而舞，並以美女祭天帝才得到這套歌曲，其實質意義並無不同。由此，我們遂有兩點可談：

1.神話並不如某些學者所云，只是種前宗教的人類行爲，因爲它們產生自同一人類基本渴求，而在表現上亦息息相關。所以隨著宗教的不斷發展，神話也會產生許多內在的變化，以早期的精靈及轉形和隋唐以後的再世輪廻相比較，我們卽會發現同一神話結構在不同宗教文化期中不同的表現（化爲異物和輪廻再世，表面上似有人物之殊，其實乃是展示了生命共同性和一體性的神話原理：原始宗教中卽有祖先靈魂可藉轉世而再生於另一個生命個體上的觀念，圖騰植物和動物也擁有與人同質的生命，所以人才能藉此和同一生存時空的萬物、和先後異時的精靈相溝通）。既然神話與宗教是互浹相變的，那麼，中國文學中神話與幻想的世界究竟與仙道思想、宗教背景有何實際關係呢？

關係當然十分複雜，許多跟祭祀有關的文學作品，本身便可能純屬神話的構造，例如〈詩經〉「大雅•生民」，及六朝清商曲辭「神話歌」之類，或屬朝廷宗廟郊祀之樂、或屬民間祠神之歌，再配合宗教集團特製的音樂辭謠（如上雲樂、步虛詞）等，即成為文學作品中豐富的神話庫藏[38]。這些神話所述，有些仍屬原始神話的型態，有些則步入意識創構的層次了，像六朝上雲樂所描繪的仙鄉神境就是。它與遊仙詩的精神或有不同，但對神仙生活的認知、對神境仙鄉的摹述，實亦涵有樂園的嚮往，那種包含六朝道士對天地結構、仙眞類別、道教法術等觀念在內的神話世界，其實亦只是一種宗教文化中渴慕的理想世界。明代中葉以後，大量混雜三教的通俗戲劇和小說，亦可以作如是觀。〈紅樓夢〉整個神話結構，皆由茫茫大士、渺渺眞人那一僧一道領出，而結尾處又讓這一僧一道挾住寶玉，「渺渺茫茫兮，歸彼大荒」，不也是這樣嗎？空空道人在大荒山無稽崖下得到這塊頑石後，因空見色，由色生情，再傳情入色、由色悟空，遂改名為「情僧」，更說明了僧即是道、道即是僧，小說之神話結構和宗教文化結構是不能分割的。

2.原始神話說夏啓自天帝處竊取樂歌以作於人間，而〈楚辭〉則說啓是透過祭祀才獲得樂曲的。二者對勘，恰可看出中國神話的特質及人類由原始曚昧逐漸跨入文化意識宇宙的軌迹。

希臘神話中，人間的光明是由天上竊來的；中國神話則說宇宙要保持光明十分不易，光明與黑暗之爭乃是無比艱鉅的事業。神話裏共工氏、相柳氏、夸父，都是住在幽冥黑暗之國，與地獄王爲伍的黑暗之神，他們不斷跟代表人間或宇宙秩序與光明的顓頊、禹、太陽戰鬪[39]。戰鬪雖然一再顯示了光明必定戰勝黑暗的眞理，但每次總是慘烈異常。暗示著宇宙間盲動的力量，難以馴服。夸父死而鄧林存、蚩尤死而楓林在，這些遺迹點出反動的嗜慾之力，終不可能自人間消失，所以一次又一次的戰鬪卽不可避免。共工與顓頊大戰失敗了，怒撞不周山，鬧得天柱折、地維絕之後，他的部下相柳氏又爲害天下，禹又殺了他；但相柳血漬所沾濡之處，仍不可以種五穀，禹遂不得不三仞三沮，堙以爲奉神之臺。這表示早先女媧造人，並鍊石補天、積灰止水，是由渾沌中初建宇宙的秩序，自顓頊以後，無不就此基礎再予經營，但其所成就，皆是宇宙的秩序。直到鯀禹才刻意衡定人間秩序的建立，布土除害，均定九州。因此由太陽、顓頊到禹，恰好代表從原始到人間秩序建創的過程。人間秩序大抵均定之後，啓才從天帝處竊來樂曲，作於人間。換言之，自然之秩序既已成型，人文之秩序於焉展開，什麼是人文之秩序？那就是禮與樂。

啓作樂，表示人間除了力與自然生命的活動之外，還開始有了精神的滋養。這不是原始生命型態中所有的，所以要說是竊自天上；〔楚辭〕更進而說啓透過祭儀而獲得，則在樂的精神之外，又有了禮的儀式。禮本身卽是秩序的安排、樂本身則是秩序的和諧，二者相結合後，卽開啓了我國文學中神話與幻想世界充滿和諧秩序的精神風貌。

除了禹啓這一系之外，其他譜系的神話，亦能表現這種特色，例如〔山海經〕、〔淮南子〕所載衆神之神的帝夋，就不是希臘神話中宙斯一型、也與希伯萊的耶和華迥異，乃是文明創造之祖；其他如黃帝、后稷、有巢、燧人、神農、伏羲……無不如此[40]。在中國神話中罕有類似西方神話的矛盾與衝突，諸神亦非人類慾望和情感的向外擴大，反而多有創造音樂、敷布五穀的記載，這到底是因後代人文精神發達，反射到神話世界中，才產生的現象呢？還是後代人文秩序的禮樂精神係由神話影響所致？答案當是後者。因爲就整個神話與幻想的流程來看，原始神話還保存著從渾沌中開闢初級自然秩序的精神，其後才步步踏入人文創設的世界，屈原在「天問」中對原始神話和人物的疑問，卽代表了人文意識發展下的心靈，對原始客觀秩序世界的疑惑。

屈原本人應是一個人文精神的代表，但他一生似乎總生活在上面所說的困惑中，在渾沌中秩序的建構和樂土的追尋中徬徨來往。原始初建的秩序，必不能讓人文精神發展後的心靈滿意，他必須重新配置，以建立更精緻、更完美的秩序，以合乎禮樂的要求，成爲人間的樂土。然而，弔詭的是：人總是內在地以爲這些努力卽是「回歸自然」；或者，在進行人文創設時，歸返自然的渴望卻不斷在體內燃燒。於是或寄懷於太古、遙想伏犧葛天，如莊周陶潛；或嚮往君子之國、崑崙之鄉，願浮桴駕車遠遊，如孔子屈原。這是因爲人文意識一旦展開，人卽游離出原始自然跟天地合同的境域，成爲生命的畸裂，所以樂土的追尋才會不斷湧現。小川環樹在〈中國小說史之硏究〉中曾說明中國仙鄉故事的特點是：㈠到了山中，㈡通過洞穴，㈢仙藥和食物，㈣與美女戀愛或結婚，㈤道術與贈物，㈥懷鄉與勸歸，㈦時間變異之感，㈧再歸與失敗[41]。這一連串歷程，剛好可以印證上文所說：原始自然的「樂園」必然是與人文世界隔離的，只有些微孔隙可以讓某些機緣湊合的人偶然進入（只有偶然、無意識才能進入）；進入後與女子交媾暗示了人文與自然一度結合，但這種結合必然得再分開[42]。歸來的人，既不再屬於人間，又不能再重返自然之仙鄉，只好「棲泊無所」地流離於宇宙之間。這些文學作品之所以每每强調時間變異之感和再歸的失敗，乃在暗示仙境和人間除了空間不同之外，時間亦不相同：一屬永恆，一屬變滅。而人旣脫逸出自然的軌道，想再重返就很困難了。

話雖如此，人類終究是要由自然步向文明的，渾沌鑿破，人卽不可避免地必須將他的生命投射向另一個不可知的未來，神話中早已暗示了這種不可逆的進程。在文學的神話與幻想世界裏，這種不可究詰的進程和宇宙秩序建構之原理，就稱爲天命。〈山海經〉「海內經」

有則神話，很能說明此義：

洪水滔天，鯀竊帝之息壤以堙洪水，不待帝命。帝令祝融殺鯀於羽郊。鯀腹生禹，帝乃命禹卒布土以定九州。

據〔山海經〕描述，鯀是天神貴胄、黃帝之元孫，曾教人民播種黑黍野藿、建造城廓，又開始「布土均定九州」，這是一位由自然世界中開創人類文明的英雄。但在人文創設的過程中，他不經由天命，擅自取息壤以堙洪水，便不免被殛死。鯀雖死，人文建構的過程卻是不可已的，所以他腹生禹，以完成未了的使命；反之，天帝雖殺鯀，卻非意在遏阻人類敷布文明，而僅在懲罰鯀之不遵循天命而已，所以也再命禹完成鯀未竟之功。這裏的命，除了係透過人格神來表達之外，與後代文學作品中的天命幾無二致，〔詩經〕「商頌・殷武」就說：「天命多辟，設都於禹之績，歲時來辟」（鄭箋：「天命乃令天下衆君諸侯，立都於禹所治之功，以歲時來朝覲於我殷王」），不但禹之建功是由天命，殷湯建國，亦屬天命所辟。同理，若歷史不斷流衍、人類不斷創造，天命也會一直流行於天地，所謂：「命未流行，無物發起其美」（〔易〕「姤卦」象九五疏），只有天命不斷流行，人類才能創構更美好的文化生活，追求更理想的樂土。

不僅如此，天命的認知更可以讓人生除了現實世界之外，還與神話幻想世界緊緊啣合，提供超越的人生，不斤斤計較現實人生的得失，而透過天命，去捕捉一份超越觀照後的廣大和諧人生。這就是爲什麼我國小說戲劇喜歡以天命起、以天命終的緣故。人類一旦完成了天命的職責，卽重歸於原始本狀的秩序，是石卽還歸爲石、是仙卽歸位爲仙，再無生命中無明的蠢動與生命和諧的裂痕，可以「無憾」。就人間而言，則又具體點出了「天地不仁、以萬物爲芻狗」的宇宙大情。

宇宙之大情卽是無情。這種無情，和精魅鬼怪所表現的情愛牽繫，點染在充滿禮樂秩序的原始與人文世域中，交融滙聚成一片混聲大合唱，似乎就是我國文學中神話與幻想世界最動人的姿貌了。

註釋

1 陶淵明「讀山海經」共十三首，本詩爲總序，以下十二篇則摘取〔山海經〕和〔穆天子傳〕中事迹，敷咏敍述而寄意。無論這些作品是否對當時世局有所譏刺感慨，其基本態度乃是合神話與歷史爲一的，故黃文煥〔陶元亮詩析義〕說：「於經外別作論史之感」「題只是讀山海經，結乃旁及於論史」。

2 參考李正治，「李白的鈞鼇意識」，〔中國古典文學論叢•詩歌之部〕（臺北，中外文學月刊社，民國六十五年），頁二八五。

3 詳見樂蘅軍「從荒謬到超越——論古典小說中神話情節的基本意涵」，〔古典小說散論〕（臺北，純文學，民國六十五年），頁二八。

4 主張神話保存不良，係受儒家排斥之說最力者為周樹人，〔中國小說史略〕。日本森三樹三郎〔中國古代神話〕則謂中國神話不發達，是因受了知識份子合理主義的影響。二者皆非事實。

5 *Myth and Ritual in Christianity,* quoted in Wilfred Guerin at al., *A Handbook of Critical Approaches to Literature* (New York: Harper & Row, 1966), p. 117.

6 參看王孝廉，〔中國的神話與傳說〕（臺北，聯經，民國六十六年），頁一一六。李達三，〔比較文學研究之新方向〕（臺北，聯經，民國六十七年），頁二三四。

7 另詳夏志清「文人小說家和中國文化——鏡花緣新論」，〔人的文學〕（臺北，純文學，民國六十六年），頁二五。

8 另詳王孝廉，〔花與花神——中國的神話與人文〕（臺北，洪範，民國六十九年），頁一七一—二七。

9 有關義山個人神話之寄託與創造，可參考張淑香，〔李義山詩析論〕（臺北，藝文，民國六十三年），頁一八二。

10 見李沂，「林黛玉神話的背景」，〔大陸雜誌〕，三十卷十期，民國五十四年五月。

11 參看樂蘅軍，「唐傳奇的意志世界」，〔臺靜農先生八十壽慶論文集〕（臺北，聯經，民國七十年）；傅錫壬，「夢的解析」，〔淡江學報〕，第十五期，民國六十六年；龔鵬程，「從夢幻與神話看老殘遊記的內在精神」，〔幼獅月刊〕，四十八卷五期，民國六十七年十一月。

12 有時我們也把這些作品稱為神話詩，參看陳慧樺，「從神話的觀點看現代詩」，〔從比較神話到文學〕（臺北，東大，民國六十六年）。陳氏主要的分析依據也是馬林諾斯基對神話的分類和福格森〔神話與文學禎忌〕的觀點。認為詩人在創作時一種是視神話為史實；一種是視神話為民間或傳奇故事，述之以娛己娛人；三是將神話當作宗教、道德及社會結構的基本因素。

13 參見張淑香，「愛情三部曲——試論元雜劇裏的愛情表現與社會（下）」，〔文學評論〕（臺北，巨流，民國六十九年），第六集，頁一三五。

14 文學中的實事與幻設，詳馬幼垣，「唐人小說中的實事與幻設」，〔聯合報〕副刊，民國七十年七月九日。認爲像「長恨歌傳」後半的敍述是企圖超越人生經驗的限界，以映托某種新觀點、新感受。文中對幻設文學的理論，敍述甚詳。

15 見趙殿成，〔王摩詰全集箋注〕卷二引。盤古開天地之事，世所習知；秦洪海學太一以闢疆域則知者尚少，故爲錄出。

16 有關四方位及四季的神和神話，以王孝廉，「夢與真實——古代的神話」，〔中國文化新論·根源篇〕（臺北，聯經，民國七十年），頁二三九—三〇〇，最簡明扼要，請參看。本節所引資料出處不贅注。

17 王孝廉，〔中國的神話與傳說〕，頁二九九—三〇四。

18 參看勞思光，〔康德知識論要義〕（臺北，河洛，民國六十三年），頁五二—七〇；及卡西勒（Ernst Cassirer），〔論人〕（杜若州譯，審美，民國六十五年），第一部第四節。卡西勒通常被視爲新康德派哲學家，他也認爲秩序性之追求是古人注意天體的主要原因。

19 陳慧樺，〔從比較神話到文學〕，頁二七一，此文附會甚多（例如把后羿射日，看成是回歸子宮），但其結論以爲中國神話較之宗教色彩，而傾向人間性，頗有見地。

20 參看施芳雅，「西王母故事的演變」，〔中國古典小說研究專集1〕（臺北，聯經，民國六十八年），頁四六。

21 以氣來解釋天地之秩序結構，早於先秦已肇其機，王符和干寶整個推論系統也建立在宇宙氣化的哲學認知上。另詳李豐楙，「六朝精怪傳說與道教法術思想」，〔中國古典小說研究專集3〕（臺北，聯經，民國六十八年），頁二。

22 參見李正治，〔六朝咏懷組詩研究〕（師大國研所碩士論文，民國六十九年），第三章第五節及第四章第二節。

23 見李豐楙，「服飾、服食與巫俗傳說——從巫俗觀點對楚辭的考察之一」，〔古典文學〕（臺北，學生，民國七十年），第三集。

24 引自〔英美學人論中國古典文學〕（香港，中文大學，一九七三年），頁一八二。

25 本節請參看夏志清，〔人的文學〕；樂衡軍，「蓬萊詭戲——論鏡花緣的世界觀」，〔古典小說散論〕；林連祥，「鏡花緣結構探索」，〔中外文學〕，九卷八期，民國七十年一月。

26 類似的結構在元雜劇中早已成爲一種特定的類型，所謂「度脫劇」，基本上都是透過度人者和度脫的歷程，使主角歸入仙界。主角或爲人或爲精物、鬼魅；人物入仙的歷程則可能是夢境，可能是親切真實的經驗。另詳趙幼民，「元雜劇中的度脫劇」，〔文學評論〕，第五、第六集。

27 帝王並不只鑒管人間而已，在〔西洋記〕裏，陰府判官也須承認明朝的正統權威。所以基本上皇帝所觀照的世界包含了天府地衙和人世，此書最後由皇帝褒勉並決定各項命運，原因在此。

28 另詳蔡英俊，「李賀詩的象徵結構試探」，〔中外文學〕，四卷七期，民國六十四年十二月。

29 見余國藩，「英雄行——西遊記的另一種考察」，〔中國時報〕副刊。

30 詳見龔鵬程，〔取經的卡通——西遊記〕（臺北，時報，〔中國歷代經典寶庫〕，民國七十年），「後記」，頁三三七。

31 詳龔鵬程，「以哪吒爲定位看封神演義的天命世界」，〔中外文學〕，九卷四期，民國六十四年九月。

32 詳龔鵬程，「傳統天命觀念在中國小說裏的運用」，〔中韓文學會議論文集〕（臺北，黎明，民國七十年），三三二頁。據此觀點來看，則中國長篇小說的結構，頗與蒲安廸所論不同，參考〔文學評論〕第三集（臺北，巨流，民國六十五年）。

33 中村美代子著，劉禾山譯，〔從中國小說看中國人的思考方式〕（臺北，成文，民國六十六年），頁四七。

34 詳看葉慶炳，〔談小說妖〕（臺北，洪範，民國六十九年）；「魏晉南北朝的鬼小說與小說鬼」，〔中國古典文學論叢·神話與小說之部〕，頁一一三。

35 參考張火慶，「聊齋誌異中的靈異與愛情」，〔中興文苑〕（中興大學中文系），十一期，轉刊於〔中外文學〕九卷五期，民國六十九年十月。

36 薩孟武曾懷疑捲簾大將在蟠桃會上失手打碎玻璃盞，處罰比天蓬元帥帶酒戲弄嫦娥重得多，不知科刑之標準何在。見氏著，〔西遊記與中國古代政治〕（臺北，三民，民國五十八年）。事實上秩序與愛情之戒律，量刑輕重似無太大分別，二郎神之妹，因愛上凡人，竟被二郎神親自壓在華山底下，虧得天命其子陳香劈山救母，但畢竟已受了十幾年折磨，戲劇「寶蓮燈」就是演這個故事。

37 這點可以解釋為何文學作品中人妖相戀，總是有僧道出現揭穿或破除。因為僧道即代表超越的觀點和力量，〔白蛇傳〕之類故事的精采處，就在無情扳倒愛情；而精怪也須經過轉化的過程才能與人結合。

38 詳李豐楙，「六朝樂府與仙道傳說」，〔古典文學〕（臺北，學生，民國六十八年），第一集；古添洪，「論詩經中有神話背景的詩」，〔探索在古典的路上〕（臺中，普天，民國六十六年），頁九五。

39 顓頊在〔淮南子〕中是幽冥之神，但在〔山海經〕裏卻具有天帝的地位，〔國語〕「周語」又說星辰和日都是顓〇所建。〔淮南子〕雖以顓頊為黑帝，但顓頊的住所卻在空桑（太陽的故鄉）、帝號則為「高陽」、其叔少昊又是太陽神，都有光明之意。因此〔淮南子〕又紀載和共工交戰的乃是火神祝融。

40 參見尉天驄，「中國古代神話的精神」，〔中國古典文學論叢·神話與小說之部〕，頁五六。

41 王孝廉，〔花與花神——中國的神話與人文〕，頁一〇六。

42 經一洞穴，進入仙鄉，本身就與「女子」的象徵相脗合。女子代表自然母體的大地，交媾與進入洞穴即代表結合。

智與美的融合

林聰舜

詩與散文同爲中國文學的二大柱石，然而相對於「詩學」已成爲文學批評上的熱門話題，散文的研究顯然是被冷落了。而由於散文的體裁較諸詩歌的抒情特性，更兼有敍事、議論、說明、描寫等作用，明白曉暢、直捷了當是它的特色，因而在這種實用性之下，它也就比詩歌更能有效地、廣泛地擔當起表達人類智慧的要求。本文由「智與美的融合」這一層面來探討散文的某些問題，除了算是對荒蕪的散文批評園地提供拋磚引玉的初步嚐試外，也希望能有效地揭露散文的奧蘊。

「美」的追求，卽藝術性的追求，是古今中外一切文學作品的基本要求，也是一切文學活動的必然歸趨。而文學的「美」是如何構成的呢？由於它所使用的媒材是語言文字，所以深切地掌握語文的特質，巧妙地加以運用，使成爲「語言的藝術」，就成了文學的「美」得以成立的首要條件。其次，因爲語言文字必然擔負著傳播人類意識、情感的作用，所以它不可能像音樂、繪畫、雕刻一樣，能作純粹形式之美的表現，因而文學的創作活動，也必然歸向於藉著語言文字的構作，以表現內在的意識與情感。所以，整全地文學美，就必須是一種形式與內容相結合後的現象或屬性，亦卽作者的意識與情感藉著語言藝術的運用，才成立了整全地文學美；缺乏深刻的內涵或外在的表現技巧，就文學創作而言，都是有所欠缺的。

構成整全地文學美，固然是「內容」與「形式」缺一不可，而由於散文對「實用性」的要求較强，所以較諸詩歌等其它文學類型而言，它對於「形式」之美的追求，顯然要受到題材內涵更大的約束。縱然也有部份散文作品，重視外在的音節、字句、色澤之美，不遜於詩歌，但大抵而言，浮艷華麗之體終非散文的正宗，與詩歌相較，散文無論如何是較偏向於素樸之美的。而這正可看出「事義」實是構成一篇散文的靈魂。試觀散文園地中，多的是「以立意爲宗」，視翰藻爲餘事，而無意間構就的散文佳篇；刻意雕琢，內容卻貧乏不堪，而能稱得上是好散文的，反未嘗一睹。「事義」在構成散文藝術中的份量，就可以思過半了。尤有進者，「水性虛而淪漪結，木體實而花萼振」，「洞性靈之奧區」者，往往能「極文章之骨髓」，作者若能發乎精神、情感，以沉潛於人生、社會的內部，其作品之藝術性、感染力將更爲豐富、深刻。而「智」便是作者發乎精神、情感以沉潛於人生、社會的內部後，所獲得的洞視力。雖然這種洞視力有的是挾帶著擔負人生憂患的情操，有的則要求從這種擔當中超轉出來，而趨向淡泊虛靈的觀照心態，然而無疑地，這些極爲深刻的人生智慧所帶來的超人一等的洞視力，正是構成散文佳篇的靈魂。更由於作品背後所含蘊的「智」之境界，往往亦涵有一種超乎言筌的美，所以若能以片言隻字勾勒出此等心靈境界，亦能給予讀者美地感染力而構成佳篇，而此時語言文字的運用，祇要能適切地展現作者的心靈境界，就自有其可觀之處，而能完成作爲「語言藝術」的功能，並非定要華辭麗藻才能構成「形式」之美，「石韞玉而山輝，水懷珠而川媚」，信然！

本文從「智與美融合」的層面來探討散文，自是有感於「智」在散文作品所佔地位的重要性。且散文本屬記事之文，然由於中國文字之適於藝術性的表現，故作者的智慧往往不經由「方以智」的方式，概念式的呈現，而「圓而神」地將其融成藝術的晶品。這種表現，使散文一面保有其實用功能，一面卻也成爲我國文學中重要的一支。惟「智」的表現是多方面的，智與美融合的散文也會呈現種種不同的風貌，下文將把「智」區分爲四種類型，逐一探討，以求多方了解智與美融合的散文之不同風貌。它們是：

1. 一般性的人生智慧與體驗

2. 具體性的歷史、社會之透視

3. 當境拔起、飄然脫俗的了悟

4. 人物風姿、生活情趣的鑑賞

由以上的分類，我們也可知道，智與美融合的「智」，指的是沉浸於人生、社會而來的「智慧」（Wisdom），一般認知事理的「知識」（Knowledge）是無與於此的。

永恒的啓示

這一類的散文，大抵是作者稟其超人一等的慧眼，跳出世人習以爲常的小知小見之窠臼，洞燭人生種種眞相的作品，其間或敍事，或議論，皆事覈言鍊，能一針見血的刺破世人的迷執。且作者這些人生體驗，往往代表著人類對其生存境況充份覺知的智慧，所以又具有普徧性、永恒性的特色，而最富於啓發性。

記載先秦儒、道兩家開山祖師孔子、老子這兩位聖哲言行的〔論語〕、〔老子〕這兩部經典的某些篇章，是此類作品最早期的代表。衆所皆知，孔、老二氏的人生智慧是照耀千古的明燈，他們素樸的哲理散文，也成爲最耐人尋味，令後世追摹不及的作品。此因孔、老二氏的思想、見地固然高卓，但他們高超的哲理卻不脫對現世的關懷，他們的智慧亦不離人間的體驗，所以二書中也就不乏盡去義理的鋒芒、圭角，而以堅凝之筆表現人生體驗之富有情趣的文字。

季路問事鬼神，子曰：「未能事人，焉能事鬼！」曰：「敢問死。」曰：「未知生，焉知死！」[1]

孔子的智慧是高卓的，他的教育方式卻是「因材施教」，所以他教導弟子很少搬出一大套思辯性、概念性的高深理論，而多當機指點的話語，這種有血有肉的當機指點，措辭往往是簡潔有力、發人深省的。季路之問，本人情之常，但他「不問蒼生問鬼神」的態度，顯有本末倒置之病，孔子截斷衆流似的答語，當然是意圖扭轉季路的態度，但其中的道理並未直接表出，因而這些語句後面所蘊涵的智慧更值得讀者玩味，而顯得餘味悠悠了。

子曰：「歲寒，然後知松柏之後彫也。」[2]

這一段話，歷來解者多認爲係以松柏之耐寒來比喻君子堅貞的節操。但孔子卻沒有將他的涵義直捷地和盤托出，以成純粹的說理文字，而是將其涵義隱藏於譬喻之中，如此，本章所包含的義理就更爲豐富——可以是孔子對君子的假面目之揭穿；可以是孔子對君子堅貞節操之贊嘆；亦可以是孔子對君子要有「顚沛必於是，造次必於是」的精神，以堅持理想的要求。

因而這一段表達孔子之人生智慧的文字，便得以脫卻說理文字的枯燥，顯得意趣盎然了。與孔子約略同時，對傳統的社會價值體系帶著批判性姿態出現的老子，雖然反對美言的價值，謂「信言不美，美言不信」[3]，但「五千精妙」[4]，他留下來的〔老子〕一書，不但充滿了智慧，也是絕佳的短文。我們且先瞧瞧他表現一般性人生智慧與體驗的佳篇：

五色令人目盲；五音令人耳聾；五味令人口爽；馳騁畋獵令人心發狂；難得之貨，令人行妨。是以聖人爲腹不爲目，故去彼取此[5]。

這一段話所要表達的，不外是勸人「爲腹不爲目」[6]——擺脫情識的糾纏，以達於心靈的虛靜。但作者卻不以說理的姿態出現，而是將世人在情識的糾纏、形軀的牽引下所構成的災禍，具體的排比出來，在這種具體事實的有力襯托下，世人的迷妄遂無所遁形，而作者的意旨也就很鮮明地凸顯出來了。

名與身孰親？身與貨孰多？得與亡孰病？是故甚愛必大費，多藏必厚亡。知足不辱，知止不殆，可以長久[7]。

老子的智慧，多有現象世界的深刻考察作基礎。本章和上章一樣，前半段先提出他深入觀察人生現象所洞見的世俗之迷妄，後半段則導出他的論斷，凸顯他的意旨。而他以對比的方式所呈現的世人之迷妄——付出生命的本眞換取外在的虛名財貨，豈不就是我們自以爲是的行爲準則？這實在是銳利無比的冷諷啊！

由以上的例子，可知〈論語〉與〈老子〉的某些篇章，在表達一般性的人生智慧與體驗之餘，也構成了動人的散文。它們雖然是說理文字，卻不像一般說理文字的乾枯與乏味；它們雖也運用了後世所謂的譬喻、排比、對比等修辭手法，但由文中運用這些手法極其自然，了無斧鑿之痕，可見這並非來自他們刻意的雕琢[8]，至少，跟後世的作品比較，它們顯然是相當素樸的。那麼，這種素樸的文章爲什麼會呈現無比的藝術性，而爲後人推重呢？原因是：

1.見事的深入：大抵說理的文章，最忌祇具備一副空架子，空空洞洞，令人不忍卒讀；而「智」所代表的是透視人生的洞識力，這種洞識力一和文字結合，文章自然顯得有力，在這裏，文章的美和思想的美已經融而爲一了。唐順之謂秦漢以前，各家「各自其本色而鳴之爲言，其所言者，其本色也。是以精光注焉！而其言遂不泯於世。」[9]此話値得吾人三思。

2.表達的透徹：〈論語〉、〈老子〉旣屬於語錄體，當然祇是一種記錄言行的集子，而不會是刻意於「文章藝術」的作品。但孔、老二氏雖無意於文章藝術的創作，對於他們的主張卻仍須「刻意」地述說得徹底，以達於義之至安、理之至順，然而當文章能達於每一個字都合於「義之至安、理之至順」時，文章的藝術性就在無意中達成了。當然，這裏已預設了一先決條件，卽作者純熟地駕御語言文字的能力。

3.作風的自然：由於無意於「爲文」，不汲汲於語言藝術的雕琢，這類文章反有一種不修邊幅的自然之美，而爲後人所難學步。蓋無意爲文，則一切皆由性情自然流出[10]，雖乏雕琢而來的翰藻之美，卻也免除了因刻意「爲文」所挾帶來的虛矯之風、做作之態，而有超乎尋行數墨、吹求律法之上的眞醇至味。前賢謂〈論語〉文章雍容、達於化境；謂〈老子〉文章簡質精妙。這種文章，那裏可以徒由襞積字句之法，妄爲窺測呢？

由以上的說明，對於〈論語〉、〈老子〉這種素樸的文章所以會呈現高度的藝術性、表現智與美融合的特色的道理，也就可以喻之於懷了。其實，一切散文作品胥可作如是觀，而這也就是實用性和藝術性尚未區分的先秦兩漢散文一直被視爲散文的極致，先秦兩漢被視爲散文的黃金時代的原因。

除了〈論語〉、〈老子〉外，先秦諸子——尤其是〈孟子〉、〈莊子〉，尚有不少表達一般性人生智慧與體驗的散文，充分表現智與美融合的特色。如〈孟子〉中有齊人乞於墦間之祭者，歸而驕其妻妾的故事[11]，其詼諧幽默的文筆，調侃盡了以枉曲之道求富貴利達者的嘴臉。〈莊子〉中的庖丁解牛[12]、渾沌鑿竅[13]等寓言，在巧妙文字的背後，也透露出巧僞做作、與物相刃相靡者必不能保有自我生命的完整之睿見。值得注意的是：這些作品雖仍保有文章的實用性和藝術性合一的特色，但已逐漸脫離語錄的素樸形式，而發爲長篇大論了。

兩漢以降，這種表達一般性人生智慧與體驗的散文，更散見於各類的作品中，由於本文主旨不在敍述散文的發展，自無法一一列舉。以下僅舉若干實例加以探討，豹窺一斑，或能略識其大體。

〔史記〕的「伯夷列傳」是一篇人人稱道的散文。在此文中，司馬遷藉著一個傳說中的故事，夾敍夾議的抒發了不少感慨，對於人類與超理性力量相對峙下的命運與自處之道都有廣泛、徹底的探討；全文一唱三嘆，寫盡了亙古以來在命運播弄下的人類無限的辛酸。和先秦的作品比較，雖同屬無意「爲文」，不刻意追求文章的藝術性，但其表現已漸失冷雋、客觀的敍事、議論態度，而挾有濃厚的自我抒情成份。這種在敍事、議論裏面摻進作者的感情與思想的手法，不能不算是散文藝術的一大發展。

該文由司馬遷睹軼詩而悲夷、齊之意寫起，以夷、齊之怨帶出普天之下一切有理性的人在非理性的命運作弄下的怨恨，作爲對「天道無親，常與善人」此一正義法則的反諷。文中言積仁絜行的伯夷、叔齊居然餓死，好學的顏回竟也早夭，而暴戾恣睢的盜跖卻以壽終，「若至近世，操行不軌，專犯忌諱，而終身逸樂富厚，累世不絕；或擇地而蹈之，時然後出言，行不由徑，非公正不發憤，而遇禍災者，不可勝數」，在這種情況下，司馬遷不得不宣告「

天道」的破產，而發出「儻所謂天道，是邪？非邪？」的悲嘆了，對於這種天道的不平、人間的憾恨，若在西方，則將表現爲個人以其微薄之力與宇宙命運相抗衡，造成可歌可泣的悲劇，以達到個人精神、意志的凸顯；然而史遷對於這種天道不平的反應，在感情上雖是熾烈的，其解決之道卻是平和的。他先引孔子「道不同，不相爲謀」、「歲寒，然後知松柏之後彫」等話語，肯定士君子潔身自愛的價值，接上儒家義、命分立的傳統，但人類畢竟是血肉之軀，如此終不能無所憾恨，於是史遷又由夷、齊首陽垂名之幸，見砥行者立名之難，表達了君子「沒世而名不稱焉」的千古遺恨，而他奮起作傳，以歷史審判代替天道的微旨，也就隱然可見了。全文合傳贊爲一篇，夾敍夾議，對人類的基本命運與自處之道皆作了深入的探索，尤其他標示的價值取捨方式，一方面表現了他獨特的睿見與擔當，一方面也與浸淫於人文主義傳統下的國人之人生觀相呼應，而其以微筆舒其憤心的抒情之筆，讀之更足令人盪氣迴腸，林西仲云：「此篇無文不讀，讀者無不讚其妙」[14]，誠非虛譽。

王羲之的「蘭亭集序」，也是一篇探討人類基本命運的佳篇。全文大抵可分四段，首段描寫蘭亭的山水勝景。次段述說天氣甚佳，與會者興致無窮。第三段則筆鋒一轉，觸及人生無常的問題，流露出無盡的感傷。其云：

夫人之相與，俯仰一世，或取諸懷抱，晤言一室之內，或因寄所託，放浪形骸之外。雖趣舍萬殊，靜躁不同，當其欣於所遇，暫得於己，快然自足，不知老之將至。及其所之既倦，情隨事遷，感慨係之矣。向之所欣，俛仰之間，已爲陳迹，猶不能不以之興懷；況修短隨化，終期於盡。古人云：「死生亦大矣」，豈不痛哉！

如果本文到此而止，這一篇文章大概就不會流傳千古，因爲這種傾洩情感的作品，在文壇上早已流於氾濫而引不起讀者特別的興致了。本文的成功，在於它表現了「智與美融合」的特色，使情感的抒發不流爲一往不復的自我傾訴，而能在感興之外，也透露出作者觀照人生的智慧，使讀者得以反覆咀嚼，以眞正觸發內心相同的弦音。且其語言藝術——外在的形式——也就能在「智」的融入後變爲生動、鮮明。該文末段云：

每覽昔人興感之由，若合一契；未嘗不臨文嗟悼，不能喻之於懷。固知一死生爲虛誕，齊彭殤爲妄作。後之視今，亦猶今之視昔，悲夫！故列敘時人，錄其所述，雖世殊事異，所以興懷，其致一也。後之覽者，亦將有感於斯文。

這段話蒼涼之情透於紙背，但作者卻能隨即跳出一味感傷的氛圍，對這種人生命運出之以「觀照」的態度，「故列敘時人」以下，顯然可見作者已能自沉溺深陷的感情世界中超拔出來，尋找到生命的寄托——透過「文學」的途徑，人類的有限生命便得以超越時空、相互感通，而獲得不朽。由是，自然生命的「一死生」、「齊彭殤」雖屬虛誕、妄作，但生命的永恒卻由另一方式達成了。作者這種雜揉了莊生的超脫精神，與傳統經由「立言」而不朽的人生智慧，疏解了自己鬱勃的情感，表現為「筆意疏曠淡宕，漸近自然，如雲氣空濛，往來紙上」[15]的語言藝術，也為後人留下了智與美融合的散文佳篇。

文章律法，大抵後密於前。經過辭賦、五七言詩、駢文盛興之後，純文學的發展，已達於燦爛成熟的地步，古文運動的興起，雖標舉著「文以載道」的口號，反對六朝以降華艷無實的駢儷文體，企圖回復到三代兩漢文章實用性和藝術性不分的傳統，但古文家的琢句鍛字、匠心密運，卻絲毫無遜於駢文作家。曾國藩「聖哲畫像記」謂：「韓、柳有作，盡取揚、馬之雄奇萬變，而內之於薄物小篇之中，豈不詭哉？」錢穆云：「韓柳二公，實乃承於辭賦五七言詩盛興之後，純文學之發展，已達燦爛成熟之境，而二公者，實乃站於純文學之立場，求取融化後起詩賦純文學的情趣風神以納入於短篇散文之中，而使短篇散文亦得侵入純文學之閫域，而確占一席地。」[16]凡此皆意謂著古文家雖有「文以載道」的理想，在創作時意圖文、道兼顧，但他們刻意追求文章之美的態度，已無殊於駢文作家了。唐宋的古文家也就在這種情況下造就了有別於先秦兩漢古文的「新古文」。

表達一般性的人生智慧與體驗之散文，在唐宋以降古文家的作品中亦隨處可見。藉著贈序、雜說、雜記等新體，作者遂可不為題材所限，稱心所欲地抒發他們生命的睿見。當然，這時作者是將他們的文章視爲一種「文學作品」，而刻意加以鍛鍊，這種創作心態是有別於先秦兩漢的散文作家的。

韓愈「雜說」中的「馬」，是這類文章中頗具代表性的作品。韓氏藉談馬以喻才智之士不易得到識拔的機會，而致埋沒一生，或學非所用，「世有伯樂，然後有千里馬。千里馬常有，而伯樂不常有。」這幾句膾炙人口的話，已經註定了大多數才智之士懷才不遇的命運，也表現了韓愈觀察人生的深刻智慧；而收尾以「嗚呼，其眞無馬耶？其眞不知馬也！」作結，藉著「嗚呼」、「其」、「耶」、「也」等虛字的巧妙運用，把他平日所醞釀的悲憤之情，全部傾洩出來，文筆宕漾，凝而不滯，不愧是講究「文氣」的古文家心目中最精彩、最神妙的作品[17]。前人常言「韓潮蘇海」，觀乎韓文奔騰的氣勢，實非虛譽。

由於人類都是有限的血肉之軀，所以人生中不可避免地會有很多障蔽、缺陷；然而由於人類——尤指識見超人一等的智者——能不斷地從小知小見的窠臼中作自我突破，洞燭人生種種的眞相，所以人生畢竟不會祇是一團幽暗。表達一般性人生智慧與體驗之智與美融合的散文，一方面充滿著智慧之光，另一方面又富有文學的感染力，其於披露人生眞相、指引人生途徑，無疑會有很大影響。由於人類從小知小見的窠臼中作自我突破的過程是不間斷的，所以這種表達一般性人生智慧與體驗的散文佳篇也就俯拾卽是；以上的探索，祇對這類作品的特性作了簡單的介紹，完整的把握，就盼望讀者能以自己的生命和這些作品直接照面了。

時代的明鏡

這一類作品，大抵是作者以擔負人生憂患的心情沉潛於社會內部後，所提出的睿見。因為他們見事透徹、氣充勢足，所以文章也就顯得有氣力、有精神。這個道理，李翺「答朱載言書」[18]有一段話可資說明：

義深則意遠，意遠則理辯，理辯則氣直，氣直則辭盛，辭盛則文工。

由於中國文化十足地人間性格，加以傳統士大夫以天下為己任的憂患性格，這類作品為數極夥。其中又以先秦最為豐富，兩漢次之，以後大一統專制的束縛愈來愈深，文網嚴密，士氣摧折，這一類散文佳作就愈來愈少了。

先秦諸子的興起，因素固然很多，但其中有一個共同的特點，那就是針對周季衰弊而想提出一套學說來改造社會的秩序，也就是他們對社會現實都作了深入的考察。在這種情況下，透視社會具體現象的散文在先秦諸子裏就不勝枚舉了。茲舉數端以概其餘：

民之饑，以其上食稅之多。民之難治，以其上之有為，是以難治。民之輕死，以其上求生之厚，是以輕死。夫唯無以生為者，是賢於貴生[19]。

雖然以道家思想爲修養之資的中國文人，常對人生社會採取消極逃避的態度，先秦道家卻未嘗不以天下百姓爲心，所以他們對社會仍然採取一種積極批判的態度。這一章就是老子對政治社會問題作一痛切的反省後，對統治者提出的嚴厲批判。事實眞相既被揭露，那些假仁義之名以行暴政之實的統治者就難辭其咎了。這種抨擊社會現實的篇章，〔老子〕一書中觸目皆是；到了〔莊子〕中更有充份的發揮，譬如「馬蹄篇」中就以伯樂戕馬之性的缺失，用來比喻統治者懸跂仁義禮樂，擾動民心的清靜，使民爭歸於名利的罪過；而「胠篋篇」更有「爲之斗斛以量之，則並與斗斛而竊之；爲之權衡以稱之，則並與權衡而竊之；爲之符璽以信之，則並與符璽而竊之；爲之仁義以矯之，則並與仁義而竊之。何以知其然邪？彼竊鈎者誅，竊國者侯，諸侯之門，仁義存焉。」這種揭穿人世騙局的激烈呼喊了。當然，老、莊這種對社會現實的批判，絕非無的放矢，而是透視周文僵化，變爲外在虛文、形式主義，以桎梏人類的禍害後，所發出的深重地嘆息。老、莊這種透視社會現實的智慧，配合他們或簡截有力、或汪洋恣肆的語言藝術，遂各自成就了傲視古今的散文。

儒家方面，以〔孟子〕最具文采，而尤以氣勝，絕無迂苦拘閡之病。如「梁惠王篇」載梁惠王爲其盡心國事而民不加多感到納悶，孟子卻一眼覷出惠王之不能養民，發言步步進逼，至以率獸食人比喻梁王之施政，毫無躲閃餘地，充份發揮了「說大人則藐之」的氣勢；

再如「離婁篇」中，孟子以「惠而不知爲政」批評子產以其乘輿濟人於溱、洧的一段話，對於在上位者每喜示人小惠，以贏得愛民、親民的美譽，而於爲政之大體，反疏於料理，這種不知輕重的政治病態之揭發，算得上是獨具慧眼了。

法家在諸子百家中所表現的現實感特別强，對當時的社會型態、政治型態轉變的趨勢看得最清楚。由「韓非子」中，可以看到很多剖析列國政治的弊端、批評世俗毀譽錯亂、國君賞罰顚倒等問題的篇章。這些透視社會現象的篇章，皆能深中事理，而其爲文工整明切，壁立千仞，自有一番風味，雖云韓非爲反對文學之人，然其文章之精妙，實不下於文學之士！

兩漢（尤指漢初）論辨、奏議類的作品中，也有很多能透視社會、歷史的眞實，而表現出智與美融合的特色。雖然這些作者沾染戰國策士餘風，已開始注重文采，但他們的文章剖析時病，皆激切明快，絕無空洞不合實際的議論，是以這些文章可謂介乎諸子與文章家之間，乃爲文以立意爲宗過渡到以能文爲事的津梁。章太炎云：「晚周之論，內發膏肓，外見文采，其語不可增損。漢世之論，自賈誼已繁穰，其次漸與辭賦同流；千言之論，略其意不過百名。」[20]可謂深得其實。

賈誼的「過秦論」，古今推爲論辯體之翹楚，其中尤以上篇最稱精采。文中論秦之過，不外「仁義不施，而攻守之勢異也」，寥寥數語，便可斷盡，但他卻不輕易說出，反是層層敲擊，筆筆放鬆，如此，縱之愈遠，擒之愈見有力；及至「勢」已蓄足，到了尾段，戛然收筆，便似有千鈞之力，破空而來，而讀者所受的震撼，也就非同小可了。當然，此文的成功，並不能全由行文的技巧加以解釋。賈生「頗通諸子百家之書」「每詔令議下，諸老先生不能言，賈生盡爲之對，人人各如其意所欲出，諸生於是乃以爲能不及也」[21]，這種通貫政事、治術的智慧，以及他洞見了漢王朝嚴重的政治、社會問題後，懷持的關切之情、憂患之感，乃至蘊蓄的氣力，才使這篇以秦喻漢的作品得以直透歷史的眞相，讓讀者有一唱三歎之致。

我們再看看鼂錯「論貴粟疏」所揭露的漢初嚴重之社會問題。疏中有一段文字：

今農夫五口之家，……春耕夏耘，秋穫冬藏，伐薪樵，治官府，給徭役；春不得避風塵，夏不得避暑熱，秋不得避陰雨，冬不得避寒凍，四時之間，無日休息。……於是有賣田宅、鬻子孫，以償債者矣。而商賈……男不耕耘，女不蠶織，衣必文采，食必粱肉，亡農夫之苦，有仟陌之得。因其富厚，交通王侯，力過吏勢，以利相傾，千里游敖，冠蓋相望，乘堅策肥，履絲曳縞。此商人所以兼併農人，農人所以流亡者也。

由這段文字，可以看出漢初商賈操縱社會經濟，兼併農人土地、子女，使農村經濟破產的慘況，而社會的衰象也就在作者萬鈞的筆力下浮現了。讀者在鼂氏奔放馳騁、雄辯有力的對比技巧運用下，勢不能不在為農民掬一把同情之淚外，發覺此種迫在眉睫的社會問題之嚴重性——流亡者衆，正是大亂將起的徵兆啊！難怪文帝在看到此疏後，就立刻要圖謀對策了。

史傳類的作品，記載的是歷史的事實，與社會、歷史的關係更是密切。尤以司馬遷本其深厚地歷史智慧，更能穿透歷史的表象，「俱見其表裏」，而發掘出歷史的眞實。加以司馬遷在巨大的政治壓力之下，為展現歷史的良心，與個人心頭的鬱結，往往藉著微言側筆將他深厚的感情與歷史的眞實一齊展現出來，遂使〈史記〉成為一部風骨相形、剛柔互濟的散文絕唱。茲舉「酷吏列傳」、「游俠列傳」為說：

漢朝自武帝後，表面上雖崇尚儒術，其政治的實況卻是承用秦代的嚴刑酷法，在統治者授意下，酷吏政治成為武帝時的政治實況。在這班酷吏的猙獰淫威下，人民遂處於血河淚海的人間地獄之中，太史公在人民的悲慘號呼之下，秉其春秋之筆，寫了「酷吏列傳」，暴露出這種恐怖統治的政治罪惡，與「緣飾以儒術」的西漢朝廷之眞實政治內容。觀乎傳中所列的酷吏多為武帝時人，與武帝起用酷吏，置正常的政治運作於不顧下的人間慘象，則所謂雄才大略的武帝統治下之漢帝國眞相亦可知矣。就如司馬遷在該傳序文中以微筆寫出的「昔天下之網嘗密矣，然姦僞萌起，其極也，上下相遁，至於不振。當是之時，吏治若救火揚沸，非武健嚴酷，惡能勝其任而愉快乎？」「漢興，破觚而爲圜，斲雕而爲朴，網漏於呑舟之魚，而吏治烝烝，不至於姦，黎民艾安。由是觀之，在彼不在此。」二者對比之下，非但太史公的閎識孤懷，與那億萬人民呼寃求救的悲願顯然可見，文章的一唱三嘆之妙亦表露無遺矣。

「游俠列傳」則是太史公爲受儒墨排擯、受世俗取笑的游俠抱不平，顯揚他們的存在價値之作品。在傳統的專制高壓之下，游俠「其言必信，其行必果，已諾必誠，不愛其軀，赴士之阨困」的行徑，實在是走投無路的人要求人間正義的最後一絲希望。因爲「緩急，人之所時有也」，有道仁人猶不可免，「況以中材而涉亂世之末流乎！其遇害何可勝道哉！」既然沒有足以與非理性的政治勢力相對抗的力量作爲救濟，那麼，能使「士窮窘而得委命」的游俠，就變成主持人間正義的賢豪了。史遷此傳一面顯揚了游俠的地位；一面也顯露了他在非理性的政治勢力外，要求有多元的社會勢力以保障人生價値的閎識孤懷。而他以鬱積悲悽之情，抒寫這番沈痛深刻的感受，更使全文顯得氣盛情深，精神突出。

它如歐陽修的「五代史宦者傳論」，洞察出宦者之害，猶深於爲世人視爲「禍水」的女禍；其謂宦豎之計，隱而難知，人主始失於習近而莫知，終成乎親暱而難圖，雖非欲養禍於內而疏忠臣碩士於外，然漸積之勢必使大局無可挽回，最能深中歷史的眞相，而歷史上最爲人切齒，且伴隨專制皇朝以俱終的宦者之禍之隱微處，於此已爲歐陽氏「孤明先發」了。「五代史伶官傳序」，則以對比的手法，就後唐莊宗得天下時的意氣之盛，與失天下時「泣下沾襟，何其衰也」的滄桑之感，說明「盛衰之理，雖曰天命，豈非人事哉！」進而闡發「禍患常積於忽微，而智勇多困於所溺，豈獨伶人也哉！」的歷史教訓，立論亦極其透闢。歷史是人類行爲的明鏡，永叔秉其先天下之憂而憂的悲情，燭照機微，「以豪語筆寫其雄心，悲情壯語，縈後繞前」[22]，遂寫下了智與美融合的佳篇。

此外，如柳宗元的「捕蛇者說」諷刺中唐賦斂之毒，有甚於蛇，使人民求生無能的政治；「種樹郭槖駝傳」藉種樹的道理，諷刺當時的行政，發揮「無爲而治」的主張；歐陽修的「縱囚論」譏刺唐太宗之「立異爲高，逆情干譽」之不近人情，不足爲法，戳破「聖明天子」的假面目；劉基的「賣柑者言」藉賣柑者譏刺當時文武高官「金玉其外，敗絮其中」的欺世盜名。凡此皆表現了作者對歷史、社會的顚倒現象之深刻感受及驚人透視力，而各以不同的手法，創作了絕妙的散文。

這種透視歷史、社會具體現象的散文，和表達一般性人生智慧與體驗的散文一樣，都具有由事義而來的骨骾之美。其中，尤以先秦兩漢的作品，在作者生命力的貫注之下，更是氣勢雄渾，筆力萬鈞；在這方面，重視「文」，講究文采聲調、章法結構的唐、宋以下之古文作家反有不及。而其關鍵，端在「氣」的厚薄、强弱。觀乎先秦、兩漢的散文，其處理問題的氣象、規模均較唐、宋以下更大、更具原則性，有對整個社會體制挑戰的雄心魄力；那麼，在大一統專制下，這類散文之慢慢趨於委婉善諷，以致於漸趨萎縮，實爲無可挽回的趨勢。唐、宋以下的古文家雖懂得「氣」的重要[23]，並求以儒家的仁義，作爲人格修養之資，但畢竟是眞能「行之乎仁義之途，遊之乎詩書之源」者絕少，眞能以自己的精神、情感深入於社會、歷史之中者也絕少；而由諷誦以模擬聲調，由外在的章法、文采以追求文章藝術性的則佔多數。這樣看來，唐、宋以降，透視歷史、社會具體現象的散文，雖比不上先秦、兩漢同類作品的雄渾，但其能保持對社會、歷史[24]的批判性，不致流於「瘠義肥辭」、「言之無物」，也算是難能可貴了。

化塵俗而歸自然

面對著蒼茫的宇宙，人是何等的微不足道？且人類往往不能充份覺知他所生存的境況以及自身的能力，遂使生命陷溺於茫昧的偏執之中，其「衣帶漸寬終不悔」的執迷，也就會落入「爲伊消得人憔悴」的感傷了。然而人生的茫昧不是必然的，在特殊的機緣，諸如生離之哀、死別之慟、貶謫之苦、富貴之幻等生活中突來的激盪下，往往能扯斷生命與俗情間的臍帶，使自己於天地寥廓、四顧茫然中有重新諦視生命的機會，而一場大夢，乃有醒覺之時。於是，在他們澄澈的心境照射之下，「生命之路」已不再是痛苦之源。

歷代的散文中，有很多描述這種從人生的茫昧、憂患中超轉出來，向淡泊虛靈的境地移轉，在寧靜之地求得精神安頓的佳篇。由於這些散文都受到〈莊子〉超脫的人生智慧之莫大影響，所以本節先行探討〈莊子〉作爲這類散文之根源的特色，並了解其影響力千古不墜的原因。

〈莊子〉本身就是最能表達超脫智慧之智與美融合的散文。「天下篇」討論其他諸子時，祇涉及思想層面；談到莊周時，卻大半是評論文辭的話：

以謬悠之說，荒唐之言，无端崖之辭，時恣縱而不儻，不以觭見之也。以天下爲沈濁，不可與莊語，以巵言爲曼衍，以重言爲眞，以寓言爲廣。……其書雖瓌瑋而連犿无傷也。其辭雖參差而諔詭可觀。……其理不竭，其來不蛻，芒乎昧乎，未之盡者。

可見「天下篇」作者對〈莊子〉的文學色彩，已異常注意；如果該篇是出於莊周自己的手筆，那更是他本人對其作品的藝術性流露出不容自已的欣賞之情了。我們試看「逍遙遊」

中，不外是要標擧「至人無己，神人無功，聖人無名」的人生理想，期使衆人聞風興起，以超拔於人生迷境，而達精神解放、恰適自得的境地。但全文卻看不到平鋪直敍的說理痕跡，而是藉著寓言的形式，將雋永的諧趣與奇肆的想像打成一片，以形成超妙神奇的理趣。再如「秋水篇」中，也不外由價値判斷的相對性，闡明「齊物」的道理，但全文卻藉寓言的問答形式，奇幻的設想，一步一步的引領讀者敲啓智慧的殿堂。於是，本爲枯躁乏味的說理文字，在莊子手中卻轉化爲天下的至文、文壇的奇葩，李白「大鵬賦」謂其：「開浩蕩之奇言」，凌約言謂：「莊子如神仙下世，咳吐謔浪，皆成丹砂」，實非過譽。

然而，這裏出現了一個極度「弔詭」的現象——莊子的美文是在他對文字抱持不信任的態度下造成的。我們知道，莊子對言說本身的偏限性，有相當深刻的體認，有名的筌蹄之喻[25]就是主張「得意而忘言」，以破除語言文字的沾滯。甚至，言說所表達的「意」仍不可執著，因爲「意」仍然不是究極的[26]。他最後的目的，是要以言泯言，由「天府」、「葆光」之主體境界，以徹底消融言說的問題，而歸於境界的「無言」[27]。莊子對於文字既然採取這種不信任的態度，那麼，他自然要反對用心在語言文字上顯露文采，聳動衆人，使是非更加淆亂，大道更加隱晦。「齊物論」云：

道惡乎隱而有眞僞，言惡乎隱而有是非。道惡乎往而不存？言惡乎存而不可？道隱於小成，言隱於榮華。

那麼，榮華的「言」似乎將爲莊生所摒棄了。但事實卻又不然，對於文字、文采抱持不信任態度的莊子，分明造就了震鑠千古的美文，其原因何在呢？

由於對文字表意功能之侷限性的體認，莊子爲了不使文字的表意功能僵化，使世人執着於此一「糟粕」，他認爲「莊語」的表意方式是不適合的，「天下篇」云：「以天下爲沈濁，不可與莊語」就是表明最能化除沾滯的表意方式是「寄言以出意」的狂言。所以該篇接著說：

以卮言爲曼衍，以重言爲眞，以寓言爲廣。

「卮言」、「寓言」、「重言」也就是同篇所說的「謬悠之說、荒唐之言、無端崖之辭」。這是以比喻、象徵等手法，打斷世俗的思惟模式，使人從習以爲常的小知小見中超拔出來，以窺見智慧之境。而這種表意方式，卻正可使他的散文擠入美的領域。徐復觀先生說：

與莊語相反的話，乃是無道德地實踐性的話，無思辨地明確性的話，正是純藝術性的，其本質是屬於詩的這一類的話。……這種謬悠荒唐之美，是超不絕俗地藝術、超不絕俗地美[28]。

由是，對文字的積極功能抱持不信任態度，對語文的華美加以鄙棄的莊子卻創造出了天下至高無上的美文，而莊子的人生智慧亦可藉著巵言、寓言、重言的方式，消融於謬悠、荒唐、無端崖的芒忽恣縱之描述中。如此，既可袪惑去執，化除語言文字的沾滯，其人生智慧亦可藉著美的語言形式而表露，而表現超脫智慧之智與美融合的散文，也就在這位謎樣的人物慧心獨運中誕生了。

〔莊子〕既是我國第一部表現超脫智慧的美文，更重要的，它也影響了這一系智與美融合的散文之形成，其說如下：

經過先秦時代儒道兩家聖哲的努力，中國人已意識到從浮面的生理現象中沈潛下去，以昭露出道德之心或虛靜之心的可貴。但是走儒家的聖賢之路，須要有堅强的毅力，承擔成己成物的道德實踐，卻沒有現成的宗教信仰可供作顚沛、困頓時的慰藉，所以若非自己能不斷地作道德反省，就很不易撐持下去。而一般人若是歷盡過人世的滄桑，了解禍福相倚，計較無益，則在剝落一切機心後，卻會自然而然地走入道家虛靜恬淡的世界，因爲祇要一念放下，則塵俗的煩憂立可洗滌淨盡，而使精神當下獲得憩息。這裏眞是人間的桃源勝境，而莊生的生命風姿既然「典型在夙昔」，則當人們閱世既深，於一念醒轉之間，自然很容易觸動內心深處「曷不歸去」的弦音了。以前的士大夫浮沈宦海後，往往有「晚年獨愛靜，萬事不關心」的傾向，正可說明莊學的虛靜智慧已浸入了每個中華兒女的肌髓；而當人們自覺地想擺脫俗情的困擾，以蘇解疲困的生命時，就是莊子虛靜超脫的智慧發揮它指引人生妙用的時機了。明乎此，則顯現當境拔起、飄然脫俗之了悟的散文，都具有十足地莊味，也就不足爲奇了[29]。

在顯現當境拔起、飄然脫俗的了悟的散文中，我們可以發現另一個現象：這類作品往往與山水田園結有不解之緣，作者每藉著對大自然的觀賞欣趣，在山嵐水霧之中，寄托他們對生命的了悟。固然，由於中國文化平和中正的人間性格，使人與自然容易保持和諧的關係，且這種親和關係，在〔詩經〕時代已表現得很淸楚，但是將表現超脫之情的文學與自然間的關係更密切的連結在一起，使二者由透過比興而來的偶然關係，變爲追尋自然、歸向自然的緊密關係，莊學無疑曾發揮了很大的影響力。

就外貌而言，莊書中多山林皐壤之言，富欣賞自然之趣，所以莊學的玄虛高遠之理與山林隱逸之趣合流，在莊書中可謂已經有了初步的雛型。但這種現象似乎不祇是莊生個人的偏好，而是他思想發展的必然歸趨。須知，莊子逍遙遊的人生理想，雖說是要求主觀精神的不執不著，超乎流俗，以呈顯一絕對沖虛的主體自由，但他決無意排斥人間世，對於沈濁的現實世界，仍然抱持著「不譴是非，以與世俗處」之涉俗蓋世、和光同塵的態度。但是面對著沈濁的人間世，這種態度在觀念上容易做到，在實際生活中則有困難，於是在不知不覺中，他便會超越塵俗而歸向自然，在山水田園中安頓他的生命；更何況在虛靜之心呈現時，自然景物本來就容易在其映照下，呈現美的意味，莊書中多山林臯壤之言，富欣賞自然之趣的原因便在此。

表現當境拔起、飄然脫俗之了悟的散文，在精神上是與莊子要求超越世俗之上的思想一脈相通的，甚至可以說是受了莊學的影響。那麼，莊子的思想既然在不知不覺中會有超越塵俗而歸向自然的要求，同理，表現超脫智慧這一系的散文往往藉大自然以展示他們對生命的了悟，也就不足爲奇了[29]。

談完了〔莊子〕對這一系散文的影響，我們且來看看此系散文的特徵。其一，這種當境拔起、飄然脫俗的了悟，並非經由精密思辨而得的「理」，而是在追求精神安頓的過程中所獲得的生命洞見力，是深重地嘆息之後的眞正精神解脫，所以作者往往會以抒情之筆將他這種生命悸動表現出來，並且也會將自然景物在其虛靜之心映照下所呈現的美的意味表現出來，而不會傾向於玄理的表達，以形成說理文字。其二，由於這種「智」是當境拔起、飄然脫俗的了悟，所以文中所表現出來的，便是一種超然的觀照態度，在抒情中仍不會完全陷溺於感情世界裏，不像一般抒情作品之淪於往而不返地自我傾訴。其三，文學作品的高下常隨生命境界之高下而昇降。表現生命之了悟的「智」，是剝落了生命的一切渣滓後所呈現的澄澈之境，作者的生命境界既高，自可觸處生春，而使作品的境界水漲船高，歷代詩評家、文評家所刻意標舉、追求的清、淡、遠等境界，都可在這一類作品裏尋著。陶淵明的「歸去來辭」、柳宗元的山水遊記、蘇東坡的「超然臺記」、「記承天寺夜遊」、前、後「赤壁賦」等作品之所以特受讀者鍾愛[30]，其原因便在此。茲舉柳、蘇之作以言之：

柳宗元被貶到永州後，便浪跡於山水之間，希望藉著大自然來慰藉遠謫後的憤恨。雖然他並不能完全忘懷遭到斥逐的傷痛，以達到心靈的眞正解脫，而使作品有「怡曠氣少，沈至語多」[31]的表現——此即元遺山「朱紘一拂遺音在，卻是當年寂寞心」所描述的那種寂寥的氣息，但在大自然的陶冶之下，在他要求從塵世的變遷、感慨中超轉出來，以在寧靜之地求得安頓的心情下，卻往往能藉著山水之奇的洗滌，而有心靈澄化的經驗。此處就以山水遊記典範之作「永州八記」的首篇「始得西山宴遊記」爲例，看看柳宗元是如何開始他化塵俗以歸於自然的新生活。

本篇全在「始得」二字著筆，篇首的「自余爲僇人，居是州，恒惴慄」，顯示作者已落在層層的世網之中，須要有所突破，才能掌握自己的生命。接著敍述他「幽泉怪石，無所不至」的遊蹤，則表示作者已努力將他在現實生活中無可奈何的生命，用力向山水之上扭轉，期能獲得安頓。「望西山，始指異之」以下，敍述他如何發覺西山、如何攀援上山，以及其宴遊之樂，重點則在導出「心凝神釋，與萬化冥合」的境界。這時，「是山之特出，不與培塿同類。悠悠乎與灝氣俱而莫得其涯，洋洋乎與造物者遊而不知其所窮」的感覺，無非是作者自己的寫照了。這是〔莊子〕「逍遙遊」中，大鵬翱翔於九霄的境界；作者既已自我認同於此境界，那麼，塵世的是非、得失又算得了什麼？小人的猖狂、得勢又算得了什麼？他本來就是「不與培塿爲類」的啊！由是，在他澄澈、超脫的心境中，就可以「引觴滿酌，頹然就醉，不知日之入」，可以「蒼然暮色，自遠而至，至無所見，而猶不欲歸」，而達於「心凝形釋，與萬物冥合」的境界了。末尾的「然後知吾嚮之未始遊，遊於是乎始」，不僅意謂著作者對西山之怪特的欣賞，更意謂著作者已能突破層層的世網，與大自然冥合爲一的新經驗，正待著他去開拓呢！

與柳宗元相較，蘇東坡晚期淡泊超脫的心靈是更少夾雜的，請先品嚐他那膾炙人口的短文「記承天寺夜遊」：

元豐六年十月十二日，夜，解衣欲睡，月色入戶，欣然起行，念無與樂，遂至承天寺，尋張懷民，亦未寢，相與步於中庭。庭中如積水空明，水中藻荇交横，蓋竹柏影也。何夜無月，何處無竹柏，但少閒人如吾兩人耳。

這篇短文是東坡謫居黃州後的作品。這時的東坡，歷經人生的種種風暴後，已洞徹世情，心靈轉爲超脫與曠達，前、後「赤壁賦」、「念奴嬌」、「水調歌頭」等名作，都是此一時期的作品。本文所傳達的，也不外是超脫、曠達的心境——一種生命的了悟，但他卻不是將這種生命的了悟直捷的陳述出來，甚或是架構邏輯謹嚴的論證，以說明他所達到的境界，而是捕捉到瞬間的佳境，使他的超脫智慧自然地流露，由於其中含有作者極强烈地人生感興，全文也就更耐人咀嚼了。

「前赤壁賦」中，作者所表達的，不外是在「哀吾生之須臾，羨長江之無窮」的感傷後，自此情境中超拔出來，領悟到「自其變者而觀之，則天地曾不能以一瞬；自其不變者而觀之，則物與我皆無盡也，而又何羨乎？」的灑脫，與「惟江上之淸風，與山間之明月，耳得之而爲聲，目遇之而成色，取之無禁，用之不竭，是造物者之無盡藏也，而吾與子之所共食」的娛悅。這種面對生命的態度，是中國傳統讀書人在莊學浸潤下，要求在有限的生命中超轉出來，以求取無限的共同基調，而東坡的筆力也够把他那超脫、曠達的澄澈心境化爲文學的恬淡空靈之美。全文之中，不僅前後照應有條不紊；更善用散賦駢散參用的長處，有駢文的對仗、音律之美，也有散文「理融而辭暢」的氣勢。更重要的，作者的思想完全透過感興的方式而寄寓於優美的意象之中，如篇中言泛舟之樂，則有「白露橫江，水光接天。縱一葦之所如，凌萬頃之茫然；浩浩乎如馮虛御風而不知其所止，飄飄乎如遺世獨立羽化而成仙」之縱浪大化的舒暢；言人生的悲感，則有「其聲嗚嗚然，如怨、如慕、如泣、如訴，餘音嫋嫋，不絕如縷；舞幽壑之潛蛟，泣孤舟之嫠婦」之具象化的奇想；面對「赤壁」的山川風雲、歷史人物，則有「固一世之雄也，而今安在哉！」、「哀吾生之須臾，羨長江之無窮。挾飛仙以遨遊，抱明月而長終。知不可乎驟得，託遺響於悲風」的低徊慨嘆；而其獨抒襟懷之處，亦藉著對水、月的觀察，清風、明月的賞玩而流露。由是，作者超脫、曠達的智慧透過妙筆的經營，其作品遂能表現出一個脫卻人世煙塵，充滿恬淡空靈之美的新世界，引領讀者慢慢地去思索、品味。生命有限、無限的問題，本來就是每個人所關切的，作者又能將他的生命了悟融入藝術化的語言結構之中，而開闢出令人嚮往的新境界，難怪本篇要令人愛不釋手了。

「後赤壁賦」中所表達的，大抵與「前赤壁賦」無別，也是領悟變與不變為一，能夠「放乎中流，聽其所止而休焉」的曠達與超脫。全文通過一個完整的「動作」(action)，將作者追尋生命智慧的心路歷程，寄寓於探尋「不可復識」的江山之象徵中。由「攝衣而上，履巉巖，披蒙茸，踞虎豹，登虬龍，攀栖鶻之危巢，俯馮夷之幽宮」後，所帶來的「高處不勝寒」之寂寞，經過「劃然長嘯，草木震動，山鳴谷應，風起雲湧，予亦悄然而悲，肅然而恐，凜乎其不可久留也」的驚駭後，卻頓然開悟——原來若能適情順物，則「無何有之鄉，廣漠之野」的桃源勝境，就在當下的種種風光之中。於是乃有「反而登舟，放乎中流，聽其所止而休焉」的恬淡與安寧。末尾以醒時見孤鶴，夢中見道士的幻想作結，就是對這種化解生命偏執的智慧更具象化的描述。道士化鶴，鶴化道士，其實爲一，然各可在前無所憑，後無所依的虛無面上自適其樂，那麼，我們又偏執什麼呢？文中最後留下「開戶視之，不見其處」的空蕩之感，更足以發人深省了。

對於生活在紛紜擾攘中的世人來說，這種化塵俗而歸於自然的境界，無異是睽違已久的空谷跫音；而表現當境拔起、飄然脫俗之了悟的散文，也就不啻爲炎炎仲夏中的一泓淸泉。加以作者對語言藝術的巧妙運用，更使人能有具體的感受；則這類智與美融合的作品能够在我國文學史上獲得崇高的地位，實非偶然。

純美趣的天地

這一類作品是作者在要求脫卻俗網的重濁，別尋一純美趣之天地的心境下，對人物與生活的藝術性、趣味性所作的品鑑。它與表現超脫之了悟的散文最大的區別，在於雙方雖同有超脫塵俗的要求，但後者是經歷深重地嘆息後，因洞徹世情而來的眞正解脫；前者則僅是生命無可奈何地從現實中游離出來，硬把生活情趣扭轉向不帶人間煙火之境的自我陶醉。惟鑑賞、欣趣所表現的審美觀照力，卻也能開拓人類智慧另一層的領域，所以這類散文所展現的純美趣天地，依然是人類智慧所迸出的奇光異彩，彌足珍貴。

對人物、人文之美的欣賞，古已有之，但求能擺脫道德、實用的觀點，直就人物本身的風姿品鑑、觀賞，則必待乎東漢以降，而尤以魏晉最盛。當時的人倫鑒識，就是除卻外在之種種事功德業，專依被品評者的個性所表現之特質，外形之神采風貌，以作純趣味性的鑑賞。而此等心態的轉變，具有重大的意義。錢穆先生謂：

> 將人物德性、標格，以自然界川獄動植相譬，亦可見當時人之情調與趣，轉嚮於文學與藝術的一種趨勢[32]。

這種時代心靈的轉向，當然有現實上的因緣，諸如政治的殺戮，使士人不敢碰觸現實問題，而逃避於此；察擧取士、九品官人的「知人官人之術」，使月旦人物、品鑑人倫流爲俗尙。而玄風的興起，在本質上更有推波助瀾的功用，此因東漢末季以降，士人在玄風之下所培養的玄、遠、清、虛之生活情調，基本上就是一個觀賞生命、注重美趣的藝術心靈之表現，故其對於人物風姿、生活情趣的鑑賞力也跟著提昇，而表現這種智慧的智與美融合的散文也就在這種藝術心靈下誕生了。現存的〈世說新語〉一書，所輯皆高士名流之音容笑貌、清言瑰行，文字淸俊簡麗，正可爲此類作品的代表。如：

郭林宗至汝南造袁奉高，車不停軌，鸞不輟軛；詣黃叔度，乃彌日信宿。人問其故？林宗曰：「叔度汪汪，如萬頃之陂；澄之不清，擾之不濁，其器深廣，難測量也。」[33]

林宗此言，以具體的意象作譬喻，摹寫人物之神釆風韻，以寄託玄遠之趣，極富文學趣味，同時也表現了他獨具匠心的藝術心靈。此種批評方式，不但影響日後的人物評論[34]，且轉用於文學，造成後世之文學批評中以具體之意象，比喻抽象的風格之評論性與藝術性合一的特色，影響可謂深遠。而叔度器度深廣之無與於前人之「德行」標準，林宗之能有相契的了悟，都表示了一個新時代的來臨。

王子猷居山陰，夜大雪，眠覺，開室，命酌酒，四望皎然。因起彷徨，詠左思招隱詩；忽憶戴安道。時戴在剡，卽便夜乘小船就之。經宿方至，造門不前而返。人問其故？王曰：「吾本乘興而行，興盡而返，何必見戴！」[35]

本篇是描寫名士所繫縛的生命最典型的佳作。牟宗三先生曾以「惟顯逸氣而無所成」、「此是天地之逸氣，亦是天地之棄才」描述名士的生命形態[36]，觀本篇所載，則王子猷的行徑，恰爲這種「惟顯逸氣而無所成」的生命最具體的表現。「乘興而行，興盡而返」則可造門不入，然則子猷已超脫出事務的規矩、機括，而特顯飄逸之風神矣。魏晉玄風引發了此種獨特的生命，亦惟在當時的時代風氣下，人們才能眞正欣賞此種「逸氣」、「棄才」，而有相契的了悟。該文以清麗之筆，抓住生活的細節，不經意地鈎勒出名士飄逸的風神，殊爲不易。

魏晉以降，有關人物風姿、生活情趣之鑑賞的散文，寫得最多、最具特色的，要數明、清的小品文了。由於從〈世說新語〉到明、清的小品，敍述觀點已從第三者的追述，變爲第一人稱的自我抒感，所以文章的重點也自然由人物風姿的品鑑，轉爲生活情趣的賞玩了。

這類文章，表現的是作者對種種講究、雅致的生活情趣之追求，以揮灑他們閒適、高雅的生命風神。不拘形式，上至宇宙，下至茶酒，隨興而寫，使文章與生活打成一片，是生活的文學化，也是文學的生活化。於是，在彼等清新輕盈的筆下，我們更易與作者沈浸於閒情逸趣下的生命風姿直接照面。

小品文驟興於晚明。它的興起，顯然與當時流行的「獨抒性靈，不拘格套」之文學理論大有關係，但更根本的原因則是當時的知識份子，在瀰天蓋地的政治高壓與詐僞鄙俗的社會風氣下，爲自絕於卑汚流俗，所掙扎出、開拓出的一片純美趣天地。所以在他們雅緻的生活情趣背後，我們更可以發現這個時代知識分子的苦悶。袁宏道有詩云：「書生痛苦倚簫籬，有錢難買青山翠。」正可道出此輩人士徬徨苦悶的心境。

然而，這些知識分子人既不能、不願正面擔當人間的苦難，所以他們的生命也就不受拘曲、不致破裂，而其作品也自然缺乏一份撼人心絃的悲壯之美。在他們孤芳自賞的人生態度下，其作品的內容雖無所不包，無所不談，卻不外以觀賞人生的態度，表現他們的閒情雅致，而形成機趣橫溢，清麗可喜的文字。試看袁宏道的「雨後遊六橋記」：

寒食後雨，予曰：「此雨爲西湖洗紅，當急與桃花作別，勿滯也。」午霽，偕諸友至第三橋，落花積地寸餘，遊人少，翻以爲快；忽騎者白紈而過，光晃衣，鮮麗倍常。諸友曰：「其內者皆去表。」少倦，臥地上飲，以面受花，多者浮，少者歌，以爲樂。偶艇子出花間，呼之，乃寺僧載茶來。各啜一杯，蕩舟浩歌而去。

這種文字，不講究形式，不裝作修飾，也不寄寓大道理，信筆拈來，卽成佳趣，而作者不繫不縛的生命情趣，就在不經意的點染下，毫無滯礙的傳達出來。這正應了他自己所說的話：「句法、字法、調法，一一從自己胸中流出，此眞新奇也。」[37]「多本色獨造語。」[38]但我們也不應忘了，信筆拈來之所以能成佳趣，正因爲在作者高情逸趣的心境觀賞下，才能捕捉生活的韻致啊！

我們再看看佚名文人所寫的「冬」：

冬雖隆寒逼人，而梅白松青，裝點春色；又或六花飛絮，滿地瓊瑤。獸炭生紅，蟻酒凝綠。狐裘貂帽，銀燭留賓；龍尾兎毫，彩牋覓句，亦佳事也。至如駿馬獵平原，孤舟釣淺瀨，豪華寂寞，各自有致。寒氣凛冽的冬季，冰封雪飄，本是大地枯寂，萬物黯然的季節，但在這位作者眼中，卻處處充滿了生機，似乎宇宙的奧妙，人生的佳趣，在在等待著我們去領受哩！在閑適的心境觀賞下，觸目所及，人生的黑暗面已化爲一片純美趣的天地了。這就是講究閒適的生命情調的小品文作者所展現的天地！

然而，物極弊生，明、清小品文所標榜的講究、雅致之生活情趣，本爲脫卻世網而表現爲對俗情之超拔，後學卻往往浮慕此種雅致的生活方式，故作姿態，附庸風雅，則其矯情又成另一種陷溺，令人不忍卒睹。小品文的優劣，當可由此分判。

從〔世說新語〕到明、清小品，我們可以發現先人在面對人生困局時所表現的另一種人生智慧。他們以超脫濁世的藝術心靈，撫慰了生命中的深刻矛盾，也創造出了不染人間煙火的機趣橫溢、韻致十足之美文。他們所開拓的這種純美趣天地，在人類生活逐漸物化、僵化的現代社會中，無疑更會引發人們無限的遐思！

結語

文學固然是以藝術性的呈現爲最後的歸趣，但藝術性是要順著題材的內涵而展開的，智與美融合的散文，組合了作者超越凡俗的洞視力，與純熟運用語言文字的能力，使道理的表達，不流於抽象的聲明陳述，也使藝術想像力的發揮，不流於幽邃幻思的迷漫泛濫，因而這種「智」與「美」所融成的有機體，不僅具有深遠的旨趣，更具有形式的魅力。於是在表達一般性人生智慧與體驗，或是具體性的歷史、社會之透視的散文中，作者得由內容的把握，進而走向藝術性的把握，使這些作品在閎大博富的深情至言中，別見山高水深的藝術性；而在表達當境拔起、飄然脫俗之了悟暨人物風姿、生活情趣的鑑賞之散文中，也能因作者生命境界的提昇，得以觸處生春，使作品的境界水漲船高，以表現出化塵俗而歸自然與純美趣的天地。而作者的睿智、情思在這種藝術性的文字引導下，就更具有說服的力量，使讀者樂意透過這一粒粒的細砂，去窺見大千世界的眞相了。

註釋

1 〔論語〕「先進」。
2 〔論語〕「子罕」。
3 〔老子〕，八十一章。
4 〔文心雕龍〕「情采篇」云：「老子疾偽，故稱美言不信；而五千精妙，則非棄美矣。」

5 〔老子〕，十二章。

6 「爲腹」並非鼓勵人縱口腹之欲，在〔老子〕中，「實其腹」要與「虛其心」並列才有意義。故王弼注云：「爲腹者，以物養己；爲目者，以物役己。」

7 〔老子〕，四十四章。

8 孔子所謂的「辭，達而已矣」；老子所謂的「信言不美」，可以支持本文這種看法。

9 唐順之，「答茅鹿門知縣」，〔荆川先生文集〕（臺北，商務，〔四部叢刊本〕），卷七，頁一二七。

10 這是由知識歸於智慧，更由智慧歸於性情。

11 〔孟子〕「離婁」下。

12 〔莊子〕「養生主」。

13 〔莊子〕「應帝王」。

14 林雲銘，〔古文析義〕（臺北，廣文，民國六十四年），頁一六三。

15 林雲銘語，見〔古文析義〕，頁一九六。

16 錢穆，「雜論唐代古文運動」，〔新亞學報〕，三卷一期，民國四十六年八月。

17 以上參見徐復觀，「中國文學中的氣的問題」，〔中國文學論集〕（臺北，學生，民國六十三年），頁三一四。

18 李翱，〔李文饒集〕，第六卷。

19 〔老子〕，七十五章。

20 章太炎，「論式」，〔國故論衡〕，收於〔章氏叢書〕（臺北，世界，民國七十一年），上冊，頁四六五。

21 〔史記〕卷八十四，「屈原賈生列傳」。

22 過商侯語。

23 如韓愈「答李翊書」云：「氣，水也。言，浮物也。水大，則物之浮者，大小畢浮。氣之與言，猶是也。氣盛，則言之短長高下者皆宜。」（〔昌黎先生集〕卷十六）。又蘇轍「上樞密韓太尉書」謂「文者氣之所形。然文不可以學而能，氣可以養而致。」（〔欒城集〕卷二十二）。宋濂「文原」下篇云：「人能養氣，則情深而文明，氣盛而化神，當與天地同功也。」（〔宋學士文集〕卷五十五）。可見對於「氣」的重要性之體認，是古文家的共識。

24 這些批判歷史的散文，都具有「當代史」的意義。

25 〔莊子〕「外物」。

26 〔莊子〕「秋水」云：「可以言論者，物之粗也；可以意致者，物之精也；言之所不能論，意之所不能察致者，不期精粗焉。」

27 〔莊子〕「齊物論」云：「孰知不言之辯，不道之道？若有能知，此之謂天府。注焉而不滿，酌焉而不竭，而不知所由來，此之謂葆光。」

28 徐復觀，〔中國藝術精神〕（臺北，學生，民國六十三年），頁一一八。

29 有人認爲這類作品也受了「禪」的影響；就思想發展的環境看來，這話不無道理。然就思想的本質而言，「禪」在這一方面的影響，僅限於與莊子境界相符合的這一個階段上，若更上一層，則萬物皆如鏡花水月的虛幻，此種「空」境成就不了任何藝術。

30 陶淵明的「歸去來辭」，蘇東坡的前、後「赤壁賦」，因爲都夾用散文筆法寫成，故不排除於「散文」範圍之外，一般古文選本亦均輯有此三篇佳作。

31 〔峴傭說詩〕，見〔清詩話〕（臺北，明倫，民國六十年），頁九八二。

32 錢穆，「略論魏晉南北朝學術文化與當時門第之關係」，〔中國學術思想史論叢㈢〕（臺北，東大，民國六十六年），頁一五九。

33 〔世說新語〕，「德行」篇。

34 陳寅恪、余英時二氏皆以爲「人倫鑒識」之成爲一種專門學問，乃自林宗始。陳氏說見「逍遙遊向郭義及支遁義探源」，〔陳寅恪先生論文集〕（臺北，九思，民國六十六年），下冊，頁一三五。余氏說見「漢晉之際士之新自覺與新思潮」，〔中國知識階層史論——古代篇〕（臺北，聯經，民國六十九年），頁二三九。

35 〔世說新語〕「任誕」篇。

36 牟宗三，〔才性與玄理〕，（臺北，學生，民國六十四年），頁七十。

37 袁宏道，「答李元善」，〔袁中郎全集㈣〕（臺北，偉文，民國六十五年），頁二四八。

38 袁宏道，「敍小修詩」，〔袁中郎全集㈠〕，頁一七七。

中國文化新論——文學篇(一)

抒情的境界

1982年9月初版
1996年6月初版第七刷
2011年10月二版

定價：新臺幣280元

總主編　劉　岱
本冊主編　蔡英俊
發行人　林載爵

出版者　聯經出版事業股份有限公司
地址　台北市基隆路一段180號4樓
台北忠孝門市　台北市忠孝東路四段561號1樓
電話　(02)27683708
台北新生門市　台北市新生南路三段94號
電話　(02)23620308
台中分公司　台中市健行路321號
暨門市電話　(04)22371234 ext.5
高雄辦事處　高雄市成功一路363號2樓
電話　(07)2211234 ext.5
郵政劃撥帳戶第0100559-3號
郵撥電話　27683708
印刷者　世和印製企業有限公司
總經銷　聯合發行股份有限公司
發行所　台北縣新店市寶橋路235巷6弄6號2F
電話　(02)29178022

行政院新聞局出版事業登記證局版臺業字第0130號

本書如有缺頁，破損，倒裝請寄回聯經忠孝門市更換。　ISBN 978-957-08-3886-2 (平裝)
聯經網址 http://www.linkingbooks.com.tw
電子信箱 e-mail:linking@udngroup.com

國家圖書館出版品預行編目資料

抒情的境界 / 蔡英俊主編 .
--二版 . --臺北市：聯經，2011.09
416面；13.5×21公分 .（中國文化新論；文學篇1）
ISBN　978-957-08-3886-2（平裝）
〔2011年10月二版〕

1.中國文學　2.文學評論　3.文集

820.7　　100018439